JÄGER DER VERDAMMTEN

Night Watch

Band 1: Jäger der Dämmerung
Band 2: Jäger der Verdammten
Band 3: Jäger des Zwielichts

Über die Autorin:

Cynthia Eden fühlte sich schon immer magisch von allem angezogen, was nicht mit »rechten Dingen« zugeht. Sie stellte sich gern die berühmte Frage: Was wäre, wenn … Nach dem Studium machte sie aus ihrer Leidenschaft dann eine Profession und widmete sich fortan dem Schreiben von (übersinnlichen) Liebesromanen. Cynthia Eden lebt mit ihrem Mann und ihrem Sohn in den Südstaaten.

CYNTHIA EDEN

JÄGER DER VERDAMMTEN

ROMAN

Aus dem Englischen von
Sabine Schilasky

Weltbild

Die englische Originalausgabe erschien 2010 unter dem Titel
I'll Be Slaying You bei Kensington, New York.

Besuchen Sie uns im Internet:
www.weltbild.de

Genehmigte Lizenzausgabe für Verlagsgruppe Weltbild GmbH,
Steinerne Furt, 86167 Augsburg

Übersetzung: Sabine Schilasky
Umschlaggestaltung: Johannes Frick, Neusäß / Augsburg
Umschlagmotiv: www.shutterstock.com
(© Yuri Arcurs; timy) / www.fotolia.com (© scol22) /
Getty Images, München (© Tim Flach)
Gesamtherstellung: CPI Moravia Books s.r.o., Pohorelice
Printed in the EU
ISBN 978-3-86365-896-0

2016 2015 2014 2013
Die letzte Jahreszahl gibt die aktuelle Lizenzausgabe an.

Für Nick
Versprechen, Versprechen …

Erstes Kapitel

Fragte man Dee Daniels, tummelten sich entschieden zu viele Idioten mit Todessehnsucht auf der Erde.

Sie blickte in die nächtliche Finsternis, hörte den Wind säuseln und sah den Schatten eines Liebespaars, das sich in den Seitengang neben einem verfallenen Gebäude schlich. Kopfschüttelnd griff Dee nach ihrer Waffe und folgte ihnen.

Die beiden sahen sie nicht, als sie um die Ecke kam. Der Kerl hatte die Frau an die Wand gedrückt, seine Hände unter ihrem Rock und sein Gesicht in ihren sehr üppigen Brüsten vergraben. Er stöhnte und grunzte, während sie sich seufzend an ihm rieb.

Dee atmete kräftig aus und wartete. Nicht darauf, dass die beiden fertig wurden, sondern darauf, dass sich das Monster zeigte.

Was in ungefähr zehn Sekunden der Fall sein dürfte, wenn nicht eher, denn die gingen ziemlich zur Sache und …

Die Frau, eine langbeinige Rothaarige, machte ihren Mund weit auf. Dank des Lichts, das aus dem Fenster im ersten Stock gegenüber fiel, konnte Dee diesen Mund sehr gut erkennen.

Mitsamt der sechs Zentimeter langen Reißzähne.

Erwischt!

Selbige Reißzähne zielten nun geradewegs auf

den Hals des Idioten. Die Vampirin war im Begriff, ihm die Kehle aufzureißen und sein Blut zu schlürfen wie ein Erstsemesterstudent das billigste Bier in der Stadt.

Todessehnsucht. Kapierten die Leute denn nie?

Dee räusperte sich. »Ach, Verzeihung?«

Die glänzend weißen Reißzähne hielten am Hals des Kerls inne.

»*Scheiße, was ist?*« Das kam von dem Idioten. Der Mann hatte immer noch nicht begriffen, dass sein Tod nur schätzungsweise drei Zentimeter entfernt war.

Verärgert drehte er sich zu Dee um. Er war in den frühen Zwanzigern, gestylt und relativ gut aussehend, wenn auch ein bisschen dümmlich wirkend.

Dee lächelte. »Hi.«

Während er sie von oben bis unten musterte, fauchte der Vamp.

Vampire wurden rasch sauer, nahm man ihnen das Essen weg.

»Leider muss ich dich bitten, zu gehen«, murmelte Dee. Die Zähne waren zu nahe an seiner Halsschlagader. Womöglich wurde der Vamp kribbelig, beschloss, doch zuzubeißen, und, nun ja, Dee hatte ein weißes T-Shirt an, und wenn sie den Kerl einfach von der Frau wegriss, würde sie sich das ruinieren. Nicht dass es ein besonders teures Shirt wäre, aber sie hasste dieses aufwendige Einweichen und Auswaschen.

»Hau ab, verflucht!«, fuhr sie der dümmliche Schönling an.

Also einige Leute hatten es wahrlich verdient,

vom Vampir gebissen zu werden. Doch Dee wurde nun mal für diese Nummer bezahlt.

Der Vamp lächelte sie an. »Du hörst, was er sagt. Verzieh dich, Schlampe.«

Dee hob ihre Waffe. Nicht ihre Schusswaffe, die seitlich in ihrem Halfter steckte, sondern den Holzpflock, der leicht und vertraut in ihrer Hand lag. »Was glaubst du, wie lange ich brauche, dir den hier ins Herz zu rammen? Eine Minute? Weniger?«

»Heiliger Bimbam!« Der Typ bekam tellergroße Augen. »Du bist irre!«

Darüber ließ sich streiten.

»Komm, Karen, verschwinden wir von hier …«

Die Vampirin packte ihn und zerrte ihn herum. *Sie benutzt ihn als Schutzschild.* Wieso taten Vampire das dauernd mit ihrer Beute? Als könnte ein menschliches Schutzschild Dee jemals aufhalten! Sie schüttelte bloß den Kopf.

»Einen Schritt weiter, und ich breche ihm das Genick.«

Ja, das könnte sie. Vampirkräfte eben. Sie bräuchte keine Sekunde, um den Kerl in zwei Hälften zu brechen, doch … »Ich hätte dich, bevor er auf dem Boden aufschlägt.«

Der Mann wimmerte.

Die Vampiraugen blitzten schwarz. *»Wer bist du?«*

»Nur eine Frau, die ihren Job erledigt.« Ihr Auftrag lautete nicht, den Vamp zu töten, aber wenn sie keine andere Wahl hatte, tat sie es.

Außerdem waren Vampire bereits *tot,* somit verstieße sie eigentlich nicht gegen die alte Schnappsie-lebend-Regel. Die von der Night Watch Agency ohnehin nicht akribisch befolgt wurde. Schließlich hatten es die Kopfgeldjäger meistens mit gefährlichen Übernatürlichen zu tun.

»Das wird langsam öde«, sagte Dee. »Lass ihn los und komm mit.«

Der Kerl weinte jetzt. Schluchzte. Verdammt!

Die Vampirin sah von Dee zurück zur Straße. Verzweiflung. Angst.

Zeit für den Zugriff. »Lass ihn los«, wiederholte Dee scharf, aber dann hörte sie ein leises Geräusch.

Ein zartes Rascheln. Ein Schritt?

Hinter ihr.

Sie spannte alle Muskeln an.

Zugleich wich die Angst aus dem Blick der Vampirin, und ihre Lippen bogen sich zu einem Lächeln.

O-oh.

»Mach die Schlampe kalt!«, kreischte die Vampirin, und Dee wusste, dass es sich bei der Person hinter ihr um keinen harmlosen Schaulustigen handelte, den morbide Neugier herlockte. Gar nicht harmlos. Mist.

Sie fuhr herum, bereit, sich einem weiteren Vampir zu stellen, bereit …

Er sprang auf sie zu und warf sie um, so dass sie unsanft auf dem Hintern landete. Im selben Moment hörte sie einen Schuss knallen. Eine Kugel zischte über sie hinweg, die tödlich gewesen wäre, hätte Dee noch dort gestanden.

Läge sie nicht platt auf dem Boden.

Ein Schrei durchschnitt die Nacht. Schmerz. Furcht. Nicht Dees Schrei, denn sie hatte vor langer Zeit gelernt, nicht laut zu schreien.

Dee blickte zu dem Mann auf. *Finsternis*.

Schwarzes Haar, viel länger als ihr eigenes. Kantige, harte Züge. Kalte, graue Augen, schmale Lippen. Zu scharfe Wangenknochen.

Und sein Körper … Sein Gewicht drückte sie auf den Boden, und er schien aus nichts als straffen Muskeln und purer Kraft zu bestehen.

Er fühlte sich heiß an, so warm und …

Ach, sch… drauf!

Dee knallte ihren Ellbogen nach oben und erwischte ihn am Kinn, so dass sein Kopf nach hinten schnellte, während sie sich wand, schob und boxte, um sich von ihm zu befreien.

»Hör auf! Verflucht, ich habe dir gerade den Arsch gerettet!« Er presste sie fester auf die Erde, und Dee konnte sich nicht mehr rühren. »Irgendwer will dich erschießen!«

Und irgendein großer Vollidiot erdrückte sie fast.

Doch das Gewehrkrachen, das sie gehört hatte, und der Schmerzensschrei?

Da er nicht von ihr gekommen war, musste er …

Verdammt! Sie drehte den Kopf, so gut sie konnte, und sah hinter sich. Der Idiot lag stöhnend auf dem Pflaster, was nun nichts Wonniges mehr hatte. Das war Schmerz. Blut tränkte sein Hemd und bildete eine Lache unter ihm.

Der Vamp war verschwunden.

Doch wer war der Schütze? Das konnte Dee nur auf eine einzige Art herausfinden. »Runter von mir«, befahl sie.

Er schien wenig begeistert, rollte sich jedoch von ihr. »Ist deine Beerdigung, Babe.«

Sie hatte ihren Pflock verloren. Egal. In ihrem Wagen hatte sie noch reichlich von denen. Dee riss ihre Waffe aus dem Halfter und suchte mit ihrem Blick die umliegenden Gebäude und die Gasse ab.

In Momenten wie diesen erwies es sich als echter Nachteil, dass sie menschlich war. Die Gestaltwandlerkollegen bei Night Watch wären nie so überrumpelt worden. Sie hätten den Geruch des Schützen beizeiten wahrgenommen und gehört, wie er sich anschlich.

Selbst die Dämonen unter ihnen wären früher gewarnt gewesen als Dee.

Tja, wenn man mit den großen Jungs spielen wollte, durfte man sich nicht beschweren, dass man nicht mit ihren Supersinnen gesegnet war.

Dee sah sich jedes Gebäude, jeden Schatten genau an. Dann näherte sie sich geduckt dem angeschossenen Idioten.

»Hilf mir! Ich sterbe! Du musst …«

Sie musterte ihn. Da war eine Menge Blut. Hmm. Und der Vamp war vor ihm weggerannt? Wer lief denn von einem Gratis-Buffet weg?

»*Hilf mir!* Ich will so nicht sterben.«

»Du stirbst nicht.« Oh Mann! Sie zog ihr Handy hervor und drückte den Knopf, der einen Notruf an das Bereitschaftsteam bei Night Watch schickte. »Das ist bloß eine Fleischwunde, Dumpfbacke.« Von denen hatte Dee schon einige eingesteckt – und besser als dieser Loser.

»Zentrale«, meldete sich eine melodische Stimme.

»Ich brauche einen Krankenwagen«, sagte Dee.

Ihren Namen zu nennen, war überflüssig, denn Stella erkannte sie auch so. »Vier-fünfzehn Brantley. Mensch angeschossen und …«

Heulende Sirenen. Natürlich. Mist! Der Schuss hatte die Anwohner aufgeschreckt.

»Hat sich erledigt«, sagte Dee ins Telefon.

Scheibenkleister.

Zeit für Erklärungen.

Okay, für Lügen wohl eher.

»Was sagen wir?«

Die tiefe, raspelnde Stimme kam von links. Von dem großen, dunklen und zugegebenermaßen sexy Typen, der ihr zum Opfer gefolgt war. Sie warf ihm einen Seitenblick zu. »Du kannst abhauen. Ich kümmere mich um die Cops.« Sie hatte reichlich Erfahrung mit der Polizei von Baton Rouge. Und die meisten Uniformierten schuldeten ihr sowieso einen Gefallen.

Eine schwarze Braue bog sich nach oben. »Ist schon gut, du brauchst mir nicht zu danken«, raunte er grinsend und zeigte dabei viele weiße Zähne. »War mir ein Vergnügen, dir das Leben zu retten. Ehrlich. Mach dir deshalb keine Gedanken. Klar, ich wurde fast erschossen, aber alles bestens. Kein Grund zur Sorge.« Er hob die rechte Hand und rieb sich das Kinn.

Ein Streifenwagen kam um die Ecke, bremste mit quietschenden Reifen, und Dee biss die Zähne zusammen. »Danke«, würgte sie hervor.

»Nicht besonders höflich, was?«, murmelte er, kniete sich hin und beugte sich über die Wunden des Stöhnenden. »Daran solltest du arbeiten.«

»Ich musste nicht gerettet werden«, flüsterte sie verärgert. Cops kamen zu ihnen, wie sie aus dem Augenwinkel sehen konnte. Sie hatten ihre Waffen gezogen und näherten sich vorsichtig.

»Doch musstest du.«

Fast hätte Dee ihn angeknurrt. Jeden Moment würden die Cops sagen …

»Die Hände hoch! Schön langsam und …«

Ah, sehr gut! Die Stimme erkannte sie. »Harry, wir haben hier ein Schussopfer. Er muss ins Mercy General.«

»Dee?« Das klang weniger überrascht als entsetzt.

»Ja, und passt auf. Der Schütze könnte noch in der Nähe sein.«

Harry und sein Partner duckten sich sofort. Gleichzeitig riss Harry sein Funkgerät vom Gürtel und rief irgendwelche Befehle hinein.

»Warum wundert's mich nicht, dass die Cops dich kennen?«, raunte der Dunkle.

Sie bedachte ihn mit einem vernichtenden Blick, bevor sie sich näher zum Opfer neigte und ihm zuflüsterte: »Falls du nicht in der Psychiatrie landen willst, sag kein Wort von der Vampirin.«

Er blinzelte und nickte einmal ruckartig.

Gut. Denn die Cops hatten keinen Schimmer von den Paranormalen in der Stadt, und sollte das Opfer anfangen, etwas über Dee zu faseln, die eine untote Blutsaugerin einfangen wollte, könnte es schwierig werden.

Sie hockte sich wieder richtig hin. So viel zu einem leichten Fang. Bei Night Watch würde man ihr hierfür tagelang die Hölle heiß machen.

Und wer war der Schütze gewesen? Warum hatte er auf sie gezielt?

Das musste sie rauskriegen, und zwar schleunigst.

Denn keiner feuerte auf sie und kam ungeschoren davon. Keiner.

Sandra »Dee« Daniels war klein, schmuddelig und hätte wirklich, ganz ernsthaft, nicht attraktiv sein sollen.

Das blonde Haar reichte ihr kaum bis zum Kinn und sah aus, als hätte sie selbst die Schere angesetzt, um die kurzen, schiefen Stufen hineinzuquälen. Ihre Nase saß nicht ganz mittig, ihre Unterlippe war ein bisschen zu voll, ihr Kinn ein bisschen zu spitz.

Nein, sie sollte nicht anziehend sein.

Die Jeans, die sie trug, war ausgeblichen und rissig. Ihr weißes T-Shirt schmiegte sich etwas zu eng an die kleinen Brüste, und die schwarzen Stiefel waren so zerkratzt, als hätte sie mit ihnen schon mehrere Pilgerwanderungen absolviert.

Aber …

Aber sie war verflucht sexy. Vielleicht lag es an den Augen. So groß und dunkel. Schokoladenbraun. Und früher hatte er Schokolade geliebt.

Oder es war der Mund. Ihre Lippen waren voll, weich und rot. Okay, ja, möglicherweise gefiel ihm ihr Mund.

Sehr.

Sie hatte ihre geballten Fäuste in die Hüften gestemmt. Überall wimmelte es von Cops, die wie die Ameisen umhereilten und den Tatort absuchten. Er war inzwischen schon dreimal befragt worden, und sowohl er als auch Dee durften endlich gehen.

Nur rührte die Frau sich nicht von der Stelle, und wenn sie sich nicht rührte, tat er es auch nicht.

Nach fünfminütigem Schweigen bemüßigte sie sich endlich, einen Blick in seine Richtung zu werfen. »Harry hat gesagt, du kannst gehen, Alter.«

»Simon. Simon Chase.« Sie wusste, wie er hieß. Sie war ja dabei gewesen, als er es den Uniformierten buchstabierte. Jedes Mal.

Sie schnaubte.

Fast hätte er gegrinst. Fast. »Nun, ich kann nicht umhin zu bemerken, Sandra …«

»Dee«, fiel sie ihm spitz ins Wort.

Er war auch dabei gewesen, als sie ihren Namen buchstabieren musste. Und er hatte es genossen, wie verärgert sie gewesen war. *Harry, du kennst den Scheiß doch, S-A-N-D-R-A … Mann, was soll das?*

»Dee«, sagte er. Trotzdem würde er sie bald wieder Sandra nennen. Ihm gefiel es, wie sich ihre Wangen röteten, sobald sie den Namen hörte. »Dir scheint es nicht besonders viel auszumachen, dass jemand versucht hat, dich zu erschießen.«

Das Opfer war bereits in einem Krankenwagen weggebracht worden. Auf dem Boden war eine Blutlache, die Simon jedoch nicht beachtete. Seine Nasenflügel bebten ein kleines bisschen, aber der Geruch wurde schon weniger.

Sie zuckte mit den Schultern. »Ist ja nicht das erste Mal.«

Er gab sich milde erstaunt. »Ach nein?«

Wieder schnaubte sie. Offenbar machte sie diesen Laut gern.

»Und du hast keine Ahnung, warum andere dich tot sehen wollen?«

Eine kleine Falte bildete sich zwischen ihren goldblonden Brauen. »Nicht die geringste.«

Klar.

Sie hob die Hände ein wenig, ließ sie aber gleich wieder sinken. »Okay, war mir ein Vergnügen, Chase, aber ich habe zu arbeiten.«

Er zog einen Holzpflock aus seiner Gesäßtasche. »Was für eine Arbeit ist das eigentlich, Sandra?«

Wangenröte. Sie machte einen Satz auf ihn zu und packte den Pflock, doch er ließ ihn nicht los. Nun war sie dicht bei ihm, nahe genug, dass er die goldenen Pünktchen im Tiefbraun ihrer Augen sehen konnte. Nahe genug, dass er den Puls unten an ihrem Hals sah. Nahe genug, dass er beinahe ihre Lippen schmecken konnte.

Er hielt den Pflock fest. Das Holz war glatt und hart. Offensichtlich hatte die Frau einige Zeit aufs Schmirgeln ihrer Waffe verwandt.

»Gib ihn mir.« Sie blickte sich über ihre Schulter um. »Ich will diesen Scheiß hier nicht allen erklären müssen! Nicht, solange die letzte Silberschießerei nicht abgehakt ist.«

Silberschießerei? Das klang nach einer spannenden Geschichte.

Langsam ließ er den Pflock los, und sie entriss ihm die Waffe. Dann kniete sie sich hin und verstaute das Ding in einer Art Halfter oberhalb ihres Knöchels.

Als sie ihre Jeans hochzog, erheischte Simon einen kurzen Blick auf ihr Bein. Hübsch. Glatt, blass und …

Sie richtete sich so schnell wieder auf, dass sie ihn um ein Haar am Kinn erwischte. Mal wieder.

Simon schüttelte den Kopf. Sie war so gar nicht, was er erwartet hatte. »Du hast mir nicht geantwortet«, sagte er und bemühte sich, ihren Duft zu ignorieren. Schwindelerregend aromatisch. Dunkel. Der sinnliche Duft einer Frau.

Sie benetzte sich die Lippen. Es war lediglich ein kurzes Huschen mit der Zungenspitze, bei dem sein Schwanz zuckte.

Ganz klar *nicht,* was er erwartet hatte, aber er beklagte sich nicht. Nein.

»Glaub mir, das willst du nicht wissen.« Sie ging einige Schritte rückwärts und lächelte. »Danke, dass du mir den Arsch gerettet hast, Chase.«

Mit diesen Worten verschwand sie. Drehte sich um und marschierte mitten durch die Cops, die nach wie vor überall herumwuselten. Und Simon sah besagtem Arsch nach. Hübsch, stramm und rund genug, um ihn in beiden Händen zu halten.

Er wartete eine Sekunde. Zwei.

Dann ging er ihr nach, denn so leicht ließ er seine Beute nicht entkommen. Wo blieb denn da der Spaß?

Auf dem Weg nickte er höflich den Polizisten zu, an denen er vorbeikam.

Ihm wurde rasch klar, dass Dee nicht zurück zur Hauptstraße wollte. Die Frau zog sich nicht in ihren sicheren Wagen zurück. Stattdessen schlich sie durch die Seitengassen und begab sich noch tiefer in den finsteren Teil der Stadt.

Und sie blickte nicht einmal hinter sich.

Weil sie ebenfalls auf der Jagd war.

Tickte sie nicht richtig? Die Frau wäre fast erschossen worden! Sollte sie da nicht wenigstens ins Grübeln kommen? Er ballte die Fäuste, als er ihr folgte. Die Nacht verschluckte ihn und sie. Und sie beide jagten.

Zäh verstrich die Zeit. Noch eine uneinsehbare Straßenecke, noch eine Seitengasse. Er behielt sie im Blick Seine Nasenschleimhaut brannte, denn in diesen Straßen *stank* es. Nach Müll und Exkrementen. Er wollte sich nicht einmal vorstellen, in was er hier trat.

Die Frau sollte tunlichst auch seine Mühe wert sein.

Er bog um eine Ecke, wo eine weitere Gasse zwischen zwei hohen Häusern hindurchführte.

Dee war fort.

Er erstarrte und blickte geradeaus.

Dann hörte er leise Schritte hinter sich. Sie hätten ebenso gut ein Windrascheln sein können oder …

Simon drehte sich blitzschnell um und fand sich von Angesicht zu Angesicht mit Dee. Sie war bewaffnet, allerdings nicht mit dem Pflock sondern einer Schusswaffe. Und die richtete sie genau zwischen seine Augen.

Wahrscheinlich sollte er ängstlich sein. Oder irgendeine dämliche Entschuldigung murmeln, weil er sie verfolgt hatte.

Stattdessen starrte er sie einfach nur an.

»Gibt es einen bestimmten Grund, weshalb du mir nachstellst?«

Die Waffe blieb, wo sie war, während sich die anziehenden Lippen zu schmalen Linien zusammenpressten.

»Ja.« Er erlaubte sich, an ihr hinabzusehen, und ermahnte sich, behutsam mit ihr zu sein. Allzu leicht vergaß er, wie klein und zerbrechlich sie war.

Könnte an der Waffe liegen. Ja, die ließ einen solche Details schon mal vergessen.

Sie gab sich tough, dennoch bestand sie aus nichts als weichen Kurven und süßem, zartem Fleisch.

»Augen nach oben, Arschloch!«

Sie hatte also etwas dagegen, dass er ihr auf die Brüste gaffte. Verständlich. »Du warst weg, bevor ich dich nach deiner Nummer fragen konnte.«

Ihr fiel die Kinnlade herunter. *»Was?«*

»Deine Telefonnummer«, sagte er achselzuckend. »Ich meine, ich habe dir das Leben gerettet, sollte ich da nicht zumindest deine Telefonnummer kriegen?«

Sie knurrte etwas und nahm endlich die Waffe herunter. »Hör mal zu, Bursche …«

»Simon Chase.«

»Egal. Ich habe keine Zeit für diesen Blödsinn. Ich vögel nicht mit dir, weil du mich aufs Pflaster geknallt hast. Und nur dass du es weißt, deine sogenannte Rettungsaktion war unnötig. Das war nämlich nicht mein erstes Spiel mit fliegenden Kugeln, okay?«

Ich vögel nicht mit dir. Hmm. »Ich entsinne mich nicht, um Beischlaf gebeten zu haben.« Auch wenn er ihn nicht verweigern würde. »Soweit ich mich erinnere, sprach ich von deiner Telefonnummer.«

Sie bleckte die Zähne. Hübsche Zähne. Weiß und gerade. Nicht sonderlich groß, aber sie war ja auch menschlich.

Seine Zungenspitze glitt unwillkürlich über seine eigenen Zähne. Ein wenig schärfer als ihre.

»Ich arbeite, und ich habe keine Zeit für diesen …«

»Ja, schon gut. Übrigens hast du immer noch nicht meine Frage beantwortet.« Simon neigte den Kopf zur Seite. »Was für eine Arbeit ist das?«

Sie steckte ihre Waffe weg. »Die Art, die du nicht verstehen würdest.«

Unwahrscheinlich. »Überlegen wir mal. Du hattest einen Holzpflock in der Hand und warst ungefähr drei Meter von einem Vampir entfernt, als ich dich zum ersten Mal sah.« Er machte eine kurze Pause. »Ich würde sagen, das lässt auf Jägerin schließen.«

Sie musterte ihn. »Ach ja? Du weißt von den Vampiren? Schön für dich.«

»Oh ja, ich weiß von den Vampiren.« Zu viel. »Ich weiß ebenfalls von den Dämonen, den Geisterbeschwörern und den Gestaltwandlern, die sich in der Stadt herumtreiben.« Er kannte sogar ihren Boss, Jason Pak. Pak *war* die Night Watch Agency. Vor knapp zwanzig Jahren war er ins Kopfgeldjägergeschäft eingestiegen, und Dee war eine seiner Spitzenkräfte.

Aber sie musste ja nicht erfahren, dass er sie längst überprüft hatte.

Seine Hände waren inzwischen entspannt, nicht mehr zu Fäusten geballt. »Ich weiß alles über die *Anderen*.« In der feuchten Julihitze klebte ihm das Hemd auf der Haut. »Und ich habe schon vor sehr langer Zeit aufgehört, mich vor Monstern im Dunkeln zu fürchten.«

Unweigerlich ging ihr Mund ein wenig auf.

»Verfluchte Jägerin!« Die Stimme war schrill vor Zorn.

Mist!

Simons Blick richtete sich auf die Stelle jenseits von Dees Schulter. Der Vamp. Blut tropfte ihren Arm hinunter. Sie hatte die Reißzähne entblößt, und ihre Augen glitzerten schwarz.

»Ich reiß dir die Kehle auf und leg dich trocken, Schlampe. Ich mach dich …«

Kaum merklich veränderte Dee ihre Haltung. Simon sah wieder zu ihr. »Sicher, dass du keine Angst hast?«, flüsterte sie.

Er nickte kurz.

»Und ich schlitz deinen Liebhaber auf! Er wird darum betteln, zu sterben. Er wird …«

Dee wirbelte herum. Sie hatte ihren Pflock in der Hand. Wow! Er hatte nicht einmal mitbekommen, wie sie nach dem Pflock griff, und nun war er in ihrer Hand – nein, in der Luft. Er flog mit der Spitze voran in einem tödlichen Bogen auf die Vampirin zu.

Und versank in deren Brust.

Der Vamp gab einen erstickten Schrei von sich und sank auf die Knie.

»Ich wollte dich lebend schnappen«, murmelte

Dee. »Aber du musst diesen Abend unbedingt ruinieren, was?«

Das Schwarz in den Vampiraugen verblasste.

Dee machte die Schultern gerade und schritt auf die Vampirin zu. »Und er ist nicht mein Liebhaber.«

»Noch nicht«, ergänzte Simon, der feststellte, dass er beeindruckt war.

Sandra Dee hatte ihre Beute zur Strecke gebracht. Hatte sich nicht von ihm ablenken lassen. Nein, sie hatte nicht aufgegeben, war nicht verschwunden, als die Cops aufkreuzten.

Und als sich eine Chance ergab, ihre Beute zu töten, hatte sie nicht gezögert.

Interessant.

Endlich war es genau das, was er erwartet hatte.

Ein Team von Night Watch kam, um die Gasse zu reinigen. Sie brachten die Vampirleiche weg, weiß der Geier wohin. Aber eigentlich war es ihm gleich.

Die heutige Nacht war überaus erfolgreich gewesen. Alles in allem war Simon zufrieden mit den Fortschritten, die erreicht wurden.

Nächstes Mal.

Simon trat aus dem Schatten und klopfte an die schwarze Tür. Sie öffnete sich sofort, und als er über die Schwelle trat, zückte er bereits sein Geld.

Der Mann drinnen war klein, vierschrötig und hielt eine Waffe in der Hand. Sein schmieriges schwarzes Haar hatte er nach hinten gekämmt, und seine Knopfaugen blitzten, als er das Geld in Simons Hand sah.

Er griff nach den Scheinen.

Simon zog den Arm zurück. »Der Mensch wurde verwundet.«

Schweiß lief dem Mann über die Wange. Hier drinnen war es verflucht heiß. Aber, na ja, es war Sommer in Baton Rouge, also war es überall unerträglich heiß. »D-das war keine Absicht. Als du die Frau runtergeworfen hast, hat ihn die Kugel versehentlich gestreift.«

Gestreift, nicht getötet, und deshalb lebte der Schütze noch. »Ich will, dass du aus der Stadt verschwindest, noch heute Nacht.« Simon hielt das Geld nach wie vor außer Reichweite. »Sollte ich dich je wiedersehen, bist du tot.«

Ein hörbares Schlucken.

Simon neigte sich näher, hinreichend nahe, dass der Schütze in seinen Augen erkennen konnte, wie ernst es ihm war. »Und es wird kein schöner Tod.« Die, die er herbeiführte, waren es selten. »Hast du mich verstanden?«

Der Mann brachte ein kleines Nicken zustande.

Simon schleuderte ihm das Geld hin. Der Mistkerl hatte seinen Job gemacht. Er hatte auf Dee geschossen. Und Simon den Einstieg verschafft, den er brauchte.

Leider war der verwundete Mensch nicht Teil des Plans gewesen.

Simon wandte sich zur Tür. Es gab noch Arbeit. Stets gab es mehr Arbeit.

Die Kugel knallte ihm in den Rücken: Ein krachender Brandschmerz, der durch Haut und Muskeln direkt in den Knochen trieb.

Er schlug der Länge nach auf den Boden auf, hart, und Blut rann ihm aus dem Leib. *Verflucht!*

Das hätte er kommen sehen müssen. Dieser Tage durfte man Killern nicht trauen.

Er hörte das Knirschen von Schritten und ein aufgeregtes Flüstern. »N-niemand bedroht Frankie Lee.« Noch ein Schuss. Der ging direkt hinten in sein rechtes Bein.

Simon schrie nicht. Er biss die Zähne zusammen und kämpfte gegen den Schmerz.

»Du bist derjenige, der keinen leichten Tod kriegt, Arschloch!« Noch ein Schuss, diesmal in den linken Oberschenkel.

Mistkerl!

Frankie packte Simons Haar am Hinterkopf und riss seinen Kopf hoch. Nun starrte Simon direkt in den Waffenlauf, und der Gestank von brennendem Metall drang ihm in die Nase. »Niemand bedroht …«

Weiter kam Frankie nicht, denn Simon sprang auf und brach ihm das Handgelenk.

»Scheiße!« Sämtliche Farbe wich aus Frankies Gesicht.

Die Waffe fiel klappernd zu Boden. Simon sah nicht einmal hin. Er brauchte sie nicht. Und mit der Waffe wäre es zu kurz und schmerzlos. Was überhaupt nicht seinem Stil entsprach.

Simon griff sich den zappelnden Dreckskerl, schlang eine Hand um Frankies Hals und drückte ihn an die Wand. Frankies Beine strampelten einen guten halben Meter über dem Boden.

» Wie zum Henker …«

Simon lächelte, als Frankie zu schlottern begann.
»Sag nicht, ich hätte dich nicht gewarnt«, flüsterte Simon, dem sein eigener Blutgeruch die Sinne benebelte. »Du hattest deine Chance.«
Jetzt war er dran.

Zweites Kapitel

»Bereit für einen neuen Fall?«

Dee blickte auf, als Jason Pak in ihr Büro kam. Er trug einen seiner schicken Anzüge – wie üblich – und lächelte.

Paks Lächeln war nie ein gutes Zeichen.

Dee nahm langsam die Füße von ihrem Schreibtisch. »Was für ein Fall?« Sie hatte eigentlich überlegt, ein bisschen Urlaub zu machen, vielleicht rüber nach Biloxi zu fahren, in einem der Casinos zu wohnen und den Strand zu genießen.

Pak schloss die Tür hinter sich. Lautlos. Er war sehr begabt darin, keine Geräusche zu machen. Einmal hatte er Dee erzählt, dass er das Jagen und Fährtenlesen von seinem Choctaw-Großvater lernte.

Und das Töten lernte er, indem er seiner koreanischen Mutter folgte.

Er kam auf Dees Schreibtisch zu und warf ihr eine Akte hin. »Wir haben Nachricht, dass ein Geborener in der Stadt ist.«

Dee gefror das Blut in den Adern, bis sie das Gefühl hatte, ihre Haut wäre von Eis benetzt.

Ein Geborener. Sie befeuchtete sich die trockenen Lippen. Okay, es gab nur wenig, was ihr Angst machte, aber diese Typen taten es. »Was macht ein Geborener in dieser Stadt?« Geborene waren selten, Gott sei Dank. In den USA gab es nur eine Handvoll, denn die meisten von ihnen hielten sich lieber in Europa oder Afrika auf.

Geborene waren Vampire, die als Blutsauger auf die Welt kamen. Also, technisch gesehen wurden sie mit menschlichem Aussehen geboren, verhielten sich menschlich, waren es aber nicht.

Irgendwann vertrugen sie keine menschliche Nahrung mehr, und die Blutgier überkam sie. Ihre Zähne wurden schärfer, ihre Kraft wie auch ihre sinnliche Wahrnehmung steigerten sich ins Extrem.

Dann wusste man, dass diese Freaks nicht menschlich waren. Und sie waren so gut wie unsterblich.

Pak zuckte mit den Schultern, seine dunklen Augen fest auf Dee gerichtet. »Ich vermute, dass er sich eine hübsche kleine Vampirarmee zusammenstellen will.«

Dee biss die Zähne so fest zusammen, dass ihr die Kiefergelenke wehtaten. Die Vampirismusplage verdankte sich dem schlechten genetischen Scherz, der diese Geborenen waren. Sie nämlich waren es, die loszogen, ihre Beute bissen, ihnen von ihrem Blut gaben. Und so geschah es, dass sich die einst wenigen DNS-Ausrutscher vervielfachten. Im Mittelalter hatten sie beinahe ein ganzes Land ausgelöscht.

Schwarze Pest, von wegen!

Manchmal war es so einfach, die Geschichte umzuschreiben. Vor allem wenn man verhindern wollte, dass die Menschen in Panik gerieten.

Dee drückte ihre flachen Hände auf die Oberschenkel, um sich den Schweiß an der Jeans abzuwischen. Ja, sie schwitzte. Einen Geborenen zur Strecke zu bringen war kein leichter Job. Die Typen waren zu stark. Alle, von denen Dee bisher gehört hatte, waren fast tausend Jahre alt.

In der Vampirwelt wuchs die Kraft mit dem Alter, ganz besonders bei Geborenen.

»Die Straßen dürfen nicht von Genommenen überflutet werden«, sagte Pak, der die Arme vorm Oberkörper verschränkt hielt und Dee mit jenem kalten Blick beobachtete, der stets zu viel sah.

Sie rollte die Schultern und versuchte, sich nicht anmerken zu lassen, dass ihr Herz wie wild pochte. »Vielleicht hat der Typ gar nicht vor, Leute zu wandeln.« Die Genommenen waren jene Vampire, die getötet und als rasende Blutsauger wiedergeboren wurden. Die Wandlung überlebte längst nicht jeder. »Vielleicht will er nur ein paar Leute umbringen.« Ihre Stimme klang kalt und ausdruckslos. »Kann sein, dass er nichts als ein Blutbad will.«

Sandra Dee! Lauf, Baby, lauf …

Der Schrei hallte ihr durch den Kopf, und unwillkürlich presste sie die Hände fester auf ihre Oberschenkel. *Nein, daran darf ich jetzt nicht denken.*

Nicht solange Pak sie beobachtete, als wäre sie eine Laborratte.

»Ist lange her, seit die Stadt eine Vampirverwüstung erlebt hat.«

War ihr Gesicht eben noch eiskalt gewesen, brannten ihre Wangen nun wie Feuer. »Ja, an die sechzehn Jahre.« Es hätte genauso gut gestern gewesen sein können, denn diese blutgetränkten Erinnerungen verblassten nie.

Mama? Sie schlief nicht. Nein, sie lag nicht schlafend in ihrem Bett.

Pak neigte den Kopf nach rechts. »Du musst ehrlich zu mir sein, Dee.«

Diese Bemerkung katapultierte sie in die Gegenwart zurück. Sie setzte sich auf und sah Pak misstrauisch an. »Ich bin *immer* ehrlich zu dir, Pak. Immer.« In ihrem Leben gab es keinen Schatten, über den Pak nicht Bescheid wusste. Und ohne ihn säße sie auf der Straße.

Nein, sie wäre tot.

Sie war achtzehn gewesen, und er hatte ihr eine Bleibe gegeben. Für die er nichts nahm. Ein vierzigjähriger Mann, der eine Streunerin von der Straße aufsammelte.

Sex war nie ein Thema zwischen ihnen gewesen, auch wenn es die meisten nicht glauben wollten. Aber Dee pfiff darauf, was andere dachten. Pak war keine Vaterfigur für sie. Sie hatte einen Vater gehabt. Pak war schlicht jemand gewesen, der die Monster in Schach hielt.

Bevor er sie lehrte, wie sie selbigen Monstern in den Hintern trat.

Und er war jemand gewesen, der sich mit Verlust auskannte.

»Dies hier ist anders. Dieser *Fall* wird anders.« Der Mann war so still! Dee hatte nie verstanden, wie man so regungslos sein konnte. Sie selbst war immerzu in Bewegung, zuckte oder tippte mit dem Fuß, trommelte mit den Fingern.

»Es ist bloß ein Vampir«, sagte sie und wollte sich sehr gern glauben. »Geborener oder Genommener, die können alle sterben.« Sie zum Sterben zu bringen war das Brenzlige an der Sache.

Sie dazu zu bringen, *noch einmal* zu sterben.

»Wenn du damit nicht umgehen kannst, setze ich Zane auf ihn an. Er kann den Kerl auch schnappen.«

»Zane kennt sich mit Vampiren nicht so gut aus wie ich.« Zane Wynter war ein guter Jäger, keine Frage. Doch von Untoten verstand der Dämon weniger als sie.

Pak machte eine Pause. »Zane ist außerdem nicht menschlich. Er hätte nicht deine … Schwächen.«

Also das war ein Schlag unter die Gürtellinie. Dann war Zane eben ein Halbdämon, na und? Dee sprang auf. »Geisterbeschwörer haben auch keine verfluchten Superkräfte, die sie übermenschlich machen.« Ja, Geisterbeschwörer konnten mit Tieren sprechen, was ein Vorteil bei der Jagd nach paranormalen Raubtieren war. Doch mehr als ein Dutzend Agenten bei Night Watch waren Beschwörer, und die waren ihr um nichts überlegen.

Sie starrte den Chefbeschwörer wütend an. »Ich bin nicht schwach.«

»Das habe ich nie behauptet.« Wieder eine Pause. Mann, der Kerl musste dauernd diese Schweigenummer bringen! Mit der Taktik hatte er sie früher rasend gemacht. Okay. Machte er noch. »Und ich habe auch nie gesagt, dass ich einen Beschwörer auf den Fall ansetzen will.«

Nein, nur einen Dämon.

»Zane wäre sehr viel schwerer zu töten als du«, sagte Pak gelassen.

»Kann sein.« Ja, verdammt! Dämliche Dämonenkraft! Er hätte sich letzte Nacht nicht überrumpeln lassen. »Aber ich bin ein besserer Vampirkiller als er.« Was stimmte, auch wenn es zickig klang.

Bei Paks Kopfnicken atmete Dee erleichtert aus. »Ja, bist du.« Er zeigte mit einem Finger auf sie. »Aber du brauchst Hilfe. Ich will, dass Zane dir Rückendeckung gibt.«

Sie widersprach nicht, denn die Dämonenkräfte könnten ihr durchaus nützlich sein.

»Und ich sage Jude, er soll sich bereithalten, notfalls zu euch zu stoßen.«

Ah, Jude. Der Tigerwandler genoss gerade sein junges Glück mit der neuen Partnerin. Dee nickte. Sie würde gewiss keinen Gestaltwandler mit seinem hervorragenden Spürsinn abweisen, wenn sie einen Supervampir jagte.

Ihr Herzklopfen drohte nach wie vor, ihren Brustkorb zu sprengen, aber ihre Hände schwitzten nicht mehr. Sie fragte: »Also, wie heißt die Zielperson? Welcher Schurke denkt, er kann unsere Stadt übernehmen?«

Pak lächelte sein Aligatorgrinsen, und Dees Muskeln verkrampften sich. »Ich weiß nicht, wer er ist. Nur was er ist.« Er nickte zur Akte. »Wir wissen lediglich, dass in der Stadt das Gerücht geht, es wäre ein Geborener hier. Kein Name. Kein Gesicht. Aber sämtliche Hexen und Hellseher in der Gegend melden, dass sie eine besondere Macht spüren – und die nicht zu knapp.«

Dee merkte auf. Kein Name? »Und wer ist unser Klient?« Bei Night Watch gab es immer einen Klienten. Schließlich jagten sie nicht zum Vergnügen. Sie jagten die *Anderen*, weil die Cops solche Killer nicht aufspüren konnten. Wenn ein Übernatürlicher auf Mordtour ging, riefen die Polizeiobersten von Baton Rouge Night Watch hinzu.

Ja, das Night-Watch-Team nahm hier und da auch Menschen fest, um das Bild von der legalen Kautionsjäger-Agentur aufrechtzuerhalten, aber die eigentlichen Ziele waren Paranormale.

Pak zupfte seinen ohnehin makellos sitzenden Anzug glatt. »Bei diesem Fall bin ich der Klient.«

Verdammt! Er musste die Bedrohung für ernst halten, denn Pak ließ *niemals* einen Fall persönlich werden. Das war seine Grundregel.

»Und, Dee, ich will diesen Mistkerl kriegen, verstanden? Denn ich möchte nicht noch einmal erleben, wie Blut auf meinen Straßen strömt. Nie wieder.«

Bei einem Geborenen könnte das passieren. Er konnte ihnen die Hölle auf Erden bescheren.

»Betrachte ihn als gepfählt.« Leichte Worte, harter Job. Aber sie machte ihn, denn ganz gewiss sah sie nicht tatenlos zu, wie Unschuldige von Vampiren im Blutrausch niedergemetzelt wurden.

Wie Pak gesagt hatte, *nie wieder*.

Zeit, ihre Pflöcke zu spitzen und auf die Jagd zu gehen.

Die Musik war scheußlich, das Essen eine Zumutung und die Tanzenden kopulierten praktisch auf der Tanzfläche.

Dee lehnte an der Bar, bemühte sich, das Pochen in ihren Schläfen zu ignorieren, und ließ ihren Blick über die Menge im Onyx schweifen.

Dies war ihr achter Club. Nur Menschen. Nun, größtenteils. Das Onyx setzte auf ein ahnungsloses Publikum, was es zu einem idealen Lokal für Vampire machte. Es war ungleich leichter, Beute zu greifen, wenn die Menschen gar nicht mitbekamen, in welche Gefahr sie sich begaben.

Sie bemerkten es erst, wenn ihre Dates aufhörten, sie zu verführen, und anfingen, sich an ihnen zu nähren.

Dann war es zu spät, um zu schreien.

Dee trommelte mit den Fingern auf dem Bartresen. Zane lehnte hinten in der Ecke und ließ seinen Blick durch den Raum wandern. Neben ihm stand eine vollbusige Blondine. Typisch.

Jude war bislang nicht aufgetaucht. Aber er würde bald kommen, und dann konnte Dee es seiner Nase überlassen, den Laden hier zu überprüfen. Mal sehen, ob er den Verwesungsgeruch des Untoten aufspürte und …

»Darf ich dir einen Drink ausgeben?«

Sie beachtete die Männer um sich herum nicht, hatte die wenigen Anmachsprüche bisher mit frostigem Schweigen quittiert. Diese Stimme allerdings …

Dee sah nach links. Der große Dunkle war wieder da.

Und er lächelte auf sie hinab. Ein breites, strahlendes Lächeln, bei dem sich eine komische kleine Vertiefung auf seiner rechten Wange zeigte. Kein richtiges Grübchen; dazu war sein Gesicht zu hart. Diese Delle war ihr letzte Nacht nicht aufgefallen, doch da war sie auch vom Jagen und Töten abgelenkt gewesen.

Der Typ war wirklich scharf. Mist.

Dank der Strahler über der Bar, konnte sie ihn heute sehr viel besser sehen. Hier waren keine Schatten, in denen man sich verstecken konnte.

Kantige Züge, starkes Kinn, sexy Mann.

Sie benetzte sich die Lippen. »Ich habe schon was zu trinken«, antwortete sie und hielt ihr Glas hoch.

»Das ist Wasser, Babe.« Er winkte dem Barkeeper. »Ich bestell dir etwas mit Biss.«

Ja, das suchte sie schon den ganzen Abend. Vergeblich. Sie griff nach seiner Hand. »Ich arbeite.« Und Alkohol könnte sie langsamer machen, was sie nicht riskieren durfte. Nicht bei dem, den sie jagte.

Seine schwarzen Brauen bogen sich nach oben. Dann lehnte er sich näher zu ihr, so nahe, dass sie sein Aftershave riechen konnte. »Willst du heute Nacht wieder eine Frau umbringen?« Es war nur ein Flüstern, das ihr über die Wange wehte.

Sie kniff den Mund zusammen. »Vampir«, korrigierte sie leise und ließ seine Hand los.

Er blinzelte. Diese Augen waren unheimlich. Als würde sie von einem rauchigen Nebel angesehen.

»Letzte Nacht habe ich einen Vampir gejagt«, sagte Dee sehr leise, denn in einem Schuppen wie diesem wusste man nie, wer mithörte. »Und rein technisch gesehen war sie schon vorher umgebracht worden.«

Seine Finger schlossen sich um Dees Oberarm.

Sie hatte sich ein schwarzes T-Shirt übergestreift, ehe sie aus dem Haus ging, und nun berührten seine Fingerspitzen ihre Haut. »Stimmt vermutlich«, murmelte er und neigte sich noch weiter zu ihr.

Seine Lippen waren höchstens fünf, vielleicht nur drei Zentimeter von ihren entfernt.

Wie schmeckt er wohl?

Es war zu lange her, dass sie einen Liebhaber gehabt hatte, und dieser Knabe erfüllte alle ihre Voraussetzungen: groß, stark, sexy und sich dessen bewusst, was in der Stadt vorging.

»Möchtest du tanzen?« Welch verlockende Worte. In denen nicht der Hauch eines Akzents anklang. Nichts als Sex.

Ja, Dee würde wetten, dass er fantastisch im Bett war.

Find's raus. Eine nicht gerade dezente Provokation vonseiten ihrer Libido. Warum nicht? Sie war derzeit in keiner Beziehung. Er schien nicht abgeneigt und …

Dee stemmte ihre linke Hand gegen seine Brust und wollte ihn wegschieben. »Ich tanze nicht.« Erst recht nicht zu dieser zu schnellen, wummernden Musik, die ihr Kopfschmerzen machte.

Er wich nicht zurück, sondern blickte ihr in die Augen. »Schade.« Seine Finger strichen ihren Arm hinab und fingen ihr Handgelenk ein. Dann nahm er ihr das Glas ab, das er mit einem ziemlich lauten Knall auf den Tresen stellte.

Dee musterte ihn misstrauisch. »Verfolgst du mich?« Zwei Nächte hintereinander. Natürlich hätte es gestern Zufall sein können, ein Zufall, für den sie leider dankbar sein sollte, aber heute?

Ein Hauch von Lächeln umspielte seine Lippen. »Was ist, wenn ja?«

Seine Schenkel streiften ihr Bein. Große, kräftige Schenkel. Muskulös.

Dee schluckte. Dies war so gar kein geeigneter Zeitpunkt!

Dennoch war der Mann verführerisch.

Und sie konnte sich keine Ablenkung erlauben. Nicht jetzt. »Dann solltest du lieber sehr, sehr vorsichtig sein.« Dee stemmte ihn fester von sich weg.

Nun stolperte er tatsächlich einen Schritt zurück und grinste. »Du spielst die Unnahbare ziemlich konsequent. Allmählich glaube ich beinahe, du bist nicht interessiert, Sandra Dee.«

Wer war der Kerl? Dee sprang von ihrem Barhocker. »Richtig kombiniert, Freundchen.«

Wieder umfassten seine leicht rauen Finger ihr Handgelenk. Noch dazu überragte er sie um einiges. Aber das kannte sie ja schon. Wenn man nicht mal auf Stelzenabsätzen an die eins siebzig heranreichte, überragten einen die meisten Männer. Und Dee hatte in ihrem ganzen Leben noch keine hochhackigen Schuhe getragen.

Er beugte sich zu ihr und raunte: »Ich sehe doch, wie du mich ansiehst.«

Was sollte das heißen?

»Neugierig, aber nicht nur. Als lauerte eine wilde Seite in dir. Eine Seite, die gern ausgelebt werden möchte.«

Möglich. Und er wirkte wie jemand, der sich aufs Spielen verstand. *Nach dem Fall.*

»Ich kenne dich nicht, Chase«, sagte sie, wobei sie deutlich seine Berührung spürte. Und spürte, dass ihre Brüste sich anspannten und sie sich zu ihm lehnte, um mehr von seinem Duft zu inhalieren. »Ich weiß nicht …«

»Ich habe dir das Leben gerettet.« Ein Luziferlächeln. »Zählt das nicht?«

Doch, vielleicht.

»Dee!«

Das war Judes Knurren.

Chases Finger legten sich fester um ihren Unterarm.

Vielleicht auch nicht.

Der weiße Tigerwandler stürmte durch die Menge. Leute wichen aus, klug genug, ihm Platz zu machen. Binnen Sekunden war er an Dees Seite. Seine Nasenflügel bebten, seine Lippen kräuselten sich, und seine blauen Augen … tränten?

»Äh, Jude, was ist los?«

»Problem«, knurrte er. Im Knurren war er richtig gut. Seine Augen – die eindeutig tränten – richteten sich auf Chase. Beide Männer waren ungefähr gleich groß und von der gleichen rauen, kräftigen Statur. Jude allerdings war hell, seine Haut blass, sein Haar blond, wohingegen Chase …

Dunkelheit. Wieder kam ihr dieser Gedanke.

Judes Blick fiel auf die Hand, die immer noch Dees Gelenk umklammerte. »Mann, du solltest Dee lieber nicht belästigen.«

Super. Das brauchte sie momentan wahrlich dringend, dass er sich wie ein durchgeknallter Beschützer aufführte. »Ich komme klar.« Mehr als klar. Dann strich Chases Daumen über ihrem Handgelenk hin und her, so dass ihr Herz wild lospochte. Na und? Das war doch nichts.

Jude sah sie wieder an. »Wir haben ein Problem.«

Eines, das nicht vor einem Außenstehenden besprochen werden sollte, wie sie auf Anhieb begriff. Sie warf Chase ein lässiges Lächeln zu und bemühte sich sehr, gelassen zu bleiben. Ihr Leben war nicht wie das anderer Frauen. Sie konnte nicht einfach losziehen, einen netten Kerl aufgabeln und die Welt vergessen, während sie Sex hatten.

Nicht solange draußen Killer warteten.

Hätten die Leute in dieser Bar auch nur einen vagen Schimmer, was ihnen drohte …

»Wir sehen uns«, sagte sie betont gleichmütig und befreite sich von seiner Hand. Seine Finger waren rau gewesen, warm und stark.

Allzu gut konnte sie sich vorstellen, wie diese Finger über ihre Haut glitten, ihre Brüste umfingen, ihre Schenkel spreizten.

Dee schluckte. Okay. Es war offenbar zu lange her, seit sie flachgelegt worden war.

»Ich kann euch helfen.« Seine Worte bewirkten leider, dass sie zögerte und sich umdrehte. Verdammt!

Er sah sie vollkommen ruhig an.

»Heute Abend gibt's keine Laienvorstellung, Kumpel«, murmelte Jude, dessen Nasenflügel zuckten. »Dee und ich haben einen Job zu erledigen.«

»Vielleicht braucht ihr Beute, um einen Vampir anzulocken«, fuhr Chase fort, ohne die Augen von Dee zu nehmen. »Möglicherweise bin ich der Mann, den ihr braucht.«

Das ließ sich nur auf eine Weise herausfinden.

»Verdammt, was hast du dem erzählt?«, fragte Jude, der sich mit einer Hand über die Stirn wischte. »Bedeckt halten, Mann, *bedeckt*.«

Dee achtete nicht auf ihn. Das war meistens ziemlich leicht. »Wir haben das bereits geklärt.«

Chases Wangenmuskel arbeitete, aber er schob eine Hand in seine Gesäßtasche und zog eine Karte heraus. »Falls du es dir anders überlegst, ruf mich an.«

Nimm sie nicht, nimm sie nicht, nicht, ach … verdammt! Dees Finger krümmten sich um die Karte.

Sie hatte nicht einmal gesehen, wie sich seine Hand bewegte. Doch im nächsten Augenblick hatte er ihre umfangen und hob sie an seinen Mund. Seine Lippen pressten sich auf ihre Haut. Seine Zunge kostete sie.

Zwei Sekunden, höchstens drei. Dann ließ er sie los und lächelte auf diese Bad-Boy-Art. »Ich wollte nur mal ein wenig kosten.«

Das wollte sie auch.

»Dee …«

Diesen Ton kannte sie. Jude würde jeden Moment einen Anfall kriegen – oder das, was einem Anfall bei einem Tiger am nächsten kam.

Chase ging dicht an ihr vorbei und verschwand in der Menge.

»Besorg dir später einen neuen Lover, wir haben

jetzt Probleme.« Jude neigte sich zu ihr und flüsterte ihr ins Ohr. »Kymine.«

Dee hielt den Atem an.

»Die pumpen das hier rein. Und wenn hier Kymine verteilt wird …«

Dann waren hier auch Vampire.

Kymine. Eine süße kleine Kreation der Vampire, etwa zehn Jahre alt. Es handelte sich um ein Gebräu von Duftstoffen, mit denen der Geruchssinn von Gestaltwandlern ausgetrickst wurde.

Mit annähernd 95-prozentiger Genauigkeit konnten Gestaltwandler Vampirgeruch in einem Raum voller Leute ausmachen. Jude hatte ihr einmal erzählt, dass für ihn Vampire wie Leichen rochen. Ja, das leuchtete ein, bedachte man, dass sie tot waren. Jedenfalls irgendwie.

Um als Vampir wiedergeboren zu werden, musste ein Mensch sterben. Das Herz hörte auf zu schlagen. Das Gehirn stellte sämtliche Funktionen ein. Die Lunge arbeitete nicht mehr.

Tot. Kalt. Hallo, nächstes Leben.

Mehr oder minder Hallo. Denn war die Wandlung erfolgreich, wären wenige Momente wahren Todes das Einzige, was derjenige hatte. Sein Herz würde wieder schlagen, die Lunge sich wieder füllen, das Gehirn wieder loslegen.

Der Betreffende war also wieder lebendig, mit ein paar Extras.

Zum Beispiel Reißzähne, Superkräfte und eine unstillbare Gier nach Blut.

Da Vampire wussten, dass Wandler sie riechen konnten – und somit einen erheblichen Jagdvorteil genossen – hatten sie wie verrückt geforscht, bis sie endlich Kymine entwickelten.

Kymine war nur in geschlossenen Räumen verwendbar, in die es über das Lüftungssystem eingebracht wurde. Ein Wandler, der das Pech hatte, sich in einem solchen Raum aufzuhalten, verlor zeitweise seinen Geruchssinn.

Und fühlte sich, als würde ein Feuer in seiner Nase brennen.

»Ich kann nichts riechen«, flüsterte Jude ihr zu, so dass sie seinen Atem auf ihrem Ohr spürte. Für andere sahen sie wie ein Pärchen aus.

Das war die beste Art der Jagd. Täuschung. Irreführung.

»Die Mistkerle können direkt neben mir stehen«, sagte er, »und ich merke es nicht.«

So viel zum Wandler als ihrer Geheimwaffe heute Nacht.

Andererseits war es hier viel zu hell. Und zu voll. Falls ein Vampir hier war, könnte er sich sein Futter bestenfalls aussuchen, nicht aber vor so vielen Augen vernaschen.

Dazu musste er warten, bis er seine Beute allein erwischte.

Zcit für eine Planänderung. »Lass uns rausgehen. Du nimmst die Vorderseite, ich gehe nach hinten.« Zane sollte drinnen bleiben und die Bar im Auge behalten.

Der Clubbetreiber musste von den Vampiren wissen, denn warum sonst würde er Kymine in seinen Laden pumpen?

»Wir müssen Zane Bescheid geben. Er muss …«

»Schon geschehen.« Jude richtete sich wieder auf, wobei Dee eine kleine Reißzahnspitze erblickte. »Bist du bewaffnet?«

»Ist die Frage ernst gemeint?«

Die Andeutung eines Grinsens erschien auf seinem Gesicht. »Holen wir uns die Schweine.«

Guter Plan.

Sie griff in ihre Tasche und legte die Finger um ihren Pflock.

Die Nacht war zu ruhig. Vor allem für diesen Teil der Stadt. Es sollte Gelächter in der Luft liegen. Stimmen von Betrunkenen. Autohupen oder das schwache Wummern von Musik.

Dee schritt den Bereich bis etwa zehn Meter hinter dem Onyx ab. Keine Nachzügler, die auf Einlass warteten. Keine Liebespaare bei einem Quickie im Hinterhof.

Dee war allein.

Mit der drückenden Stille.

Die alles andere als natürlich war.

Sie wippte auf ihren Fersen und versuchte, nicht daran zu denken, dass Chase irgendwo in der Bar war. Wahrscheinlich hatte er sich umgänglichere Gesellschaft gesucht. Eine von diesen Frauen, die lachen und lächeln konnten und es auch so meinten; keine, die sich immer wieder umsah, weil sie wusste, dass überall Monster lauerten.

Fürchte dich vor der Dunkelheit. Eine Lektion, die sie schon mit fünfzehn lernte.

Und wie sie sich fürchtete.

Sehr leise Schritte waren hinter ihr zu hören. Dee

hielt sich vollkommen ruhig, um ihre Beute nicht zu warnen. Sie atmete langsam aus und …

»Du bist tot, Dee.«

Eine weiche Frauenstimme.

Dee drehte sich um. Die Frau, groß, dünn, mit langen, mitternachtsschwarzen Haaren, stand beim Ausgang zum hinteren Parkplatz. Sie war allein, unbewaffnet und lächelte.

Dee ließ ihren Pflock in der Tasche. Noch konnte sie unmöglich sagen, ob sie es mit einer Vampirin, einer Dämonin, einer menschlichen Frau oder weiß der Himmel wem zu tun hatte. *Komm schon, Jude, beweg deinen Arsch hierher.* Aber wenn das Kymine noch wirkte, würde er ihr auch nicht viel nützen.

»Hast du Angst?«, fragte die Frau.

Dee entschied, dass sie die Schlampe hasste. »Nein. Du?«

Die Frau glitt näher. Sie hatte diese nervig geschmeidige Art sich zu bewegen, die Tänzern eigen war.

Dee marschierte auf sie zu, mehr als bereit, sich der Angst zu stellen.

»Keiner wird trauern, Dee. Keiner wird dich vermissen, wenn du in der Erde verrottest.«

Na, was für ein entzückender kleiner Sonnenschein sie doch war! Dee schnaubte. »Und? Glaubst du, dass du mich dahin beförderst?« Sie schüttelte den Kopf. »Bedaure, Schwester, aber das haben schon einige vor dir probiert, und die Arschlöcher, die es auf mich abgesehen hatten, waren am Ende die, die im Grab landeten.«

Die Frau kniff die Lippen zusammen. Gut. Es

war immer gut, sie auf die Palme zu bringen, sie aufzuscheuchen, zu …

»Du hättest mit deiner Familie sterben sollen.«

Alles wurde rot vor Dees Augen. Blutrot. Wie das Blut, das ihre Hände befleckt, ihre Leiber bedeckt und sich auf dem Boden ausgebreitet hatte, als Dee sie fand.

Nein!

»Aber das macht nichts.« Die Schlampe reckte ihr Kinn. »Du bist jetzt tot.«

Der Sonnenschein hatte Dee auf die Palme gebracht. »Noch atme ich prima.« Sie hörte keine anderen Geräusche. Was bedeutete, dass sie entweder mit dem Sonnenschein allein war, oder die anderen stumm und geduldig in der Dunkelheit warteten, bereit für den richtigen Moment, in dem sie angreifen und töten konnten.

Äh, Jude?

Der Sonnenschein trug Jeans, Riemchensandalen und ein dünnes Spitzentop. Ihr Lächeln war strahlend und entblößte eine Menge Zähne.

Keine Reißzähne. Noch nicht. Die Reißzähne eines Vampirs verlängerten sich erst unmittelbar vor dem Nähren. So wie sich ihre Augenfarbe auch erst bei der Jagd in Schwarz wandelte.

Oder wenn sie vögelten.

Es gab nur eine Möglichkeit, wie Dee herausfinden konnte, womit sie es hier zu tun hatte.

Sie sprang vor, den Pflock fest in der Hand, schlug zu, packte den Sonnenschein und warf sie auf ihren Hintern. Dann wollte sie zustechen.

Die Frau verzog keine Miene.

Sie zeigte dasselbe leere Lächeln, als Dee den Pflock auf ihr Herz zubewegte. »Tot«, flüsterte sie wieder.

Keine Reißzähne. Keine schwarzen Augen. Wäre sie eine Vampirin, würde sie um ihr Leben kämpfen. Sie hätte instinktiv auf Jagdverhalten umgeschaltet. Aber sie würde nicht einfach daliegen wie ein Lamm auf der Schlachtbank.

Dee erstarrte, die Pflockspitze auf dem Spitzentop. »Wer zur Hölle bist du?«

Lachen. Tief. Total wahnsinnig.

Dee hob ihre Waffe. Einen Menschen zu pfählen, stand heute Nacht nicht auf ihrem Plan. Sie richtete sich auf, ohne den Blick von der Irren abzuwenden. »Du spielst ein gefährliches Spiel.«

»Nein, das tust du.« Die Frau rappelte sich langsam wieder hoch. »Ganz allein. Arme kleine Jägerin. Wirst du am Ende betteln?«

Was zum …

»Sie ist nicht allein.« Streng.

Das war nicht Jude.

Chase.

Sonnenscheins Lippen öffneten sich.

»Verschwinde«, befahl Dee ihm und kämpfte mit dem Drang, ihre Faust auf die dünne kleine Nase zu knallen. »Und hör auf, dich in Mist einzumischen, von dem du nichts verstehst.« Die Frau war offensichtlich eine Art Botin. Die meisten Jäger bei Night Watch hielten sich an die ungeschriebene Regel, keine Unschuldigen zu verletzen. Okay, Zane gehörte nicht zu ihnen, aber Dee wollte keinem Menschen wehtun.

Die *Anderen* wussten daher, dass sie ihre Warnungen am sichersten durch menschliche Marionetten überbringen konnten. Menschen, die es für spaßig hielten, im Dunkeln zu spielen.

Obwohl es eher einem Selbstmord gleichkam.

Ja, normalerweise verletzte Dee keine Unschuldigen. Aber diesmal war die Verlockung doch sehr groß.

»Du hast nicht einmal eine Woche«, sagte die Frau, und als sie den Kopf schräg legte, konnte Dee die Flecken an ihrem Hals sehen.

Bissmale.

Logisch. »Du auch nicht«, erwiderte sie, ohne zu Chase zu sehen. Noch nicht. »Du musst von ihnen weglaufen, so schnell du kannst, und sieh nie wieder zurück.«

Ein Blinzeln. »Warum? Die können mir alles bieten.«

Oder nichts. »Man kann keinem Vampir trauen.«

Das Lächeln wurde matter. »Man kann überhaupt keinem trauen.« Ihre Hand wanderte zu ihrem Hals und bedeckte die Male. »Macht das was, wenn man ewig leben kann?«

Ja.

Fingerspitzen streiften ihre Schulter. Dee wirbelte herum, die Waffe erhoben.

Chase sah sie an.

»Was? Mann, wie zum Geier hast du dich so schnell bewegt?« Und so *lautlos*.

»Wo ist dein Partner?«

Schritte. Dee blickte sich gerade rechtzeitig um, dass sie sah, wie der Sonnenschein auf eine Reihe geparkter Wagen zurannte. Sie wollte ihr nach, doch Chase hielt sie zurück.

»Dein. Partner.«

»Sie entkommt!« Wenn sie ihr folgte, könnten sie herausfinden, wo sich die Vampire versteckten, und …

»Gut. Die Kuh hat dir bloß gedroht. Wäre sie nicht weggelaufen, hätte ich sie wohl umgebracht.«

Was?

Ein Motor sprang an. Keine Zeit zum Streiten. Dee rammte ihm ihren Ellbogen in die Seite, wand sich, fuchtelte und trat schließlich zu.

Er torkelte rückwärts, und sie rannte los.

»Dee!«

Ihre Beine bewegten sich so schnell sie konnten. *Los, los!* Ein Wagen preschte vorwärts, ein kleiner roter Ford. Auspuffgase brannten in Dees Nase, und das Reifenquietschen malträtierte ihre Ohren. *Nummernschild, merk dir das …*

Verdammt. Ihre Schultern sackten ein.

Kies knirschte hinter ihr. »Das hat wehgetan, Dee.«

Wohl kaum. Hätte sie ihm wehtun wollen, wäre er jetzt verwundet. »Du darfst mich eben nicht festhalten.« Sie blickte auf die sich entfernenden Rückleuchten. Kein Nummernschild. Der Sonnenschein hatte dieses Treffen geplant. Wütend drehte Dee sich zu Chase um. »Sie ist entkommen.«

Er rieb sich die Seite. »Wo. Ist. Dein. Partner.«

Dee wollte an ihm vorbeigehen, doch er fing sie an der Schulter ab und hielt sie in seinem Arm gefangen.

Seine Augen glitzerten, als er zu ihr herabsah. »Du weißt schon, der blonde Idiot, der dir drinnen das Ohr abgeleckt hat. Wo ist er?«

Was war das denn? Eifersucht? Männer! Man ziehe die Jeans und die Designermarken ab, und man hatte Höhlenmenschen, die sich auf die Brust trommelten. »Jude ist mein Partner.«

»Ist er dein Liebhaber?«

Sie blies den Atem aus. »Das geht dich nichts an, okay? Ich bin an einem Fall, und du hast soeben meine Spur entkommen lassen und …«

Er küsste sie. Chase senkte diesen zu harten Mund auf ihren und trieb seine Zunge an ihren Lippen vorbei.

Sie hätte sich befreien können, ihm noch einen Hieb oder Tritt versetzen.

Ach was.

Sie wollte ihn schmecken.

Und so vergaß sie für ein paar wilde Sekunden die Vampire und den Tod, schlang ihre Arme um ihn und öffnete ihm den Mund weit.

Ja.

Ihre Zunge begegnete seiner. Sie war keine Frau, die sich gern nehmen ließ. Dee zog es vor, selbst zu nehmen.

Seine Hände umfassten ihre Taille, zogen sie näher, und die Wölbung seines Schwanzes drückte sich an sie.

Lippen und Zunge streichelten und kosteten sie, spielten mit ihr, dass sie mehr wollte. Viel mehr.

Ein Beben regte sich tief in ihrem Bauch, ein Hunger, wie sie ihn seit Langem nicht empfunden hatte.

Dieser Mann brachte sie zum Fühlen, weckte ihr Verlangen, und der Sex wäre zweifellos fantastisch.

Mit beiden Händen wanderte er zu ihrem Hintern und drückte.

Dann hob er sie hoch, so dass sie in der Luft baumelte, und hielt sie so fest an sich, dass ihre bereits harten Nippel an seine Brust drückten.

Ja.

Sie mochte starke Männer. Und sie mochte den Sex heiß.

Er erfüllte die Kriterien, und …

»Verdammt, Dee, ich dachte, du arbeitest an dem Fall, statt rumzumachen!«

Er versteifte sich an ihr. Dann löste er den Kuss und sah sie an. Seine Lippen waren rot und glänzend von Dees Mund. »Nicht dein Liebhaber«, wiederholter er, allerdings brauchte Dee einen Moment, bis sie begriff, dass er Jude meinte.

Den Kerl, der sich endlich bemüßigte, hier aufzukreuzen. »Nein.«

Er ließ sie behutsam wieder herunter. »Dann macht es dir nichts aus, wenn ich ihn verprügle?«

Ähm, nein, grundsätzlich hätte sie nichts dagegen.

Nur wäre es kein fairer Kampf, denn unmöglich könnte Chase einen Gestaltwandler schlagen, es sei denn – es sei denn, er wäre viel mehr als menschlich.

»Komm und versuch's«, forderte Jude ihn auf, und Dee musste nicht hinsehen, um zu wissen, dass er grinste.

Sie griff nach Chases Händen. »Was bist du?«

»Was ist das denn für eine Frage?«

»Eine, auf die ich eine Antwort brauche.« In dieser Stadt durfte man kein Risiko eingehen.

Er aber antwortete nicht, und seine Züge verhärteten sich.

Dee blickte hinüber zu Jude. »Ist das Kymine wieder weg?«

»Größtenteils.« Er schnüffelte ein bisschen. »Er riecht nicht nach Tod«, sagte er und zog eine Grimasse. »Nur nach Schickimicki-Parfüm.«

Dees Schultern entspannten sich. Kein Vampir. Okay. Mit allem anderen konnte sie einigermaßen umgehen.

Chase trat einen Schritt von Dee zurück und bedachte Jude mit einem ernstlich sauren Blick. »Schnüffel nie wieder an mir, Tiger.«

Tiger? Er wusste über Jude Bescheid?

Dem Gestaltwandler war nicht die Spur von Überraschung anzusehen. »Willst du die ganze Nacht herumnerven und jaulen, oder beantwortest du die Frage der Dame noch?«

Was bist du?

Chase sah wieder zu Dee. Diese rauchig grauen Augen schienen zu tief in sie hineinzuschauen. »Ich bin der Mann, der ihr den Rücken gedeckt hat, zwei Mal, als du nicht in der Nähe warst.«

»Dee braucht keinen, der auf sie aufpasst. Die Frau ist eine …«

»Jeder braucht Rückendeckung.« Seine Finger strichen über Dees Wange, und sie hielt den Atem an.

»Oh, Dee … Scheiße«, murmelte Jude.

Sofort machte sie sich gerade. Sie würde nicht schwach werden. Nicht vor Jude. Er hatte sie ausgebildet. Er war bei ihrem ersten Auftrag bei ihr gewesen.

Nicht vor ihm! »Wir hatten Besuch.« Nun war sie es, die zurückwich, denn mit der sanften Berührung konnte sie nicht umgehen.

Hart, wild, rau, ja, das war eher ihr Stil.

Chase ballte die Hand und nahm sie herunter.

»Und diesen Besuch hast du wo bemerkt? Im Hals dieses …?«

»Ich habe einen Namen. Der lautet Simon Chase.«

»… Kerls?«

Sie sah Jude an. Sehr streng, bis er den Blick senkte. Schon besser. »Der Besuch war vorher hier. Eine süße kleine Maus mit Bissmalen am Hals.«

Jude holte hörbar Luft. »Ein Köder?«

»Nein.« Oder vielleicht doch. Vampire waren bekannt dafür, verführerische Frauen zu benutzen, um andere Beute anzulocken. Die Technik wirkte Wunder, weil sich die meisten Leute von einem hübschen Äußeren angezogen fühlten. Dem folgten sie und fanden sich in einer Hölle voller Reißzähne wieder. »Sie sollte mir eine Nachricht überbringen.«

»Aha.«

Chase blickte von Dee zu Jude und zurück. »Warum schicken sie die Frau? Ich meine, wenn du denkst, dass ein Vampir sie geschickt hat …«

Sie hielt ihren unbenutzten Pflock in die Höhe. »Sie wusste, dass ich ihr nichts tue.« Nicht viel jedenfalls.

»Was hat sie gesagt?«, fragte Jude.

Dee zögerte.

Chase nicht. »Sie hat Dee erzählt, dass sie sterben wird.«

So viel zu dezenten Hinweisen.

»Dreckskerle.«

Ja, das dürfte es recht treffend zusammenfassen.

»Und du hast sie entwischen lassen?«, knurrte Jude. Es war ein sehr tiefes, rumpelndes Knurren, das von dem Raubtier in ihm kam.

»Ich war abgelenkt.« Die einen Meter achtundneunzig große und zweihundert Pfund schwere Ablenkung trat neben ihr von einem Fuß auf den anderen. »Es kommt nicht wieder vor.«

»Verlass dich nicht drauf«, raunte Chase.

Sie sah ihn an.

Der Kerl hatte doch tatsächlich die Stirn, zu grinsen!

Probleme. Wieso, *wieso* spürten die sie immer und überall auf? Und warum musste dieses so sexy sein?

Drittes Kapitel

Dee wachte schreiend auf, ihre Haut schweißnass und mit trommelndem Herzschlag.

Sie brauchte eine Minute, um das Blut zu verbannen und die Angst herunterzuwürgen.

Es war so lange her, und immer noch verfolgte es sie in ihren Träumen.

Dee sprang aus dem Bett. Die Neonziffern auf ihrem Wecker leuchteten zu hell. Vier Uhr acht. Sie hatte gerade mal eine Stunde geschlafen.

Mist!

Das T-Shirt klebte ihr klamm und verdreht am Leib; jeder ihrer Muskeln zitterte; ihre Haut brannte, und sie hatte einen Knoten im Bauch.

Verfluchte Träume!

Warum heute Nacht? Warum? Der Letzte lag über drei Monate zurück, und als sie gerade glaubte, sie hätte endlich ihre Dämonen besiegt, schlichen sie sich hinterrücks wieder an.

Sie schritt quer durchs Zimmer. Auf keinen Fall würde sie weiterschlafen. Das konnte sie nicht.

Das Adrenalin machte sie schnell.

Raus hier.

Ihre Wohnung war zu klein und im Sommer viel zu heiß. Dee schob die Balkontüren auf, doch draußen war die Luft noch stickiger und sogar noch heißer.

Ihre Klimaanlage surrte vor sich hin, brachte aber sehr wenig.

Ich liebe dich, Sandra Dee.

Sie kniff die Augen zu. Nein, verdammt! Sie würde das nicht tun. Nicht schon wieder.

Sirenen heulten in der Ferne. Irgendwo in der Stadt gab es immer Ärger. Menschliche Mörder. Übernatürliche Monster. Niemals Ruhe. Jedenfalls nicht für sie. Nirgends.

Kein Frieden, aber vielleicht …

Vielleicht könnte sie etwas anderes haben. Zumindest eine Weile lang.

Sie öffnete die Augen, drehte sich um und suchte nach der Karte, die sie auf ihren Nachttisch geworfen hatte. Ihre Finger zitterten, als sie sie berührten.

In dem Moment, in dem sie nach Hause kam, hatte sie die Karte zerknüllt und in den Müll geworfen.

Dann hatte Dee sie wieder herausgefischt. Blöd.

Aber ihr Herz wollte nicht langsamer schlagen. Ihre Haut brannte wie Feuer, und wenn sie an Simon dachte, stellte sie sich *ihn* vor und hörte auf, Blut zu sehen.

Dee war das Blut so leid.

Ein Name und eine Telefonnummer waren in schwarzen Lettern auf die weiße Karte gedruckt. Keine Adresse.

Jetzt konnte sie ihn nicht anrufen. Ausgeschlossen. Es gab nur einen einzigen Grund für eine Frau, einen Mann um diese Zeit anzurufen.

Ja, einen Grund.

Beim Ausatmen bebte ihr Brustkorb. Dee stellte fest, dass sie ihn immer noch schmecken konnte. Den Druck seiner Lippen auf ihren noch fühlen konnte. Ebenso wie das Streicheln seiner Zunge.

Womöglich war er nicht allein. Wahrscheinlich nicht. Ein Mann wie er, quasi triefend vor Sex-Appeal, brauchte sicher nur mit den Fingern zu schnippen.

Sie legte die Karte wieder hin. Für einen Moment glaubte sie, rote Flecken auf ihren Fingern zu sehen.

Nein. Nein, das war nur eine Erinnerung.

Oder nicht?

Kopfschüttelnd ging sie ins Bad. Eine schöne kalte Dusche, das war es, was sie brauchte.

Oder ihn.

Mist! Dee schnappte sich das Telefon und wählte, ehe sie sich bremsen konnte. Ein Klingeln. *Bescheuert! Das kannst du nicht machen.* Zwei. *Bist du irre? Lass das.* Drei.

»Night Watch.« Es war die Geheimnummer für das Team, die sie anriefen, wenn sie außerhalb der Bürozeiten Informationen brauchten.

»Grace? Hier ist Dee. Hast du schon den Namen für mich überprüft?« Denn sie war misstrauisch, woran sich wohl nie etwas ändern würde.

Ein schwaches Summen aus dem Hörer, dann: »Ja, ich habe die Daten hier. Soll ich dir die Akte faxen?«

»Gib mir gleich die Eckdaten.« Dee musste es sofort wissen, bevor sie einen tödlichen Fehler beging. »Und schick mir dann den Papierkram.« Später würde sie alle Details erfahren wollen. Das war eben ihre Art.

»Simon Lawrence Chase.« Dees Finger umklammerten das Telefon krampfhaft, als Grace begann. Ja, Dee hatte ihren potenziellen Liebhaber überprüfen lassen, na und? Als Frau musste man vorsichtig sein, schließlich wusste man heutzutage nie, was man sich auf die Bude holte.

»Alter vierunddreißig.« Wirklich? Es war schwer zu schätzen gewesen. Er hätte jünger sein können oder … »Geboren in New Orleans. Ist von hier weg, als er sich meldete.« Militär? Mit den langen Haaren?

»Er dient aber nicht mehr.« Dessen war Dee sich sicher.

»Nein. Wie es aussieht, war er eine Zeit lang bei der Legion«, antwortete Grace.

Legion. Die Fremdenlegion. Ja, das konnte Dee sich vorstellen. Nach kurzem Zögern stellte sie die wichtigste Frage: »Irgendein Hinweis, dass er nicht rein menschlich ist?«

»Negativ.«

Dee entspannte sich. Ein oder zwei Mal hatte sie einen dämonischen Liebhaber gehabt. Über die beklagte sie sich gewiss nicht, denn im Bett waren sie phänomenal gewesen, aber ein Mensch …

Dem bin ich gewachsen.

»Da ist allerdings noch was anderes, Dee. Etwas, das du wissen solltest.«

Ach du Schande! Irgendwas versalzte ihr doch immer die Suppe. »Was?«

»Den Akten nach wurden seine Eltern vor einigen Jahren ermordet. Es wurde als Einbruchdiebstahl abgetan, der aus dem Ruder lief, aber …«

»Aber du denkst, dass es kein Einbruchdiebstahl war, sondern mehr?« Das war es oft.

»Schmuck wurde gestohlen, Fernseher und Computer waren weg, und die Eltern, Janice und Ned Chase, fand man mit aufgeschlitzten Kehlen.«

Aufgeschlitzte Kehlen. Die simpelste Art, einen Vampirangriff zu verschleiern.

»Ich habe einen Leichenbeschauer unten in New Orleans angerufen, den ich kenne.« Einer der Gründe, weshalb Grace so hervorragend in dem Job war: Sie hatte überall Beziehungen. »Anscheinend war weniger Blut am Tatort, als die Wunden erwarten ließen.«

Weil die Parasiten sie leergetrunken hatten. Hmm. Kein Wunder, dass der Mann so viel über Vampire wusste.

Aus persönlicher Erfahrung.

Genau wie ich. »Danke, Grace. Ich bin dir was schuldig.«

Schweigen, dann ein sehr leises »Nein, bist du nicht«.

Sie beendeten das Gespräch, doch Dee hielt das Telefon weiter umklammert. Er hatte die Überprüfung bestanden, und seine Vergangenheit war ebenso verkorkst wie ihre eigene.

Dee schluckte. Er war sicher.

Oder so sicher wie es ein Liebhaber für sie sein konnte.

Ihre Finger wählten von allein. Diesmal gab es kein Zögern. Keine dämliche Stimme, die in ihrem Kopf flüsterte.

»Dee.«

Nur ihr Name, sonst nichts. Verlangend gehaucht. Mit derselben Lust, die ihre Brüste hart machte und ein Ziehen in ihrem Schoß hervorrief.

Oh Mann! Sie atmete tief ein. Natürlich hatte er gewusst, dass sie es war. In diesen technikbesessenen Zeiten leuchtete ja ihr Name auf dem Display auf. Folglich konnte sie auch nicht mehr kneifen.

»Wo bist du?«, fragte er.

Sie zupfte an ihrem T-Shirt, das ihr nach wie vor auf der Haut klebte. »Zu Hause.«

»Was möchtest du, Sandra Dee?«

Ihr Schoß bebte nur von der Stimme, die in der Dunkelheit auf sie einflüsterte.

Er wusste, was sie wollte. Das musste er. »Bist du allein?« Garantiert nicht. Wahrscheinlich krabbelte in diesem Moment irgendeine gut bestückte Frau auf ihm herum.

»Was möchtest du?« Eine sinnliche Frage.

»Dich.« Sie räusperte sich. »Apartment B-6, Groves Terrace.«

Sein Atem rauschte durch die Leitung.

Klick.

Ihr war klar, dass er kam.

Dee legte das Telefon hin und ging zum Bett. Dort hob sie die Matratze hoch, um sich zu vergewissern, dass ihre Waffe da war. Sie hatte ihre Waffen stets in Reichweite.

Er kam.

Ihr Blick fiel auf ihre Hände. Kein Blut. Diesmal nicht.

Mist, Mist, Mist! Wenn das kein sauschlechtes Timing war. Simon sprang aus seinem Mustang und blickte hinauf zum Apartmentgebäude links. Unten war eine große weiße Terrasse, und im ersten Stock standen Balkontüren offen.

Dee.

Sie war schnell gewesen. Schneller, als er erwartet hatte. Doch er hatte nicht vor, sie abzuweisen. Wenn die Lady ihn wollte, sollte sie ihn haben.

Zum Henker mit dem Sonnenaufgang!

Ihnen blieb noch eine Stunde. Mindestens. Später würde er sich mehr Zeit nehmen. Aber jetzt gab er ihr, was sie wollte.

Und sorgte dafür, dass sie mehr wollte. Denn bald würde sie ihn dringender brauchen, als sie jemals jemanden gebraucht hatte. Genug, dass sie sich von allem und jedem abwandte.

Simon lief die Treppe hinauf und hob die Hand, um anzuklopfen.

Dee riss die Tür auf. Da stand sie, in einem dünnen T-Shirt, das ihre Brüste umschmeichelte und ihr kaum bis zu den blassen Oberschenkeln reichte, und blickte ihn mit diesen großen dunklen Augen an.

Simon versuchte, nicht mit offenem Mund zu gaffen. »Ähm, Sandra …«

»*Dee.*« Sie packte ihn beim Kragen und zerrte ihn in die Wohnung.

»Ah, wozu die Eile?«

»Ich will nicht, dass die Nachbarn dich sehen.«

Was? Sie hatte Nachbarn, die um halb fünf morgens wach waren?

Und seit wann war er ihr schmutziges kleines Geheimnis?

»Ich bin nicht an immer und ewig interessiert.«

Er sah sie verwundert an.

»Ich will nicht von dir hören, dass du mich liebst, keine Lügen oder Versprechen, die du nicht halten kannst.«

Er trat die Tür hinter sich zu und blickte an ihr hinab. Kein BH. Slip? Seine Nasenflügel weiteten sich. Ja, aber der war feucht.

Oh Mann.

Sie hatte ja gesagt, dass sie ihn wollte, und dasselbe sagte ihr Körper; doch noch ehe sie den Mund aufmachte, wusste er, was sie sagen würde.

»Ich will einfach nur vergessen.«

Ja, er wusste, dass sie es sagen würde, weil er sie kannte. *Kenne deinen Feind.*

Aber Dee war kein Feind. Sie war …

Sie wich einen Schritt zurück, streifte sich ihr T-Shirt ab und warf es auf den Boden.

Sein Schwanz zuckte hinterm Reißverschluss seiner Jeans. *Verdammt!* Kleine, vollkommene Brüste, rund mit hellbraunen Spitzen. Hart, bereit für Simons Mund und …

Die Couch war hinter ihr. Er nahm sie in seine Arme und warf sie auf die Polster. Dann folgte er ihr und fing einen Nippel mit seinem Mund ein, weil er sie dringend schmecken wollte. Nehmen.

Die Zeit drängte.

Seine Lippen schlossen sich um die Spitze, die er mit der Zunge streichelte. Er hörte Dees Stöhnen, fühlte ihre Hüften, die sich an ihm rieben, und roch ihre Erregung: aromatischer, feuchter Nektar.

Seine Zähne schabten über ihre Haut, und sie erzitterte. Das war keine Furcht. Nein, nicht einmal annähernd.

Verflucht. *Verflucht!*

Er küsste sich seinen Weg über ihre Brust, wobei sein Mund zarte Narbenwölbungen ertastete. Lange, dünne Linien, blass, weil Wunden bei Sandra Dee rasch verheilten.

Sie hätte sterben können.

Er wusste von dem Angriff, denn auch er hatte nachgeforscht.

Nun fing er die zweite Brustspitze ein, sog mit Lippen und Zunge an ihr. Ihre Finger krallten sich in sein Hemd, rissen es hoch, und dann berührte sie seine Haut. Heiße, hastige Berührungen, die ihn erkundeten.

Er wiegte sich an ihr, drückte sein vollständig erregtes Glied an ihre Scham. Dees Schenkel waren gespreizt, und als er sie auf die Couch legte, hatte er sich direkt zwischen sie gedrängt.

So spielte es sich besser.

Und so quälte er sich effektiver.

»Jeans ausziehen«, befahl sie in einem rauchigen Flüstern. Ihre Finger waren auf seinem Bauch, glitten tiefer, auf den Jeansknopf zu.

Nein.

Er packte ihre Hände. »Du bestimmst hier nicht, Babe.«

Ihre Augen standen weit offen, so braun und tief, glühend vor Verlangen. Ihre Lippen waren geöffnet.

Er küsste sie, drang mit der Zunge in sie ein und schmeckte den wilden Honig und die Würze von Dees Naturaroma. Süß und wild – die ideale Mischung für seine kleine Vampirjägerin.

Finstere Gier baute sich in ihm auf, nährte die Lust, die er im Zaum hielt. Verlockend, wie ungeheuer verlockend.

Ihre Zunge strich über seine. *Gib ihr, was sie will.*

Nein. Nein, sie wusste ja gar nicht, was sie wollte. Nicht richtig.

Noch nicht.

Er löste seine Lippen von ihren und versuchte, nicht auf die Finsternis zu achten, die sich in ihm ausbreitete.

Der Morgen naht.

Er leckte ihren Hals. Süße Haut. Ihr Puls pochte an seinem Mund, beschleunigt vor Erregung, berstend von Leben.

Behutsam strich er mit den Zähnen über ihre Haut.

Sie zuckte, wehrte sich aber nicht. Er hatte ihre Handgelenke eingefangen und drückte sie mit der linken Hand über ihrem Kopf ins Sofakissen.

Wahrscheinlich glaubte Dee, sie könnte sich jederzeit von ihm befreien.

Die Frau hatte keine Ahnung, wie sehr sie sich irrte.

Sie hätte ihn nicht zu sich einladen dürfen. Nun besaß er die ganze Macht, und sie war sich dessen nicht einmal bewusst.

Seine Zähne wollten sich tiefer in ihre Haut bohren. Ein Teil von ihm wünschte sich, dass sie die Gefahr erkannte.

Stattdessen wanderte er mit der rechten Hand ihren Körper hinab. Weiche Haut über einem durchtrainierten Körper. Dee war eine Kämpferin, was sich ebenso wenig leugnen ließ wie die Male der Vergangenheit, die ihre blasse Haut zeichneten.

Er verharrte über ihrem Bauch. Flach und glatt.

Sein Mund öffnete sich weiter.

Blitzschnell hatte sie ihre Hände befreit. *Das hatte ich nicht erwartet.* Sie stemmte die Fäuste gegen ihn.

Simon stützte sich auf und blickte sie an. Wie viele Lichter in der Wohnung brannten. Lichter gegen die Dunkelheit.

Die Morgendämmerung naht.

»Spiel nicht den Vampir bei mir. Der Scheiß macht mich nicht scharf.«

Nicht?

»Und für dich ist das garantiert auch nichts.«

Ah, also hatte sie ihn schon überprüft. Was bedeutete, dass er Grace gehen lassen musste.

Ein Jammer.

Er hätte ihre Dienste gern wieder in Anspruch genommen.

»Wenn du damit nicht klarkommst, raus hier.«

Kalt. Unnachgiebig. Genau wie er es von einer Jägerin wie ihr erwartet hatte.

Aber ihre Augen funkelten, nicht mehr nur vor Lust, sondern auch vor Furcht, und ihre Lippen bebten. Simon wusste besser als jeder andere, welche Dämonen sie peinigten.

»Ich gehe nirgends hin.« Vorerst.

Zum Teufel mit dem Sonnenaufgang.

Vergessen.

Seine Zunge kostete und leckte. Sein Mund bearbeitete die harte Knospe ihrer Leidenschaft. Er spürte, wie sie sich versteifte, ihre Muskeln sich anspannten, und lernte, was ihr gefiel.

Was sie liebte.

Ihre Schenkel zitterten, während sie sich mit beiden Händen an seine Schultern klammerte. Nicht dass er irgendwohin gehen würde. Im Moment wollte er nur hier sein.

Mit der Zunge drang er in ihr Geschlecht. Ihr Geschmack, diese Mischung aus süß und würzig, füllte seinen Mund, und er wusste, dass er nicht genug bekommen könnte. Nicht mehr.

Lange nicht genug.

Das Beben begann in ihrem Schoß, jenes verräterische Anspannen unmittelbar vor dem Orgasmus.

Schrei für mich.

Er gab ihre Schenkel frei, drückte seinen Daumen auf ihre Klitoris und stieß mit der Zunge in den engen Spalt …

Dee kam, wölbte ihm ihren Körper entgegen und grub die Finger in seine Schultern.

Aber die Frau machte keinen Laut.

Er blickte zu ihr auf und sah, dass ihre Augen glänzten. Ihr Gesicht hatte die perfekte Röte der Befriedigung angenommen, aber sie biss sich auf die Unterlippe, um ihren Wonneschrei zurückzuhalten.

Was für ein Unsinn!

Er richtete sich auf, leckte sich die Lippen, die nach ihr schmeckten, und wollte sie so dringend vögeln, dass er innerlich brannte. Ein Blutstropfen erschien auf ihrer Lippe. Klein, sehr rot.

Sein Mund neigte sich zu ihr. *Ganz ruhig.*

Sie drehte den Kopf zur Seite, so dass seine Lippen ihre Wange streiften.

Verdammt!

Ihre Finger lösten sich von seinen Schultern, worauf er sich sofort die bohrenden Nägel zurücksehnte. Sie streichelte ihn mit den Fingerrücken, unsicher, sowie das Feuer erlosch. »Das war … ähm … nett.«

Wie bitte?

Er stützte seinen Oberkörper auf, umfing ihr Kinn mit einer Hand und zwang sie, ihn anzusehen. Ihre Zunge glitt über die Unterlippe und wischte den Blutstropfen weg. »Nett?«, wiederholte er.

Nein, das konnte sie unmöglich gerade gesagt haben.

Ihre nackten Beine bewegten sich an seinen jeansverhüllten Schenkeln.

»Weit besser als nett«, sagte er bestimmt.

Eine blonde Braue bog sich nach oben.

»Das Beste, was du jemals gehabt hast«, fuhr er fort und blieb bemüht ernst, auch wenn er angesichts ihrer verdutzten Miene grinsen musste.

Dee blinzelte. »Du weißt nicht, was ich schon gehabt habe.«

Nun wurde er plötzlich wütend. »Das will ich gar nicht wissen«, raunte er.

Ihre Finger tauchten zwischen sie und griffen nach dem Jeansknopf. »Sehen wir mal, was passiert, wenn wir …«

Er biss die Zähne zusammen. Nun kam der

schmerzliche Teil. Seine Eier wären den ganzen Tag über blau. »Ich muss gehen, Babe.«

»Was?« Überraschung. Verletztheit?

Vielleicht. Ein gutes Zeichen.

Er stand von der Couch auf und betrachtete ihren nackten Körper, während er sich die Kleidung richtete.

Sie machte keine Anstalten, sich zu bedecken. »Wo gehst du hin?«

»Unter eine sehr kalte Dusche.« Das war ehrlich, und es fühlte sich irgendwie angenehm an, ehrlich zu ihr zu sein.

Sie zog verwundert die Brauen zusammen. »Warum?«

Weil Sex jetzt nicht der richtige Weg war, ihr Vertrauen zu gewinnen. Der richtige, um schnelles, wunderbares Vergnügen zu finden, aber der falsche für seine Zwecke. »Weil wir mehr sein werden als ein Quickie, Sandra Dee.«

»*Dee.*« Ihre Brüste hoben sich, als sie sich aufrichtete. Umwerfend. Vielleicht kostete er noch ein Mal.

Er beugte sich zu ihr und strich mit der Zunge über ihren Nippel. *Ja.*

Es konnte sein Seufzen gewesen sein. Oder ihres.

Geh.

Ein letztes Saugen an dem Nippel, dann wich er zurück. »Die Stunden vorm Morgengrauen sind hart, nicht wahr?«

Ihr Atem ging schnell. »W-was machst du mit mir?«

Alles, was er konnte.

»Du brauchtest mich, um die Dunkelheit zu bekämpfen. Du hast gerufen, ich kam.« Nun, er kam nicht ganz so, wie er es gern getan hätte. »Vergiss das nicht. Ich gab, aber ich nahm nichts von dir.«

Das nächste Mal wäre er nicht so nett. Vor allem weil ihm Nettsein nun einmal nicht in den Genen lag.

Sein Blick fiel auf ihr Geschlecht. Er konnte sie noch schmecken. Rasch presste er die Zähne zusammen.

Sie war aufgestanden, griff jedoch nicht nach ihrem T-Shirt. Was hatte sie mit ihm vor?

Er könnte sie hochheben, in sie eindringen und sie gleich hier nehmen. Dee war so leicht, dass er sie halten, in sie hineinstoßen und sie zum Schreien bringen *konnte*.

Vor Wonne, nicht vor Schmerz.

Denn das beherrschte er auch, egal was die Gerüchte behaupteten.

»Ich verstehe dich nicht«, sagte sie.

»Ich denke, du verstehst mich besser als irgendjemand sonst.« Er schaffte es, den Blick von ihrem Schritt zu lösen und ihr ins Gesicht zu sehen. »Ich habe meine Nachforschungen angestellt, Dee, genau wie du deine.«

Kein Wimpernzucken. Allerdings nahm sie ihr T-Shirt auf und zog es sich über. Ihre Hände waren vollkommen ruhig.

»Wir beide kennen das Gefühl, wenn die Monster erscheinen.« Mehr würde er nicht sagen. Konnte er nicht.

Simon wandte sich ab und ging zur Tür. Dee hielt

ihn nicht auf, womit er auch nicht gerechnet hatte. Schließlich gehörte es zum Plan.

Als er die Wohnungstür aufzog, trafen ihn die ersten Sonnenstrahlen.

Morgen.

Er drehte den Kopf zu ihr um. »Mehr als ein Quickie, Dee.« So viel mehr. »Wenn du mich brauchst, weißt du ja, wo du mich findest.«

Die Schultern gerade, trat er hinaus ins Licht.

Und schaute sich nicht noch einmal zu ihr um.

Viertes Kapitel

Als die Nacht mit ihrer schweren, heißen Dunkelheit und dem mondlosen Himmel hereinbrach, machte Dee sich wieder auf den Weg ins Onyx.

Seit der letzten Begegnung hatte sie keine Spur mehr von der Frau entdeckt, und sie hatte den ganzen Tag über sämtliche Kontakte von Night Watch in der Hoffnung angezapft, den Sonnenschein zu finden.

Pech gehabt.

Daher hatte sie beschlossen, sich lieber von der Frau finden zu lassen.

Und nun parkte ihr Hintern wieder einmal auf dem Barhocker.

Sie blickte sich um. Noch war recht wenig Betrieb, weil es erst kurz nach neun war. Die echten Partygänger würden erst später eintrudeln.

Ihre Augen wanderten umher, verharrten niemals zu lange, suchten nach dem großen, muskulösen …

»Mist.« Dee knirschte mit den Zähnen, während sie sich im Stillen zur Räson rief. Sie sollte die Frau von letzter Nacht finden, nicht Chase.

Nicht den Mann, der ihr einen schnellen, harten Ritt in einen der besseren Orgasmen ihres Lebens bescherte und dann ging.

Wegging.

Was sollte das?

Mehr als ein Quickie. Sie drehte sich zum Barkeeper um. »Ein Bier, Mike. Je billiger, desto besser.« Einen Drink gestattete sie sich, wenn sie auf der Jagd war. Die gesamte Wand hinter der Bar wurde von einem Spiegel eingenommen, in dem Dee sich nun sah. Wow, war das ihr Haar? Vielleicht sollte sie …

Ihr Blick fiel auf einen Mann. Schwarzes Haar. Breite Schultern. Groß, stark. Lässiger Gang.

Chase.

Sie stöhnte.

Der Mann strebte dem Ausgang zu.

Lief er vor ihr weg?

Oder jagte er etwas? Jemanden?

»Warte mit dem Bier.« Sie stemmte sich von der Bar ab. »Bin gleich wieder da.« Die Ausgangstür war bereits zugefallen, doch Dee rannte los. Wenn es eine Jagd gab, war sie dabei. Und wenn nicht, nun, abwarten.

Auf jeden Fall hatte sie Mr. Mehr-als-ein-Quickie einiges zu sagen.

Ihre Finger packten den Türknauf. Sicherheitshalber ging sie leise, bewaffnet und vorsichtig hinaus.

Doch draußen war niemand. Nur ein leerer Parkplatz.

Was zum Geier sollte das?

»Das hast du gut gemacht.« Der Vampir blickte in die Augen der Menschenfrau und genoss den sanften Fluss ihres Bluts. Ihr Herz wurde schneller, als er auf sie zuging, mit jedem Schritt ein bisschen mehr.

Sie lächelte. »Sie war da, wo du gesagt hast. Ganz allein.« Ein rascher Zungenschlag über die vollen roten Lippen. »I-ich hätte sie für dich töten können. Das hätte ich getan.«

Welch willige kleine Helferin. »Ich weiß.« Er strich mit der Fingerspitze über ihre Wange. Lisa. An ihren Nachnamen erinnerte er sich nicht. Unwichtig.

»Ich würde alles für dich tun«, flüsterte sie, die großen blauen Augen weit aufgerissen. *»Alles.«*

Weil sie ewig leben wollte. Weil Lisa mit ihren dünnen Schenkeln und den großen Brüsten und dem vollkommenen Gesicht alterte. Langsam. Eine zarte Falte nach der anderen.

»Ich fürchtete mich nicht davor zu töten.« Sie hob ihr Kinn, als sie ihm schon entgegenschwankte.

Seine Reißzähne verlängerten sich. Zu gern hätte er noch eine Kostprobe von ihr. Frisches Blut war immer das Beste. »Nein, das hast du bewiesen.« Gleich in der ersten Nacht hatte sie ihm Beute gebracht. Seine Finger wanderten ihren Hals hinab zu der Stelle, an der ein schneller Puls schlug. »Aber hast du Angst zu sterben?«

Hoffnung schien in ihrem Blick auf. »Machst du es? Verwandelst du mich?« Ein breites Lächeln trat auf ihr Gesicht. »Ich habe keine Angst. Ich möchte …«

»Gut.« Dann hob er die Waffe, die er zuvor verborgen hatte, und stach zu. Mitten in dieses pochende Herz.

Zuerst würgte sie, wahrscheinlich an ihrem eigenen Blut, denn ein dünner Faden rann aus ihrem Mundwinkel. Ihre großen Augen zeigten Panik und Schock. Es war nicht der Tod, den sie erwartet hatte.

Weil es ihm zuwider war, all das schöne Blut zu vergeuden, neigte er sich zu ihr und leckte die süßen Tropfen von ihren Lippen.

Dann ließ er ihren Körper fallen.

Zeit, sich die andere Hure zu holen.

Also das war einfach … komisch. Dee steckte den Pflock zurück in den Halfter an ihrem Unterschenkel. Aufmerksam lauschend, neigte sie den Kopf, konnte jedoch nichts hören außer den gedämpften Bässen der Musik.

»Chase?«

Vielleicht war er zur Vorderseite des Gebäudes gegangen. So schnell?

Ihr Blick fiel auf eine Wagenreihe links. Dort war niemand zu sehen, aber …

Als Dee auf die Wagen zuschritt, war sie sich der wachsenden Spannung in ihrem Innern bewusst. Letzte Nacht hatte ihr eine Frau verkündet, sie würde hier sterben.

Wieder zurückzukehren, okay, das würde wohl jeden nervös machen.

Sie sah genauer hin und bemerkte einen kleinen roten Wagen. Moment mal, das war …

Ein Windrauschen hinter ihr.

Oh, verdammt! Dee erstarrte. Sie musste sich nicht umsehen, um zu wissen, dass sie nicht mehr allein war. »Ich hatte mich schon gefragt, wann du kommst«, murmelte sie. Ihre Finger waren nur Millimeter von ihrem Waffenhalfter entfernt. Falls sie also recht hatte und sich soeben ein Vampir an sie angeschlichen hatte – wieso mussten die dieser Tage genauso lautlos sein wie Gestaltwandler? – könnte ihn ein Schuss nicht umbringen.

Wehtun würde er aber durchaus. Sehr. Und sie gewann kostbare Minuten, die sie brauchte, um das Arschloch zu pfählen.

»Ich habe dich beobachtet«, sagte er, und sie nahm einen englischen Akzent wahr.

»Ach ja?« Langsam drehte sie sich zu dem Vampir um. Ihre Finger streiften den Waffenhalfter. »Und ich habe auf dich gewartet.« Dee schüttelte den Kopf. »Hat deine Mutter dir nicht beigebracht, dass man eine Frau nicht warten lässt?«

Seine Reißzähne waren vollständig ausgefahren. Während sie zusah, wechselte seine Augenfarbe von Blau auf Schwarz. Super. Dee schluckte. Ein Vampir im vollen Jagdmodus.

»Ich bin nicht hier, um mit dir zu spielen.« Der schwarze Blick verschlang sie förmlich.

»Aha?« Das war's. »Dann überspringen wir wohl lieber das Vorspiel, was?« Unmöglich konnte sie sagen, ob er der Geborene war oder einer von seinen Untergebenen, von denen die Geborenen dauernd einen ganzen Stall voll hatten. »Kommen wir doch gleich zu dem Teil mit dem Töten.« Dee zog ihre Waffe und feuerte, sechsmal, mitten in seine Brust.

Haut- und Knochenpartikel flogen in alle Richtungen; Blut spritzte. Dee stand so nahe, dass sein Blut regelrecht auf sie herabregnete.

Und er verzog keine Miene. Sank nicht auf die Knie. Stolperte nicht. Sah sie einfach nur an und lächelte. »Du wirst dir wünschen, dass ich dich töte, ehe es vorbei ist.«

Sie hatte noch Kugeln. Diesmal zielte Dee auf den Kopf. »Versprechungen, nichts als leere Versprechungen.« Ihr Finger krümmte sich auf dem Abzug – und sie griffen an.

Fünf, nein, sechs Vampire schossen aus der Dunkelheit, Zähne und Klauen ausgefahren, bereit zu morden. Dee verschwendete keinen Atem, um zu schreien. Sie feuerte und feuerte, bis der Abzug nur noch klickte. Und sie ging zu Boden, wurde sehr unsanft nach hinten geschmissen, konnte sich aber wie eine Schlange unter ihren Fäusten und Körpern zur Seite wenden und nach ihrem Pflock greifen. Neue Waffe, neuer Kampf. Dee schwang sie vor ihren Augen, auch wenn sie sich zugleich bewusst war, dass sie einen fatalen Fehler beging, direkt in ihre Falle zu tappen.

Du bist tot, Dee, schrillte Sonnenscheins Stimme durch ihren Kopf. *Keiner wird trauern. Keiner wird dich vermissen, wenn du in der Erde verrottest.*

Simon war eben erst ins Onyx gekommen, als er das eindeutige Donnern von Schüssen hörte. Verflucht!

Er sah sich in dem Saal um. *Dee, sei hier!*

Eine kurvenreiche Rothaarige mit einem strahlenden Lächeln schritt an ihm vorbei. »Hallo, Hübscher, hast du vielleicht …«

»Kein Interesse.« Er drängte sich an ihr vorbei und ging geradewegs auf die Bar zu. Dort knallte er die Faust auf den Tresen. »Ich suche nach einer Frau.«

Der Barkeeper würdigte ihn keines Blickes. »Dann guck dich mal um.«

Knurrend lehnte Simon sich weiter über den Tresen und packte den Idioten beim T-Shirt. Whisky schwappte ihm über die Hand. »Du erinnerst dich an die Frau, die ich gestern hier getroffen habe.« Das war keine Frage.

Dem Mann traten die Augen aus dem Kopf. »Willst du mich verarschen? Weißt du, wie viele Hühner hier jeden Abend reinkommen? Da kann ich doch nicht …«

»Klein, blondes Haar, das sie in Stufen geschnippelt hat. Knackiger Hintern und Lippen, die …«

»Die!«

»Wo ist sie?«

Der Barkeeper zeigte mit einer Hand nach links. Ausgang.

Simon schob ihn weg, drehte sich um …

Und stand einem Dämon gegenüber.

Nicht irgendeinem. *Ihrem* Dämon. Einem der Night-Watch-Jäger. Zane Wynter. Der Mann sah aus wie ein Mensch, aber Simon wusste, dass er weit mehr Monster als Mensch war. Simon raunte: »Du solltest auf sie aufpassen.«

»Ich dachte, das hättest du letzte Nacht getan.«

Die Musik war lauter geworden. Die Band brüllte irgendeinen kreischenden Mist und – war das noch ein Schuss? »Aus dem Weg!«, befahl Simon.

Der Dämon rührte sich nicht. Schön.

Simon stieß ihn einfach zur Seite, gute zwei Meter, und stürmte auf die Hintertür zu, während der Dämon einen Tisch zertrümmerte, bevor er auf dem Boden aufschlug.

Sein Tritt ließ die Hintertür beiseitefliegen. »*Dee!*« Er konnte sie riechen. Ihr wilder Duft schwebte in der Luft.

Simon rannte los und sah die Waffe auf dem Boden. Dees Waffe. »*Dee!*«

Nur konnte er nirgends seine kleine Jägerin sehen.

Fort.

Tot vielleicht.

Dreckskerl.

Knurrend machte er sich auf in die Nacht, folgte der Blutspur, so weit er konnte. Dee hatte ihre Angreifer bluten lassen, und dieser süße Duft würde ihn direkt zu ihr führen.

Wenn er nur rechtzeitig ankäme!

Das Sirenengeheul weckte sie. Ein lauter, durchdringender Schrei, den sie zu oft schon gehört hatte. Dee strengte sich an, die Augen zu öffnen. Ein Schmerzstöhnen drängte von innen gegen ihre Lippen. Das hatten ihr Vampire angetan!

Vampire.

Der Atem, den sie holen wollte, wurde zu einem Würgen, als ihr Denken klarer wurde.

Hatte sie die ausgeschaltet? Oder hatten die sie *genommen?*

Bitte nicht!

Dann nahm sie den Gestank wahr. Der kupfrige Geruch, den sie vor langer Zeit erstmals gerochen und nie mehr vergessen hatte. Vergessen konnte.

Nein, nicht noch einmal!

Ihre Lider hoben sich zittrig. Sie blinzelte, versuchte zu sehen. Aber es war so dunkel. Pechschwarz.

Sie stützte sich auf, worauf sie ein mörderischer Schmerz durchfuhr. *Scheiße, tat das weh!* Ihre Hände griffen nach unten, als sie versuchte, das Gleichgewicht zu halten, und ertasteten etwas Klebriges, Feuchtes, das an ihren Fingerspitzen kleben blieb.

Nein.

Wieder klatschte ihr der Geruch entgegen, schlimmer, weil sie ihm bewusster begegnete, traf sie wie ein Hieb ins Gesicht. Ihr wurde übel, dass sie würgte, vor Angst und Übelkeit.

Nicht noch einmal.

Sie krabbelte rückwärts, stieß aber gegen irgendetwas. Etwas Weiches, Unbewegtes.

Die Augen zusammengekniffen, versuchte sie, in die Dunkelheit zu sehen, die zu undurchdringlich war. Ihre Hände tasteten blindlings, griffen wahllos.

Und berührten Haut.

Einen Arm, der sich kalt anfühlte.

Eine Hüfte.

Bauch.

Dann … oh Gott, nein …

Ein lauter Knall zu ihrer Rechten, und Licht explodierte, als – was? Eine Tür? – aufflog.

»Dee!«

Ruckartig wandte sie den Kopf in die Richtung, aus der die Stimme gekommen war, was bewirkte, dass ihr Flammen durch den Schädel schossen.

»Oh, verflucht! Was ist passiert?«

Diese Stimme. *Simon.*

Ein Lichtspalt fiel mit ihm in den Raum und beleuchtete das Innere der Hölle. Dee folgte seinem entsetzten Blick und sah die Leiche.

Edle Kleidung, blutgetränkt. Langes, zerzaustes schwarzes Haar bedeckte die eine Gesichtshälfte der Frau. Die Hälfte eines Dee bekannten Gesichts. Die kleine Miss Sonnenschein lag tot unter ihren Händen. Und es war kein hübscher Tod gewesen. Viel zu brutal.

Dees Finger zitterten an dem Holzpflock, der der anderen Frau ins Herz getrieben worden war.

Ihr Atem kam keuchend. »I-ich habe nicht …« Erst jetzt zog sie erschrocken ihre Hände zurück. Ein Mensch. Der Sonnenschein war menschlich. Im Leben und im Tod.

Dee versuchte aufzustehen, rutschte aber in dem Blut aus, das den Boden bedeckte, und fiel wieder hin.

Genau wie damals. »Mom? Mom! Hilfe!«

Aber niemand war ihr zu Hilfe gekommen.

»Dee? Dee?« Simon packte sie und hob sie in seine Arme. »Bist du verletzt?«

Ja, aber die andere Frau war tot.

Habe ich sie ermordet?

Oh Gott, bitte nicht! Dee konnte sich an nichts erinnern. Nichts seit dem Parkplatz, als all die Vampire über sie hergefallen waren.

Sie fasste sich an den Hals. War sie gebissen worden? Himmel, wenn die sie gebissen hatten, konnten sie in ihren Kopf eindringen. Kranke, perverse Mistkerle.

Simon drehte sich von der Leiche weg. »Wir müssen hier schleunigst raus!« Er hielt sie so fest, dass es wehtat.

»Nein, nein, wir können sie nicht hierlassen. Die Cops …«

»Werden jeden Moment das Gebäude stürmen.« Die Sirenen kreischten lauter. Sie waren sehr nah.

Dee wollte sich von ihm wegstemmen, doch er umfing sie nur noch fester und rannte aus der Grube. Nein, das war keine Grube, wie Dee nun sah, als mehr Licht hineinfiel. War es ein Lagerhaus?

Simon zog sie eilig nach draußen.

Ja, ein Lagerhaus. Mit brettervernagelten Fenstern und einem alten Schild an der Seite. Wenige Straßenlaternen warfen Licht auf Dees Hölle.

»Wenn die Cops dich hier finden, landest du im Knast.« Er stieß sie regelrecht in seinen Wagen. Der Ledergeruch im Innern konnte den Blutgestank nicht übertönen, der Dees Sinne beherrschte. So viel Blut.

Miss Sonnenscheins Blut auf Dees Haut.

Eine Wagentür knallte. Dee blickte auf, als Simon den Motor anließ, Gas gab und der Mustang mit einem Brummen lospreschte.

»Wir dürfen … den Tatort nicht verlassen.« Ihr Verstand wollte nicht richtig arbeiten. Sie merkte, dass ihre Gedanken in Zeitlupe liefen. Die Straßenlaternen kamen ihr zu grell vor. Dee blinzelte, während sie mit einer Hand ihren Hinterkopf abtastete.

Als sie die faustgroße Beule unten an ihrem Schädel berührte, stöhnte sie unwillkürlich. *Was haben die mit mir gemacht?*

Simon riss das Steuer nach links und bog in eine Straße ein. Dann in die nächste. Und von dort in eine andere. Der Mustang schlängelte sich durch Seitengassen und Nebenstraßen und nahm so viele Kurven, dass Dee schwindlig wurde.

Sie hatte geglaubt, dass sie die Stadt kannte.

Irrtum.

Sie kniff die Augen zu und sah …

Ein Pflock, tief in die Frauenbrust gebohrt. Blut.

»Warum?«, kam es ihr über die Lippen, und sie öffnete mühsam die Augen. »Sie war ein … Köder. Sie hätte nicht …«

»Dee.« Simon blickte kurz zu ihr. »Konzentrier dich, bitte. Wie viel von dem Blut ist deines? Haben die Schweine dich gebissen?«

Weiß ich nicht. Ihre Hände begannen zu zittern, und von dem steten Hämmern in ihrem Kopf wurde ihr schlecht. »Ich bin mir nicht sicher.« Okay, das klang normal. Oder nicht? Ihre Zunge fühlte sich so dick an. »Die Frau …«

»Scheiße, Dee! Sie ist tot! Sie gehörte mit zur Falle. Die Vampire haben dich dort gelassen, mit einem Pflock – wahrscheinlich deinem eigenen – im Herzen der Frau. Und sie haben die Polizei hingeschickt, damit sie dich finden.«

Die Sirenen. Woher wusste die Polizei von dem Tatort?

Er nahm noch eine Kurve mit quietschenden Reifen. »Was glaubst du, was passiert wäre, hätten die Cops dich über eine tote Frau gebeugt vorgefunden?«

Das Pochen wurde schlimmer. Sie konnte das Pulsieren richtig *hören*. Das war gewiss nicht gut. »Ich habe ... Freunde, die Cops sind.« Sie hätten Dee angehört. Tony, ja, auf ihn konnte sie zählen. »T-Tony ...« Okay, das war gelallt.

»Verdammt, du wirst gleich ohnmächtig, stimmt's?«

Konnte sein.

Ähm, ja.

»Dee? Dee!« Er trat auf die Bremse, und Dee kippte nach vorn. Der Gurt, von dem sie sich nicht erinnerte, dass sie ihn angelegt hatte – hatte er das gemacht? – schnitt ihr quer über die Brust. »Bleib bei mir. Ich muss wissen ... es ist wichtig. Haben sie dich gebissen?«

Die Straßenlichter schienen weniger grell. Oder sie hatte bloß die Augen zu. Schwer zu sagen.

»Dee?«

»Vielleicht«, flüsterte sie, und das Letzte, was sie hörte, war ...

»Scheiße.«

Ja.

Der Tod machte Schönes hässlich.

Antonio »Tony« Young, Police Captain bei der Polizei von Baton Rouge, blickte hinab auf die Leiche vor sich. Er war Blut gewöhnt, daher bereiteten ihm der Gestank und der Anblick keine Probleme.

Und dies war nicht sein erster Horror/Freak-Show-Tatort. Es wäre auch nicht sein letzter.

Er hockte sich neben die Tote und stieß einen lautlosen Pfiff aus. Hier hatte jemand gewaltigen Mist gebaut. Er konnte die Bissmale am Hals der Frau sehen, also, ja, sie war das Kauspielzeug eines Vampirs gewesen.

Aber kein Vampir.

Die Filme und Serien über Vampirtötungen erzählten Quatsch. Wurden Vampire gepfählt, alterten sie nicht, schrumpelten nicht zusammen und explodierten auch nicht zu Staub.

So fantasievoll lief es nicht ab.

Doch die Veränderung war da. Man musste nur wissen, worauf man achten sollte, um sie zu sehen.

Beim Sterben, genauer gesagt: beim zweiten Sterben, zogen sich die verlängerten Reißzähne eines Vampirs zurück. Und die Dunkelheit in ihren Augen, die bei der Jagd zum Vorschein kam, verblasste.

Die Leichenstarre trat beinahe sofort ein, so dass die Pathologen hinterher ziemlich aufgeworfen waren. Bei einem Vampir war die Todeszeit praktisch nicht bestimmbar.

Ihre Haut wurde weiß, nicht langsam aschgrau und gelblich wie bei einem toten Menschen. Nein, bei ihnen wich sämtliche Farbe, bis sie blendend weiß aussahen, und dieser Übergang ging sehr schnell.

All diese Zeichen waren verlässliche Hinweise, dass man es mit einem Vampir zu tun hatte. Diese und dass sie normalerweise einen Holzpflock in der

Brust stecken hatten. Den konnte man schwerlich übersehen.

»Oh Mann, ist das das, was ich denke?« Der Uniformierte neben Antonio rückte ihm ein bisschen zu dicht auf die Pelle.

Antonio klatschte ihm eine Hand vor die Brust. »Versauen Sie mir nicht meinen Tatort.« Als wäre es nicht schon schlimm genug. Allein dieser Tipp, den sie bekommen hatten: *»Zwei Frauen prügeln sich schreiend. Da braucht jemand Hilfe an der Ecke Belmont und Queens. Die irre Tussi hat was von Vampiren gekreischt.«*

Geschrei von Vampiren, und nun war das Opfer gepfählt worden.

»Captain, erkennen Sie die nicht?«

Er drehte sich zu dem Uniformierten um, der rote Flecken im Gesicht hatte. »Sollte ich?« Noch eine Leiche. Noch ein Fall, der ihm Sodbrennen bescherte. Konnten sich die Übernatürlichen denn nicht *ein Mal* friedlich verhalten?

Der junge Polizist benetzte sich nervös die Lippen. »Das ist Lisa Durant. Sie wissen schon, die Nichte von Senator Durant. Ich habe sie vor ein paar Wochen im Fernsehen gesehen. Sie war …« Sein Blick fiel auf die Leiche. »Scharf.«

Das war sie nicht mehr.

Antonio biss die Zähne zusammen. Eine Senatorennichte. Oh, verdammt! Da dürfte es so gut wie unmöglich sein, den Deckel auf diesem Fall zu halten.

Er blickte wieder zu dem Pflock, und ihm fiel etwas auf. »Jon? Ist das da das, was ich glaube?« Aus diesem Winkel reichte das Licht nicht, um sicher zu sein, aber es sah aus wie …

Der Kriminaltechniker, der neben der Leiche hockte, grinste. »Blutige Fingerabdrücke. Oh ja.«

Antonio rieb sich übers Gesicht. »Schick sie durch's System und sag mir Bescheid.« Er sah Jon an. »Und nur mir, verstanden?«

Jon nickte ernst.

»Gut.« Denn er hatte das Gefühl, dass ihm der Übernatürlichenmist in der Stadt demnächst um die Ohren fliegen würde.

»Dee.«

Jemand schüttelte sie. Grob.

»Du musst aufwachen. Von dem Schlag auf den Kopf hast du eine Gehirnerschütterung. Du darfst nicht schlafen.«

Aber sie wollte es zu gern, nur noch ein bisschen.

»Dee!« Wieder wurde sie geschüttelt, diesmal so, dass ihre Zähne klapperten.

Mit Mühe konnte sie ein Auge öffnen. »Darf man eigentlich … eine Frau schütteln … die eine Gehirnerschütterung hat?«

Ein schwaches Grinsen umspielte seine Lippen. »Ich hatte die Wahl zwischen schütteln und dich ins Koma fallen lassen.«

Etwas Feuchtes, Kaltes drückte ihr plötzlich auf den Hinterkopf und Dee hielt vor Schreck die Luft an. »Was ist das?«

Da war das Grinsen wieder. Genoss er es, ihr wehzutun, oder was? »Das Eis sorgt dafür, dass die Schwellung schneller zurückgeht.«

Nun öffnete sie beide Augen. Dee bemerkte, dass sie auf einer Couch lag, mit mehreren Kissen im Rücken. Und Simon war über ihr und *um sie herum*. Mit einer Hand hielt er ihre Schulter und zog sie näher zu sich, mit der anderen drückte er ihr die Eispackung hinten auf den Kopf. Ihre Gesichter waren nur Zentimeter voneinander entfernt. Wie tief und eindringlich seine rauchgrauen Augen waren. Und erstmals fielen ihr die Wimpern auf: sehr lange, dunkle Wimpern. Irgendwie seltsam, denn seine Züge waren so hart und …

»Bist du wieder bei mir?«, murmelte er.

Sie blinzelte und stellte fest, dass ihr zwar noch der Schädel dröhnte, aber die bleierne Müdigkeit nachgelassen hatte. »Ja, ich denke schon.« Schöner wäre, wenn sie aufhören könnte, eine blöde Kuh zu sein und ihm wie ein liebeskranker Teenager in die Augen zu glotzen. Dee tastete nach der Eispackung und versuchte, seine Finger wegzudrücken. »Ich … ich kann das selbst halten.«

Er wurde ernst.

Okay, sie war vielleicht nicht das umgänglichste Opfer aller Zeiten.

Die legendären Südstaatenmanieren waren noch nie ihre Stärke gewesen.

Simon nahm seine Hand weg, und Dee presste die kalte Packung an ihren Kopf. »Mach dir keine Sorgen um mich«, brachte sie mühsam heraus. »Ich erhole mich schnell wieder.« Jedenfalls für menschliche Verhältnisse. Sie löste ihren Blick von ihm und sah sich im Zimmer um. Kahle Wände. Keine Fotos, keine Bilder. Ein Fernseher, ein DVD-Player, Spielekonsolen. Und in der Ecke … was war das? Ein Pornoheft? »Äh, deine Wohnung?«

Er nickte.

Das Eis rutschte unter ihren Fingern. »Hör zu, Simon, ich bin froh, dass du mir zu Hilfe gekommen bist …«

»Ich habe dir den Arsch gerettet, Dee. Mal wieder.«

Ja, auch wenn sie die Details jetzt nicht erörtern wollte. »Ich … Ich erinnere mich nicht, was passiert ist, nachdem ich den Parkplatz verließ.« Vampire hatten sie überfallen. Sie hatte ihre Waffe abgefeuert. Ihr ging die Munition aus. Sie hatte begonnen, die Angreifer zu pfählen.

Zu viele.

Sie hatten sie niedergeschlagen. Ihr Kopf war auf dem Pflaster aufgeschlagen, und …

»Ich bin in ihrem Blut aufgewacht.« Sie kannte nicht einmal den Namen der Frau. Ein Opfer von vielen. Ein namenloses Gesicht mehr.

Simon begann zurückzuweichen, doch Dee griff mit der linken Hand nach ihm. »Ich habe sie nicht umgebracht.«

Er neigte den Kopf. »Hast du nicht gerade gesagt, du erinnerst dich nicht?«

Dee schluckte und hoffte, dass sie die Wahrheit sagte. »Ich würde keinen Menschen töten.«

»Du hast letzte Nacht mit einem Pfahl auf ihr Herz gezielt.«

»Um ihr Angst zu machen, nicht um sie zu töten!« Oh, schlechte Idee. Schreien machte das Pochen schlimmer. »Simon, glaub mir, i-ich würde keinen

Menschen töten, nicht nach dem, was …« Sie verstummte und presste die Lippen zusammen. Was war los? Machte sie ein Schlag auf den Hinterkopf superquasselig?

»Ich soll dir vertrauen?«, fragte er.

Dee bemerkte, dass sich ihre Finger fast in sein Handgelenk gruben. Mit einiger Anstrengung lockerte sie ihre Umklammerung und nickte.

»Verrate mir, wieso du solch einen Hass auf Vampire hast, und überzeuge mich, dass du nie eine unbewaffnete Frau pfählen würdest. Dann reden wir über Vertrauen.«

Das Eis begann zu schmelzen, und ein Wassertropfen rann ihr in den Nacken. »Meine Geschichte ist deiner nicht unähnlich.«

Er schwieg.

Na gut. Er wollte, dass sie ihm ihre Seele entblößte, und das müsste sie wohl, denn im Moment brauchte sie ihn. *Bis ich herausfinde, was zum Teufel vor sich geht.* »Als ich fünfzehn war, kam ich nach Hause und fand ein Blutbad vor.«

Mom? Mom? Wo bist du?

Dee ignorierte die wispernde Stimme in ihrem Kopf. Die Stimme des Mädchens, das sie vor einer halben Ewigkeit gewesen war.

Sie räusperte sich und sagte: »Mein Date hatte mich bis zur Tür gebracht. Es war mein erstes Date.« Er hatte mit schwitzigen Händen ihre Schultern angefasst und ihr einen Kuss gegeben. Feucht und linkisch, doch ihr erster Kuss. Als er von drinnen ein Poltern hörte, war er weggelaufen.

Vince hatte gedacht, Dees Vater käme, der knallharte Ex-Marine, der seine Waffe putzte, als sie gingen.

»Verdammt, ich habe ihn so geliebt«, murmelte sie. Diese blöde Waffe! Sie hatte ihn angefleht, das Ding wegzupacken, bevor Vince kam. Solche Sachen machte man wirklich nicht, aber er …

»Der Junge, mit dem du …«

Sie schüttelte den Kopf. »Nein. Vergiss es.« Sie schluckte. »Drinnen brannte Licht, als ich reinkam, doch ich konnte keinen finden.« Allerdings hatte sie einen schweren, strengen Geruch bemerkt.

Blut und Tod.

»Als Erstes fand ich meinen Dad. Er lag im Flur, die Kehle aufgerissen.« So viel Blut. Sie hatte nicht geschrien, als sie ihn sah. Das hätte sie tun sollen, hatte es sogar versucht, nur fehlte ihr dazu die Atemluft.

Sie war neben ihm auf die Knie gesackt. Seine kostbare Waffe hielt er noch in den Händen. Ihr Dad lud das Ding nie, also hatte es ihm gar nichts genützt.

Simons Finger glitten über ihre Wange, und Dee wurde klar, dass sie den Kopf gesenkt hatte. Seine Hand krümmte sich unter ihrem Kinn und hob es an, so dass sie ihn ansehen musste.

Lieber ihn als die Vergangenheit. »Als Nächstes fand ich meine Schwester.« Der Schmerz brachte sie zum Verstummen. »Sie war sieben.«

Sie hatten sie in ihrem Zimmer getötet, gleich neben Saras hübschem rosa Bett und dem großen weißen Puppenhaus.

»Manche Vampire sind wild auf Kinderblut. Sie

glauben, es macht sie stärker«, sagte er. »Dee, sieh mich an.«

Das tat sie, doch sie sah immer noch Sara. »Sie hat mich immer wahnsinnig gemacht. Ich war so viel älter und ...« Wahrscheinlich war es Simon egal. Er wollte nicht wissen, wie gemein sie zu ihrer kleinen Schwester gewesen war. Er wollte nicht wissen, dass sie gleich in Saras Zimmer gerannt war, nachdem sie ihren Vater fand, und dass ihr das Herz in der Brust gebrannt hatte. Als sie Sara entdeckte, war sie zusammengebrochen.

Da hatte sie geschrien. Der Schrei barst ihr aus der Kehle und erschütterte sie.

»Ich habe um sie geschrien, um Hilfe, und dann hörte ich Schritte.«

So dämlich.

»Sie haben dich in dem Moment gehört, als du ins Haus kamst«, sagte Simon ernst. »Die Dreckskerle haben nur mit dir gespielt.«

Ja, das wusste sie heute. Sie wollten, dass sie die Leichen fand, dass sie vor Entsetzen und Kummer gebrochen wurde, und sie hatten sie dabei beobachtet. Kranke, perverse Freaks.

Dann griffen sie an.

»Ihre Münder waren blutverschmiert. Als ich ihre Zähne sah, wollte ich es zuerst gar nicht glauben.«

Wer würde schon glauben, dass es Vampire wirklich gab? Dass sie soeben die eigene Familie abgeschlachtet hatten?

»Wir haben auf dich gewartet, kleine Sandra Dee, so lange gewartet.«

Dee zuckte zusammen, und die Eispackung fiel

ihr aus der Hand. »Was? Was hast du gerade gesagt?«

Seine Finger verschwanden. »Ich sagte, sie hatten auf dich gewartet. Wahrscheinlich wollten sie sicher sein, dass du allein warst, ehe sie angriffen. So arbeiten die Schweine.«

Ja, das taten sie.

»Wie bist du entkommen?«

Durch ein Wunder. Oder, nein, vielleicht war dem Teufel langweilig geworden, und er beschloss, die Hölle auf Erden anzurichten. »Meine Mutter kam nach unten.«

Die lebt noch. Dee hatte einen stummen Schrei ausgestoßen. Ein Vampir hatte ihren rechten Arm gehalten, ein anderer ihren linken. Dee dachte, sie würden sie auseinanderreißen. Und der andere Vampir, der mit den blonden Haaren, den pechschwarzen Augen und dem trügerisch freundlichen Gesicht, hatte sie lächelnd beobachtet.

Ihre Mutter war die Stufen hinuntergestolpert. Dicke, klaffende Wunden entstellten ihren Hals. »Die Vampire waren nicht gnädig zu ihr gewesen.« Ein heiseres Lachen entfuhr ihr. »Aber wann sind sie das schon?« Ein rascher Tod widerstrebte den Vampiren für gewöhnlich. Sie mochten es, wenn ihre Beute litt.

Blut tränkte die Bluse ihrer Mutter. Und ihr Gesicht … »Sie war so blass. Zitterte. Und ihre Augen.« Sie veränderten sich. Dunkle Schatten lagen auf dem strahlenden Braun. Dee hatte nicht gewusst, was diese Dunkelheit bedeutete. Damals nicht.

»Sie lachten, als sie sie sahen. Sagten ihr, sie dürfte keinen Drink nehmen.« *Mom trinkt nicht.* Der dumme Gedanke einer Fünfzehnjährigen. Ihre Mutter rührte nie Alkohol an. Niemals.

Simon verzog keine Miene und sah sie an. »Erzähl weiter«, sagte er.

Sie wollte nicht. Dee kniff die Augen zu.

Dunkelheit. Genau wie im Blick ihrer Mutter.

Waren wirklich alle Vampire böse?

Manche Jäger behaupteten, Vampire würden bei der Wandlung ihre Seele verlieren. Das Gute starb, das Böse blieb. Ein Gestaltwandler hatte es ihr einmal erzählt. Er sagte, der Verfall und die Verwesung, die er bei Vampiren roch, kämen von dem inneren Zerfall der Seele.

Vielleicht hatte der alte Fuchs auch bloß Blödsinn geredet, aber Dee hatte Jude gefragt, und er bestätigte, dass er dasselbe roch, sowie ein Vampir in der Nähe war.

Bis auf das eine Mal, bei einem Vampir in L.A., der …

»Wie bist du entkommen?«, wiederholte er.

Dee öffnete die Augen. »S-sie hatte eine Waffe. Das Poltern, das ich vorher gehört hatte, kam von einem Tisch, den sie zerbrach. Ich schätze, die haben nicht erwartet, dass sie noch einen Rest Kraft besaß, doch das tat sie.« Ein Anflug von Stolz überkam Dee. »Als sie unten war, stürzte sie sich vor und rammte dem Anführer das Holzbein in den Rücken.«

Eine vorübergehende Verwirrung. Das war alles, was sie gebraucht hatte. Nur einen Moment.

»Lauf, Baby, lauf!«, flüsterte sie die letzten Worte ihrer Mutter. Ein trauriges Lächeln trat auf ihre Züge. »Und ich lief. Ich rannte los und ließ sie dort.« Wo sie starb.

Zorn und Angst verknoteten sich in ihrem Bauch, als sie den Flur entlang und aus dem Haus stürmte. »Ich ließ sie zurück«, sagte sie leise. Die anderen Vampire waren auf ihre Mutter losgegangen, als sie den Anführer attackierte, und in dem Moment konnte Dee fliehen.

Töte sie. Der Gedanke war heute derselbe wie damals. *Töte sie.* Sie wollte keine Hilfe holen. Sie wollte jemanden suchen, der die Schweine in ihrem Haus umbrachte.

»Ich rannte nach draußen, zu Nachbarn.« Sie wohnten ein ganzes Stück entfernt, zu weit, als dass sie Dees ersten Schrei hätten hören können. Leider.

Mark McKenley und seine Frau Julie wollten sofort zu Dees Haus gehen. Sie riefen die Cops, und Mark war mit seiner alten Jagdflinte losgegangen. Dee erinnerte sich, wie sie ihm nachrannte und ihm zuschrie, dass die Waffe nicht genügte.

»Etwas passierte in unserem Haus.« Sie leckte sich die Lippen. »Feuer … der Rauch, ich sah ihn gleich, als ich wieder rauskam.«

Mom!

»Feuer brennt übrigens schnell. So schnell.« Gierige Flammen züngelten an den Wänden hinauf, lösten die Farbe in dicken Blasen ab, fraßen ihr Zuhause auf.

»Ich weiß.« Seine Stimme klang rau.

Julie hatte Dee zurückgehalten. Mark, sechzig

Jahre alt, mit krummem Rücken und zitternden Händen, war in das brennende Haus gelaufen und hatte den Namen von Dees Mutter gebrüllt.

Er blieb drinnen, bis die Feuerwehrleute ankamen und ihn heraustrugen.

Tot. Wie die anderen.

Meine Schuld. Danach konnte sie Julie nicht mehr ins Gesicht sehen.

»Die Cops und die Feuerwehr glaubten mir nicht, als ich ihnen erzählte, was passiert war.« Nicht dass sie es ihnen verübelte. Sie dachten wohl, Dee wäre verrückt oder high. »Die Geschichte ging einige Tage später durch die Presse.« Beim Lesen waren ihr Tränen über die Wangen geströmt. »Sie stuften es als erweiterten Selbstmord ein. Nachdem das Feuer gelöscht war, fanden sie drinnen menschliche Überreste. Sie sagten, dass sie Mom, Dad und Sara identifiziert hatten.« *Sie nicht. Noch nicht.* »Keine Spur von den Vampiren, versteht sich.«

»Scheiße.« Verständnis schwang in seinem kehligen Fluch mit. Er wusste, worauf es hinauslief.

»Sie sagten, meine Mom hätte Dad und Sara umgebracht und sich dann ein Messer in den Hals gerammt.«

Blödsinn. Nicht ihre Mom. Nicht die Frau, die ihr eigenes Leben opferte, damit Dee entkam. »Keiner glaubte mir.« Das ständige Pochen in ihrem Kopf machte sie wahnsinnig, aber sie würde schon wieder werden.

Das tat sie immer.

»Was hast du gemacht? Wo bist du hin?«

Auf die Straße. »Ich bin allein losgezogen.« Mit

der dämlichen Idee, die Vampire zu suchen, die ihre Familie überfallen hatten, um sie zu töten. Leider hatte sie mit fünfzehn keine Ahnung gehabt, wie man auf der Straße überlebte. Eine Woche später war sie am Verhungern, schmutzig und durchgefroren. Sie biss die Zähne zusammen. »Ich habe mich einigermaßen durchgeschlagen«, sagte sie achselzuckend, als könnte sie damit die finsteren Jahre vertreiben. »Dann traf ich Jason Pak.« Nein, er hatte sie *gefunden*. War ihr nachgegangen und hatte sie in dem kakerlakenverseuchten Loch gefunden, für dessen Miete sie bluten musste.

»Pak«, wiederholte er den Namen. Die meisten Leute in Baton Rouge wussten von Pak, selbst wenn sie ihm nie persönlich begegnet waren. Ein schlechter Ruf verbreitete sich schnell.

»Das Erste, was er zu mir sagte, war, dass ich nicht verrückt bin.« Was sie allerdings von ihm annahm.

»Und das Zweite?«

Sie ballte die Hände zu Fäusten. »Er sagte, er würde mir beibringen, wie man die Schweine tötet.«

Und Pak hielt immer Wort.

»Ich habe jene Vampire noch nicht gefunden, aber das werde ich.« Eines Tages. Vielleicht hörte sie dann auf, Saras Schreie in der Nacht zu hören. Vielleicht. Oder aber sie würde sie bis ans Ende ihres Lebens hören.

Sein Blick wanderte über ihr Gesicht und ihren Hals. »Und in jener Nacht haben sie dich nicht gebissen?«

»Nein«, hauchte sie verbittert. Und das war gut, denn die meisten begriffen gar nicht, wie gefährlich schon ein winziges Knabbern sein konnte.

Hatte ein Vampir einmal Blut von seinem Opfer genommen, besaß er eine übersinnliche Verbindung zu seiner Beute. Und war er stark genug, konnte er ihre Gedanken und Erinnerungen stehlen und ihnen in den finsteren Stunden verführerische Flüsterbotschaften schicken.

Manche von ihnen – jene uralten Geborenen – konnten ihre Beute sogar vollkommen kontrollieren. Sie brachten Menschen dazu, jedem ihrer perversen Befehle zu folgen. Wie kranke, irre Marionetten.

Dee wollte niemals solch eine Marionette sein. Nie.

Sie holte tief Luft und stand von der Couch auf. Ihr Schenkel streifte Simons, und sie kämpfte gegen die Hitzewelle, die diese kurze Berührung in ihr auslöste.

Ihre Knie zitterten ein bisschen, als sie stand. Eine Sekunde lang tanzten schwarze Punkte vor ihren Augen, und ihr wurde übel.

»Dee?« Er war da, stand neben ihr und legte eine Hand an ihre Schulter.

Vorsicht! Gewöhn dich nicht dran, dass er da ist.

Allein. So lebte sie ihr Leben. So würde sie es auch weiter leben.

Sie machte den Rücken gerade und reckte ihr Kinn. »Mir geht es gut.« Was nicht ganz gelogen war. Dee war ziemlich sicher, dass sie nicht jetzt und hier zu sterben drohte.

Langsam drehte sie sich zu Simon und sah zu ihm auf. »Denkst du wirklich, nach dem, was mit meiner Familie geschah, könnte ich jemals einen Menschen töten? Dazu wäre ich nicht imstande, denn das würde mich genauso machen wie …«

Sie.

Die Vampire, die Leben raubten und Blut vergossen.

»Ich weiß nicht, was in dem Raum passiert ist, aber ich weiß, dass ich sie nicht gepfählt hätte.« Die Vampire. Hatten sie Dee gezwungen, zuzusehen, und sie erinnerte sich nicht? Hatte die Frau sie um Hilfe angefleht?

Simon betrachtete sie eisig. Die Stille im Zimmer wurde erdrückend, ehe er schließlich nickte. »Hättest du sie umbringen wollen, wäre sie schon letzte Nacht gestorben.«

Keine glanzvolle Vertrauensbekundung, aber sie nahm, was sie kriegen konnte. »Danke, dass du mir wenigstens das zugestehst.«

Nun war sie es, die verstummte, denn der nächste Teil war ein bisschen merkwürdig. Andererseits hatte er sie doch schon nackt gesehen. »Ich muss dich um einen Gefallen bitten.« Sie hatte ihm ihre Seele entblößt, da war ein kleiner Gefallen als Gegenleistung wohl nicht zu viel verlangt. »Ich habe dein Spiel gespielt, dir von meiner höllischen Vergangenheit erzählt, jetzt will ich etwas von dir.«

»Das ist nur fair.«

Ja, fand sie auch.

»Was brauchst du?« Er zuckte mit den Schultern.

»Du kannst übrigens hier schlafen, bis wir wissen, was … äh, Dee?«

Ihr T-Shirt fiel auf den Couchtisch. Das Pochen in ihrem Kopf wurde intensiver. Aber es half nichts. Sie musste das Hemd loswerden. Blut hatte es beschmiert und den Stoff steif gemacht, und sie wollte das T-Shirt nie wieder sehen.

Dee streifte ihre Schuhe ab, öffnete ihre Jeans und …

»Was für ein Gefallen ist das, um den du mich bitten willst, Babe?« Seine Stimme klang belegt, tiefer, und als sie wieder aufsah, erkannte Dee, dass seine grauen Augen nicht mehr so kalt wirkten. Nein, überhaupt nicht kalt.

Sie schob ihre Jeans herunter. »Ich erinnere mich nicht, was passiert ist. Das heißt, sie können alles Mögliche mit mir gemacht haben.« *Nein, nein, nein.* »Du … musst mich absuchen.« Nervös leckte sie sich über die Lippen. Es müsste eine Ganzkörperuntersuchung sein. Auf keinen Fall ging sie irgendein Risiko ein.

»Dich absuchen?«

»Ja, nach Bissmalen.«

Fünftes Kapitel

Ach, er würde zu gern zubeißen. Simon schluckte und ließ seinen Blick über Dees blasse Haut wandern. Die Frau wusste, wie man sich auszog – schnell. Nur noch ein schlichter schwarzer BH und ein passender Slip bedeckten sie. Na ja, sie bedeckten, was er am sehnlichsten sehen wollte, und Dee stand da, die Schultern nach hinten gestreckt, so dass sich ihre kleinen Brüste vorwölbten, und sagte ihm:

»Du musst mich überall absuchen.«

Ja. Er räusperte sich. »Ich werde mein Bestes geben.«

»Das ist nicht witzig, Simon! Wir reden hier nicht über einen Mückenstich. Wenn ich auch bloß einen Biss abgekriegt habe, werde ich …«

»Was?« Nun wurde er wirklich neugierig. »Wenn sie dich gebissen haben, kannst du jetzt rein gar nichts mehr tun.«

»Ich weiß«, sagte sie leise, hob die Hände und ließ sie zwischen ihnen schweben. »Ich will nur …« Mit großen Augen starrte sie auf ihre Hände. »Ich habe immer noch ihr Blut auf mir. An meinen Händen.«

Ihre Fingernägel waren rot gerändert, und große Blutflecken waren auf ihren Handrücken eingetrocknet.

»Waschbecken«, stieß sie mit einem Würgen hervor.

Er zeigte zum Bad, sah ihr nach, als sie hinrannte, und konnte nicht umhin, das Schwingen ihrer Hüften recht ansehnlich zu finden. Langsam folgte er ihr. *Nicht schlecht.*

Dee drehte den Wasserhahn voll auf, und bei seiner launischen Armatur spritzte es natürlich gleich in sämtliche Richtungen. Aber sie zuckte nicht einmal, als ihr der Wasserschwall auf die Hände klatschte, von dem Simon wusste, dass er eiskalt war. Er trat näher und beobachtete, wie sie nach seiner Seife griff und anfing, sich quasi die Haut von den Händen zu schrubben.

Ungefähr fünf Minuten später sagte er: »Ich glaube, es ist weg.«

Sie erstarrte, ließ die Seife fallen, und das Wasserrauschen kam Simon zu laut vor. Andererseits tat es das immer.

»Überprüf mich.« Sie knurrte beinahe. »Ich muss es wissen.«

Er stellte sich hinter sie und sah, wie sich ihr Ellbogen bewegte, als sie das Wasser abstellte. Doch sie drehte sich nicht zu ihm um.

Die Lichter in dem kleinen Badezimmer waren grell, so dass er ideale Sicht auf ihren Körper hatte. Klein, zerbrechlich … sexy. Obwohl sie so zierlich war, hatte sie einen wirklich hübschen Hintern. Lag es an dem Slip? Der nämlich schmiegte sich so überaus schmeichelnd an die Kurven.

»Simon!«

Seine Fingerspitzen strichen über ihre Schultern. »Halt still.«

Er hörte, wie sie Luft holte. Sein Blick löste sich ungern von ihrem Hinterteil und wanderte über den Rest ihrer Gestalt. Okay, sein Schwanz war so hart, dass er jeden Moment die Jeans sprengen würde, aber er würde sich beherrschen und konzentrieren, zumindest eine Weile lang. Um ihretwillen musste er es.

Dies – seine Finger, die ihre kleinen Schulterblätter abtasteten – *war wichtig*. Für sie und für ihn.

Denn war sie tatsächlich gebissen worden, wäre sie gefährdet. Sie würde ein Risiko darstellen, für sich selbst und ihre Freunde.

Für ihn.

Nicht dass ein Biss seine Pläne beeinflussen könnte. Auf keinen Fall würde er sie jetzt im Stich lassen. Nicht nachdem er sie eben erst gefunden hatte.

»Du musst den BH ausziehen.« Kehlig. Zu dumm. Leider war es schon beinahe alles, wozu er noch fähig war. Simon schätzte sich glücklich, dass er überhaupt sprechen konnte. Seine Finger tauchten unter die Träger und glitten hinab bis zum Verschluss. Falls sich Vampire an ihr nährten, hätten sie versucht, die Male zu verbergen.

Sie würden nicht wollen, dass sie sich dessen bewusst war.

Auf die Weise konnten sie ihr besser auf der Spur bleiben. Und sie besser quälen.

Er hakte den Verschluss auf und schob die Träger über ihre Schultern, so dass der BH zu Boden fiel.

Simon konnte sich verdammt gut vorstellen, warum die Vampire Dee am Leben gelassen hatten und warum sie ihr eine Falle stellten.

Es ging das Gerücht, dass gewisse Vampire Pläne mit Sandra Dee hätten. Pläne, die mit Schmerz und Wahnsinn zu tun hatten.

Sein Mund war nur Zentimeter über ihr, genauer gesagt: über ihrer rechten Schulter. Die Haut sah so zart aus. Er könnte …

»Was siehst du?«

Simon zuckte zurück. »Lass mich dich von vorn ansehen.«

Ein verächtliches Schnauben, aber sie drehte sich zu ihm.

Seine Augen wurden merklich größer, als er die aufgerichteten Brustspitzen sah. Sie streckten sich ihm förmlich entgegen.

Mist! Die Frau hatte eine Gehirnerschütterung, verdammt noch mal! Er durfte nicht über sie herfallen, egal wie dringend er es wollte.

Solch ein Schwein war er dann doch nicht.

Oder?

Sie packte seine Oberarme. »Guck nach!« Das war gehaucht. Verlangend gehaucht. *Ihr geht es nicht anders als mir.*

Ja, auch sie fühlte diese allgegenwärtige Hitze. Wann immer sie in seiner Nähe war, brannte er.

Er stützte die Hände auf den Waschbeckenrand, so dass sie in seinen Armen gefangen war, und berührte mit seinen Blicken, was seinen Händen und seinem Mund nicht zu berühren erlaubt war. »Streck die Arme nach oben.«

Natürlich hoben sich bei der Bewegung ihre Brüste.

Verdammt. *Ge-hirn-er-schüt-te-rung!*

Sein Blick wanderte über ihren flachen Bauch hinab zu dem schwarzen Slip.

»Glaub mir, Simon, ich wüsste es, wäre ich da gebissen worden.«

Unweigerlich musste er schmunzeln. »Na gut.« Und er war ohnehin ziemlich sicher, dass er diese sinnliche Versuchung momentan nicht brauchte.

Er umfasste ihre Taille, hob sie hoch und setzte sie auf den Waschtisch – offenbar ein bisschen zu grob.

»Simon!«

Streng sah er ihr in die Augen. »Du wolltest das.«

Ein kurzes Nicken. Ihre Pupillen waren zu groß. Und so dunkel. Beinahe wie die eines Vampirs. Beinahe.

Als Erstes fing er ihr rechtes Bein am Knöchel ein und strich mit der Hand nach oben. Keine Wunden, keine Kratzer. Nur Blut.

Ihre Haut war seidig und glatt. Sie zu fühlen, brachte sein Herz dazu, wild gegen seine Rippen zu schlagen. Simon presste einen Kuss auf ihren Schenkel. Er konnte nicht anders.

Dee seufzte leise.

Seine Finger verharrten auf ihrem Knie. »Falls ich etwas finde, was tust du dann?«

Sie öffnete den Mund, sagte jedoch nichts.

Die Frage musste gestellt werden. Unbedingt. Er nahm die Hand von ihrem Bein.

»Dann gehe ich so weit wie möglich weg von den Schweinen.«

Gut. Je größer die Distanz, umso weniger Kontrolle hätten sie. Das hatte er vor langer Zeit gelernt.

»Hast du etwas gefunden?«, flüsterte sie, wobei ein ängstliches Zittern in ihrer Stimme lag.

»Noch nicht.« Er wandte sich ihrem linken Bein zu, streichelte über die Wade hinauf und umfing ihren Oberschenkel. »Ich glaube nicht, dass sie dich angerührt haben.«

Das hätten sie nicht gewagt. Nicht wenn sie sich an die Befehle hielten, und er vermutete, dass sie klare Befehle bezüglich Dee hatten.

Sie hatten sie herumgeworfen, ihren Spaß mit ihr gehabt.

Brecht sie, aber es wird nicht gekostet. Noch nicht.

Ein alter Befehl, den er einst von einem Vampir gehört hatte. Kranker Mistkerl.

Er ließ seine Hand auf ihrem Schenkel. Was für zarte Haut. Und was für starke Muskeln darunter.

Seine Zähne rieben aneinander. Nur noch eine Stelle, und die hatte sie ihm bereits verboten. »Alles in Ordnung«, raunte er und wich ein Stück zurück.

Dee blinzelte zu ihm auf. Dann senkte sie den Blick zu seinem Schritt, dessen Wölbung er leider nicht verbergen konnte.

Eigentlich wollte er es auch gar nicht. Er wollte Dee. Er musste sie haben. Aber nicht, solange sie noch mit den Nachwirkungen des Überfalls kämpfte.

Also ging er noch einen Schritt zurück, gab ihr

Raum, und streifte sein T-Shirt ab. Derweil starrte er auf ihre Brüste. *Ich will die in meinem Mund.* Ihr Duft umgab ihn. Jene eindringliche, aromatische Eigennote.

Sein Schwanz pochte.

Ich hätte sie tot auffinden können. Der Pflock hätte in ihrem Herzen stecken können.

Was zur Hölle hätte ich dann getan?

Was. Zur. Hölle?

Simon warf ihr das Hemd hin. »Bedeck dich.« In dem T-Shirt würde sie zur Hälfte versinken.

Sie fing es mühelos auf. »Simon, ich …«

»Zieh dich an.« Er holte hörbar Luft. »Oder lass dich bumsen, denn das wird unweigerlich passieren, wenn du dich nicht bedeckst.«

Nein, ein Gentleman war er nie gewesen. Der Frau mochte es nicht klar sein, aber er versuchte es um ihretwillen trotzdem.

Dee ließ sich viel Zeit dabei, ihre Arme in die Shirt-Ärmel zu stecken. Und sie zog ihren BH nicht wieder an. Wollte sie ihn foltern? Er konnte ihre Nippel sehen, die er nicht gekostet hatte, und …

Simon drehte sich von ihr weg. »Nur dass du es weißt«, knurrte er, »neulich Nacht war ich ein Idiot.« *Ich hätte sie nehmen müssen. Es hätte alles leichter gemacht.*

»Hmm.« Eine Pause. »Und was ist jetzt deine Entschuldigung?«

Er wandte sich wieder zu ihr um. »Du hast eine Gehirnerschütterung, zitterst, hast geweitete Pupillen und sprichst lallend.« Okay, nicht richtig lallend. Das ergänzte er nur, weil es witzig war und sie überzeugt werden musste. Die Frau konnte sich kaum auf den Beinen halten. Wenn er sie jetzt nahm … Nein. *Nein.*

»Also wenn ich wieder fit bin, geht's zur Sache?«

Was? Er kniff die Augen ein wenig zusammen. »Worauf du dich verlassen kannst.« War das ein Bluff? Wollte sie ihn ärgern? Dann würde sie bald erfahren, dass er sich nicht ärgern ließ.

»Gut.« Ihr Lächeln war wie ein Fausthieb in den Magen und haute ihn fast um. »Ich bin dein Geziere nämlich gründlich leid.«

Das Lachen kam aus seinem Mund, ein bisschen kratzig und zu hart.

Sie lächelte noch breiter, so dass ihre weißen Zähne entblößt waren. Dann lachte sie mit ihm, obwohl sie sich die Beule am Hinterkopf halten musste.

Oh, Mist! Er konnte den Blick nicht von ihren Lippen lösen. *Ich stecke in Schwierigkeiten.*

Ja, er befand sich auf geradem Weg in die Hölle, indem er einer Frau folgte, die nie ein Engel sein würde.

Antonio betrat das Night-Watch-Gebäude kurz vor Sonnenaufgang. Jäger wuselten umher, Stimmen raunten. Nachts war es hier immer am belebtesten.

Im Schutz der Dunkelheit jagte es sich halt am besten.

Eine Akte in der linken Hand, eilte er an einer Reihe von Büros vorbei.

Dann bog er um eine Ecke und schritt ein langes, verlassenes Flurstück hinunter.

»Sir? Sir, kann ich Ihnen helfen?«

Eine neue Assistentin. Antonio blieb stehen. Super. War ja klar, dass Pak ausgerechnet jetzt eine neue Kraft einarbeitete.

Er drehte sich langsam um und beäugte Paks neue Sekretärin. Die Frau sah aus, als ginge sie stramm auf die siebzig zu. Sie hatte eine schlohweiße Mähne und dunkle Augen, die misstrauisch durch eine Metallrandbrille linsten. Ihre Schultern waren ein bisschen eingefallen, und sie wirkte klein und zart, als könnte sie ein Windhauch an die Wand schleudern.

Überdies sah sie eindeutig nach einer Großmutter aus.

Da er Pak und dessen Vorlieben bezüglich seines Personals kannte, tippte Antonio, dass die Frau eine Hexe war. Oder ein Dämon. Oder weiß der Geier was sonst.

Er zückte seine Dienstmarke und sagte: »Ich muss dringend mit Pak sprechen.« Andernfalls wäre er wohl kaum quer durch die Stadt hierher gefahren. Dann läge er zu Hause in seinem Bett, träumend von …

»Warum möchten Sie zu ihm?« Sie stellte den Kopf schräg und schürzte die schmalen Lippen.

Antonio war verwundert. »Kann ich Ihnen nicht sagen, Ma'am. Es ist eine Privatangelegenheit.« Vorerst. Hatten die Medien aber erst mal Wind von der Geschichte bekommen …

»Hmm!«

Paks Bürotür öffnete sich mit einem leisen Quietschen, bei dem Antonio die Schultern anspannte.

»Komm rein, Antonio.«

Er neigte den Kopf, um einen letzten Blick auf die Frau zu werfen. »Ma'am.«

Ihr Nicken war lediglich vornehm angedeutet.

Dann marschierte Antonio in Paks Büro. Mit einem erneuten Quietschen schloss sich die Tür hinter ihm.

Pak setzte sich nicht. Er sah Antonio nur mit diesem Blick an, der nichts von dem verriet, was in ihm vorgehen mochte. Nach ungefähr dreißig Sekunden fragte Pak: »Wo ist meine Jägerin?« Er wusste also, weshalb Antonio hier war.

Er reichte Pak seine Akte. »Weiß ich nicht, aber wir müssen es schnellstens herausfinden.« Er atmete aus und bemühte sich, seine Stimme ruhig, emotionslos zu halten. Was ihm schwerfiel, denn er mochte Dee. Mehr als er jemals eine Frau gemocht hatte. »Wir haben Probleme, Pak.«

Der Mann, der Night Watch verkörperte, grummelte vor sich hin, als er die getippten Notizen überflog. »Ihre Fingerabdrücke waren auf der Mordwaffe.«

»Das muss nichts heißen«, sagte Antonio, obwohl er es nicht sollte. Er müsste wenigstens so tun, als wäre er unparteiisch, aber hier ging es um Dee. »Jemand könnte eine ihrer Waffen gestohlen haben. Die Frau hat zu viele von diesen Pfählen, das sage ich ihr schon seit Jahren.« Doch Dee war unbelehrbar, versteckte sie sogar in ihrer Wohnung. Was Antonio ihr nicht einmal vorwerfen konnte. Bei ihrer Vergangenheit.

Paks Fingerknöchel waren weiß, so fest hielt er die Akte. »Jemand hat gesehen, wie Dee in der Nacht zuvor das Opfer angriff?«

Ja, und das war der Teil, mit dem es brenzlig wurde. »Ich habe zwei Zeugen, die aussagen, dass sie Dee die Nacht vorher im Streit mit einer Frau gesehen haben, auf die die Beschreibung des Opfers passt. Es war hinter dem Onyx, und der Barkeeper hat Dee identifiziert.«

»Sie hat an einem Fall gearbeitet«, knurrte Pak. »Du weißt, dass sie keine Menschen verletzt.«

Dees oberste Regel. Ja, das wusste er. Und deshalb war er hier. »Sie hat den Tatort verlassen, und wir haben Haare gefunden, von denen ich sicher bin, dass es ihre sind.« Mussten sie, denn auch alles andere passte so unerhört gut. Als hätte man ihm einen besonders einfachen Tatort geschenkt. »Dass sie verschwunden ist, wirft kein gutes Licht auf sie.«

Pak sah ihn an. Seine Augen waren dunkel wie die eines Dämons. Jedenfalls wenn ein Dämon den Blendzauber fallen ließ. »Wir wissen nicht, ob Dee freiwillig gegangen ist.«

Was?

Paks Hand war vollkommen ruhig, als er die Akte auf seinen perfekt aufgeräumten Schreibtisch legte. »Es gab keinen Kontakt zu Dee, seit Zane sie zuletzt bei der Arbeit gesehen hat. Ihr Wagen steht noch vor der Bar. Sie ist nicht nach Hause gefahren und hat auch nicht versucht, die Agentur zu erreichen.«

Antonio wurde mulmig. »Lebt sie?«

Paks eine Schulter hob und senkte sich. »Das kann ich zum gegenwärtigen Zeitpunkt nicht mit Sicherheit sagen.« Er schwieg einen Moment. »Ich kann allerdings sagen, dass Dee niemals einen Menschen töten würde.«

Zumindest nicht absichtlich. »Und wenn es versehentlich passiert ist? Es hätte einen Angriff geben können, bei dem sie gegen Vampire *und* die Frau kämpfen musste.« Ein solches Szenario würde einleuchten. Dutzende Male schon hatte Antonio im Geiste alle erdenklichen Tathergänge durchgespielt. Auf der Suche nach einem Grund, einer Entlastung. »Vielleicht musste sie sich verteidigen. Falls sie …«

»Dann hätte sie die Frau nicht einfach liegen gelassen. Wäre es Notwehr gewesen, hätte sie gewartet, bis die Cops da sind.«

Richtig. So verhielt Dee sich. Oder so glaubte er, dass sie sich verhielt. »Ihr sucht nach ihr«, sagte Antonio, was eher eine Feststellung als eine Frage war.

Pak nickte.

»Wir müssen vorsichtig sein, extrem vorsichtig.« Ein falsches Wort, das ins falsche Ohr drang, und in der Stadt brach die Hölle los. »Das Opfer war die Nichte von Craig Durant, dem Senator; er hat schon beim Polizeichef angerufen und mit dem Staatsanwalt gesprochen.« Er schüttelte den Kopf. »Dieser Fall wird nicht leicht aufzuklären sein.« Wenn überhaupt.

Pak verzog keine Miene. »Danke, dass du zu mir gekommen bist. Das vergesse ich dir nicht.«

»Ja, klar.« Er rieb sich mit einer Hand übers Gesicht. Seine Augen waren so müde, dass sie wehtaten. »Wenn sie mich rausschmeißen, weil ich dir vertrauliche Informationen gegeben habe, hast du hoffentlich einen Job für mich.« Mit diesen Worten drehte er sich um und ging zur Tür.

»Keine Sorge«, sagte Pak leise. »Den habe ich.«

Pak wartete, bis der Cop draußen war. Ein guter Mann, auch wenn er ein bisschen zu sehr in menschlichen Schemata dachte.

Er blickte auf die Akte, dann nahm er sein Handy vom Schreibtisch. Dees Nummer war eine der wenigen gespeicherten, denn sie gehörte zu dem kleinen Kreis von Leuten, an denen ihm lag.

Die SMS war kurz und knapp. Komm nicht her. Cops suchen dich.

Dee würde nicht ins Gefängnis gehen. Das ließ er nicht zu.

Bleib an dem Fall. Töte den Geborenen.

Bevor es dem Geborenen gelang, sie umzubringen.

»Warum haben sie mich nicht umgebracht?«, fragte Dee, als das erste Morgenlicht am Horizont erschien.

Morgengrauen. Ihre Lieblingszeit. Sie mochte es, wenn das Licht die Nacht vom Himmel verscheuchte.

Simon saß neben ihr. Sie waren auf seiner hinteren Veranda, die klein und mit zwei Schaukelstühlen möbliert war, von denen Dee sich zu sehr an ihre Vergangenheit erinnert fühlte.

Auf ihre Frage hin drehte er den Kopf zu ihr. Seine Züge wirkten verschlossen. »Was glaubst du, warum du noch atmest?«

»Weiß ich nicht.« Sonst hätte sie nicht gefragt. Was war das hier, irgendein Freud-Quark? »Sie stellen mir eine Falle und …«

Ihre Tasche vibrierte. Nein, ihr Telefon. Vorher hatte sie sich ihre Jeans angezogen, Simons T-Shirt an der Taille geknotet und versucht, sich normal zu fühlen. Sie hatte sogar ihr Handy gefunden, die Batterie kontrolliert und überlegt, Pak anzurufen.

Doch falls die Vampire ihr eine Falle gestellt hatten, dürfte ihm inzwischen die Polizei auf die Pelle gerückt sein. Also hatte sie gewartet.

Die Regeln für einen Agenten in Schwierigkeiten besagten, dass man sich vierundzwanzig Stunden bedeckt hielt und dann Kontakt aufnahm.

Es sei denn, ein Vorgesetzter von Night Watch meldete sich vorher.

Sie zog ihr Handy aus der Tasche, drückte verschiedene Tasten, bis sie die Textnachricht sah, und stieß einen stummen Pfiff aus. »Verdammt.«

Simon stand auf. »Probleme?«

Selbstverständlich. Als wäre sie jemals vom Glück verfolgt! Dee benetzte sich die Lippen und sah zu ihm auf. »Kann ich …« Ja, seine Augen waren bei der Zungenbewegung eindeutig eine Nuance dunkler geworden, und Dees Herzschlag beschleunigte sich. »Kann ich bei dir bleiben? Nur für ein oder zwei Tage?«

Sein Blick ruhte immer noch auf ihrem Mund. »Ich sagte bereits, dass du es kannst. Bleib, solange du willst.« Seine Stimme war ein tiefes Rumpeln.

Oh ja, sie würden sehr bald im Bett landen. Ihrem Kopf ging es besser. Die Schwellung klang ab, und es tanzten keine schwarzen Punkte mehr vor ihren Augen.

Simon hatte darauf gedrängt, dass sie in ein Krankenhaus fuhren, aber das wollte Dee nicht riskieren.

Vampire trieben sich gern in Krankenhäusern herum: frei zugängliches Blut und so.

Würde sie doppelt sehen, ohnmächtig werden oder auf den sexy Simon kotzen, ja, dann wäre sie wohl zu einem Arzt gegangen.

Doch es schien, als hätte sie das Schlimmste hinter sich.

Und als könnte sie demnächst über Simon herfallen.

»Du rettest mich immer wieder«, sagte sie. Komisch. Normalerweise war sie fürs Retten zuständig. Fürs Beschützen. Sie war nicht sicher, wie sie sich ihm gegenüber verhalten sollte. Mittlerweile hatte er ihr schon zwei Mal, *zwei Mal* aus der Patsche geholfen.

»Du wirst dasselbe für mich tun.« Absolute Gewissheit.

Dee stutzte. Die Formulierung war ... merkwürdig. Nicht, *du würdest dasselbe tun,* sondern *du wirst.* Sie rang sich ein Lachen ab. »Keine Bange. Ich zahle meine Schulden immer. Tatsächlich ...«

Er packte ihre Arme. »Wir müssen reingehen.«

Sein Griff war ein wenig zu fest. »Äh, okay.«

Simons Lippen wurden schmaler. »Entschuldige. Ich bin müde. War eine lange Nacht.«

Oh ja, und ob.

Er lockerte seinen Griff.

Und Dee erkannte, dass er müde aussah. Ein Schatten lag unter seinen Augen, und die zarten Falten in seinen Mundwinkeln wirkten tiefer.

Das ist nur fair, denn ich dürfte wie eine aufgewärmte Leiche aussehen.

Sie folgte Simon nach drinnen, wo er die Hintertür verriegelte und seine Schultern rollte. Dann fragte er merklich abgelenkt: »Willst du was essen?«

Sie hatte schon geduscht, und Essen wäre wirklich keine schlechte Idee. »Ja, wieso nicht?«

Ruckartig hob er den Kopf und blickte zur Haustür. *»Scheiße!«*

Eine eisige Stille überkam Dee. »Ähm, Simon?«

»Wir kriegen Gesellschaft.«

Dee begriff sofort. »Und wir haben nicht mal den roten Teppich ausgerollt.« Waffe. Simon musste …

Die Fenster barsten. Im Kugelhagel regnete es Glasscherben ins Zimmer.

Einige Scherben trafen Dee, schnitten sie empfindlich, und das Schnellfeuer dröhnte in ihren Ohren.

Verfluchter Mist!

Dee warf sich auf den Boden, als auch die Haustür gesprengt wurde. Nun flogen Holzsplitter auf Dee zu, von denen einige in ihre Haut trieben, andere ihr Schürfwunden beibrachten.

Sie krabbelte hinter die Couch. Es war eine erbärmliche Deckung, aber immer noch besser als gar keine. Simon schlich sich zu ihr. Blut rann ihm seitlich übers Gesicht.

Dee holte rasch Luft. Wer da auch feuerte: die Mistkerle leisteten ganze Arbeit, das Haus in Trümmer zu schießen.

Wo war ihre Waffe? Noch in dem Lagerhaus? Ein idealer Moment, um unbewaffnet zu sein.

Simon packte ihre Schulter. »Wir müssen weg«, flüsterte er.

Es kam Dee nicht wie die beste Option vor, aber dazusitzen und zu warten, bis die Arschlöcher mit den Waffen kamen und ihr direkt ins Gesicht schossen, schien auch kein toller Plan.

Er zeigte zu einer geschlossenen Tür rechts. »Garage«, formulierte er lautlos.

Anderthalb Meter Entfernung. Vielleicht zwei Meter. Aber wo waren die Schützen? Noch draußen? Oder kamen sie bereits ins Haus?

Dee hörte ein leises Knarren. Die Veranda war aus Holz, aus altem, ausgeblichenem Holz. Mist! Ihre Angreifer kamen zu nahe.

»Los!« Simon zog sie nach oben und blieb hinter ihr, um ihr Rückendeckung zu geben. Dee stürmte auf die Tür zu. *Wie haben die uns so schnell gefunden? Wie …*

Krach. Wumm.

Eine Kugel pfiff direkt über ihre Schulter. *Schweinehunde!*

Mit der linken Hand riss Dee die Tür auf.

Simon, der von hinten halb gegen sie kippte, schlug auf einen Wandschalter. Sie stürzten drei Stufen hinunter und fielen auf harten Beton. In einem Gewirr aus Gliedmaßen und Flüchen rappelten sie sich auf.

Der schwarz schimmernde Mustang stand bereit. Dee sprang auf den Beifahrersitz, als noch mehr Kugeln flogen, Simon hinters Lenkrad.

Die Garagentür öffnete sich. Das musste der Schalter gewesen sein, den er gedrückt hatte.

»Hier.« Er langte unter den Sitz. »Halt uns die Schweine vom Hals.«

Eine Waffe. Eine hübsche schwarze Beretta, die perfekt in Dees Hand lag.

Zwei Arschlöcher in Schwarz erschienen auf der Treppe zur Garage. Skimasken bedeckten ihre Gesichter, und sie hielten ihre Waffen im Anschlag.

Simon legte den Rückwärtsgang ein, und Dee hoffte, dass das Tor schon weit genug offen war.

Kugeln krachten in die Windschutzscheibe. Eine. Zwei.

Dee feuerte zurück. Ein Schuss traf den Kerl oben in die Schulter. Das war keine Fleischwunde, sondern die Kugel ging tief in Muskel und Knochen. Und der erste Idiot in Schwarz ging zu Boden. Der andere duckte sich weg.

»Scheiße! Hinter uns!«

Sie drehte sich um. Zwei weitere Männer standen vor dem Garagentor. Die Waffen auf sie gerichtet. *Seit wann jagen Vampire bei Tag? Und tragen Skimasken?*

»Festhalten«, knurrte Simon, und der Wagen schoss rückwärts.

Er preschte direkt auf die Männer zu.

In letzter Sekunde sprangen sie beiseite ins überwucherte Grün, ehe der Mustang sie wegrammte.

Simon schaltete schnell in den Vorwärtsgang und raste los.

Dee blickte nach hinten zu den Männern. Sie folgten ihnen nicht. Noch nicht. Sie waren zu sehr damit beschäftigt, wieder auf die Beine zu kommen.

Und so wie Simon fuhr … oh nein, die würden sie nicht so bald einholen.

Der Mustang donnerte mit gut hundert Meilen die Stunde über die lange, leere Straße.

Dee atmete einmal durch, zum ersten Mal, seit sie hinter der Couch vorgestürmt war. Ihre Schulter brannte wie Feuer. Vorsichtig sicherte sie die Waffe und legte sie in den Fußraum.

Dann betastete sie die Wunde. Okay. Eine Menge Blut, aber die Kugel hatte sie bloß gestreift und keinen großen Schaden angerichtet. Dee würde es überleben.

Sie sah zu Simon. »Bist du getroffen worden?«

Er knurrte sie an. Wie bitte? Er *knurrte*?

Dee streckte die Hand nach ihm aus. »Simon?«

Er drehte sich zu ihr. »Nicht!« Seine Zähne schlugen aufeinander.

Huch? Ihre Hand hing zwischen ihnen beiden in der Luft.

Er schüttelte den Kopf und umklammerte das Lenkrad mit beiden Händen. »Fass mich jetzt nicht an.«

Sie machte eine Faust und nahm sie herunter. »I-ich hatte nicht gedacht, dass mir jemand folgt.« Nicht so schnell. Aber sie hätte es verdammt noch mal ahnen müssen. Jemand hätte ihnen mühelos vom Lagerhaus aus nachfahren können.

Und dieser Jemand hatte Simons Haus verwüstet und ihn fast umgebracht.

Ja, all die netten Dinge, die einem Mann ein Lächeln ins Gesicht zauberten. Kein Wunder, dass er sie anknurrte. Tod und Zerstörung begleiteten sie ihr ganzes

Leben, und nun hatte sie beides auch in seines eingeschleppt.

»Du hast dir das nicht aufgehalst«, sagte sie, wobei sie sich wieder umsah, um sicherzugehen, dass sie nicht verfolgt wurden. Diesmal war sie aufmerksamer als auf dem Hinweg zu ihm. Eine Ohnmacht behinderte die Konzentration doch gewaltig. »Ich rufe Zane vom ersten sicheren Halt aus an. Er soll mich abholen und …«

»Kommt nicht infrage.« Kehlig, aber ohne die finstere Wut, die eben noch in seiner Stimme schwang.

»Verdammt, kapierst du denn nicht, was dir passieren kann, wenn du mit mir zusammen bist?« Das musste ihm doch klar sein. »Diese Schweine waren hinter mir her, Simon, sie wollten …«

»Ist mir egal, was sie wollten.« Er warf ihr einen strengen Blick zu. »Ich lasse dich nicht aus den Augen.«

Was?

Er verlagerte seine Sitzposition und zog eine Grimasse. »Und das waren keine Vampire, Babe. Seit wann jagen Vampire bei Tage? Und benutzen Schusswaffen?«

So gut wie nie. Vampire explodierten nicht im Sonnenlicht. Das war bloß so ein blödsinniger Mythos, den sich Hollywood ausgedacht hatte. Der gute alte Bram hatte recht gehabt, als er sagte, dass Vampire sich im Sonnenlicht bewegen konnten. Sie waren lediglich schwächer während der hellen Stunden – so schwach wie Menschen. Dee hatte schon immer geglaubt, dass Bram Insiderwissen über Vampire besessen haben musste.

Was die Waffen betraf: Wieso sollten sie ihre Beute erschießen? Für Vampire war das nichts als Blutverschwendung. Dee schluckte. »Und warum setzen Vampire Menschen auf mich an?«

»Auf *uns*.«

Sie musterte ihn prüfend. Schweißperlen standen ihm auf der Stirn.

»Sie wissen, dass ich dir helfe«, murmelte er. »Jetzt wollen sie uns beide erschießen. Und das wird nicht geschehen.«

Der Wagen schlingerte ein bisschen. »Simon?«

Er schüttelte den Kopf. »Alles … in Ordnung.« Seine Finger umklammerten nach wie vor das Lenkrad, aber ihm fielen die Augen zu.

»Nein, ist es nicht.« Ihr Herz hämmerte. »Du wurdest getroffen, stimmt's?« *Fass mich jetzt nicht an.* Mürrisch und wütend. Das musste Männer-Slang für *Ich habe Schmerzen* sein. »Halt den Wagen an und lass mich sehen, was …«

»Nein! Ich lass … sie dich … nicht kriegen …«

Ah, dieses Macho-Beschützergehabe war irgendwie sexy, vor allem wenn man gewöhnlich selbst diejenige war, die anderen kräftig in den Hintern trat.

Der Wagen kam von der Straße ab und steuerte direkt auf eine Reihe knorriger Kiefern zu.

»*Simon!*« Dee griff ins Lenkrad.

Sechstes Kapitel

Simon starrte auf sein strenges Ebenbild im gesprungenen Waschraumspiegel der Tankstelle.

Er hatte gepatzt, sich von einem verführerischen Lächeln und einer hübschen Figur ablenken lassen.

Deshalb war er nicht auf der Hut gewesen und hatte zu spät bemerkt, dass sie überfallen wurden.

Flucht war seine einzige Option gewesen. Und er hasste es wegzulaufen.

Noch dazu hatte er sich eine Kugel eingefangen, und zwar mitten in den Rücken. Ein Mensch wäre sofort tot gewesen.

Wie gut, dass er keiner war.

Dee hatte ihm den Arsch gerettet, als sie das Lenkrad übernahm. Eine Frontalkollision mit einer Baumgruppe war nie gut.

Aber wenn er jetzt nicht schnell etwas tat, würde Dee ihm in den schmuddeligen Waschraum folgen und Antworten verlangen.

Sie wusste, dass er verwundet war, hatte allerdings noch nicht mitbekommen, wie schwer.

Und das würde sie auch nie, wenn es nach ihm ging.

Simon riss sich das T-Shirt herunter und biss die Zähne zusammen, als ihm ein neuer Schmerz durch den Rücken jagte. Dann drehte er sich um und versuchte, die Wunde im Spiegel zu sehen.

Dee wartete draußen vor der Tür. Die Waffe hinten in ihrem Jeansbund, stand sie dort Schmiere.

Und er bezweifelte, dass sie ihm mehr als ein paar Minuten gab, ehe sie reinstürmte und nach ihm sah.

Es war eine offene, reichlich tiefe Wunde, und irgendwo dort drinnen steckte die Kugel. Die konnte er hier und jetzt unmöglich entfernen. Er müsste sich bald jemanden suchen, der sie herausholte. Vorerst konnte er bloß den Blutfluss stoppen.

Denn wenn er nicht aufhörte zu bluten, steckte er bald in ernsten Schwierigkeiten.

Menschliche Angreifer. Dieser Mistkerl Grim war gerissen. Er hatte seine Vampire nicht geschickt, weil ihm klar war, dass sie mit der aufgehenden Sonne schwächer würden. Menschen, wahrscheinlich Marionetten, die nach dem unsterblichen Kuss gierten, hatten für ihn die Drecksarbeit übernommen.

Und Simon übel erwischt.

Die Tür öffnete sich quietschend, und sogleich roch er Zigaretten und Kaffee.

»Oh, Scheiße, Alter!« Die Tür schwang hinter dem Mann zu. Er hatte schütteres Haar, war aber noch jung. Und fit. »Was ist dir denn passiert?«

Simon neigte den Kopf. *Ich sollte nicht …*

Aber er hatte keine andere Wahl.

»Brauchst … brauchst du Hilfe?« Ah, ein guter Samariter! Lernten die Burschen es denn nie?

Der Samariter kam näher. »Draußen steht eine Frau. Ich kann ihr sagen, sie soll Hilfe rufen.«

»Nein.«

Der Samariter näherte sich weiter.

Perfekt.

Simons Hand schnellte vor, legte sich um die Gurgel des anderen und drückte ihm die Luft ab. »Du sagst ihr gefälligst gar nichts.«

Nun setzte die Furcht ein, erkennbar an den großen Augen des anderen, an dem schnellen Herzschlag.

»Keine Angst, ich bring dich nicht um.«

»Simon?« Dee klopfte an. »Ist alles okay?« Die rostige Tür öffnete sich einen Spalt.

»Bestens!«, rief er. »Bin gleich da.«

Die Tür bewegte sich nicht mehr.

Er blickte seiner Beute in die Augen. »Ich töte dich nicht«, wiederholte er, denn der Kerl wollte ja eigentlich nur helfen.

Und genau das tat er auch.

Drei Minuten später ließ Simon den schlafenden Samariter in einer der Kabinen zurück. In der, die sauberer war, auf deren Boden keine Exkremente schwammen.

Dee wartete noch draußen.

»Wir müssen weiter«, sagte er und wollte an ihr vorbeigehen.

»Nein. Du bist verwundet. Lass mich dir helfen.«

Er schüttelte den Kopf. »Bloß eine Fleischwunde, wie bei dir.« Der Duft ihres Blutes hing zwischen ihnen. Aber er war keine solch große Verlockung mehr wie vorher.

Trotzig reckte sie ihr Kinn. »Dann zeig mir die Wunde.«

Damit hatte er gerechnet. Dee Daniels war eine

äußerst sturköpfige Frau. Er lüpfte sein T-Shirt und beugte sich halb zur Seite, so dass sie den langen Riss oberhalb seiner linken Hüfte sah.

Es war kein Streifschuss, sondern eine Wunde, die er sich mit seinen Krallen selbst beigebracht hatte.

Sie beide mussten sich dringend bald richtig unterhalten, denn viel länger konnte er sein wahres Ich nicht vor ihr verbergen.

Ich will doch nur, dass sie mir erst einmal vertraut.

Vertrauen. Wie schwer war es verdient und wie leicht verloren. Ein falsches Wort, eine falsche Bewegung, und sie würde sich von ihm abwenden.

»Drinnen haben sie Verbandszeug«, sagte sie. »Ich hole welches und mach dir die Wunde richtig sauber.«

Er nickte. Wenn sie unbedingt wollte. »Aber nur, wenn wir dasselbe mit dir machen.« Sie mussten sich beeilen, denn Simon wollte nicht noch mehr unerwarteten Besuch riskieren. Nicht solange er geschwächt war.

Dee drehte sich von ihm weg, doch er hielt sie am Arm zurück.

Stirnrunzelnd sah sie zu ihm auf. »Simon?«

»Vertrau mir, Dee.«

Sie blinzelte. »Ich …«

»Ich weiß, dass du es nicht tust.« Das war sein Problem. »Ich möchte nur, dass du es versuchst. Ich bin keiner von den Bösen.« Na ja, je nachdem, wie man »böse« definierte. »Du und ich, wir wollen dasselbe.«

Dass die Vampire, die sie jagten, für ihre Taten bezahlten.

»Ich weiß, dass du hinter dem Geborenen her bist«, sagte er, weil er endlich zur Sache kommen wollte.

Dee blickte sich nervös auf dem verlassenen Parkplatz um. »Nicht hier. Wir dürfen hier und jetzt nicht darüber reden.«

»Dann beeilen wir uns, in Sicherheit zu kommen, denn wir müssen verdammt noch mal reden.«

Und vielleicht, ganz vielleicht, gestehen.

Ich darf sie nicht verlieren.

Sicher war die Hütte ihres Großvaters, die er vor langer, langer Zeit eigenhändig gebaut hatte.

Ihre Eltern hatten sie verkauft, als Dee noch ein Kind war, doch sie hatte Glück gehabt und sie vor zwei Jahren wieder zurückkaufen können. *Die einzige Verbindung zu meiner Familie.*

Feldwege schlängelten sich bis hinter den Unterschlupf. Das alte Holz glänzte im strahlenden Sonnenschein.

»Nichts Besonderes«, murmelte sie, »aber ich habe vor ein paar Monaten einen Generator installiert, also haben wir Strom, ein Dach über dem Kopf und Zeit, uns unseren nächsten Schritt zu überlegen.«

Er betrachtete die Hütte. »Können die Vampire diesen Ort zu dir zurückverfolgen?«

Dee schlug die Wagentür zu und ignorierte den Schmerz in ihrer Schulter. »Nein. Night Watch hat dafür gesorgt, dass die Hütte nirgends verzeichnet ist.« Weil sie einen Rückzugsort gebraucht hatte. Oder vielmehr: eine sichere Zuflucht.

Pak achtete auf ihren Schutz.

Sie holte den Schlüssel aus dem Versteck, in das sie ihn letztes Mal gelegt hatte. Der Kiefernharzduft kitzelte in ihrer Nase. Vögel zwitscherten hoch in den Bäumen. »Gehen wir rein«, sagte sie. »Wir sind beide kurz vorm Umkippen.« Und nach der Nacht, die hinter ihnen lag, würden sie buchstäblich umkippen.

Sie schloss die Tür auf, die lautlos nach innen schwang. Alles war exakt so, wie sie es verlassen hatte: Schaukelstuhl, ausgeblichener Teppich, der Quilt, den sie …

»Ähm, sind das Pfähle?«

Ein Lächeln trat auf ihr Gesicht, als sie zur Vitrine mit den Waffen sah, hinging und automatisch den Code ins Zahlenschloss eingab, um die Tür zu öffnen. »Messer, Waffen, alles, was nötig ist, um uns gegen diese Schweine zu rüsten.«

Sie strich über das glatte Holz und prüfte die Spitzen der Pflöcke. Wäre sie vorher besser bewaffnet gewesen, müssten sie jetzt nicht auf der Flucht sein. Noch einmal ließ sie sich nicht überrumpeln. Hier draußen würde sie selbst mit ihrem menschlichen Gehör jeden kommen hören, ehe er ihre kleine Veranda erreichte.

»Du hasst sie, nicht wahr?«

Auf seine leise Frage hin sah Dee sich zu ihm um und stellte fest, dass Simon sie mit einem seltsam verschlossenen Ausdruck anblickte.

Natürlich wusste sie, wen er meinte. »Du nicht?

Ich weiß, was geschehen ist, Simon. Ich weiß, dass sie deine Familie umgebracht haben. Sie abgeschlachtet, genau wie meine.«

Seine Miene verhärtete sich, während er die Hüttentür mit dem Fuß zustieß. »Ich will die Mistkerle kriegen, will, dass sie bezahlen.« Nachdem er von innen verriegelt hatte, schritt er auf sie zu. »Einige von ihnen habe ich schon zur Strecke gebracht. Ich habe sie gejagt«, er griff an ihr vorbei nach einem der Pflöcke, »und sie um den Tod betteln lassen.«

Ihr Atem stockte. *Rache*. Wie lange wünschte sie sich die Gelegenheit dazu schon?

»Seit wann jagst du die, die deine Familie töteten, Dee?«

»Seit jener Nacht«, hauchte sie. Aber sie war fast noch ein Kind gewesen. Sie hatte keine Ahnung gehabt, wo sie suchen sollte, wie sie Spuren verfolgte. Bis sie es gelernt hatte, waren sie längst über alle Berge gewesen. »Und ich werde sie weiter jagen«, sagte sie und blickte zu seiner Hand. Der Pflock war so spitz. So tödlich. »Bis ich sie habe.« Denn ihre Gesichter hatte sie bis heute nicht vergessen und würde es auch nie.

Er wich ein Stück zurück und hielt den Pfahl zwischen sie beide. »Wie viele Vampire hast du getötet? Wie viele hast du gepfählt, weil du die bestrafen wolltest, die dir wehgetan haben?«

Was sollte das? Sie war wahrlich nicht in der Stimmung für eine Therapiesitzung. So etwas war sowieso nie ihr Ding gewesen. »Die Vampire, die ich gepfählt habe, waren Mörder. Sie bekamen ihren Kick durch Angst und Folter.«

»Dann sind alle Vampire böse? Müssen sie alle aus ihrem Elend erlöst und mit einem einfachen Ticket in die Hölle geschickt werden?«

»Etwa nicht?« Er hatte doch auch gejagt. *So wie ich.* Sie legte eine Hand über seine an dem Pflock. »Ich bin noch keinem begegnet, der nicht süchtig nach Macht war.« Das nämlich war das Problem bei Vampiren. Als Menschen mochten sie okay gewesen sein, vielleicht sogar normal, aber wenn sie als Vampire wieder aufwachten, verfielen sie dem Machtrausch. Und menschliches Leben hatte für sie keinerlei Bedeutung mehr.

Menschen wurden für sie zur reinen Beute. Nein, *Nahrung.* Und viele Vampire genossen es, mit ihrem Essen zu spielen.

»Ich schon«, raunte er.

»Wie?«

Seine Lippen wurden zu schmalen Linien, als er zurücktrat und den Pfahl auf den Boden poltern ließ. »Die Vampire, die meine Familie vernichtet haben, ja, verdammt, die waren Irre. Kranke, perverse Mistkerle, die es verdienen, in der Hölle zu schmoren. Aber i-ich habe auch Vampire kennengelernt, die nicht das reine Böse waren.«

Sie starrte ihn sprachlos an.

»Du darfst nicht zu verstockt denken, Babe. Dir ist Schlimmes widerfahren, uns beiden, aber jeden Vampir zu hassen, bringt uns unsere Familien nicht zurück.« Er verstummte kurz. »Und sie alle umzubringen genauso wenig. Vertrau mir, ich weiß es.«

Ja, sie wusste es auch. Aber als sie mit der Jagd

begann, waren Zorn und Rachsucht alles gewesen, was sie hatte.

Damals wollte sie nicht weiterleben. Als die Überreste von ihren Eltern und Sara am nächsten Tag aus dem Haus geholt wurden, hatte sie nie wieder atmen wollen. Sie war auf die Knie gesunken und hatte sich gewünscht zu sterben.

Sie dachte sogar an …

Dee schüttelte den Kopf. Ihre Mutter war um ihretwillen gestorben, deshalb durfte sie nicht den leichten Ausweg wählen. »Manchmal ist Rache das Einzige, was einen aufrecht hält.« Vor allem wenn man herausfand, dass die Welt nicht die glückliche Postkartenidylle war, die einem das Fernsehen vorgaukelte.

Sie bemerkte, dass er die Hände zu Fäusten geballt hatte. »Es gibt mehr im Leben als den Tod, Dee.«

Ihre Lippen zuckten. Kein Lächeln. Noch nicht. »Erzähl das den Vampiren.«

»Ich erzähle es dir.«

Sie schluckte. »Warum bist du hier? Warum bist du mir bis in die Vampirhölle gefolgt? Was hast du …«

»Wäre es dir lieber gewesen, ich hätte dich in der Blutlache liegen gelassen? Damit die Cops dich vor der Leiche finden?« Seine Schultern versteiften sich. »Ach, verflucht, nächstes Mal lasse ich dich eben in Ruhe!«

Er drehte sich weg, doch sie streckte eine Hand nach ihm aus und strich ihm über die Schulter.

Simon erstarrte.

»Ich bin nicht gut in diesem Gefühlskram«, sagte sie, wobei sie sich linkisch vorkam. »Ich weiß, wie man kämpft, wie man tötet, aber nicht, wie man …«

Liebt. Nein, Quatsch, sie redeten hier nicht über Liebe.

Denk nicht einmal dran!

Dennoch wollte er mehr von ihr, als sie zu geben gewöhnt war. Da war Verlangen in seinem Blick, in seiner Stimme, in seinen Fragen. Simon würde sich nicht mit Minihäppchen zufriedengeben. Der Typ Mann war er nicht. Sie musste sich ihm öffnen, wenn sie ihn halten wollte.

Und sie wollte, dass er bei ihr blieb. Am besten fing sie wohl damit an, dass sie sich bemühte, *nett* zu sein. Das müsste sie schaffen: ein bisschen weniger misstrauisch und normaler sein.

Also ließ sie ihre Rüstung fallen. »Danke, dass du mich da weggeholt hast.«

Er sah sie an. »Das war hart, was?«

Ähm, ja.

»Du bist es nicht gewöhnt, jemanden zu brauchen.«

Nein, nicht einmal bei Night Watch. Meistens arbeitete sie allein. So gefiel es ihr. Hatte man einen Partner, fing man an, den anderen zu wichtig zu nehmen.

Dann schmerzte es höllisch, wenn er ging … oder starb. Und Night-Watch-Jäger hatten bisweilen keine sehr hohe Lebenserwartung.

Langsam drehte er sich wieder ganz zu ihr, hob eine Hand und strich ihr über die Wange. »Ich sagte dir bereits, dass ich von dem Geborenen weiß, der in der Stadt erwartet wird.« Seine Finger berührten sie nur ganz sacht; sein Daumen streichelte ihre Lippen. »Jeder Vampir in der Stadt ist deswegen schon ganz außer sich. Manche haben eine Scheißangst. Andere freuen sich auf ihn.«

Denn sie liebten es, Tod und Chaos zu sehen.

»Er bringt die Hölle nach Baton Rouge, Dee. Geborene Meister haben zu viel Macht. Er wird die Vampire mitbringen, die er gewandelt hat, all die *Marionetten,* die er kontrolliert, und wenn er kann, wird er die Stadt in Schutt und Asche legen.«

Geborene tauchten selten in den Staaten auf. Ausgesprochen selten. Denn wo sie sich vergnügten, war hinterher kein Leben mehr.

»Ich werde ihn aufhalten«, hauchte sie gegen seine Daumenspitze. Sie würde ihn aufhalten, dessen war Dee sich sicher. Vielleicht nicht besonders sicher, was das Wie betraf, aber das würde sich noch ergeben. Es blieb gar keine andere Wahl.

»Nein.«

Sie blinzelte.

»*Wir* halten ihn auf.« Ein Schwur. Dann küsste er sie.

Genau was sie gebraucht hatte.

Dee stellte sich auf die Zehenspitzen, schlang die Arme um ihn und schmiegte sich fest an ihn.

Bei Gefühlen und netten Worten mochte sie versagen, aber das hier war eindeutig eine ihrer Stärken.

Seine Zunge drang in ihren Mund, und Dee stöhnte wohlig. Er hatte feste, harte Lippen, wie

Dee sie am liebsten mochte, und ihre Nippel spannten sich.

Die Schmerzen, die Ängste, die Qualen, alles schwand.

Und es blieb nichts als Lust, Leidenschaft und Verlangen.

Seine Hände glitten ihren Rücken hinab zu ihrem Hintern und hoben sie hoch.

Die Wölbung an seinem Schritt räumte sämtliche Zweifel aus.

Schön, ich bin hier nicht allein.

Er unterbrach den Kuss. »Diesmal gibt es kein Zurück.«

»Das will ich hoffen.«

Seine Lippen pressten sich an ihren Hals. Oh Gott! Sie wurde schon feucht. Ja, ihr Slip drohte, richtig nass zu werden. Wie gut, dass sie ihn bald ausziehen würde. »Bett«, hauchte sie. Es war zwar nicht allzu groß, doch es musste reichen. »Nebenan.«

Er hatte sie schon nackt gesehen, sie ihn bisher nicht.

Bald.

Haut auf Haut. Wonne, die jede Dunkelheit vertrieb. Das war es, was sie wollte.

Denn die Dunkelheit folgte ihr immerzu, selbst am helllichten Tag.

Sie stolperten küssend, streichelnd und neckend zum Bett. Hände glitten über Haut, entfachten Lust.

Kein Halten. Nein.

Simon drückte den Lichtschalter, weil es in diesem Zimmer keine Fenster gab. Ohne Licht konnte man hier nichts sehen.

Und Dee wollte alles sehen.

Sie stieß ihn auf die Matratze und lachte, als er sie erschrocken ansah.

Dann zog sie sich aus. Es war kein Striptease, denn dafür war sie nicht der Typ. Ihr geliehenes T-Shirt fiel zu Boden. Einen BH trug sie nicht. Eigentlich brauchte sie keinen.

Sie streifte ihre Schuhe ab, schob die Jeans nach unten …

»Verdammt, Dee.« Er leckte sich die Lippen. »Ich könnte dich verschlingen.«

Nein, erst einmal war sie dran. Ihr Slip landete auf den Bodendielen.

Seine Nasenflügel weiteten sich kaum merklich.

»Du hast zu viel an«, sagte sie.

Er riss sich das T-Shirt herunter.

»Kein schlechter Anfang.« Ihr Blick fiel auf seine Jeans. »Aber ich würde gern mehr sehen.«

Simon streckte ihr die Hand hin. Mehr Aufforderung bedurfte es nicht. Dee stieg ins Bett und hockte sich rittlings auf ihn. Ihre Finger glitten über seine Brust. Feste, starke Muskeln, einige Narben, die nur leicht erhabene helle Linien waren.

Dee zögerte bei dem Anblick, musste sie doch an die Male auf ihrem eigenen Körper denken. Sie war nicht vollkommen, nicht annähernd. Vor allem nicht nach ihrem letzten Ringkampf mit dem Wolf.

Aber Simon war für sie vollkommen. Die Wundmale bedeuteten, dass er ein Kämpfer war. Ein Überlebender.

Wie ich.

Während sie ihn betrachtete, wurde Dee bewusst, dass sich für sie noch kein Mann so richtig angefühlt hatte. Sie beugte sich nach unten und leckte über eine feste braune Brustwarze.

Er atmete stöhnend aus.

Es gefiel ihm. Gut. Sie knabberte zärtlich an ihm. Nicht zu grob, sie wollte ihn ja nicht …

Beiß.

Das Flüstern, beinahe ein Befehl, huschte durch ihren Kopf, und Dee wich zurück.

Simon sah sie an, ernst und eindringlich. Sie schüttelte den Kopf.

Seine Hände umfingen ihre Brüste. »Du bist wunderschön.«

Lust konnte Männer ziemlich blind machen.

Dee schaffte es, seine Jeans aufzuknöpfen, wobei sie vorsichtig war, um den Verband nicht zu beschädigen, den sie ihm angelegt hatte.

»Nicht so zurückhaltend, Babe.« Er stützte sich auf die Ellbogen auf. »Glaub mir, ich verkrafte alles, was du mit mir anstellst.«

Das würde sich zeigen. Mit einem Ritsch öffnete sie seinen Reißverschluss. Keine Unterwäsche. Das war ihr Mann.

Sein Schwanz bog sich ihr lang und dick entgegen. Die Spitze war dunkel, rund und samtig. Dee rutschte ein Stück tiefer auf seinen noch jeansverhüllten Schenkeln.

»Dee!«

Sie übernahm.

Ihr Mund schloss sich über seinem Schwanz. Mit

der Zunge umrundete sie die Spitze und kostete die salzige Haut.

»Vögel mich.«

Das würde sie schon noch.

Dee nahm mehr von ihm in den Mund und sah zu ihm auf. Er hatte die Augen halb geschlossen, die Zähne zusammengebissen. Pures Verlangen spiegelte sich in seinen Zügen.

Genau wie sie es wollte.

Ihre Zunge und ihre Lippen neckten, nahmen, liebkosten. Ihre Wangenmuskeln spannten und lockerten sich, während sie ihn verwöhnte.

Ihr gefiel, wie er schmeckte, wie sich seine Haut anfühlte, wie er nach Atem rang und …

Seine Finger krümmten sich unter ihrem Kinn. »Ich kann … gleich … nicht … mehr!«

Ein letzter Zungenstrich, um ihm zu beweisen, dass sie tat, was sie wollte. Noch einer, um ihm zu bedeuten, dass sie ihn wollte.

»Dee!«

Sie streichelte ihn mit ihren Lippen und gab ihn frei. Sein Geschmack blieb noch auf ihrer Zunge. »Warum solltest du den ganzen Spaß haben?«

Blitzschnell schwang er sich auf, und Dee fand sich flach auf dem Rücken wieder, seinen Mund auf ihrer Brust, an der er sog und leckte.

Okay, also das war … verdammt … spaßig.

Seine Finger tauchten zwischen ihre Schenkel, streichelten ihre Schamlippen; sein Daumen rieb über ihre Klitoris.

»So feucht«, murmelte er und bedachte sie mit einem lustvollen Blick. »Du wirst dich fantastisch anfühlen.«

Er auch. Sie stemmte die Fersen ins Bettlaken und biss sich auf die Unterlippe. Jeden Moment würde sie kommen. Nur noch ein bisschen.

Ein starker Finger drang in sie ein.

Dee biss sich fester auf die Lippe.

»Nein!«, sagte er streng. »Diesmal nicht. Ich möchte jeden Laut hören. Jedes Geräusch.«

Ihr Mund wurde trocken. Keine Zurückhaltung? Sie hielt sich immer zurück, trieb ihre Partner an, sich ganz ihrer Lust hinzugeben, wahrte jedoch die Kontrolle über sich selbst.

»Ich will alles.« Zwei Finger. »Und das bekomme ich.«

Ihr Kopf kippte nach hinten. Dann würde sie beim ersten Mal eben so kommen. Das zweite Mal konnte er in ihr sein und …

»Nein, Babe.«

Erschrocken blickte sie zu ihm auf.

»Nicht ohne mich.«

Er griff in die Gesäßtasche seiner Jeans und holte ein kleines Päckchen heraus.

Es ging doch nichts über einen vorbereiteten Mann.

Natürlich hatte sie an der Tankstelle auch ein paar Kondome gekauft. Für alle Fälle.

Denn sie schätzte es gleichfalls, vorbereitet zu sein.

Er biss die Folie mit den Zähnen auf und rollte sich den Schutz über.

Dann spreizte er ihre Schenkel weiter und sah sie an. »Wunderschön.«

Im nächsten Moment drang er tief in sie ein.

Sie stöhnte laut, weil er sich so *groß* anfühlte. Und weil sie sich bei ihm nicht beherrschen wollte. Ihre Fingernägel gruben sich in seine Arme.

Er zog sich zurück und stieß erneut in sie hinein. Wieder und wieder.

»Fester!« Die Spannung in ihr näherte sich dem Höhepunkt.

Schweiß benetzte ihrer beider Körper. Ihre Hüften bogen sich ihm entgegen, spornten ihn an, schneller und fester zuzustoßen.

Die herrliche Befriedigung war verlockend nahe.

Dee schlang ihre Beine um ihn, und er küsste sie, forderte ihre Zunge zum Tanz.

Ihr Geschlecht erbebte um den harten, großen Schwanz, der tief in ihr war.

Er hob den Kopf. Sie sah, dass seine Augen glitzerten.

Sein Hals war unmittelbar vor ihrem Gesicht, die Biegung seiner Schulter dicht genug, dass sie …

Beiß!

Sie schlug die Zähne zusammen. Was war das? Noch nie hatte sie beim Sex das Verlangen gehabt, den Partner zu beißen.

Sein Schwanz zog sich fast vollständig aus ihr zurück.

Sie stemmte die Hände flach an seine Brust. *Schieb ihn weg. Kämpfe gegen das!*

Sein heißes Glied rammte in sie hinein.

»Simon!«, schrie sie, als ihr Orgasmus sie überrollte und ihre Scheidenmuskeln sich um ihn zusammenzogen. Sie pulsierten an seinem Glied, während die Wellen des Höhepunkts ihren ganzen Leib erfassten.

»Besser«, raunte er, fasste ihre Hüften und hob sie ein Stück an, so dass er noch tiefer in sie eindringen konnte. »Viel besser.«

Er neigte sich zu ihr, drückte seine Lippen auf ihren Hals, schmeckte und küsste sie. Seine Armmuskeln wölbten sich. Was für eine Kraft!

Dann kam er mit einem heftigen Erschauern und ergoss seinen Samen in sie.

Ihre Scheide pochte noch unter den Ausläufern ihres eigenen Orgasmus.

Dee rang nach Atem, benetzte sich die staubtrockenen Lippen.

Seine Zunge glitt über ihren Hals.

Sie erbebte. *Sehr angenehm.*

Er hielt sie dicht an sich gepresst, während sie nichts als das Trommeln ihres eigenen Herzschlags hörte.

Oh ja, sie hatte gewusst, dass es gut sein würde. Bei einem Mann wie Simon, der vor Sex-Appeal strotzte, war der Spaß im Bett praktisch garantiert.

Sie ließ ihre Finger über seinen Rücken flattern und bemerkte, dass seine Muskeln stramm angespannt waren. »Simon?« Er war gekommen, kein Zweifel.

Noch einmal drückte er seine Lippen auf ihren Hals. Ein bisschen härter als vorher. Dann hob er den Kopf. Seine Augen waren von einem unruhigen Grau, stürmisch geradezu.

»Ich will dir niemals wehtun«, raunte er heiser.

»Dann lass es«, sagte sie. Das dürfte nicht weiter schwer sein.

Mit einem Finger malte er ihren Wangenknochen nach. »Du hast geweint, als du kamst.«

Dee schluckte. »Ich …« Okay, jetzt wusste sie nicht, was sie sagen sollte.

»Ein Träne. Nur eine.«

»Normalerweise …« Verdammt, normalerweise weinte sie *nie*! Jedenfalls seit Jahren nicht.

Er küsste sie mit geschlossenen Lippen, was sich nach der Wildheit eben besonders zart und liebevoll ausnahm. Sein Schwanz war noch in ihr und schwoll bereits wieder.

Er hob den Mund wenige Millimeter. »Du kannst mir vertrauen«, hauchte er.

Sie vertraute ihm schon ihren Körper an. Was wollte er mehr?

Die Antwort verrieten ihr seine Augen. *Alles.*

Und plötzlich wurde ihr so eisig, dass nicht einmal die Hitze seines Körpers sie wärmen konnte. Denn alles, das hatte sie noch keinem Mann gegeben.

Sie schliefen. Endlich. Dee schlummerte in Simons Armen ein. Fiel in einen tiefen, schweren Schlaf voller leisem Geflüster, wie es viele ihrer Träume heimsuchte.

Lauf, Baby, lauf! Raus hier. Schnell! Ihre Mutter. Immer war es ihre Mutter, die sie warnte.

Dee – Dee, warum hast du mir nicht geholfen? Sara. Die ihr die Schuld gab.

So viele Stimmen. Zu viele.

Warum, Schlampe, warum hast du mich verfolgt? Die

Vampire. Ihre letzten Worte, die ihr keine Ruhe ließen.

Verfluchte Hure. Von meiner Sorte kommen noch mehr. Immer mehr. Du kannst uns nicht aufhalten. Wirres Gemurmel, das sie in der Dunkelheit quälte.

Sie konnte den Stimmen nicht entkommen, egal wie sehr sie sich bemühte.

»Dee. Dee! Wach auf.« Starke Hände schüttelten sie.

Sie schlug die Augen auf. Simon sah sie an, sein Haar zerzaust, seine Miene streng. »Jemand ist hier.«

Ein Adrenalinschub katapultierte sie aus dem Bett und in ihre Kleidung. Sie liefen ins vordere Zimmer, wo Dee sich zwei Pflöcke und eine Schusswaffe schnappte.

Simon nahm sich keine Waffe. Merkwürdig, sie hatte ihn tatsächlich noch nie bewaffnet gesehen.

Sie schaltete das Licht aus und schlich ans Fenster. Draußen wurde eine Autotür zugeschlagen. Kies knirschte unter schweren Schritten. Vorsichtig schob Dee den Vorhang ein wenig beiseite.

Alles war dunkel, passend zur Finsternis drinnen.

Es war Nacht.

Also wären die Vampire wieder bei vollen Kräften.

Aber seit wann kamen die geradewegs zur Haustür, wenn sie angreifen wollten?

Ihre Augen hatten sich rasch an die Dunkelheit angepasst, und sie bedeutete Simon stumm, sich links von der Tür aufzustellen. Sie übernahm die rechte Seite.

Der Türknauf drehte sich. *Was? Der Mistkerl hatte das Schloss aufgebrochen?* Sehr geschickt.

Nur würde ihn dieses Talent kaum retten.

Dee wartete in der Dunkelheit. Ruhig.

Die Tür schwang auf, und der Abschaum trat ins Haus.

Dee griff an.

Sie bewegte sich schnell und entschlossen, versetzte dem Kerl einen kräftigen Hieb in den Magen, riss ihn nach hinten und knallte ihn gegen die Wand.

Simon warf die Tür zu. Gut. Sie konnten nicht wissen, wie viele noch draußen waren. Es war klüger, sie zu trennen und so zu schwächen.

»Fang an zu reden«, befahl Dee, die ihren Pflock zog. »Wie viele von deinen Arschlochfreunden warten vor der Tür?«

Der Kerl bewegte sich, richtete sich langsam auf. Dee sah ihn an und runzelte die Stirn, als sie …

»Verflucht, Dee! Wieso musst du immer erst zuschlagen?«

Die Stimme kannte sie. »Simon, Licht an!«

Sofort erhellte sich der ganze Raum und Dee blickte in ein allzu vertrautes Gesicht. »Tony? Was machst du denn hier?«

Er hielt sich eine Hand auf den Bauch, stöhnte und sagte: »Ich bin hier, um dich wegen Mordes zu verhaften.«

Siebtes Kapitel

»Kommt nicht infrage.« Simon stürmte nach vorn. Keiner nahm ihm Dee weg. *Keiner*.

Und ganz sicher nicht der Mistkerl, der ihr Liebhaber gewesen war.

Captain Antonio Young funkelte ihn wütend an. »Wer sind Sie?« Er rieb sich immer noch den Bauch.

»Der Mann, der auf sie aufpasst.« Simon bog den Mund zu einem Raubtierlächeln. »Und auf keinen Fall holen Sie Dee hier weg.« Aber wenn der Cop es partout versuchen wollte …

Nur zu.

»Simon.« Dee fing seine Hand ab. Prompt fiel der Blick des Cops auf ihre Hände, und er kniff die Augen ein wenig zusammen. *Ah, das gefällt dir nicht, was? Zu schade.*

Sie biss sich auf die Unterlippe. »A-alles okay mit dir, Tony?«

Sofort nahm er die Hand von seinem Bauch. »Bestens. Ich dachte, du bist alleine hier oben.«

Ach, deshalb kam Sir Lancelot in die Hütte gestürzt.

»Woher weißt du, dass ich überhaupt hier bin?«

Dunkle Augen musterten ihr Gesicht. Fraglos zu emotionsgeladen. »Ich kenne dich ziemlich gut, Dee. Ich wusste, wohin du fährst, wenn du eine Zuflucht brauchst.« Er hielt den Schlüssel in die Höhe. »Und ich war schon mit dir hier, weißt du noch?«

Ach ja? Alles, was Simon sah, war in einen deutlichen Rotschimmer getaucht. Hatte Dee die Angewohnheit, ihre Liebhaber hierher zu bringen?

Damit war es ab sofort vorbei, und sollte dieser Schönling sie weiter mit seinen Welpenaugen anstieren, würde Simon ihm die Faust ins Gesicht rammen.

Dee sah zu Simon, wandte den Blick jedoch rasch wieder ab. »Ich erinnere mich. Das ist lange her.«

Gut zu wissen, und Simon wollte wahrlich nicht mehr hören. »Dee hat die Frau nicht getötet.«

Der Cop zwinkerte, dann sah er zu Dees linker Hand, die den Pfahl hielt. »Die Beweise sagen etwas anderes.«

»Es war eine Falle«, raunte Simon. »Die Vampire wollten, dass sie für die Täterin gehalten wird.«

»Wieso?«

Dee trat zurück, drehte sich um und ging zum Vitrinenschrank. *Manche Frauen sammelten Figuren, Dee anderes.*

Mordwerkzeuge.

»Warum zum Geier sollten sie sich solche Mühe machen, dich in Schwierigkeiten zu bringen?« Der Cop, Tony, schüttelte den Kopf. »So ticken Vampire nicht. Sie töten, schlürfen ihr Opfer trocken und …«

»Und einige von ihnen sind kranke Freaks, denen es Freude machte, mit ihrer Beute zu spielen.« *Allerdings nicht alle. Sie waren nicht alle so. Das musste Dee noch begreifen.* »Sie wollen Dee brechen, sie nicht bloß töten. Indem sie ihr eine Falle stellen, sie aus ihrer schönen, sicheren Welt reißen.« Nicht dass Dee viel für Sicherheit übrig hatte. »Sie reißen sie weg von ihren Freunden, isolieren sie …« Er brach kopfschüttelnd mitten im Satz ab, weil er unmöglich mehr sagen konnte.

»Ich habe hinterm Onyx mit einer Vampirgang gekämpft«, sagte Dee tonlos und verschränkte die Arme vor der Brust. »Ich schlug mit dem Kopf auf dem Pflaster auf, und als Nächstes komme ich in einer stinkenden, dunklen Halle zu mir. Überall um mich war Blut. Und dein Opfer.«

»Lisa Durant.«

»Sie war tot.« Sie fröstelte. »Ich erinnere mich an nichts, was zwischen dem Parkplatz und dieser Lagerhalle passiert ist. Ich weiß nur noch …«

»Ich war dort«, mischte sich Simon wieder ein, der den Cop provozierend ansah. »Ich sah, wie die Vampire die Frau umbrachten. Sie ließen Dee in der Blutlache liegen. Ich habe alles gesehen.«

»Blödsinn.« Tony machte einen Schritt vorwärts. »Das kaufe ich Ihnen nicht ab.«

»Es ist meine Geschichte«, erwiderte Simon ungerührt. »Die werde ich jedem erzählen, wenn Sie auch nur daran denken, Dee von hier wegzuholen.« Wozu es nicht kommen würde. Seine Schläfen pochten in einem Übelkeit erregenden Rhythmus.

Niemand durfte Dee bedrohen. Sie war zu wichtig.

»Ach, dann wollen Sie einfach mal kurz die Vampire outen?« Tonys Lippen kräuselten sich angewidert.

»Das haben sie bereits selbst erledigt.« Vielleicht war es an der Zeit, dass die Welt aufhörte, sich etwas vorzumachen. In den meisten Städten nahmen die Nährlokale zu, und nichtsahnende Menschen stolperten hinein, von denen einige zu schnell abhängig wurden. Manche schafften es nie wieder heraus. Welch Glück für die Vampire, dass sie die Leichenentsorgung mit den Jahren perfektionierten.

»Ein Geborener ist unterwegs in die Stadt«, sagte Dee und neigte den Kopf. Simon merkte auf. Ja, das war sein Mal an ihrem Hals, und ihm war klar, dass der Cop es sehen konnte. Er hatte kein Blut von ihr getrunken, sie auch nicht gebissen, weil er wusste, dass Dee das nicht mochte. Aber ein süßes Saugen war ausreichend gewesen. »Ich bin der beste Vampirjäger bei Night Watch. Wenn du mich abziehst, kann keiner voraussagen, was mit der Stadt passiert.«

Tony machte große Augen. Ach, der Idiot war also nie einem Geborenen über den Weg gelaufen? Dann hatte er keinen Schimmer, wie die Hölle aussah. »Ein Geborener lässt sich nicht so töten wie die meisten anderen Vampire.« Nein, der war ungleich schwerer umzubringen. Simon hatte einmal von einem Geborenen gehört, der einen Pfahl im Herzen *und* eine teilweise Enthauptung überstand.

Ihre Körper waren zäher. Wunden heilten bei ihnen zehnmal schneller als bei Genommenen. Wenn man zum Vampir gewandelt wurde, nahm man einige seiner menschlichen Schwächen mit ins Untotenleben.

War man hingegen ein *Geborener*, gab es keinerlei Schwächen. Nicht mehr, nachdem die Kräfte erblüht waren und die Blutgier einsetzte.

»*Wer sind Sie?*«, fragte Tony nochmals.

»Entspann dich, Tony. Simon ist hier nicht der Böse.« Sie löste die verschränkten Arme. »Er weiß, womit ich es aufnehme, und er kann mir helfen.«

»Ich nicht?«

»Nein.«

Tony zuckte zusammen.

»Du bist ein Cop. Du beschützt Unschuldige.« Sie schüttelte den Kopf. »Aber es ist nicht dein Job, Vampire zu töten.«

»An manchen Tagen schon«, entgegnete er.

Simon zog die Brauen hoch. Hatte dieser Cop etwa doch mehr Mumm, als Simon ihm zutraute?

»Ich weiß, dass es im Moment nicht gut für mich aussieht«, sagte Dee.

»Du bist abgehauen, Dee. Unschuldige laufen nicht weg.«

Okay, das war Simons Schuld. Er rollte die Schultern. »Ich habe Dee keine andere Wahl gelassen. Als ich sie aus dem Loch rausholte, war sie kaum bei Bewusstsein. Überall heulten Sirenen, da durfte ich nicht riskieren, dass sie vorschnell verhaftet wird.«

»Durften Sie nicht, hmm?«

»Nein.« Mehr gab es nicht zu sagen. »Die Frau auf dem Boden war tot. Dee nicht. Für mich hatte ihre Sicherheit Vorrang.«

»Klar, und ihr an die Wäsche zu gehen, spielte natürlich gar keine Rolle, nicht?«

Das reichte. Binnen eines Sekundenbruchteils

hatte Simon den Cop an der Wand, seine Fäuste vorn an seinem Hemd. »Reden Sie nie wieder so über Dee!«

Selbige tippte ihm auf die Schulter. »Halt mal die Füße still. Tony führt sich nur wie ein Idiot auf, wenn er besorgt ist.«

»Daran sollte er dringend arbeiten, denn solche Neigungen können ihn in Schwierigkeiten bringen.« Er hielt den Blick des Cops. »Sehr bald schon.« Er löste seine Fäuste.

»Mann, Dee, wo hast du den denn aufgegabelt?«, murmelte Tony und richtete sein Hemd.

»In einem Hinterhof voller Patronenhülsen.« Sie drängte sich zwischen die beiden. »Eine sehr ähnliche Szene wie die, in der ich dich vor ein paar Jahren gefunden habe.«

Ein Schnauben, gefolgt von einem angedeuteten Schmunzeln.

»Tony, wir wurden unmittelbar vor Sonnenaufgang angegriffen. Typen in Skimasken überfielen uns in Simons Haus. Die haben die ganze Bude zusammengeballert.« Sie hob eine Hand an ihre Schulter: an die Wunde, die Simon fast vergessen hatte, als er mit ihr im Bett war. »Wir hatten Glück, dass wir da lebend rausgekommen sind.«

»Scheiße!«

»Ja, in der steckten wir knietief.« Bei ihrem Schlucken vernahm Simon ein leises Klicken. »Aber ich werde ganz gewiss nicht hierbleiben. Ich verstecke mich nicht und warte, bis die Vampire angreifen. Wir brauchten nur eine kurze Pause, um uns zu erholen. Die hatten wir jetzt.«

Simon wusste, worauf sie hinauswollte, und es behagte ihm nicht.

»Es wird Zeit, die Schweinehunde zu jagen«, sagte sie. »Ich kann es nämlich gar nicht leiden, wenn mich irgendwelche Wichser umbringen wollen, vor allem nicht, wenn ich schon am Boden bin.«

»Nein, derlei schätze ich auch nicht besonders«, ergänzte Simon.

Tonys Blick wanderte zu ihm und zurück zu Dee. »Du denkst ernsthaft, dass du die Vampire findest?«

Ein Achselzucken. »Das ist mein Job.« Ihr Kinn war gereckt. Bei dieser Frau wirkte das Versprechen, andere zu töten, richtig niedlich. »Beim vorherigen Angriff war ich schwach, das bin ich nicht mehr.«

Ja, richtig, Menschen erholten sich eigentlich nicht so schnell von Gehirnerschütterungen oder Schussverletzungen. Vielleicht fühlte sie sich prima und fit fürs Vampire-Hopsnehmen, aber sie war noch nicht zu hundert Prozent wiederhergestellt.

Wie er auch nicht.

Noch nicht.

»Brass hängt mir im Nacken wie eine Tarantel«, sagte Tony und blies langsam den Atem aus. »Es sind diese Zeugen, die sagen, dass sie dich im Streit mit dem Opfer hinterm Onyx gesehen haben. Die drehen dir echt eine Schlinge.«

Ihr Blick huschte zu Simon. »Das stimmt teils, Tony. Lisa … traf mich hinter der Bar. Sie hat für die Vampire gearbeitet.«

»Ein Köder?«, fragte der Cop.

»Eher eine Botin«, sagte Simon. »Sie wissen

schon, die muntere Sorte, die angehüpft kommt und sagt *Du stirbst. Du bettelst noch um den Tod.* Bla, bla.«

Tony stutzte.

Dee ergänzte achselzuckend: »Sie ging mir auf die Nerven, da habe ich die Beherrschung verloren.«

»Das ist das Problem.« Der Cop sah wirklich besorgt aus. »Zu viele Leute wissen, wie leicht du die Beherrschung verlierst. Die können sich lebhaft vorstellen, dass du die Frau wiedergetroffen hast, wieder mächtig sauer wurdest und dann doch deinen Pflock zücktest. Töten geht schließlich leicht, nicht? So leicht.«

Der Mann klang, als würde er aus Erfahrung sprechen. Als könnte er sich jemals mit Dee vergleichen. »Geben Sie uns Zeit, Dees Unschuld zu beweisen«, erwiderte Simon scharf, obwohl es ganz und gar nicht das war, was er geplant hatte. Er massierte sich die Schläfen, in denen das Pochen übler wurde. Der wenige Schlaf hatte nicht gereicht. Um sich vollständig zu erholen, müsste er sehr viel länger schlafen.

»Der Staatsanwalt weiß Bescheid«, sagte Dee. »Pak hat es mir erzählt. Seit der Sache mit Erin Jerome ist der Staatsanwalt eingeweiht.«

Erin Jerome. Den Namen kannte Simon. Erin gehörte zur Staatsanwaltschaft und war mit einem der Jäger von Night Watch liiert, mit Jude, dem Gestaltwandler.

»Dachte ich mir doch, dass er mehr weiß, als er durchblicken lässt.« Tony fuhr sich mit der Hand durchs Haar. »Es verschwinden zu viele Fallakten vor der ersten Anhörung.«

»Diese muss ebenfalls verschwinden.« Dee vibrierte buchstäblich vor Anspannung. »Ich bringe dir einen Zeugen. Ich bringe dir den Beweis, dass ich unschuldig bin, und ich will, dass Clark diese Akte in den Reißwolf steckt.«

»Was ist mit den Vampiren.«

»Die lasse ich verschwinden.«

Ein großes Versprechen, das schwer zu halten sein würde.

Tony starrte sie an. Ein bisschen zu intensiv für Simons Geschmack.

»Tony, gib mir Zeit. Du kennst mich.«

Zu gut, wie es schien.

Ein kurzes Nicken. »Achtundvierzig Stunden.«

»Tony ...«

»Das ist alles, was ich für dich tun kann. Ich bin nicht der Einzige an diesem Fall, und länger kann ich die anderen unmöglich zurückhalten.« Sein Wangenmuskel zuckte. »Achtundvierzig Stunden, und du bringst mir einen Vampir, der Clark überzeugt, dass du sauber bist, oder ich muss dich verhaften.«

Sie stieß einen leisen Pfiff aus. »Das ist nicht gerade viel.«

»Ich gebe dir alles, was ich kann.« Er machte einen Schritt auf sie zu und legte eine Hand an ihre Wange.

»Das Letzte, was ich will, ist, dich zu verhaften, aber womöglich bleibt mir keine andere Wahl.«

Simon musterte ihn misstrauisch. »Man hat immer eine Wahl.« Immer. Allerdings traf man nicht unbedingt immer die richtige, und das war das Problem.

Tony nahm die Hand herunter. »Ich vermute, Sie sind ihre Verstärkung.«

»Ja, ganz recht.«

»Dann passen Sie lieber verdammt gut auf sie auf, sonst kriegen Sie es mit mir zu tun.«

Wohl kaum.

Der Cop ging zur Tür. »Ihr verschwindet besser von hier. In ungefähr einer halben Stunde werden zwei Streifenwagen vorfahren.«

Schwein.

»Du hast die Uniformierten herbestellt?«, fragte Dee entgeistert. »Oh Mann, du wolltest mich wirklich festnehmen.«

Das Schwein blickte mit einer Mischung aus Trauer und Bedauern zu ihr. »Nein. Ich bin hier, um dir eine Chance zu geben, die andere dir nicht zugestehen würden. Deshalb kommen die Streifenwagen auch erst, wenn ich wieder weg bin. Also, beweg deinen süßen Hintern, Dee. Such diese Vampire.«

»Wo wollen wir denn eigentlich hin?«, fragte Simon, der das Lederlenkrad umklammerte. Sie hatten sich auf den Nebenstraßen gehalten, um möglichst unbemerkt in die Stadt zurückzukommen, und die drückende Stille raubte ihm den letzten Nerv.

Bereute Dee es? Hatte das Auftauchen ihres früheren Freundes Zweifel in ihr geweckt? Der Mistkerl hatte ein miserables Timing.

»Es gibt keine Nährräume in Baton Rouge.«

Nährräume, dachte Simon verbittert. Die Lokale waren aufgemacht wie gewöhnliche Bars, boten aber in den Hinterzimmern ein Buffet für Vampire. Menschen gingen in die Bars, und manche kamen nie wieder heraus. Andere wurden abhängig, verfielen den Vampiren und taten alles, um wieder in diese Hinterzimmer zu dürfen.

»Warum gibt es keine?«, fragte Simon. »Ich dachte, die haben sie mittlerweile in so gut wie jeder Stadt.« Einige Leute behaupteten sogar, sie wären nichts als sichere Schlafunterkünfte für Vampire. Was eine fette Lüge war.

Solche Nährräume waren keine sicheren Orte. Eher Schlachthäuser.

Obgleich Menschen die bevorzugte Beute in besagten Lokalen waren, mussten sich die Vampire nie sorgen, dass jemand Alarm schlug und den Behörden erzählte, im neuen Nachtclub würde Blut ausgeschenkt. Schließlich genügte ein Biss, und ein Vampir hatte direkten Zugriff auf das menschliche Denken.

Er kontrollierte seine Opfer, und niemand wandte sich gegen den, der ihn beherrschte.

Für die Menschen war es allzu leicht, süchtig nach dem Bisskitzel zu werden.

Wollte ein Vampir, dass das Opfer Schmerz empfand, konnte sein Biss übler als eine Stichwunde oder eine Kugel sein.

Aber er konnte sich auch besser als Sex anfühlen.

Einzig der Vampir bestimmte, welches von beidem es war, Wonne oder Qual.

Simon warf Dee einen Blick zu.

Fast besser als Sex.

»Ich habe dafür gesorgt, dass keine aufmachen.«

Oh ja, das konnte er sich lebhaft vorstellen. »Und wo fangen wir dann an?«

Er spürte, dass sie ihn ansah. Auch ohne sie anzugucken, fühlte er den Blick ihrer Schokoladenaugen. »Ich dachte, du hast Vampirkontakte in der Stadt.«

Vorsichtig. »Schon, aber die Vampire, die ich kenne, haben sich aus dem Staub gemacht, als sich herumsprach, dass ein Geborener kommt.«

»Warum? Wenn sie eine Verbindung zu ihm haben, mussten sie nicht fliehen.«

Die Verbindung. Der kranke Stammbaum, der Vampire miteinander verband. Ein Geborener wählte ein Opfer und stellte eine telepathische Verbindung zu ihm her. Wandelte er die Beute jedoch zu einem Genommenen und suchte sich dieser neue Vampir ein weiteres Opfer, übertrug sich der Zugriff des Meisters auch auf das neue Opfer und von dort mit jedem Blutaustausch immer weiter. Wie abartige Tentakeln, die nach Köpfen und Seelen griffen.

Ein Geborener war nicht bloß körperlich stärker als andere Vampire. Er war wie ein übersinnliches Schwarzes Loch, das alle Beute einsog, die es finden konnte.

Und sie kontrollierte.

Ein Geborener nahm nicht nur die Gedanken jener in seinem Netz auf. Er konnte ihnen auch seine einflüstern und sie so steuern.

Sie beherrschen. Sie waren seine Armee von hilflosen Untergebenen. Gute, schlechte, mittelmäßige, sie alle gehörten ihm, nährten ihn und töteten für ihn.

Die Genommenen waren nie wirklich frei. Nicht ehe der Geborene, der die Blutlinie begann, tot war.

Und er war nicht leicht zu töten.

»Hmm. Tja, wenn deine Kontakte weg sind, müssen wir es wohl auf die altmodische Art anstellen.«

Simon ahnte, dass es ihm nicht gefallen würde. »Und die wäre?« Er bremste an einem Stoppschild, das in einem scheußlichen Gelb übersprüht war. Sie hatten den Stadtrand erreicht, jenen Teil, in den sich die braven Bürger eher nicht verirrten. Zu viele Kriminelle. Zu viel Dunkelheit.

Zu viel Böses.

Simon blickte zu Dee. Ja, sie sah ihn an. »Wir suchen die ideale Beute und warten, dass die Vampire nach dem Köder schnappen. Wenn sie kommen, greifen wir sie uns.«

»Interessanter Plan.« Mit den Fingerspitzen trommelte er einen schnellen Takt auf dem Lenkrad. »Glaubst du wirklich, dass das funktioniert?«

Sie zuckte mit der Schulter. »Die Chance dürfte fünfzig zu fünfzig stehen. Falls es nicht klappt, habe ich eine Hexe, die mir noch einen Gefallen schuldet. Sie könnte es mit einem Rufzauber probieren.«

Ein Rufzauber? Jetzt redete sie wirklich Unsinn. Dunkle Magie war eine verdammt heikle Angelegenheit. Man wusste nie, was da auf dem Trittbrett mit angereist kam – direkt auf einen zu.

Während er sie beobachtete und an seine eigene

Dunkelheit dachte, erschauderte Dee. »Alles okay, Dee?«

»Ja, mir ist nur kalt. Können wir die Heizung anmachen?«

Klar, weil die Sommer in Baton Rouge so frostig waren! Aber er stellte die Heizung an. Ihm war es gleich. »Vielleicht sollten wir warten.« Er bezweifelte, dass er in der Verfassung war, es mit einem richtig üblen Vampir aufzunehmen. Nach ein oder zwei Mahlzeiten eventuell.

»Keine Zeit.« Sie überkreuzte die Arme und rieb sich über die Oberarme. In der Hütte hatte sie eine leichte Bluse gefunden, die sie nun trug. Sie bescherte Simon eine hübsche Aussicht auf ihre Brüste. »Wir haben schon einige Stunden verloren. Also jagen wir jetzt und … *da*.«

Er folgte ihrem Blick. Ein Mann trat aus dem Schatten, dessen glühende Zigarettenspitze in der Nacht aufleuchtete. »Wer zur Hölle ist das?«

»Ein Informant.« Sie neigte den Kopf, so dass Simon, als er sich wieder zu ihr drehte, auf ihren wunderschönen entblößten Hals sah.

Konzentrier dich.

Doch das Hämmern in seinen Schläfen hob erneut an, fester und schmerzhafter als zuvor.

»Ian kennt die Stadt. Er kann mir die neuesten Gerüchte über Vampire verraten.«

Beherrschung. Simon holte tief Luft.

»Ich wusste, dass er hier ist.« Sie löste ihren Gurt.

»Und woher wusstest du das?« Er stellte den Motor aus.

Dee zeigte auf eine Bauruine links. »Sein Bruder

starb in dem Feuer vor einem Jahr. Seitdem ist Ian jeden Freitag hier. Er kommt her, um an seinen Bruder zu denken.«

Simon schaute noch einmal hinüber zu der glühenden Zigarette. »Äh, wie kam es zu dem Brand?«

»Das willst du nicht wissen.« Sie öffnete die Wagentür, zögerte aber. »Ian ist nicht gut auf Fremde zu sprechen. Bleib einfach hier, okay? Ich brauche nur ein paar Minuten.«

Er sollte im Wagen bleiben? Wer war er? Ihr Chauffeur?

Aber sie war schon ausgestiegen, lief über die Straße und verschwand im Schatten auf der anderen Seite.

Bleib einfach hier. Nein. Das war so gar nicht sein Stil.

Lautlos machte er seine Tür auf. Er bewegte sich langsamer als Dee, hielt sich ebenfalls im Schatten und folgte ihr.

Der Zigarettenqualm wehte ihr entgegen. Dee trat in den matten Lichtkegel einer Straßenlaterne, so dass sie Ian den Weg versperrte. Bei ihm musste man sich schnell zu erkennen geben, sonst griff er sofort an.

Und manchmal griff er selbst dann gleich an.

»Ian«, sagte sie ruhig. »Ian, ich brauche deine Hilfe.«

Er verbarg sich halb im Schatten. Die Zigarette hing an seinen Fingerspitzen. Er rauchte nicht. Seit einem Jahr schon nicht mehr.

»Dee?« Die Glut zuckte, und Asche schwebte in die Nacht. »Bist du das?«

Okay, er ging nicht gleich auf sie los. Ein gutes Zeichen. Sie hatte Simon gesagt, dass er im Auto bleiben sollte, weil ein Blick auf ihn genügt hätte, und Ian wäre zusammengebrochen.

Seit dem Feuer war er schlicht nicht mehr derselbe. Nicht dass Dee es ihm verübelte. Ganz und gar nicht. »Ja, Ian, ich bin's.«

Er verlagerte sein Gewicht ein wenig, so dass seine rechte Gesichtshälfte im Licht war. Ein hartes, kräftiges Gesicht. »Wie ich höre, hast du einen Menschen getötet, Dee.« Er schüttelte den Kopf. »Sehr schlecht.«

»Ich war das nicht, Ian.«

»Menschen müssen zusammenhalten. Die paranormalen Arschlöcher wollen, dass wir verschwinden. Wir müssen gemeinsam gegen sie kämpfen.«

Noch mehr Asche wehte weg.

»Ich will heute Nacht gegen sie kämpfen, Ian.« Sie musste dafür sorgen, dass er sich konzentrierte. Was schwierig war, denn er stand bereits mit einem Bein im Grab. Vielleicht gelangte er so an seine Informationen über die *Anderen*.

Ian war übersinnlich begabt. Das hatte Dee schon immer gewusst. Doch seit dem Brand war er wie eine Art offener Kanal für die Finsternis in der Stadt.

Er trat einen Schritt vor, so dass er vollständig im Licht stand und Dee seine vernarbte, entstellte linke Gesichtshälfte sah.

Sie wandte den Blick nicht ab. »Hilf mir, Ian.«

»Die Vampire sind hinter dir her, Sandra Dee.« Seine Stimme klang hohl und leer, wie immer, wenn er seine Visionen hatte. »Sie kommen immer näher, sind schon näher, als du denkst …«

Simon nahm den Geruch in der Luft wahr. *Blut*. Frisches Blut. Abrupt blieb er stehen. Seine Nasenflügel bebten. Dee stand gut drei Meter entfernt und flüsterte dem Kerl im Schatten etwas zu.

Aber der Blutgeruch kam von links, aus einer Seitengasse. Unrat, Verfall und süßes Menschenblut.

»Hilfe …« Ein schwaches Wispern.

Simon schloss die Augen. Ein Angriff. Gleich da. Ganz in der Nähe.

Nahe genug, dass ihn das Blut lockte.

Dee hatte recht gehabt. Dies war ein idealer Ort zum Jagen. Aber nicht für sie beide.

Das Jagdrevier hier gehörte den Vampiren.

»Hilf … m…« Ein ersticktes Gurgeln. Ein Todesschrei.

Mist!

Simon rannte zur Gasse.

Dee sah sich erschrocken um, als sie die donnernden Laufschritte hörte. *Simon!* Er lief in die Seitengasse neben der Brandruine. Wo zur Hölle wollte er hin?

Ian griff nach ihrer Hand. Seine Brandnarben in den Handflächen fühlten sich rau und kratzig an. »Sie kommen von innen, Sandra Dee. Das Ding, das du fürchtest, holt dich heute Nacht.«

Auf einmal überkam sie wieder das Frösteln wie vorher im Wagen. »Du meinst, ich werde heute Nacht sterben, Ian?«

Sein Blick wanderte wieder zum Haus. »Ich hatte das Feuer gesehen. Davon geträumt.«

Ian und seine Träume, die ihn an den Rand des Wahnsinns und darüber hinaus gebracht hatten. »Ich weiß.« Jeder wusste es, Menschen wie Übernatürliche.

»Ich habe Brian gesagt, dass es nicht sicher ist, dass er weg muss.«

Brian. Ians cracksüchtiger Zwillingsbruder, den der Krebs auffraß.

»Dann spürte ich, wie das Feuer losging, und ich musste zu ihm. Ich wusste … ich *wusste*, dass er nicht weggegangen war.«

Er war geradewegs in die Flammen marschiert, um seinen Bruder zu retten. Hatte sein Leben riskiert.

Und trotzdem kam Brian in dem Feuer um.

Ian war nicht gestorben. Nicht ganz.

»In jener Nacht habe ich den Tod gesehen.« Er wandte sich ab, so dass nur noch seine unversehrte Gesichtshälfte zu sehen war. »Ich sehe ihn jetzt wieder. Er ist bei dir. Nahe bei dir.«

Das war nicht der Tipp, den sie sich erhofft hatte.

Seine Lippen verzogen sich zu einem bitteren Lächeln. »Keine Angst, Sandra Dee. Du wirst nicht allein sein. Ich bin bei dir. In jeder Minute.«

Sie wich kopfschüttelnd zurück. »Ich sterbe heute Nacht nicht.«

Aber das Lächeln blieb. »Doch, das werden wir beide«, flüsterte er. »Ich habe letzte Nacht von uns geträumt. Süße, schöne Träume voller Blut und Schreien.«

Ein Schrei durchschnitt die nächtliche Stille, und Dee stürmte zur Seitengasse, Simons Namen auf ihren Lippen.

Ich sterbe heute Nacht nicht.

Simon packte den Vampir und schleuderte ihn an die Mauer. Der Blutgeruch flutete seine Sinne, und der Hunger, gegen den er mit aller Macht kämpfte, stieg an die Oberfläche.

Schwach. Ich muss mich nur noch einmal nähren.

Nein! Nicht mit Dee in unmittelbarer Nähe.

Er warf einen Seitenblick auf die schreiende Frau. Blut lief ihr den Hals hinab. »Verschwinde von hier«, knurrte er. Wenn sie halbwegs bei Verstand war, würde sie schon loslaufen.

Er öffnete den Mund und zeigte seine eigenen Reißzähne. »Weg hier!«

Doch bei dem Anblick schrie die Rothaarige nur noch lauter.

Und ein anderer Vampir fiel ihn an.

Dee rannte schnell. Ihr Herz wummerte gegen ihre Rippen. Sie entdeckte Simon, der mit einem anderen Mann kämpfte. Beide wälzten sich auf dem Boden, als …

Simons Angreifer den Mund aufriss und seine Reißzähne in Simons Schulter schlug.

»Nein!« Der Schrei kam von ihr.

Simon warf den Vampir von sich, so dass der Kerl gute drei Meter durch die Luft flog. *Was? Wie in aller Welt hatte er das gemacht?*

Irgendeine Frau heulte ununterbrochen vor sich

hin, dass es in Dees Ohren schrillte. Die Schreiende kauerte neben einem Müllcontainer.

Der Vampir stand wieder auf. »Du denkst, du kannst *mich* angreifen? Chase, ich reiß dir dein beschissenes Herz raus!«

Simon stürzte sich wieder auf den Kerl und warf ihn zu Boden. »Einen Teufel wirst du!«

Und dann vergrub er seine Zähne im Hals des Vampirs.

Vergrub seine *Reißzähne* im Hals des Vampirs.

Dee erstarrte. Jeder Muskel in ihrem Leib verhärtete sich. Nein, gütiger Gott, nein, das durfte nicht wahr sein!

Das Heulen brach ab, und die plötzliche Stille war erdrückend. Dee zog ihren Pflock. Dass ihre Handflächen schweißnass waren, bemerkte sie erst, als ihr die Waffe beinahe entglitt. *»Simon?«*

Er ließ den Vampir los und drehte sich zu ihr. Blut tropfte aus seinem Mund.

Sie hatte sich schon gefragt, ob er rein menschlich war, und gedacht, dass er ein Hybride sein könnte. Oder ein Dämon. Vielleicht ein Gestaltwandler.

Am ehesten neigte sie zu der Annahme, dass er ein Zauberer war, wie Pak.

Aber niemals wäre sie auf den Gedanken gekommen, dass er ein Vampir war.

Das durfte nicht sein. Nicht er.

Er leckte sich die Lippen. *Leckte das Blut ab.*

»Du bist ein beschissener Vampir.« Was hatte Ian gesagt? Mist, verdammter! Er sagte, *er ist bei dir. Nahe bei dir.*

Simon war von Anfang an in ihrer Nähe gewesen,

hatte sich in ihr Leben gedrängt. Er war ihr viel zu nahe gekommen.

Die perfekte Falle.

Sie hatte ihm vertraut. *Vampir.* Nein, nein …

»Ganz ruhig.« Simon hob beide Hände. »Ich bin auf deiner Seite, Dee.«

Nein, war er nicht. Er kannte den Vampir, den er gerade angegriffen hatte. »Du hast mich reingelegt.«

»Nein, ich schwöre dir, ich habe versucht, dir zu helfen.«

Zigaretten und alter Rauch brannten in ihrer Nase. Ian hatte sich zu ihnen gesellt. »Es wird Zeit«, rief er, und Dee blickte sich zu ihm um. Der dämliche, irre Ian. Er war wahnsinnig, seit er und Brian sich vor Jahren einen miesen Schuss gesetzt hatten.

»Es wird Zeit, Schlampe«, fauchte eine andere Stimme, und Dee drehte sich nach links. Die Frau – die in dem hautengen Kleid und den High Heels, die Frau mit dem blutigen Hals und dem wahnsinnigen, zitternden Lächeln auf den Lippen – diese Irre stürzte sich auf Dee.

Und rammte ihr ein Messer in die Brust.

»Nein!«

Dees Knie gaben nach, und sie fiel unsanft zu Boden. Die blutbefleckte Kuh sah blöde grinsend auf sie hinab. »Die haben gesagt, dass du keine Angst vor mir haben würdest. Na? Hast du geglaubt, eine Frau kann nicht töten?«

Dees Finger tasteten nach dem Messergriff. Feuer pulsierte in ihrer Brust.

Ihr Herz wurde langsamer und langsamer.

»Dee!« Simon stieß die Frau beiseite und packte Dees Schultern, dass sich seine Finger in ihre Haut bohrten. »Oh, verflucht, Babe, halt durch!«

Blinzelnd bemühte sie sich, sein Gesicht zu erkennen. *Was hast du für große Zähne.* »Vam…pir…« Ein Krächzen. Sie wollte sich ihm entwinden. Waffe. Sie brauchte ihre Waffe.

Dunkle Punkte tanzten vor ihren Augen.

»Ich tue dir nichts! Ehrlich nicht! Ich schwöre, ich würde dir nie etwas tun.«

Vampire logen.

Alle logen. Sogar die Opfer. Nein, die Opfer logen nicht bloß. Sie stachen einem ins Herz.

Lachen. Es kam von der Mörderin.

Dees Finger krümmten sich um den Messergriff.

»Sterben! Heute Nacht sterben wir!« Ians bekloppte Singsangstimme. *»Der Tod ist hier. Gleich hier.«*

»Dee …«

»Danke, dass du uns gesagt hast, wo wir sie finden.« Die Schlampe sprach wieder, und Dee versuchte, zu ihr zu sehen. Sie war sicher, dass die Frau mit Simon redete. *Er hat mich in die Falle gelockt. Warum?*

Sie hatte ihm … vertraut.

Und war so verdammt blind gewesen.

Ian lachte. Laut. Tief. Wahnsinnig. »Egal, was ich gesagt habe, es hätte nichts ändern können. Nichts ändert sich je. Der Tod kommt. Zu dir auch.«

Ian hatte der Frau gesagt, wo sie Dee fand? *Ich habe letzte Nacht von uns geträumt.*

Eiseskälte machte ihren Körper taub, linderte das Brennen in ihrer Brust.

»Alles wird gut«, sagte Simon. Er hielt sie noch fest, doch spürte sie seine Hände kaum. Nein, sie fühlte fast nichts mehr, aber sie konnte ihn sehen. Die Reißzähne verlängert und blitzend, die Augen pechschwarz. Vampiraugen.

Sterben.

»Dee, Babe, nein …«

Sie wollte zugreifen. Das Messer rutschte ihr aus den Fingern. »Mistkerl«, flüsterte sie. »Warum … habe ich … es nicht … erkannt?« Sie war zu schwach gewesen, von Anfang an. Hatte ihn gebraucht, gewollt.

Gemocht.

So blöd. Sie war unsagbar blöd gewesen.

»Du stirbst nicht. Ich lasse dich nicht sterben!« Seine Reißzähne näherten sich ihrer Kehle.

»Nein.« Ein Hauchen war alles, was sie noch hatte.

»Wir sterben heute Nacht!«, brüllte Ian. *»Heute Nacht! Brian, wartest du auf mich?«*

»Wir verschwinden von hier«, knurrte Simon und hob Dee in seine Arme.

Vampir. Dee wollte ihn wegstemmen. Es ging nicht. Ihre Hände gehorchten ihr nicht mehr.

»Du gehst nirgends hin, du Dreckskerl.«

Dees Kopf sackte gegen Simons Schulter, als er sich zum Ausgang der Gasse drehte. Der wurde von mindestens einem halben Dutzend Vampiren versperrt.

Falle.

Die Menschenfrau hatte bereitwillig den Köder gespielt. Das Lockmittel. Dee hätte es ahnen müssen.

Ihr war ein dämlicher Anfängerfehler unterlaufen. Aber sie war ja so damit beschäftigt gewesen, Simon zu beobachten, dass sie die Gefahr, die im Dunkeln schrie, nicht gesehen hatte.

Simon.

Sie wollte etwas sagen, erstickte jedoch an ihrem eigenen Blut.

Einer der Vampire packte Ian. »Danke für den Tipp, Arschloch.« Er riss Ians Kopf zur Seite und versenkte die Zähne in seinem Hals.

Wir sterben heute Nacht.

Ians Augen waren auf Dee gerichtet. *»Bereit?«* Es war ein sehr leises Flüstern.

Nein.

»Gib uns die Schlampe!«, schrie ein Vampir Simon zu. »Beeil dich, ehe sie …«

»Ihr rührt sie nicht an. *Ihr. Rührt. Sie. Nicht. An!*«

Hmm. Das klang, als bedeutete es ihm etwas. Lügner.

Kein Echo ihres Herzschlags in ihren Ohren.

Nicht mehr.

Ihr Körper erschlaffte. *Nein, ich bin noch hier! Ich kann noch denken, noch …*

So stockfinster.

Aber sie hörte das Fauchen. Die Vampire machten sich bereit zum Angriff.

Und Dee konnte rein gar nichts tun.

So endet es also.

Hallo, Tod.

Ian, du Mistkerl, du läufst mir im nächsten Leben besser nicht über den Weg!

Achtes Kapitel

Simon trat die Eingangstür bei Night Watch auf. Seine Arme waren um Dees erschlafften Körper geschlungen, und Blut tropfte um ihn herum auf den Boden.

Ihr Blut und seines.

Er hatte sich seinen Weg durch die Vampirgang beißen und schlagen müssen. Nachdem er so viele von ihnen erledigt hatte, wie er konnte, war er losgerannt wie der Teufel.

Bleiben und Kämpfen war keine Option gewesen. Nicht mit der verblutenden Dee.

Der Gestaltwandler musste sie gerochen haben, denn Jude Donovan kam den langen Korridor heruntergerannt, vorbei an den Wachen, die ihre Waffen gezogen hatten und entsetzt auf Dee starrten.

Donovan stieß eine der Wache zur Seite. »*Was ist passiert?*«

Simon umklammerte Dee fester. Sie war so verflucht still.

Donovan streckte die Hände nach ihr aus. Simon biss die Zähne zusammen und überließ sie dem Tigerwandler. *Ich habe keine andere Wahl.* Die Vampire würden ihm nachjagen, deshalb musste er sie an einem sicheren Ort lassen.

Viel sicherer als in der Höhle der Jäger ging es wohl kaum.

Ihre Wimpern warfen Schatten auf ihre Wangen. Auf die viel zu blassen Wangen.

»Pak!«, brüllte Donovan.

Eine der Wachen rannte hinter dem Gestaltwandler her, schnappte sich ein Telefon und rief einen Krankenwagen.

»Das nützt nichts«, sagte Simon streng. »Ärzte können ihr nicht mehr helfen.«

Donovan sah zu ihm auf. Seine Zähne waren verlängert, und seine Nasenflügel bebten. »Was hast du getan?«

Nun, das war das Problem. Er strich sanft über Dees Wangen. »Nichts, verdammt.« Ihre Haut war warm, nicht mehr eiskalt wie in der Seitengasse.

Leben, nicht Tod.

Wieso war das für alle so schwer zu verstehen?

Schritte donnerten über den Korridor. Noch mehr Jäger, die ihrer Freundin zu Hilfe eilten.

Simon streichelte ihre Lippen mit seinem Daumen. Sie waren von ihrem Blut befleckt.

Er nahm die Hand wieder herunter. »Sag Dee … sag ihr, dass ich überhaupt nichts getan habe.«

Pak kam um die Ecke gelaufen. Vielleicht hatte er den Gestaltwandler brüllen gehört. Oder eine seiner Wachen hatte ihn angefunkt. Er blieb stolpernd stehen, als er Dee in Donovans Armen erblickte.

Verlasse sie nicht. Bleib. Der Befehl kam aus seinem Innern, von jener Seele, die er in den letzten Jahren fast vergessen hatte.

Bleib. Eine Verlockung, die ihn innerlich zerriss. Sie würde aufwachen, verwirrt und wütend.

Und sie würde ihn brauchen. Sie brauchte …

Nein. Die Vampire konnten seine Fährte aufnehmen. Ihre nicht.

Diesmal ging es nicht darum, was er wollte. Simon sah Pak an. »Sie wissen, wie Sie sich um sie kümmern müssen.«

Pak zuckte zusammen, als er begriff. »Nein … Dee?«

Er nickte kaum merklich. Dann warf er einen letzten Blick auf Dee. Er musste sie noch ein Mal ansehen.

Dee.

Donovan ging auf die Knie und legte Dee vor sich auf den Boden. Mit beiden Händen riss er ihr die Bluse auf und drückte sie flach auf die Wunde.

Sie blutete nicht mehr.

Simon schluckte. Das Spiel war anders verlaufen als geplant. Vollkommen anders.

Mist!

»Leb wohl, Dee.« Simon drehte sich um und ging zurück in die Dunkelheit.

Die wartete immer auf ihn.

Und jetzt auch auf sie.

Dee öffnete die Augen und holte gierig Luft. Ein scheußliches Pochen dröhnte in ihren Ohren. Zu laut. Dutzende Gerüche peinigten ihre Nase. Parfum, zu stark. Zigarren. Minze. Ein wilder, animalischer Geruch und …

Stimmen summten um sie herum. Dutzende Stimmen, deren Gesumme lauter und lauter wurde, bis sie zu einem irrsinnigen Brüllen verschwammen.

»Dee! Verdammt, Dee, sieh mich an!«

Bei dem Krach musste sie blinzeln, dann sah sie Paks leuchtende Augen. Pak? Wie hatte er sie gefunden? Sie war doch in der Gasse gewesen, hatte schrecklich geblutet.

Blut.

Simon.

Vampir.

»Ganz ruhig, Dee.« Hände drückten auf ihre Schultern, hielten sie fest. Drückten sie nach unten? Sie blickte nach rechts, wo sie Jude entdeckte, der blass und streng aussah. Da war etwas in seinen Augen, als er sie ansah, etwas …

Mitleid?

»I-i…« Sie hörte sich wie ein durchgeknallter Frosch an. Ein richtig *lauter* Frosch. »Ich lag … im Sterben.« Sie hob eine Hand an ihre Brust.

Ihre Bluse war fort, so dass sie ihre nackte Haut berührte. Glatte, unversehrte Haut gleich über ihrem Herzen.

Nein. Nein, das war doch nicht möglich.

»Atme, Jägerin. Du musst immer noch atmen«, sagte Pak leise.

Ja, natürlich musste sie atmen. Das musste jeder. Sie holte noch einmal tief Luft, schluckte und stellte fest, dass sie durstig war.

Extrem durstig.

Ihre Zähne taten weh.

»Hast du dich unter Kontrolle?«, fragte Pak.

Dee glotzte ihn nur verständnislos an. *Warum bin ich am Leben? Hat das Messer mein Herz verfehlt?* Vielleicht war die Wunde weniger tief, als sie gedacht hatte. Aber da war so viel Blut gewesen.

Blut.

Das Trommeln in ihren Ohren wurde fester, dröhnender. Ihre Hand wanderte von selbst höher, streifte ihren BH-Rand und legte sich an ihren Hals. Er war so ausgetrocknet, dass das Schlucken schmerzte.

»Trink das.« Pak gab ihr einen schwarzen Becher in die linke Hand.

Pak hatte sie nie betrogen. Dee hob den Becher an ihre Lippen, und eine süße, aromatische Flüssigkeit glitt über ihre Zunge und ihre ausgedorrte Kehle hinab. Gott, war das gut!

Mehr.

Gierig, verzweifelt leerte sie den Becher in drei Schlucken. *»Mehr!«* Der Geschmack lag noch auf ihrer Zunge. Pak hatte ihr das hier vorenthalten. So etwas Köstliches hatte er ihr noch nie gegeben.

»Vielleicht müssen wir ihr den ganzen Beutel geben.« Judes Stimme, tief und kräftig, dabei schien er zu flüstern.

Ihr Blick huschte zu ihm, und sie bemerkte, dass er einen dieser Plastikbeutel hielt, wie man sie an Infusionsständern in Krankenhäusern sieht, nur – in dem hier war eine rote Flüssigkeit. Nein. Blut.

Ihr den ganzen Beutel geben.

Dee leckte sich die Lippen, und der Becher fiel scheppernd auf den Boden.

Dann übergab sie sich, weil ihr klar wurde, was sie ihr gerade gereicht hatten. Und was sie bereitwillig trank.

»Scheiße! Bringt Handtücher!«, schrie jemand irgendwo. »Es ist alles okay, Dee«, sagte Pak, der sie immer noch beschwichtigen wollte.

Nein, es war *nicht* alles okay. Ihr Kopf fiel nach hinten, während ihre Zunge über ihre Zähne strich und zu scharfkantige Eckzähne erfühlte.

Nein, Gott, nein! »Pak?«

Jude kam auf sie zu, die verfluchte Vampirnahrung in der Hand, und Dee erschauderte. Sie riss beide Hände in die Höhe. Ihre kurzen Fingernägel verwandelten sich in Krallen. »Was hat er mit mir gemacht?«

Simon.

Der Vampir, der sie in ihren letzten Momenten gehalten hatte. Der Liebhaber, dem sie blöderweise vertraute. *»Was hat er gemacht?«* Aber das wusste sie schon. Ja, sie wusste es verdammt gut.

Jude nahm seine Hand herunter. »Er hat gesagt, dass er gar nichts getan hat.«

»Guck mich doch an!«, kreischte sie, während die Stimmen in ihrem Kopf hallten und unzählige Gerüche auf sie einstürmten. »Ich bin nicht mehr menschlich! Der Mistkerl hat mich gewandelt.« *Ich bin zu dem geworden, was ich am meisten hasse.*

»Dee.« Pak, der sie beruhigen wollte. Aber wie sollte sie sich beruhigen?

Das Blut, so nahe. Sie wollte mehr.

Nein, nein, ihr würde wieder speiübel.

Blut.

Sie blickte auf Judes Hals, auf die Stelle, an der sein Puls unter der Haut schlug. Frisches Blut wäre besser. Viel besser.

Er runzelte die Stirn. »Wieso siehst du mich an,

als wäre ich dein Essen, Jägerin? Beherrsch dich, ja? Reiß dich zusammen!«

Sie hielt sich eine Hand vor den Mund. Vor lauter Hunger krümmte sie sich beinahe. Ein Vampir. Genau wie die Schweine, die ihre Familie abgeschlachtet hatten. Nein. Das nie. *Nie.* »Bleib weg von mir«, knurrte sie, ohne ihn anzusehen. Das konnte sie nicht, weil er sie zu sehr reizte.

»Du musst mehr trinken«, sagte Pak mit seidenweicher Stimme. Der ruhige, verlässliche Pak, der sich benahm, als wäre nichts. Als hätte sich ihre Welt nicht eben dank eines attraktiven, verlogenen Vampirs, der sie vom ersten Moment an hinters Licht geführt hatte, in eine Hölle verwandelt. »Der erste Hunger kann manchmal zu stark sein, und ich darf nicht zulassen, dass du jemanden angreifst, Dee. Du musst trinken.«

Sie streckte die Hand aus. Ein neuer Becher wurde ihr gereicht. Sie schlang das Blut herunter. *Behalte es drinnen.*

Ich trinke Blut! Wieder wurde ihr übel. Der Rest Mensch in ihr wehrte sich gegen das, was sie geworden war.

Leer. Sie gab Pak den Becher, der ihn beinahe sofort wieder füllte.

Dee schluckte die dunkle Flüssigkeit. *Behalte es drinnen.*

Wieder.

Wieder.

Dee trank mit geschlossenen Augen. Ihre Wangen waren nass, aber das kümmerte sie nicht. Sie hatte noch nie vor den anderen Jägern geweint. Sie weinte nicht. Doch dies hier war anders. Dies war die Hölle.

Ihre Zähne taten weh. Ihr Magen verkrampfte sich. Sie trank weiter. Trank, bis die fiese Gier in ihr abklang, bis sie atmen konnte, ohne ihre Zähne in Judes Hals graben zu wollen.

Bis sich das Monster in ihr beruhigte.

»Das reicht«, sagte Pak und nahm ihr den Becher ab. Dee wischte sich mit dem Handrücken über die Wangen. Dämliche Tränen! Was nutzte ihr das Geflenne? Verwundert blickte sie auf ihre Hand. Moment, war das Blut? Weinte sie blutige Tränen?

Dee hob den Kopf. »Wo ist Zane?« Sie war nicht blöd. Immerhin verdiente sie ihren Lebensunterhalt damit, Vampire zu jagen. Folglich hatte sie gewusst, dass dieser Tag kommen könnte, wahrscheinlich früher oder später kommen *würde*. Und sie hatte sich nach allen Seiten abgesichert, damit sie sich nicht in einen jener Killer verwandelte, die Unschuldige töteten. So viele Vampire verloren einfach die Kontrolle und mordeten … *mordeten!*

Weil die Blutgier ungeheuer stark sein konnte.

Zane war ihre Notfallsicherung.

»Er ist mit dem Reinigungsteam zur Bymore.«

Dort war sie gewesen, unmittelbar vor dem Angriff. »Ian?«

»Der Mistkerl ist tot, genau wie eine Polizistin, die bei der Sitte gearbeitet hat.«

Die Frau, die Dee erstochen hatte. Und sie hatte zu Tonys Leuten gehört?

»Da sieht es beschissen aus, überall Blut, tote Vampire, in Stücke gerissen …«

»Wie?« Nachdem ihr Hunger gestillt war, konnte sie klarer denken. »War Night Watch …«

»Nein, die gehen nicht auf unser Konto.« Pak verschränkte die Arme vor der Brust und sah sie prüfend an. »Wir fanden sie schon so und dachten, dass du vielleicht einige von ihnen erledigen konntest.«

Dee verneinte. »Konnte ich nicht, denn die Polizistin hat mich erstochen. Ich war außer Gefecht.« Hätte sie jedenfalls sein sollen.

Ihr rührt sie nicht an. Immer noch hörte sie Simons wütende Stimme. »Hat er mich hergebracht?« Sie kurzerhand hier abgelegt? Erst wandelte er sie, dann legte er sie vor Paks Tür?

Sie musste schlucken, denn es tat weh. Der Idiot hatte nach wie vor hinreichend Macht über sie, um sie zu verletzen.

Mich abgeworfen wie einen Müllsack. Warum?

Weil er wusste, dass sie ihn jagen und zur Strecke bringen würde.

»Chase wollte, dass man sich um dich kümmert, und ihm war klar, dass du hier in Sicherheit bist.«

Aber die Jäger waren es nicht. Sie war viel zu labil. Zu …

»Du weißt, dass die ersten achtundvierzig Stunden die schlimmsten sind.« Pak stand unverändert da und sprach sehr ruhig. »Wir müssen dich unter Verschluss halten, bis wir Näheres wissen.«

Bis sie wussten, dass sie nicht wahnsinnig vor Blutgier und Kraft war. Eine irre Mörderin, die alles und jeden abschlachtete, der ihr vor die Nase kam.

»Ich weiß, dass du Zane befohlen hast, dich zu

töten, wenn das passiert«, sagte Pak, worauf Jude hörbar den Atem anhielt.

»Wie bitte?« Judes Krallen zeigten sich.

»Aber noch stirbst du nicht«, fuhr Pak fort.

»Ich bin schon tot!«

Er wandte den Kopf zu Jude. »Sperr sie ein. Und tu alles, was nötig ist, um den Dämon von ihr fernzuhalten. Vorerst.«

Denn falls sie ausrastete, sich nicht kontrollieren konnte, würde Zane kommen.

Er hatte ihr schließlich sein Wort gegeben, und man mochte einiges über Zane sagen, aber er hielt stets Wort.

Im Gegensatz zu Simon. *Ich finde dich.* Früher oder später würde sie ihren Liebhaber finden, und dann bezahlte er.

»Du riechst nicht wie ein Vampir«, sagte Jude vier Nächte später, als er sie zur Hintertür von Night Watch hinausführte. Seine Nasenflügel weiteten sich ein bisschen, und er neigte sich näher zu ihr. »Ich fass es nicht, aber du riechst echt nur wie du!«

Dee sah kurz zu ihm, dann zur langen, dunklen Straße. Seit dem Moment, in dem sie aufwachte, hatte Pak sie überwachen lassen. Er hatte sie beobachtet, sie genährt und ihr geholfen, sich auf das Chaos in ihrem Hirn einzustellen, das mit den erweiterten Sinnen und den Ängsten einherging.

Wie schon einmal, bildete Pak sie aus.

Nur lehrte er sie diesmal nicht das Jagen.

Er brachte ihr bei, wie sie als Vampir lebte.

»Pak sagt, dass ein Vampir den Geruch ändert«,

sagte Dee, die nicht verstand, wieso sie nicht nach Leiche stank. »Diese Schweine, die Menschen jagen und in Fetzen reißen, stinken nach Tod und Verwesung.«

»Weil sie keine Seele mehr haben.« Das war Paks leise Stimme, denn er kam hinter ihnen durch die Tür. Dee drehte sich zu ihm um. Sie hatte gewusst, dass er da war, denn neuerdings konnte sie selbst seine beinahe lautlosen Schritte hören.

»Mein Großvater sagte einmal, wenn die Genommenen ihre Menschlichkeit verlieren, sind sie nicht mehr als wandelnde Tote.«

Sein Großvater war ein Choctaw-Schamane gewesen, also nahm Dee an, dass der Mann einiges über wandelnde Tote wusste.

»Du hast deine Seele noch, Dee. Dein sterbliches Leben ist fort, aber innerlich bist du immer noch dieselbe.«

Ja, klar! Sie hatte nur ein paar echt schrille Außenausstattungen hinzubekommen. Neue Zähne. Neue Nägel. Neue Augen.

Genommen. Warum hatte Simon sie gewandelt? »Wieso hat er mich nicht einfach sterben lassen?«, fragte sie in die Nacht hinaus, die Fäuste geballt.

Keine Antwort. Eigentlich hatte Dee auch keine erwartet.

»Jetzt jagst du.« Pak klang vollkommen sicher.

Ja, das würde sie, denn sie hatte immer noch einen Job zu erledigen.

»Aus irgendeinem Grund hat der Geborene die Stadt verlassen.«

Ein wahres Glück für sie alle, zumal Dee in den

letzten paar Tagen wahrlich nicht in Jagdverfassung gewesen war.

»Wir dürfen nicht riskieren, dass er zurückkommt«, sagte Jude ernst.

Sie öffnete ihre Fäuste und blickte hinab auf ihre neuen Krallen. »Er kommt nicht wieder.«

»Du kannst ihn dir nicht alleine vornehmen!«, ermahnte Jude sie aufgebracht. »Dann …«

»Was? Gehe ich drauf? Wäre ja nichts Neues.« Ihr Blick richtete sich wieder auf die Straße. Keine Spur von Zane. Er war nicht bei Night Watch gewesen, kein einziges Mal während ihres »Aufenthalts«. Das hätte sie mitbekommen. Sie hätte seinen Duft wahrgenommen, genauso wie alle anderen.

Aber er würde kommen, und es dauerte sicher nicht mehr lange.

Genauso wie Tony kommen würde. Ihre Zeit war abgelaufen, und die Kleinigkeit, dass sie untot war, würde ihn bestimmt nicht davon abhalten, sie festzunehmen.

Sie trat einen Schritt vor in die Nacht.

»Niemals die Unschuldigen, Jägerin. Denk daran. *Niemals sie*«, befahl Pak.

Dee nickte. Die Beute, die sie als Erste jagen wollte, war eindeutig nicht unschuldig.

Sie bezweifelte sogar, dass er es jemals gewesen war.

Fraglos würde sie einen Geborenen aufspüren. Ihn finden und ihr Bestes tun, ihn umzubringen.

Zuerst allerdings hatte sie eine private Rechnung zu begleichen.

Sie atmete den Duft der Nacht tief durch die Nase

ein. »Komm raus, komm raus, Simon Chase.« *Ich finde dich, wo du auch bist.*

Die Jagd war eröffnet.

Dem Blutgeruch zu folgen war verdammt leicht. Dem Drängen ihrer Reißzähne zu widerstehen, die unbedingt zubeißen wollten, weniger.

Aber die Gier nach Blut war unter Paks wachsamem Auge eingedämmt worden. Kontrolle, ja, die hatte sie jetzt. Er hatte sie durch den ersten irrwitzigen Bluthunger geleitet. Der trieb manche Vampire in den Wahnsinn und andere über die Schwelle zwischen Gut und Böse hinaus.

Sie hatte überlebt. Nun müsste sie sich über Wochen nicht nähren, und falls sie es trotzdem tat, wäre der Durst nicht stärker als sie.

Das erste Mal, nun, das war immer ein Hammer im Vampirland.

Also hatte sie sich unter Kontrolle. Was immer das heißen sollte. Kriegte sie ihren verlogenen Liebhaber in die Finger, dauerte es womöglich nicht lange, bis ihre eherne Kontrolle nachgab.

Der erste Stopp auf ihrer kleinen Jagd war sein Zuhause. Nicht dass sie erwartete, dass Simon sich noch in der Stadt aufhielt. Nein, sowie er sie abgeworfen hatte, hatte er gewiss das Weite gesucht.

Warum hat er mich gewandelt? Warum? Diese Frage peinigte sie in jeder wachen Minute. War das irgendeine kranke Bestrafung? Eine Art, sie zu foltern? Verfluchter Vampir. Sicher dachte er, sie zu dem zu machen, was sie am meisten hasste, wäre irre witzig.

Sein Haus war am Ende der Straße, abgesperrt von grellgelbem Polizeiband. Wie deutlich sie die Farbe in der Dunkelheit sah. Überhaupt sah sie alles so deutlich. Die Einschusslöcher in der Holzfassade, die zerschossenen Fenster. Die Eingangstür baumelte wie trunken in ihren Angeln.

Dee duckte sich unter dem Absperrband durch. Nirgends Polizisten. Niemand. Vielleicht fand sie drinnen irgendwas, das sie zu dem Vampirschwein führte.

Reinzukommen war simpel, denn die Tür war ja so gut wie weg. Drinnen lag der Fernseher zerschmettert auf dem Boden. Die Füllung der Couchpolster war im ganzen Zimmer verteilt.

Gar nicht auszudenken, dass sie hier glücklich gewesen war. Ja, für einen kurzen, blöden Moment war sie tatsächlich glücklich gewesen.

Die Dielen knarrten. Ein Stöhnen, mehr Vibrieren als Klang, und sie nahm ein sehr leises Luftziehen wahr. *Atmen.* Es kam aus dem Schlafzimmer.

Die Krallen ausgefahren, sprang sie nach vorn

Und knallte gegen die Brust ihres Liebhabers.

Ihres *toten* Liebhabers.

Dee hatte ihn schnell niedergerungen. Simons Kopf knallte auf die Dielen, und sie war rittlings auf ihm, seine Hände über seinem Kopf auf den Boden gedrückt. Oh ja, die Vampirkräfte! Diese Rache wurde höllisch.

»Dee.« Warum sagte er ihren Namen so? Heiser und lüstern. Als hätte er sie nicht ganz gewaltig reingelegt.

»Arschloch!« Ihre Reißzähne wurden länger, schärfer, und sie wollte sie in seine Kehle rammen.

Beißen.

Dieses Flüstern hatte sie zum ersten Mal gehört, als sie mit ihm zusammen war. Da hätte sie kapieren müssen, was los war. Vampire besaßen telepathische Kräfte. Er war es gewesen, der ihr den Wunsch einflüsterte. Er.

»Du hättest mich sterben lassen sollen«, knurrte sie und packte ihn fester.

Seine Augen schwärzten sich, als ihn Wut überkam. Endlich sah sie sein wahres Ich, keinen Blendzauber. »Das habe ich.«

»Was?«

Er sprang auf, entwand sich ihr und warf sie zu Boden. Im nächsten Moment war Dee unter ihm, und seine Zähne blitzten vor ihrem Gesicht. »Du hast dich nicht direkt aus einer Quelle genährt, stimmt's, Babe? Das war ein Fehler. So bist du nicht stark genug, um …«

Dee versuchte, ihm eine Kopfnuss zu verpassen, doch Simon wich rechtzeitig zurück. »Du denkst immer noch wie ein Mensch. Das darfst du nicht, Dee.«

»Ich habe *nein* gesagt!« Sie wusste, dass ihre Eckzähne verlängert waren. Es war ihr egal. Leider hörte sie sich dadurch an, als würde sie lispeln, weil sie sich bisher nicht an diese verfluchten Zähne gewöhnt hatte. »Ich wusste, was du wolltest, am Schluss.« Dieser Teil hatte sich ihr ins Gedächtnis gebrannt. »Ich sagte nein!«

Die Erinnerung an seine Stimme war klar und deutlich. *»Du stirbst nicht. Ich lasse es nicht zu!«* Dann hatten sich seine Zähne ihrem Hals genähert. Es muss ihre Fantasie gewesen sein oder der Wahn, der mit dem Sterben kam, denn sie glaubte sicher, dass er ängstlich geklungen hatte. Hatte er Angst um sie gehabt?

Seine Züge verhärteten sich. »Ich habe nicht …«

»Du hast die ganze Zeit mit mir gespielt. Mich belogen, mich betrogen. Du warst es, der diesen ganzen Mist inszeniert hat, richtig?« Sie wollte ihre Hände aus seiner Umklammerung befreien, doch er war stärker und gab nicht nach.

»Du denkst wie ein Mensch«, wiederholte er murmelnd. »Dee, beruhige dich.«

Sie war es derart leid, dass alle ihr sagten, sie solle sich beruhigen, sich entspannen, es langsam angehen. Sie war ein Vampir, verdammt noch mal! Dee rammte ihr Knie nach oben und erwischte ihn im Schritt. Tatsächlich lockerte er seinen Griff für einen winzigen Moment, und mehr brauchte sie nicht. Sie schleuderte ihn von sich.

Simon flog anderthalb Meter weit und krachte gegen die Wand.

Manchmal war es nicht verkehrt, wie ein Mensch zu denken.

Sie bückte sich und zog ihren Pflock aus dem Wadenhalfter.

Simon sprang wieder auf und schüttelte sich. »Du bist nicht hergekommen, um mich zu töten.«

Im Aufstehen prüfte sie das Gewicht des Pflocks. »Fordere es nicht heraus.« Ihre Beherrschung war in der Sekunde ins Schwanken geraten, in der sie ihn sah.

Aber er kam lächelnd auf sie zu. »Ich habe dich dazu gebracht, dass du für mich schreist. Ich nahm dich, du kamst und du schriest für mich.«

Ja, sie hatte seinen Namen geschrien. Ein Knurren regte sich in ihrer Kehle. »Der Geborene.«

Sein Lächeln erstarb. »Ich habe dich aus der Gasse geholt. Die Vampire wollten dich in Stücke reißen. Ich brachte dich weg, brachte dich in Sicherheit.«

Sie stürzte sich auf ihn und hielt den Pflock direkt über seinem Herzen, stach aber noch nicht zu. Allzu leicht könnte sie es beenden. »Du hättest mich sterben lassen sollen.« *Und mich tot bleiben lassen.*

Seine Hände bewegten sich blitzschnell, umfingen ihren Unterarm und hielten den Pfahl an Ort und Stelle. »Das habe ich.«

Dasselbe hatte er schon einmal gesagt, doch diesmal erschauderte sie. »Mich hat jemand anders gewandelt?«

Er zitterte kein bisschen. »Du verstehst es nicht, oder? Ich dachte, Pak hätte es dir erzählt, bevor er dich auf die Jagd schickte.«

Der Pflock drückte auf seine Brust. »Mir was erzählt?«

Sein Blick schien ihr Gesicht abzusuchen. »Du bist es. *Du*. Du wurdest in der Gasse *geboren*. Du bist gestorben.« An der Stelle rang er nach Luft. »In meinen Armen, aber dann bist du zurückgekommen.«

Und Simon wäre nun fast gestorben, denn das Dröhnen in Dees Ohren raubte ihr den Verstand, und der Pflock fühlte sich auf einmal so leicht an.

Er stieß sie von sich weg. Eigentlich hätte sie umkippen müssen, doch sie stolperte kaum. »Das ist Schwachsinn.«

»Nein, es ist die Wahrheit.« Seine schwarzen Augen fixierten sie. »In gewissen Kreisen ist die Wahrheit über dich schon lange, sehr lange bekannt.«

»Gewissen Vampirkreisen?« Ihr wurde schlecht.

Ein langsames Nicken.

»Du lügst!«, fauchte sie. So musste es sein. Auf keinen Fall war sie eine *Geborene*.

»Was hörst du?«, fragte er, kam jedoch nicht auf sie zu. Ein Rinnsal Blut lief ihm über die Brust. Der Geruch war so aromatisch und köstlich, besser als die Erdbeeren, die sie so geliebt hatte. Dee wollte näher zu ihm, ihn kosten. *»Was hörst du?«*

»Deinen Herzschlag.« Die Legenden irrten. Vampirherzen schlugen noch. Vampire atmeten noch. Vögelten noch. Sie taten alles, was Menschen auch taten. Denn Vampire starben bloß für einen kurzen Moment, ehe sie zurückkamen – ein bisschen anders nur.

Falsch.

»Was noch?«, hakte er nach.

»Autos.« Weit weg. Auf der Fernstraße. »Insekten.« Auf die durfte sie sich nicht konzentrieren, sonst machte sie das Gesumme verrückt. Das hatte sie gleich in der ersten Stunde ihres neuen Lebens gelernt. Ihres Todes. Egal.

»Und was fühlst du?«

Hunger. Gier.

Als sie ihn ansah und ihn eigentlich hassen sollte, stellte Dee stattdessen fest, dass es sie nach ihm verlangte. Er hatte sie belogen und verraten, aber die Vampirin in ihr gierte nach ihm.

Blut.

Sex.

Beute.

»Du fühlst den Ruf nicht, stimmt's?«

Sie verstand nicht, was er meinte.

»Du fühlst keinen Druck«, sagte er voller Gewissheit. »Du hörst sie nicht, die bohrende Stimme in deinem Kopf, die dir sagt, dass du kommen sollst, dass du hören, gehorchen musst.«

Nein, sie hörte oder fühlte nichts dergleichen. Nur Gier und Lust.

Und den dringenden Wunsch, den Mann umzubringen.

»Die Genommenen sind dem Geborenen verbunden, wie du weißt.«

Ja, das war Grundkurswissen in Vampirlehre. Jeder Jäger lernte es frühzeitig.

»Du hast keine Verbindung. Hättest du sie, würde es dich genauso verrückt machen wie mich, denn der Geborene, hinter dem wir her sind, ruft seine Vampire zusammen, und zwar panisch, denn der Mistkerl hat wahnsinnige Angst.«

Der Geborene, hinter dem wir her sind? Sie bemerkte, wie angespannt Simon war. Schweißperlen standen ihm auf der Stirn, die sie für Angstschweiß gehalten hatte. Sie hatte geglaubt, dass er Angst vor ihr hatte. »Willst du mir erzählen, du bist mit dem Geborenen verbunden, der in Baton Rouge war?«

Ein angedeutetes Nicken.

Ihr Atem schien zu explodieren, und sie sah rot. Ja, sie sah Simon buchstäblich in einer Blutwand. *Verraten.* Dee griff an, diesmal allerdings nicht mit dem Pfahl, sondern mit Krallen und Zähnen.

Sie rammte sich in ihn hinein, und sie beide gingen zu Boden, wo sie seine Hände nach unten drückte und den Kopf zu seinem Hals beugte.

Ihre Reißzähne schabten über seine Haut.

Sie brauchte einen Moment, ehe sie begriff, dass er sich nicht wehrte. Er lag regungslos da, zum Zerreissen angespannt, und ... wartete.

»Tu es«, raunte er und bog ihr seine Kehle entgegen. »Deshalb habe ich dich gesucht. Deshalb habe ich für dich gekämpft.«

Nichts ergab mehr einen Sinn.

»Ich habe für dich getötet, und ich wäre für dich gestorben. *Gestorben.*«

Sein Blut floss so nahe, unmittelbar unter ihren Zähnen. Sie streckte die Zunge heraus und kostete seine Haut.

Ich hätte länger bei Pak bleiben sollen. Hierfür bin ich noch nicht bereit.

Andererseits würde sie wohl nie für das hier bereit sein.

»Beiß mich.«

Der Biss verlieh einem Vampir Macht. Warum wollte Simon schwach sein?

Dieses Blut ... so nahe ... Sie erschauderte, kämpfte gegen die Bestie in ihr, die sie erst jetzt erkannte.

»Ich wollte dich von dem Moment an, als ich dich sah. Ich will dich *jetzt*. Ich habe mit aller Kraft für dich gekämpft, für dich gebrannt, begreifst du das nicht? Dee, siehst du nicht …«

Ruckartig bewegte er sich nach vorn, so dass Dees Reißzähne seine Haut durchbohrten. Versehentlich! Nein, sie wollte nicht …

Sein Blut glitt warm und süß über ihre Zunge.

Unwillkürlich musste sie stöhnen.

Als sie die Zähne tiefer in ihn senkte, floss das Blut schneller. *Mehr. Mehr.* Ihr Busen presste sich an seine Brust, und sie gab seine Hände frei, weil sie ihre Finger in sein Haar tauchen wollte, ihn halten, damit sie besser nehmen konnte.

Simon umfasste ihre Hüften und zog sie dicht an sich. Sein Glied drängte sich hart und dick zwischen ihre Beine, so dass sie ihm ihr Becken entgegenbog und den Druck genoss, während sie weiter von ihm trank.

Sex und Blut.

»Mehr, Dee, nimm mehr!«

Hilflos gehorchte sie ihm.

Hastig und ein bisschen ungeschickt öffnete er den Knopf ihrer Jeans, riss den Reißverschluss auf und schaffte es, ihr die Hose herunterzuziehen.

Hitze flammte zwischen ihren Schenkeln auf, zusammen mit einer gierigen Lust, die sie jedwede Vernunft vergessen machte. Währenddessen nährte sie sich an ihm: nährte sich erstmals an einem lebendigen Wesen.

Sucht.

Macht.

Gier.

Dies war es, wovor Pak sie gewarnt hatte. Das

war es, weshalb sie Zane befohlen hatte, sie zu töten, sollte sie gewandelt werden. Dee konnte nicht zurück. Sie wollte ihre Zähne in Simons Hals und seinen Schwanz in ihrer Scheide.

Was er ihr angetan hatte, wer er war, bedeutete nichts mehr. Sie brauchte das hier, unbedingt.

Nimm.

Mehr.

Mein.

Ihr ganzer Leib erhitzte sich, und ein Rausch von Macht und Euphorie ergriff sie. Sie könnte alles haben, alles tun. Die Welt gehörte ihr. Nichts konnte sie aufhalten. Sie konnte nehmen und nehmen und …

Sie half ihm, ihre Jeans und ihren Slip herunterzuziehen, und streifte gleichzeitig ihre Schuhe ab. Dabei blieb ihr Mund an seinem Hals. Nein, sie konnte nicht aufhören, von diesem wundervollen Blut zu trinken.

Sein Reißverschluss ging ratschend auf. Dee spreizte die Beine. Bei der Berührung seines nackten Glieds zuckte sie zusammen, ohne das Trinken zu unterbrechen. Nichts würde sie bremsen.

Sie war untot, ein Schutz folglich überflüssig. Keine Krankheiten, keine Schwangerschaften.

Nur Verlangen.

Ein Verlangen, das ihr Geschlecht feucht machte, obwohl sie eigentlich entsetzt sein sollte. Bei dem ihre Nippel hart wurden und sie sich lustvoll an ihn schmiegte.

Simon stieß in sie hinein, und sie bewegte sich ihm entgegen.

»Dee!«

Sie sollte das nicht tun. Wirklich nicht. Sie vertraute ihm nicht, mochte ihn nicht einmal.

Aber der Vampirin war es gleich.

Blut und Sex. Der feuchte Traum eines jeden Untoten.

Ihre Körper streckten sich zueinander hin. Sein langer, dicker Schwanz drang mit jeder seiner Hüftbewegungen tiefer in sie. Und Dee war feucht, mehr als bereit, sich vollständig von ihm ausfüllen zu lassen.

Ihr Mund sog sich fester an seinen Hals.

Bald war Simon ganz in ihr, dehnte sie, und Dee wollte mehr.

Seine Finger spielten mit ihrer Klitoris.

Sie umklammerte ihn mit ihren Knien, senkte sich auf ihn und wollte nehmen, *nehmen.*

Schließlich kam sie. Ihre Schoßmuskeln kontraktierten um ihn, als sie unter purer Wonne zitternd und bebend den besten Orgasmus aller Zeiten hatte.

Simon kam gleich nach ihr, bäumte sich unter ihr auf und ergoss seinen heißen Samen in ihr.

Diesmal war er es, der schrie. Nein, eher brüllte.

Ihren Namen.

Sie bewegte ihren Mund sanfter an seinem Hals. Der Blutfluss wurde ruhiger, und der rote Nebel vor ihren Augen lichtete sich.

Was habe ich getan?

Oh Gott, was hatte sie gerade getan? Sie war nicht hergekommen, um mit ihm zu schlafen. Das war definitiv nicht Teil ihres Plans gewesen. Nein, sie war hergekommen, weil sie herausfinden wollte, was er über den Geborenen wusste, und um ihn dafür bezahlen zu lassen, dass er sie gewandelt hatte.

Zwei Tote auf dem Fußboden. Mann. Frau. Älter. Graues Haar und leere Augen. Blut floss aus ihren aufgerissenen Hälsen und bildete eine große Lache um sie herum.

Dee packte Simons Schultern, dass sich ihre Krallen in seine Haut bohrten.

Simon, der zu den beiden lief und in dem Blut ausrutschte, so dass er hinfiel.

Dee versuchte, ihren Kopf zu heben. Das war falsch. Sie sollte das nicht sehen …

»Ich habe dir gesagt, dass du keine Wahl hast, Chase. Jetzt gehörst du uns.« Ein großer, blasser Vampir, wunderschön, mit vollkommenen Zügen. Lachend blickte er auf die Toten, wobei ihm Blut aus dem Mund tropfte.

»Ich bringe dich um!«, brüllte Simon voller Zorn.

Simon.

Seine Erinnerungen. Sein Denken. Sein Blut.

Was tat sie?

Eine Verbindung aufnehmen. Wie es die Vampire machten.

Dee zuckte von ihm zurück, stolperte zitternd auf Abstand. Sie schmeckte ihn noch, und ihre Scham verlangte bebend nach mehr. Entgeistert strich sie sich das Haar nach hinten und starrte ihn an.

Was habe ich getan?

Nein, nein … *Zu was bin ich geworden?*

Blut und Sex.

Mehr.

Als er sie anlächelte, wirkte es unendlich traurig. »Willkommen in meiner Welt.«

Neuntes Kapitel

»Sandra Dee Daniels ist auferstanden.«

Die Worte klatschten in die Stille des Raumes. Der Geborene blickte nicht auf, ließ die Zähne tief im Hals seiner Beute, deren Blut über seine Zunge floss.

Aus einer Minute wurden fünf, dann zehn.

Die Beute hörte auf, sich zu bewegen. Kein Wimmern mehr, keine Tränen.

Er nährte sich weiter, trank und trank, bis nichts mehr übrig war.

Nur noch eine Hülle.

Erst jetzt hob er den Kopf und leckte sich die Lippen. »Ich brauche noch eine.« Nie war sein Hunger gestillt. Nie.

Er sah zu der Frau: bleiche Glieder, schlaffer Hals, langes, glattes schwarzes Haar.

Der Tod war freundlich gewesen. Keine Furcht spiegelte sich in ihrem Gesicht. Ihre Augen waren geschlossen, und beinahe konnte man glauben, sie schliefe.

Freundlich. Gewöhnlich war er nicht freundlich, aber diese Sterbliche hatte ihm geholfen.

Sie spielte das Lockmittel, und im Gegenzug wollte sie Unsterblichkeit.

Pech gehabt.

Er wandte sich zu dem Genommenen um, der in

der Tür stand. »Wann?« Dass dieser Tag kommen würde, hatte er gewusst. Aber nur weil die kleine Jägerin sich endlich verwandelt hatte, wurde sie nicht zwangsläufig zur Bedrohung. Sicher, er hatte gehofft, sie vorher köpfen zu können, damit sie gar nicht erst *wurde*; doch dass es ihm nicht gelungen war, bedeutete nicht das Ende für ihn.

Für ihn gab es kein Ende.

»Vor ungefähr vier Nächten. Wir hatten sie, aber Chase hielt das Team auf und brachte sie weg.«

Verfluchter Chase.

Dieses Arschloch war ihm schon zu viele Jahre ein Dorn im Auge. »Er muss brennen.«

Diese Bemerkung wurde mit einem strengen Nicken quittiert.

»Genau wie sie.« Er schob die Leiche aus dem Weg und trat ans Fenster. »Schaltet die Hure und ihn aus.« Denn die Dämonenseherin, deren Dienste er vor langer Zeit in Anspruch nahm – noch eine Dirne, die ihn reinlegen wollte – hatte ihm eine Menge über Sandra Dee erzählt.

Ein neuer Geborener atmet auf dieser Erde.

Ein neuer Geborener? Zuerst hatte er ihr nicht geglaubt. Der jüngste Geborene war über zweitausend Jahre alt.

Aber die Dämonin war sich sicher gewesen. Und sie schien so viel über Sandra Dee zu wissen.

Ihre Kraft wohnt nahe bei ihrem Herzen.

Wenn er also angriff, musste er ihr als Erstes ihr Herz herausschneiden. Er hatte ihre Familie getötet, sie in deren Blut waten lassen.

Und später, als er sie nicht umbringen konnte,

hatte er Pläne gefasst, sie von ihren Freunden zu trennen.

Der Mord in Baton Rouge war der erste Schritt gewesen. Er hatte vor, Dee in die Einsamkeit zu zwingen. Dafür zu sorgen, dass sich die anderen von ihr abwandten. Allein wäre sie schwach. Das hatte die Dämonin gesagt.

Er brachte sie dazu, ihm Dees Schwächen zu verraten. Folter fiel ihm so leicht, seit er sie vor Jahrhunderten zu Füßen seines Meisters lernte. Er wusste genau, wie man seine Beute brach.

Und die Dämonin hatte er gebrochen. Nach zwei Tagen. Leider machte die Hure noch eine letzte Prophezeiung, unmittelbar bevor er ihr mit den Zähnen die Kehle aufschlitzte. *»Wenn sie aufersteht, tötet sie dich. Sie blutet dich aus, auf dass du die Höllenfeuer siehst.«*

Furcht.

Während die Dämonin ausblutete, tröpfelte Furcht in seine Adern. Sie war sich so sicher gewesen.

Der Tod war keine Option für ihn, denn er wusste, was ihn nach dieser Welt erwartete. Nein, Sterben war *keine* Alternative.

Er rollte die Schultern und verdrängte die Gedanken an die Vergangenheit. »Verbrennt sie«, sagte er. Feuer war immer die leichteste Methode, seine Art zu töten. »Und gebt acht, dass Chase mit ihr stirbt.« Simon Chase war ein dummer Fehler, den einer aus seiner Blutlinie beging.

Manche waren nicht für die Dunkelheit geschaffen.

Ein leises Rascheln erklang hinter ihm. Er drehte sich um und sah das neue Mädchen, das man ihm brachte. Jung, vielleicht achtzehn Jahre, mit leuchtend roten Wangen und einem Lächeln auf dem Gesicht. Er konnte ihren schnellen Herzschlag hören.

Manche waren nicht für die Dunkelheit geschaffen.

Andere schon.

»Weißt du, wo sie sind?«, fragte er, ohne den Blick von dem Mädchen abzuwenden. Da war keine Angst in ihren hellen Augen, sondern Erregung. Sie wusste, was kommen würde.

»Wir sind ihr von Night Watch aus gefolgt.«

»Gut.« Er leckte sich die Lippen, auf denen er seine Freude schon schmecken konnte. »Dann sorgt dafür, dass sie vor Sonnenaufgang stirbt.«

Simon hob eine Hand an seinen Hals und berührte das Blut, das ihm seitlich auf die Schulter tropfte. Seine Hose war offen, sein Schwanz draußen und im Begriff, erneut steif zu werden.

Dee sah ihn an. Ihre Augen wechselten langsam von Schwarz zu dem Schokobraun, das er so liebte.

Ihr Mund stand offen, so dass er die Spitzen ihrer Reißzähne blitzen sah.

Eine Vampirin. Eine Geborene. Die Hexe, die er aufsuchte, hatte recht gehabt.

Sollte er den Kopf neigen? Eine blöde Verbeugung machen oder zumindest den Blick senken, wie es alle Vampire taten, wenn ein Geborener in der Nähe war? Ein Zeichen von Unterordnung war vielleicht angebracht, besser gesagt: von Unterwerfung.

Immerhin konnten Geborene jeden Genommenen sofort in Stücke reißen, wenn ihnen danach war.

Aber er hatte sie eben sein Blut und seinen Körper nehmen lassen. Und sie genommen.

Entsprechend fühlte Simon sich momentan nicht besonders unterwürfig.

Also hielt er ihrem Blick stand und spürte, dass sie die neue Verbindung zwischen ihnen fühlte. Eine Verbindung, die sie erzwungen hatte, nicht er.

Schon jetzt begann der Ruf, der ihn seit Wochen quälte, leiser zu werden. *Es wird funktionieren.* Er hatte recht gehabt: Sie war der Schlüssel. Dee könnte das Spiel umkehren, ihm sein Leben zurückgeben.

Oder das, was davon noch übrig war.

Sie stand stolpernd auf, schnappte sich ihre Jeans und zog sie an. Kein Slip. Das würde er sich merken. Ihre Locken verschwanden unter dem blauen Jeansstoff. Schade.

Simon machte die Schultern gerade und wollte ebenfalls aufstehen.

Kippte jedoch gleich wieder auf seinen Hintern zurück.

»Simon?«

Schwach, vor ihr. Wegen ihr. »Gib mir eine Minute.«

Ihre Schritte knarrten auf den Holzdielen. »Ich habe zu viel genommen.« Es war keine Frage.

Trotzdem nickte er matt.

Sie kam näher zu ihm. »Ich … ich wollte dich nicht verletzen.«

Hatte sie nicht. Sie hatte ihn mit ihrem Mund in einen Sinnenrausch versetzt, und mit ihrer nektarbenetzten Scham beinahe zum Betteln und Flehen gebracht.

»Was kann ich tun?«

Er sah zu ihr auf. Ihr blondes Haar war zerzaust, immerzu zerzaust, und in ihrem Blick lag etwas von … Furcht? Dee? Seit wann fürchtete die Frau sich vor irgendwas? Sie hatte dem Tod in die Augen gesehen und nicht einmal mit der Wimper gezuckt.

Hingegen war er so verängstigt gewesen, dass er sie beinahe gebissen hätte. *Denn was, wenn die Hexe sich geirrt hatte?* Dee zu verlieren, war für ihn keine Sekunde infrage gekommen. Und nun war sie kein Pfand mehr. Wohl von jener ersten Nacht an nicht gewesen.

Sie war … alles.

Nicht dass sie ihm das glauben würde. Erst recht nicht, wenn sie herausfand, was er ihr verheimlicht hatte.

Ihm fielen die Augen zu.

»Simon!«

Ihre bebende Stimme bewirkte, dass er erschrocken zu ihr aufsah. Wie wunderschön sie war. Hatte er diese Schönheit eigentlich gleich erkannt? Diese Kraft?

»Was brauchst du?«, fragte sie.

Das letzte Puzzleteil. Vorsicht! Hier musste er sehr vorsichtig sein. »Blut.«

Ihr zarter Kiefer arbeitete.

Simon ließ die Schultern einsacken, was ihm nicht

weiter schwerfiel, so geschwächt und bleiern, wie er sich fühlte.

»Okay, du trinkst, und dann erzählst du, klar? Alles, und ich meine alles.« Sie streckte ihm ihren Arm hin, die Innenseite zu ihm gewandt, wo die feinen blauen Venen unter der dünnen Haut durchleuchteten.

Er wäre ihr Erster.

Seine Hände zitterten, als er nach ihrem Handgelenk griff. Das Zittern rührte natürlich nur vom Blutverlust; von nichts anderem. Er bog die Finger um ihren Arm und zog ihn zu sich. Die Augen auf ihr Gesicht gerichtet, öffnete er den Mund und biss zu.

Verdammt! Seine Zunge glitt über ihre Haut, und das Blut rann ihm in den Mund. Süß, so unsagbar süß. Ihr Geschmack war wie ein herrlicher Rausch. Sein Schwanz zuckte, seine Muskeln spannten sich, und eine wilde, unbändige Kraft erhitzte ihn.

Nichts geht über das Blut eines Geborenen. Es war das Flüstern, das Raunen. Blut direkt von einem Geborenen war pure Kraft.

Ihr Atem stockte, und ihre Augen verdunkelten sich abermals. Blutgeruch schwängerte die Luft zwischen ihnen, doch Simon atmete tief durch die Nase ein und nahm überdies das schwere Aroma ihrer Erregung wahr.

»Genug.« Ihr Flüstern.

Ein Zungenstrich, ein leichter Druck mit den Lippen, und Simon zog sich zurück.

Ihre Brust hob und senkte sich schnell. »Was zur Hölle mache ich?«

Dich bereit, die Welt zu verändern.

Nun stand Simon mit verblüffender Leichtigkeit auf. Er richtete seine Kleidung, was nicht ganz so einfach war, weil sein Schwanz hartnäckig in ihre Richtung zuckte. Aber er hatte Dee Antworten versprochen, und von jetzt ab würde er ihr gegenüber Wort halten.

»Ich habe dich in jener Gasse nicht gewandelt.« Sie reckte ihr Kinn, um zu ihm aufzusehen. Sein Hals pochte von ihrem Biss, und sein Körper brannte für sie. Immer nur für sie. »Und ich habe erst recht nicht zugelassen, dass dich einer der anderen Schweine anrührt.«

Obgleich ihr Blick sagte, dass sie verstand, schüttelte sie den Kopf.

Zeit für einige grausame Wahrheiten. »Weißt du, wie lange es her ist, seit ein neuer Geborener in die Welt kam?«

Ihre Lippen bebten. »Geborene sind uralt. Es gab seit Jahrtausenden keine neuen mehr. Sie waren eine Art genetische Mutation. Eine verkorkste Mutation, durch die Vampire entstanden.«

Wir. »Was weißt du überhaupt über Geborene?«

Sie rieb sich das Handgelenk mit seinen Bissmalen. Es waren langsame, stete Bewegungen, die sie anscheinend unbewusst ausführte. »Ich jage Vampire, also weiß ich alles, was man wissen kann, sowohl über die Geborenen als auch über die Genommenen.«

»Nicht alles«, erwiderte er leise.

Sogleich wurde sie sichtlich misstrauisch. »Die sind jung. Ich meine, die Geborenen wandeln sich jung. Und sie sind stark, physisch und psychisch stärker als die Genommenen. Sie können, nun ja, andere Vampire kontrollieren. Und jederzeit alle herbeirufen, die sie geschaffen haben.«

Ein paar Punkte gingen an sie. Leider wurde es jetzt Zeit für die Hölle. »Jene Vampire vor Jahren kamen aus einem bestimmten Grund zu dir nach Hause, Dee. Es war kein willkürlicher Überfall.«

»Nein, sie wollten Blut. Ihnen war egal, wen sie verletzten.«

»Sie kamen deinetwegen.«

Sie wurde sehr blass. »Was meinst du?«

»Ich meine, dass ungefähr vor sechzehn Jahren ein Dämon der neunten Stufe eine Prophezeiung machte.« Sie war die größte Hellseherin, die damals lebte. Natürlich wurde ihre Leiche später aufgefunden – ohne Kopf.

Ein Hellseherdämon weniger.

»Der Dämon, oder besser: die Dämonin sagte, ein neuer Geborener wäre in der Welt, und dass sie sich eines Tages wandeln würde, genau wie die anderen so lange zuvor.« Seine Betonung auf »sie« fiel nicht eben subtil aus.

Dee stand der Mund offen. »Nein.«

Mitgefühl oder Reue wären falsch. »Die Vampire kamen zu dir nach Hause, weil *du* jener neue Geborene warst. Sie mussten dich töten, solange du jung warst, bevor du dich wandeln konntest.«

»Nein!«

Die Luft um ihn herum kam ihm auf einmal schwer und zäh vor. »Sie hatten Befehl, dich auszubluten und dir den Kopf abzuschlagen.« Auf die Weise hätte sie sich nicht mehr wandeln können. »Denn alle waren sicher, wenn du dich wandelst, hat der Schuft, der sie anführt, keine Chance mehr.«

Sie trat einen Schritt zurück. »Sei still! Das ist Blödsinn, ich …«

»Sie haben deine Familie umgebracht, weil sie dich allein wollten. Hilflos.«

Eine Träne sickerte aus ihrem Augenwinkel. Blutrot. Geborene weinten Bluttränen. »Wenn das stimmt, was du sagst, warum sind sie dann nicht wiedergekommen und haben mich getötet? Wieso haben sie mich die ganzen Jahre am Leben gelassen?«

»Zuerst, weil du verschwunden warst.« Und weil Grim seine Seherdämonin umgebracht hatte. Keiner konnte ihm mehr sagen, wo er das verschwundene Mädchen fand. »Dann nahm Pak dich auf.« Die meisten Vampire waren nicht so blöd, sich mit ihm anzulegen. »Andere kamen, aber bis dahin war es zu spät. Du hattest zu töten gelernt, und du warst bereit für den Wandel.«

»Bereit? Wie bereit? Simon, ich …«

Er hob eine Hand und strich ihr sanft übers Gesicht. Diese klaren, sanften Linien. Hatte sie es denn nicht bemerkt? »Du hast aufgehört zu altern.«

Sie schluckte.

Dee war in den Dreißigern, sah aber aus wie Anfang zwanzig. Die Frau hatte es tatsächlich nicht gemerkt. Sie war zu sehr mit dem Kämpfen beschäftigt gewesen. Er räusperte sich. »Wahrscheinlich hast du auch festgestellt, dass deine Wunden sehr schnell heilen, nicht wahr? Und ich wette, dir fiel das Töten leichter.«

»Viel leichter«, bestätigte sie verbittert.

»Du hast dich nicht vollständig gewandelt, weil du noch am Leben warst.« Hier wurde es heikel. »Du konntest kein Vampir werden, solange dein menschliches Ich nicht starb.« Eine kleine Regel, die längst nicht jeder kannte.

Sie senkte den Blick. »So wie in der Gasse.«

Kein Leugnen. Sie klang nur müde und als wäre ihr schlecht.

»Ja.«

Als sie die Träne wegwischte, hinterließ sie einen roten Schmierstreifen auf ihrer Wange. »Wieso soll ich diesen Schwachsinn glauben? Wieso soll ich *dir* glauben? Du hast mich von Anfang an belogen!«

»Ja.« Was konnte er sonst antworten?

Sie knurrte ihn an. Er sollte es nicht, wirklich nicht, aber Simon fand ihr kleines Knurren sexy.

»Das kann irgendein krankes Gedankenverwirrspiel sein, das du mit mir veranstaltest.«

»Könnte es, ist es aber nicht.«

Die Hände in die Hüften gestemmt, fragte sie: »Und woher weißt du das alles? Woher?«

Simon sah sie an. Vermutlich kannte sie die Antwort, aber wenn sie es unbedingt von ihm hören musste, sprach er es eben noch einmal aus – und wappnete sich für ihren Angriff. »Weil ich eine Blutbindung zu dem Geborenen habe, der deine Familie umbrachte. Und von dem Moment an, in dem ich ein Vampir wurde, wusste ich, dass ein Kopfgeld auf dich ausgeschrieben ist.«

Die Jägerin hatte keine Ahnung gehabt, dass sie die ganze Zeit schon Beute war, und jeden Vampir zur Strecke gebracht, der sie holen kam.

Und sie hatte dem Geborenen Angst eingejagt.

Dee zog ihre Faust zurück, und Simon wusste, dass es ein harter Schlag würde. Aber wahrscheinlich verdiente er ihn.

Bevor sie ihren Hieb jedoch landen konnte, zerriss ein schriller Pfiff die Nacht.

Dee drehte sich um. »Das ist echt nicht meine Nacht!« Dann erstarrte sie. »Sag mir, dass das kein Benzin ist.«

War es leider. Der Gestank war so durchdringend, weil irgendwelche Schweine dort draußen waren, die das Haus abfackeln wollten, mitsamt ihnen. »Sie sind dir gefolgt.«

»Was?« Ihre Krallen waren ausgefahren. Sie waren nicht so lang und tödlich wie die eines Gestaltwandlers, konnten aber dennoch einen beträchtlichen Schaden anrichten.

»Ausgeschlossen. Ich passe immer auf.«

Er schob sie beiseite und lief ins Wohnzimmer. Hier war der Geruch stärker. Ihnen blieb wenig Zeit. »Nicht genug.«

»Simon …«

Etwas flog durch das bereits zerbrochene Fenster vorn. Ein Molotow-Cocktail. *Mist!* »Dee! Raus hier!«

Noch mehr brennende Flaschen krachten auf den Boden und gegen die Wände sowie in die Ruine seines teuren Fernsehers.

Dann züngelten überall gierige Flammen auf,

rasten über den Boden und verschlangen alles, was sich ihnen in den Weg stellte.

Die versuchen, uns zu verbrennen. Nein, sie versuchten es nicht bloß. Simon packte Dee und bugsierte sie zurück ins Schlafzimmer. Das Feuer folgte ihnen. Inzwischen war der Qualm so dicht, dass Simon Asche schmeckte. Durch die Jalousien sah er die Flammen draußen: hohe, tänzelnde, blutrote Flammen. Sie umgaben das Haus. Kluge Mistkerle. Sie hatten erst einen Feuerkreis um das Haus gelegt, ehe sie die Cocktails warfen.

Damit Dee und er gefangen waren.

Vampire und Feuer vertrugen sich schlecht. Simon hatte schon viele seiner Brüder in Flammen sterben gesehen.

Das würde ihnen nicht passieren. Nicht Dee. Er riss die zerwühlten Laken vom Bett.

Dee sprang hoch und trat das Fenster ein, durch das leider keine Luft eindrang sondern nur noch mehr Rauch.

Sie warf sich durch den Rahmen, und Simon folgte ihr.

Der Himmel war nicht zu sehen. Keine Sterne. Kein Mond. Nichts als gieriges Feuer, das näher und näher kam.

»Wir sind umzingelt«, sagte Dee. Sie hatte recht. Die Vampire waren systematisch vorgegangen und er zu sehr von Dee abgelenkt gewesen, um die Gefahr zu bemerken.

Den Fehler mache ich nicht noch einmal.

Sie hatten so viel Benzin verschüttet, dass die Luft beißend war.

»Brenn, Schlampe, brenn!« Die Worte hallten über den knackenden Flammen.

Das würde sie nicht. Er warf die Laken über Dee und hörte ihr Murren, als er sie hochhob und sich über die Schulter warf.

Dann sprang er durch das Feuer.

Es biss ihm in die Arme und ins Gesicht. *So fühlt sich die Hölle an.* Glühender Schmerz quälte ihn, versengte ihm die Haut und schnitt ihm ins Fleisch, obwohl er nur Sekunden brauchte, um durchs Feuer zu springen.

Sie landeten auf der Erde. Seine Arme brannten. Die Decken um Dee standen ebenfalls in Flammen. Er rollte sie auf der Erde und klopfte die züngelnden Flammen aus, während um sie herum Trümmer flogen.

Es tat höllisch weh. Simon rang nach Luft, würgte von dem Rauch und ertrug die Qualen. Nein, er nutzte sie aus, um seine Kräfte zu mobilisieren.

Dee befreite sich aus den Laken. »Simon, warum zur Hölle hast du …«

»Verfluchte Schlampe«, unterbrach ein Fauchen sie, das zu nahe war.

Simon blickte auf und sah die Vampire rasch näher kommen. Vier. Die Überlebenden aus der Gasse.

Ich hätte sie nicht am Leben lassen dürfen. Aber er wollte vor allem Dee dort wegbringen, bevor einer von ihnen es schaffte, ihren Tod zu einem Dauerzustand zu machen.

Mateo war der Erste. Der große dicke Italiener war mindestens hundert Jahre alt und hegte ein problematisches Faible für Schmerz. Er liebte es, seine Opfer zu quälen und schreien zu hören.

Nun stürzte er sich auf Dee, zielte mit den Krallen seiner linken Hand auf ihren Hals, während er mit der rechten ausholte, in der er zweifellos einen Pfahl hielt.

»Nein! Dee, Achtung!«

Sie war nach wie vor halb in den Laken gefangen, als sie sich herumrollte und aufzuspringen versuchte.

Simon warf sich vor sie, und Mateos Klauen versenkten sich in seine Brust.

Mist! Er biss die Zähne zusammen. Oh ja, dieser Hurensohn bettelte schon zu lange darum, getötet zu werden.

Simon knallte seinen Kopf gegen Mateos. Ein praktischer kleiner Trick, den er sich von Dee abgeguckt hatte.

Doch Mateo lachte nur, und dieser Pflock näherte sich, während noch die Krallen in Simons Brust steckten.

Okay, jetzt wäre ein bisschen Hilfe nicht schlecht. »Dee!«

Mateos Augen wurden größer. Seine Lippen öffneten sich, und ein hoher, gurgelnder Schrei stieg aus seiner Kehle auf.

Dann sackte er nach vorn.

Simon blickte über den steifen Körper und sah, wie Dee den Holzpfahl aus Mateos Rücken zog. »Keine Sorge, ich habe sein Herz erwischt.«

Oh ja, das wollte er wetten!

Er drehte die Vampirhand, und die Krallen rissen aus seiner Brust.

Schmerz durchschoss ihn.

Nimm ihn. Nutze ihn.

Simon sah nicht hinunter zu dem Toten. Das konnte er nicht. Nicht jetzt. Wenn er das sah …

»Worauf warten die?«, flüsterte Dee.

Simon blickte auf. Die drei anderen Vampire standen keine zwei Meter entfernt, die Krallen ausgefahren, die Reißzähne blitzend im Feuerschein.

Er kannte sie alle, genau wie er Mateo gekannt hatte.

Katya, eine russische Vampirin und Ex-Geliebte eines Mafiabosses. Sie hatte den Idioten ausgeweidet, der sie liebte.

Vince, der Neuling, der vor nicht einmal einem Jahr gewandelt wurde und in dessen Augen blanke Blutgier loderte.

Und Leo, groß und dunkel, der mit einem irren Grinsen dastand.

Sie alle warteten.

»Wer zum Geier seid ihr Arschlöcher?«, fragte Dee und stellte sich doch tatsächlich vor Simon.

Ach, war das nicht niedlich? Berücksichtigte man allerdings, dass er gefährlich zu schwanken begann, war es vielleicht auch nötig.

»Wir sind das Begrüßungskomitee, Süße«, antwortete Leo, verschränkte die Arme vor der Brust und musterte sie von oben bis unten, ohne auf die Flammen um sie herum zu achten.

»Ach ja? Tja, dann hätte ich einen Tipp für euch. Blumen funktionieren gut. Die sagen: ›Hi, ich hab dir was mitgebracht.‹ Aber Feuer? Hmm, nein, kommt nicht so gut.« Währenddessen tropfte Blut von dem Pflock in ihrer Hand.

Leos Blick wanderte zu Simon. »Bist du sicher, dass du auf ihrer Seite stehen willst, Alter?«

Bevor er etwas sagen konnte, kam im Dee zuvor. »*Alter?* Verflucht, Simon, sag mir nicht, dass du diese Freaks kennst!«

Leo lachte, was Simon eine Warnung sein sollte. Und auch war. »Ich bin der, der Simon gewandelt hat, und Katya …«

Katya grinste. *Nein, nicht das!*

»Sie ist diejenige, die ihm seinen ersten Vampirfick schenkte.«

Na, super! Dieser Mist hatte ihm gerade noch gefehlt. »Bringen wir sie einfach um, okay?« Das Gerede war Teil von Leos Taktik. Damit lenkte er seine Gegner ab. Und schwächte sie.

Dee sah zu der Rothaarigen. »Was sagt man dazu?« Sie warf Simon einen strengen Blick zu. »Ganz schlechter Geschmack. Stehst du auf Killer? Denn von Katya habe ich schon gehört.« Die Russin richtete gern Blutbäder an, also war es nicht überraschend, dass Dee von ihr wusste.

»Ich hatte nichts mit ihr, Dee.« Sein Bluthunger war mörderisch gewesen, als Leo ihn ins Rudel brachte. Doch er hatte sich gegen die dunkle Versuchung ebenso gewehrt wie gegen Katya.

Katya war nicht die Art Vampir, die er wollte. Dee schon. »Ich bin nicht wie sie.« Erkannte sie das nicht?

Sie sah ihn an. »Ich weiß.«

»*Schlampe!*« Katya zog zwei Messer aus den Scheiden an ihren Hüften. »Ich schneide dir den Kopf ab.« Fünfzig Jahre, und sie hatte immer noch einen heftigen russischen Akzent.

Dee seufzte. »Nur zu.«

Katya stürzte sich nach vorn. Die Messer in der Luft, die Reißzähne gebleckt, ging sie zum brutalen Angriff über und ...

Dee trieb ihren Pflock ins Herz der Vampirin.

Katya fiel zu Boden.

»Der Nächste bitte.«

Simon blinzelte. Nein, das hatte sie nicht gesagt, oder?

Vince stürmte brüllend auf sie zu. Ah, stimmte ja, es ging das Gerücht, dass Vince und Katya seit seiner Wandlung ein Paar waren.

Dee schnappte sich Katyas Messer, mit denen sie rasche, tiefe Schnitte ausführte.

Noch eine Leiche schlug auf dem Boden auf, diesmal eine kopflose.

»Bist du so weit?«, fragte Dee den nun nicht mehr grinsenden Leo. »Oder willst du es ein bisschen spannender machen und versuchen wegzulaufen?«

Ja, Simon hatte sich nicht geirrt, was sie betraf. Sie war allemal stark genug, um Grim fertigzumachen. Der Geborene würde untergehen.

Dieser Albtraum konnte bald vorbei sein.

Sirenen heulten in der Ferne. Die Polizei rückte an. Hatte also endlich jemand den gigantischen Feuerball bemerkt, der sich in die Nacht fraß?

»Es kommen noch weitere, um dich zu töten.« Leo spukte auf die Erde.

»Sollen sie ruhig«, sagte Dee achselzuckend.

»Du und der Verräter, ihr werdet beide sterben – schreiend.«

»Ah, warte mal, lass mich raten.« Sie hob eine Hand. »Um den Tod betteln? Um Gnade winseln?« Sie schüttelte den Kopf. »Bedaure, ist nicht mein Stil. Habe ich beim ersten Mal nicht getan, werde ich auch beim zweiten nicht machen.«

Leuchtend rote Lichter zuckten im dichten Qualm. Das laute Tröten einer Feuerwehrhupe ließ Leo zusammenzucken. »Es ist nicht vorbei.«

»Für dich schon.«

Simons Knie schlugen unsanft auf dem Boden auf. »Dee …« Zu viel Schmerz. Zu viel. Mateos Klauen hatten sich tief in seine Brust gegraben. Er blickte nach unten und sah, dass ihm das Schwein fast das Herz herausgerissen hatte.

Das war nicht gut. »D-Dee …« Wieder versuchte er, sie zu rufen.

Aber Dee mit ihrem angesengten Haar machte einen Satz nach vorn und rammte ihre Faust in Leos Gesicht.

Beinahe gleichzeitig fiel Simon nach vorn um.

Zehntes Kapitel

Er kam auf einer Rolltrage zu sich. Eine Maske bedeckte seine untere Gesichtshälfte, und irgendeine Irre drückte ihm ihre Hand zu fest auf sein Herz. Simon riss die Hände aus den Gurten.

»Wow, ganz ruhig!« Die Hand drückte noch fester, und die dazugehörige Frau mit den haselnussbraunen Augen sah ihn an. »Wenn Sie aufspringen, ruinieren Sie meine ganze schöne Arbeit.«

Er bäumte sich trotzdem auf und verzog das Gesicht, als es unangenehm an seiner Brust zog. Eine Naht? Ja, sie hatte ihm die Brust genäht.

»Bei den Verbrennungen habe ich nichts gemacht.« Nein, die wollte er nicht ansehen, aber die Frau, eine Notärztin, strich behutsam über seinen Arm.

Schmerz pulsierte, und Simon rang nach Luft.

»Ruhig.« Sie blickte sich über die Schulter zu dem Gewimmel von Cops und Feuerwehrleuten um. Dann schaute sie wieder zu Simon. »Ich habe Sie genäht, um die Blutung zu stillen. Bei den Brandwunden dachte ich mir, dass sie entweder gleich oder bei Ihrer nächsten Erweckung heilen.«

Erweckung. Das war ein Vampirbegriff. Die Frau mit dem braunen Lockenschopf wusste demnach, was er war.

»Ich habe Ihnen Blut gegeben«, sagte sie, beugte

sich näher und wies auf einen Infusionsbeutel, der seitlich über seinem Kopf baumelte. »Vier Konserven waren nötig, damit Sie wieder aufwachen.«

»Kannst du ihm vielleicht nicht ganz so auf die Pelle rücken, Samuels?«, erklang Dees genervte Stimme.

Fast hätte Simon gegrinst. Aber nur fast.

Die Ärztin schmunzelte.

»Mann, wenn ich nicht wüsste, dass du es mit diesem Zauberer treibst, könnte ich glatt glauben, dass du es auf meinen Vampir abgesehen hast.«

Ihren Vampir? Seit wann?

Ein eindeutiger Fortschritt.

Samuels trat einen Schritt zurück, und Simon hatte freie Sicht auf seine Geborene.

Ihre rechte Wange und die Stirn waren rußverschmiert, ihr Haar unten an den Spitzen angesengt, so dass der Schnitt noch verunglückter wirkte als ohnehin schon. Ihre Lippen waren rot, die Augen groß und dunkel. Und als sie auf ihn fielen, weiteten sie sich entsetzt.

»Ach du Schande, Simon! Ich dachte nicht, dass es so übel ist.« Sie sprang in den Krankenwagen und hockte sich zu ihm. »Was hast du dir bloß dabei gedacht? Vampire können nicht durch Feuer springen. Du weißt doch, wie schnell Vampirhaut brennt.«

Eine der wenigen Schwächen seiner Art.

Dee atmete langsam aus. Ihre Finger schwebten über seinem Arm.

Er griff nach ihrer Hand. »Sieh nicht hin.«

Sie blickte zu ihm auf. »Dein Gesicht …«

Erst jetzt fiel ihm der Schmerz an seiner Wange wieder ein.

Aber sie sah ihm in die Augen. »Du bist ein ganz harter Bursche, was?«

Als wäre dies das Schlimmste, was ihm je passiert war.

Nicht einmal annähernd.

»Du musst aufhören, mich beschützen zu wollen.« Sie strich ihm das Haar aus dem Gesicht. Simon wusste, dass es ähnlich versengt sein musste wie ihres, aber auch das würde mit der nächsten Erweckung wiederhergestellt. »Du weißt doch, dass ich stärker bin, als ich aussehe.«

Erheblich stärker sogar. »Hast du sie alle getötet?« Man durfte schließlich noch hoffen, und die Mistkerle machten nichts als Ärger.

Sie nahm ihre Hand wieder herunter. »Nein, dein Erzeuger atmet noch. Mehr oder minder.«

Simon verzog das Gesicht. »Was? Warum? Und wo ist er? Hier sind Menschen!«

»Ganz ruhig.« *Wieso sagte das jeder zu ihm?*

Sie blickte hinter sich. »Tony hat ihn. Er bringt ihn in eine Sicherheitszelle.« Sie sah wieder zu Simon. »Wir möchten ja nicht, dass er sich unter das normale Gefängnispublikum mischt, nicht?«

Nein, es sei denn, sie wollten dort ein Blutbad.

Jemand schlug die Krankenwagentüren zu. Das Martinshorn ging an und jaulte direkt über ihnen. »Ich kann nicht ins Krankenhaus! Ist dir nicht klar, was passiert, wenn die mich untersuchen?«

Sie hockte sich neben ihn und nahm seine unversehrte Hand, während der Wagen losfuhr. »Wir fahren nicht ins Krankenhaus.« Ihre Augen waren vollkommen ruhig auf seine gerichtet, nicht auf die Brandwunden, die höllisch aussehen mussten.

»Wohin dann?«

Ein zartes Lächeln trat auf ihre Züge. Samuels beobachtete sie, sagte jedoch nichts, sondern kümmerte sich um die Blutkonserven, von denen eine noch an Simons Arm hing. »Wir fahren zu der Hochsicherheitszelle. Tony braucht einen Beweis, dass ich unschuldig bin, und den muss Leo ihm vor Sonnenaufgang geben.«

»Denkst du, Leo wendet sich gegen Grim?« Er schaffte es, den Kopf zu schütteln. Er hatte scheußliche Schmerzen, aber er kam wieder zu Kräften. Mit jeder Sekunde ein bisschen mehr. »Auf keinen Fall.«

»Tja, du weißt offenbar nicht, wie überzeugend ich sein kann.« Ihr Lächeln wurde breiter, so dass die Spitzen ihrer Reißzähne hervorlugten.

Simon schluckte.

»Grim«, sie wiederholte den Namen, als wollte sie ihn schmecken. »So heißt der Freak, hinter dem wir her sind?«

»Ja.« Zumindest war es einer seiner Namen. Wenn man so lange lebte wie Grim, änderte sich der Name im Laufe der Jahrhunderte. »Er ist kein leichtes Ziel. Jemandem wie ihm bist du noch nie begegnet.« Er musste sie warnen, denn der Kampf würde ein völlig anderer sein als alle ihre bisherigen.

»Hmm.« Sie machte eine zu lange Pause. »Falls du mir keinen Quatsch erzählt hast und ich wirklich eine Geborene bin …«

»Oh Gott!« Der geflüsterte Ausruf kam von der plötzlich sehr verdutzten Samuels.

»… dann kann ich diesen Mistkerl Leo zum Reden bringen. Auf die eine oder andere Art.«

Ja, konnte sie.

Er sank wieder zurück auf die Trage. »Ich habe dir keinen Quatsch erzählt.«

»Nein«, sagte sie nachdenklich. »Das glaube ich dir.« Sacht strich sie über die unversehrte Haut an seinem Arm. »Wie passt du in diese ganze Geschichte? Bist du auf ihrer Seite oder auf meiner.«

Er blickte zu Samuels. Simon kannte sie nicht und vertraute ihr nicht.

Dann hob er Dees Hand an seine Lippen. »Ich bin bei dir, Babe.« So einfach war das.

Sie zögerte. Ihm war klar, dass sie ihm immer noch nicht traute. Aber sie würde. Bald. Und wenn er ein zweites Mal für sie durchs Feuer gehen musste.

Simon schloss die Augen, verdrängte den Schmerz und fragte sich, wen Grim als Nächstes hinter ihnen herjagte.

»Du hast meinetwegen gebrannt«, sagte sie so leise, dass selbst er es kaum hörte.

Er ließ die Augen geschlossen. »Ich sagte dir ja, ich bin bei dir.« *Er gehörte ihr.* Wenn sie nur wüsste.

Dee sprach nicht weiter, und auch Simon schwieg.

Der Krankenwagen hielt bei einer alten Fabrik am Stadtrand von Baton Rouge. Zugpfeifen hallten in der Ferne, und der Wind roch nach Regen.

Als Simon aus dem Wagen stieg, bemühte Dee sich sehr, wirklich sehr, keine Miene zu verziehen. Die Wunden heilten zwar, aber sie waren verdammt übel.

Und der Mann stand, nein, ging sogar, als wäre er nicht eben erst komatös gewesen und sein Körper nicht zu einem großen Teil von Verbrennungen zweiten Grades bedeckt.

Vampire.

Er hat mich gerettet. Mal wieder.

»Dee!« Tonys Stimme, fordernd und ein bisschen nervös. Da er ein Mensch war, hatte er auch allen Grund, nervös zu sein. Sehr nervös.

Mit Simon an ihrer Seite ging sie auf ihn zu.

Ich bin bei dir, Babe.

Wäre es doch bloß so einfach. Würde sie doch nur nicht denken, dass er immer noch Geheimnisse vor ihr hatte, die für unliebsame Überraschungen sorgen könnten.

Tony stieß die Fabriktüren auf. Ratten liefen fiepend weg, und Dee war ziemlich sicher, dass ihr ungefähr sechs Kakerlaken über die Füße rannten.

Oh, verdammt.

»Wir haben ihn da drinnen angekettet.« Er wies mit dem Daumen zu einem Raum links. »Aber er kommt zu sich, und der Blutverlust wird ihn nicht mehr lange dämpfen.«

Dee reckte ihr Kinn. Sie hatte Leo einige saftige Schläge verpassen können, ehe die Cops kamen, und ihn gerade noch rechtzeitig bewusstlos geprügelt. Als die Uniformierten mit ihren gezückten Waffen anrückten, war sie die Einzige gewesen, die noch bei Bewusstsein war, und konnte ihnen rasch ein paar schwachsinnige Erklärungen liefern.

Zu ihrem Glück war Tony vor Ort gewesen, hatte Befehle gebrüllt und die Cops seines Vertrauens – zwei Zauberer – beauftragt, den blutenden Leo in Gewahrsam zu nehmen.

Weil zu viele Leute dort waren, hatte sie Tony nur zugeflüstert, dass Leo der Beweis für ihre Unschuld wäre.

Den Rest erledigte er, ließ den Bereich räumen und Leo zu dem neuen »Befragungsraum« bringen, der eigens für Übernatürliche eingerichtet worden war. Und er hatte dafür gesorgt, dass Samuels sich um Simon kümmerte.

Simon.

Tony beäugte ihn. »Ich kann nicht glauben, dass du dich mit einem Vampir eingelassen hast. Ich meine, ehrlich, Dee, ein Blutsauger? Komm schon, ich dachte, du hast klare Regeln. Du weißt, dass du und ich …«

Ihr Blick reichte, dass er verstummte. »Bringen wir es hinter uns, okay? Ich will, dass mein Name reingewaschen wird, und ich will herausfinden, ob noch mehr von den Wichsern herkommen und uns angreifen.« *Er wusste von nichts.* Tony dachte, sie hätte nur wieder einen heftigen Kampf gehabt, wie so oft.

Du bist stärker geworden.

Was würde er tun, wenn er sah, zu was sie geworden war?

Mürrisch drängte sie sich an ihm vorbei und zu ihrer Beute.

Leo hing an dicken Ketten, die an seinen Handgelenken befestigt waren, in der Mitte des Raumes, knapp einen halben Meter über dem Fußboden. Die Ketten waren mit einer Art Seilzug verbunden, und einer der beiden Zauberer stand in der Nähe des Zugmechanismus. Er hatte Schweißperlen auf der Stirn.

»Schlampe.«

Sie zog die Brauen hoch und sah Leo an. »Ah, du willst mich mit Schmeicheleien ködern.«

Knurrend versuchte er, nach ihr zu treten.

Blöde Idee. Nicht einmal er wäre stark genug, um diese Ketten zu brechen.

Und so zappelte er nur herum wie ein Fisch, der an zwei überdimensionierten Haken hing.

Leos Zähne schlugen zusammen. »Du hättest mich töten sollen. Ich komme frei – und dann jage ich dich! *Du hättest mich töten sollen!*«

»Keine Bange, du wirst sterben.« Das kam von Simon. Hart und eiskalt.

»Du! Du verfluchter Dreckskerl! Du denkst, du hast dein goldenes Ticket gefunden, was? Denkst, du kannst davonkommen, bloß weil du die neue Königinschlampe vögelst?«

»Königinschlampe?«, fragte Tony leise. »Das ist, ähm, neu für dich, schätze ich?«

»Die Blutgier packt sie noch«, schrie Leo. »Ist nur eine Frage der Zeit, und dann fickt sie wie verrückt und trinkt von jedem Idioten, den sie will. Trinkt und fickt, und du bist wieder genauso am Arsch wie vorher!«

Dee stürzte sich auf ihn. Nicht absichtlich. Eigentlich nicht. Sie hatte nur gesehen, wie Tony sich neben ihr versteifte und …

Und Mist!

Sie ging auf den Vampir los und hieb ihm ihre Krallen über die Brust. Er heulte auf. Blut floss.

Und der Geruch war verlockend.

Dee begann zu zittern.

»Was ist los? Dee? Dee, du bist keine …«

Als sie sich zu ihm drehte, war ihr klar, dass ihre Reißzähne nicht zu übersehen waren. Reißzähne, Krallen, Blutgier.

»Scheiße!« Tony griff nach seiner Waffe.

Simon versetzte ihm einen brutalen Kinnhaken, so dass Tony rückwärtsstolperte, gegen die Wand fiel und zu Boden ging.

Klick.

Die beiden Zauberer richteten ihre Waffen auf sie.

»Das wird euch nichts nützen«, sagte Simon zu ihnen, trat vor und … was? Der Mann schirmte sie schon wieder ab! Was ja irgendwie niedlich war, und irgendwie auch … »Ihr wisst, dass Kugeln uns nicht aufhalten.«

Nein, aber Dee war nicht direkt scharf darauf, es auszuprobieren. Sie war als Mensch angeschossen worden und erinnerte sich sehr gut an den brennenden Schmerz. Das wollte sie ungern noch einmal erleben. »Denkt nicht einmal daran, auf mich zu feuern«, sagte sie zu den Zauberern. Hinter ihr lachte Leo leise. Der Freak.

»Nicht schießen.« Tony richtete sich wieder auf und rieb sein Kinn. Er betrachtete Dee. *»Dee?«* Seine Augen wanderten zu Simon, und Wut verzerrte sein Gesicht. »Du hast ihr das angetan«, sagte er, zog seine Waffe und zielte.

Simon, der Idiot, breitete seine Arme weit aus, als wollte er sagen: *Ja, ich halte das aus, also nur zu.*

»Sie nicht!«, brüllte Tony.

Verdammt.

Dee packte Simons Arm und schob ihn beiseite.

Die Kugel knallte in ihre Schulter.

Unwillkürlich kniff sie die Augen zusammen. *Es tut immer noch höllisch weh.*

»Dee!«

Sie öffnete ihre Augen wieder. Tony kam auf sie zugelaufen. »Das wollte ich nicht!«

Simon fing ihn ab und hielt ihn am Revers in die Höhe. »Du schießt nicht auf sie!«

Na ja, das hatte er gerade getan.

»Ich habe auf dich gezielt, du Idiot!«

Noch mehr irres Gelächter von Leo.

Das reichte. »Lass ihn runter!«, befahl sie. Der Zauberer am Hebel zögerte. *»Lass ihn runter!«*

Ein würgendes Keuchen. Tony lief bläulich an, und das Rasseln des Kettenzugs hallte durch den Raum.

»Simon.« Dee sprach betont ruhig, denn hier herrschte zu große Anspannung. Und zu viel Wut. Simon balancierte auf einem schmalen Grat, und ein Schubs genügte. »Simon, ich möchte, dass du ihn loslässt.«

Er ließ den Polizisten fallen.

Tony sackte zusammen und rang nach Luft.

Dee benetzte sich die Lippen und strengte sich an,

das Pochen in ihrer Schulter zu ignorieren. Die Kugel war glatt durchgegangen; sie hatte gehört, wie sie auf die Metallrohre hinter ihr traf. Wenigstens blieb ihr das Rausschneiden hinterher erspart.

Der Blutverlust allerdings nicht. Gegen den sollte sie gleich etwas tun.

Und sie musste den Schmerz vergessen. Wenn Simon aufrecht stehen konnte, obwohl er sich grausam fühlen dürfte, schaffte sie es auch.

»Dee?«, fragte Tony heiser und traurig.

Nein, sie konnte sich jetzt nicht mit ihm befassen.

»Sie wenden sich alle von dir ab«, provozierte Leo sie. Sie sah ihn an. Seine Füße berührten nun den Boden. »Alle, die dir etwas bedeuten, werden dir den Rücken zukehren. Sie sehen, was du bist, und sie werden kommen, um dich zu töten.«

Zane.

»Von jetzt ab bist du die Gejagte. Du bist die, die ängstlich und verzweifelt ist und …«

Sie ging vorwärts, lächelte ein wenig und versenkte ihre Zähne in seinem Hals.

Im ersten Moment empfand sie Ekel. Entsetzen. Was zum Teufel tat sie hier?

Sie wollte sein Blut nicht. Nicht so, wie sie Simons wollte. Sie wollte Leos Geschmack nicht in ihrem Mund.

Nach Simon hingegen sehnte sie sich. Da war keinerlei Abscheu oder Angst. Von ihm hatte sie unbedingt nehmen wollen.

Dies hier war rein geschäftlich.

Und die Frau in ihr, die so lange Zeit Vampire gefürchtet und gehasst hatte, erschauderte. Ein Schrei stieg in ihrer Kehle auf.

Ich kann das nicht. Ich kann so nicht leben. Nein. Nein!

Bilder tauchten vor ihrem geistigen Auge auf, flogen eines nach dem anderen vorbei.

Leo, bedeckt von Blut und Schmutz, auf einem Schlachtfeld stehend. Ein Schwert in seinen Händen, Tote um ihn herum und ein wahnsinniges Lächeln auf seinem Gesicht.

Dee zwang sich, mehr zu nehmen und es bei sich zu behalten.

Leo, der eine Frau aussaugte, die schrie und schrie – eine Frau in einem langen, fließenden weißen Kleid und langem, offenem Haar. Ein großer Mann mit leuchtend blondem Haar, seitlich geflochten, sah ihm lächelnd zu. »Das erste Blut schmeckt immer am süßesten.«

Leo hob seinen Kopf.

»Willst du mehr?«, fragte der Blonde.

Ein kurzes Nicken, doch eine Träne rann über Leos Wange.

»Sorge dich nicht, deine Frau fühlt den Schmerz nicht einmal mehr.«

Lachen.

Wahnsinn.

Zorn.

Schmerz.

Dee löste ihren Mund von ihm. Ihre Lippen waren feucht. Blut lief an Leos Hals hinunter. Seine Augen waren glasig, und er hatte aufgehört zu lachen. Endlich.

»Die Stimme ist still«, flüsterte Leo.

Okay, also schien er sich zu beruhigen, was immer ein hübscher Bonus war, und …

Er stürzte sich nach vorn und versenkte seine Zähne in ihrer Schulter. Dee schrie auf und stieß ihn zurück. Er flog von ihr weg, doch die ächzenden Ketten bremsten seinen Flug mit einem Ruck.

Leo leckte sich den Mund. »Hab dich.«

»Du ...« Sie biss die Zähne zusammen.

Er schüttelte den Kopf. »Ich kann mich an sie erinnern ... jetzt.«

Dee rieb ihre pochende Schulter, ehe sie ihm einen Hieb versetzte, denn dieser Mist tat weh.

»Dee.« Das war Simons Stimme. Fest und zu beherrscht. Wo war der große böse Beschützer, wenn sie ihn brauchte? Sie warf ihm einen wütenden Blick zu, den sie sofort bereute. *Nach wie vor schwer verwundet.*

»Dee, er brauchte dein Blut, genau wie ich.«

Sie blinzelte.

»Was zum Henker ist hier eigentlich los?«, brüllte Tony.

»Ich bin ein Vampir, du hast gerade versucht, mich umzubringen, und ich habe eine echt beschissene Nacht.« Eine treffende Zusammenfassung. Dee konzentrierte sich wieder auf Leo. »Und falls du dich mir noch einmal näherst, reiße ich dir den Kopf ab.«

Eine Träne kullerte aus seinem linken Auge. »Ich kann meine Sonja wiedersehen.«

Na super.

»Dein Biss und das Blut haben Grims Kontrolle geschwächt«, erklärte Simon. »Frag ihn jetzt, dann erzählt er dir alles, was du wissen willst.«

Wirklich? So einfach? Nun, nicht wirklich einfach, bedachte man, dass sie für ihre Antworten bluten musste. »Bist du einer von Grims Genommenen?«

»Er hat mich gewandelt.« Flüstern. »Mich durch sein Blut an sich gebunden.«

Vampire. Konnten sie nie irgendwas klipp und klar sagen? »Okay, du bist also einer seiner Lakaien. Hast du mit der Falle zu tun gehabt? Hast du die Frau umgebracht und mich in ihrem Blut liegen gelassen?«

Zuerst kniff er die Augen zu, dann riss er sie weit auf. Mitternachtsschwarz. »Sie war leicht zu töten. Die dachte, ich schenke ihr die Ewigkeit.«

»Hast du ja auch in gewisser Weise.« Eine Ewigkeit in einer Fichtenholzkiste.

»Es ging schnell«, ergänzte er achselzuckend. »Sie hat nicht gelitten.«

»Ja, aber sicher gibt es haufenweise andere, die deinetwegen gelitten haben.«

Seine Lippen bebten. »Das war nicht, was ich wollte. Ich habe es nie gewollt.«

Wie bitte? »Hör zu, Freundchen, du warst der, der gemordet hat, der gebissen und ausgeblutet hat.«

»Ich war nicht stark genug.« Sein Blick wanderte zu Simon. »Du weißt, wie das ist. Wenn er in einem ist.«

Er. Grim. Der große Böse, vor dem Simon sie gewarnt hatte.

»Er übernimmt die Kontrolle«, sagte Leo und schüttelte langsam den Kopf. »Seine Wünsche werden zu meinen. Du hast ja keine Ahnung, wie stark er sein kann.«

Schlurfende Schritte näherten sich hinter ihr. »Sag mir, dass dieser Freak Grim nicht in meiner Stadt ist.« Tonys Stimme klang ein bisschen unsicher. Das kam schon mal vor, wenn jemand Angst hatte.

Leo antwortete nicht.

Kurzerhand packte Dee ihn beim Kragen seines blutigen Shirts. »Wo ist er?«

Seine Augen wurden beinahe zu Schlitzen, als er sie ansah. »Geflohen. Er weiß, was du vorhast.«

Okay, jetzt waren seine Worte fast ein Singsang. Lag es an ihr oder an dem Blutverlust? Vielleicht an beidem.

»Ähm, was hat sie denn vor?«, fragte Tony.

Simon und Leo antworteten im Chor: »Ihn töten.«

Simon ergriff ihre Hand. »Oder zumindest hoffe ich sehr, dass sie es wird.«

»Falls nicht«, hauchte Leo, der ausschließlich Dee anblickte, »vierteilt er dich, Geborene. Er vernichtet deine Welt und reißt dich in Stücke.«

Was für ein hübsches Bild.

Ein schrilles Piepen ertönte. Tony fluchte und holte sein Handy hervor. Derweil sank Leo gegen seine Ketten zurück. »Tod«, flüsterte er.

Dies war der toughe Dreckskerl, der sie vorhin um ein Haar ermordet hätte? Er sah so … erledigt aus.

Nein, gebrochen.

»Es liegt an deinem Blut«, sagte Simon sehr leise, so dass nur Dee ihn hörte. »Es mindert Grims

Macht über ihn, ruft ihm wieder ins Gedächtnis, wer er war und was er getan hat.«

»Was?«, brüllte Tony hinter ihnen. »Wann? Gott! Wie viele Tote?«

Dee fuhr sich mit der Hand übers Gesicht. »Wenn Grim so viel Macht hat, warum warst du dann nicht wie er?«, fragte sie und wies mit dem Daumen auf den zitternden Vampir.

Simons Wunden verheilten zusehends. Die Brandblasen schwanden allmählich, und die Haut nahm ein helles Rosa anstelle des blutigen Rots an. »Grim hat mich nicht selbst gewandelt. Das war Leo. Also ist die Verbindung schwächer.«

»Lügner, Lügner …«, widersprach Leo im matten Singsang. »Ich weiß, was du gemacht hast, Simon. *Ich weiß Bescheid, kleiner Bruder.*«

»Dee!«

Sie zuckte zusammen, als Tony sie barsch zu sich rief, trat einen Schritt zurück und beäugte Leo prüfend. Er schien vorübergehend ausgeknipst, aber so ganz traute sie ihm nicht.

Tony streckte eine Hand nach ihr aus, verharrte jedoch mitten in der Bewegung.

Trotzig reckte Dee ihr Kinn. *Ich bin immer noch ich.*

Möglicherweise. Hoffentlich.

Und tatsächlich griff Tony nun nach ihrem Handgelenk.

Ein Knurren stieg in Simons Kehle auf, doch Tony würdigte ihn keines Blickes. »Es hat einen Angriff gegeben.«

Ja, leider wurde in dieser Stadt täglich irgendjemand angegriffen.

»Vor nicht einmal einer halben Stunde haben Vampire zwei Jäger von Night Watch angegriffen und eine der Assistentinnen, eine Grace, umgebracht.«

Dee wurde eiskalt. *»Was?«* Nicht Night Watch. Keiner wagte es, in die Zentrale einzudringen und die Jäger dort anzugreifen.

Es sei denn, sie wollten sich zum Ziel einer erbarmungslosen Jagd machen.

»Ich muss weg.«

Er umfasste ihren Unterarm fester. »Ich darf dich nicht an den Tatort lassen. Nicht so … wie du jetzt bist.«

Nicht mit Reißzähnen, Klauen und von Blutgier getrieben. »Welche Jäger?« Nicht Jude. Nicht Zane. Nein, bitte nicht sie, *bitte*.

»Spade und Gomez.«

Dee wurde übel. Der Geschmack von Blut in ihrem Mund war viel zu intensiv. *Monster. Ich bin zu genau solch einem Monster geworden wie sie.*

»Spade war schon tot, als sie ihn fanden, die Kehle aufgerissen.«

»Scheiße«, fauchte Simon und war plötzlich bei Dee. Er legte seinen unverletzten Arm um sie, hielt sie.

»Gomez ist auf dem Weg ins Krankenhaus, aber es sieht schlecht aus. Sehr schlecht.« Tony holte tief Luft. Seine Finger streiften den Puls an ihrem Handgelenk, der zu schnell ging. »Anscheinend sind die Vampire direkt über sie hergefallen, als sie aus dem Büro kamen.«

Natürlich. Drinnen wären zu viele Jäger gewesen. Die Vampire waren nicht so blöd, einen Kampf gegen sie alle zu riskieren. Deshalb versteckten sie sich im Dunkeln und schlugen in einem Moment zu, in dem die Opfer geschwächt oder arglos waren.

»Es ist nicht deine Schuld«, sagte Simon zu ihr, doch noch ehe Tony den Mund aufmachte, wusste Dee, dass er Simon widersprechen würde.

»Sie ließen Gomez am Leben, damit er eine Nachricht überbringen konnte.«

Leo, der irre Schweinehund, fing wieder an zu lachen. So viel zur positiven Wirkung ihres Bluts. »Was für eine Nachricht?«

Tonys Lippen wurden zu schmalen Linien.

»Sag schon!«

»Dass du die Nächste bist, Baby. Dass weiter Blut fließen wird, und dass sie hinter dir her sind.«

Es traf Dee wie ein Fausthieb, und sie konnte sich nicht wehren. Sie sah zu Simon. »Sie wussten, dass der erste Angriff gescheitert war.« Sie hatten gewusst, dass Dee und Simon noch lebten und die Vampire geschlagen hatten. »Woher?«

Seine Reißzähne waren deutlich verlängert. »Weil sich Dinge in dieser Stadt schnell herumsprechen und seine Männer«, er blickte kurz zu Tony, »mehr wissen, als er denkt.«

Eine undichte Stelle. Nein, ein Spion. Jemand, der Grims Vampire mit Informationen versorgte.

Jemand, der sich davon Unsterblichkeit versprach?

Warum wollte denn jeder ewig leben?

»Ich fahre zum Tatort«, sagte Tony, »und versuche herauszufinden, womit wir es zu tun haben.«

Das war klar: Mit einem Geborenen und seiner Blutsaugergang. Mit Typen, die Leute zum Spaß folterten und ausbluteten.

»Harper, Post«, rief er den beiden Zauberern zu, »ihr passt auf diesen Irren auf.«

»Lauf, kleine Vampirin«, murmelte Leo. »Lauf schnell weg. Grim ist hinter dir her, und er gibt keine Ruhe, bis er nicht deinen Kopf hat.«

Sie blickte sich zu dem Idioten um.

Doch in seinen Augen, die nun nicht mehr schwarz sondern grau waren, war keine Spur von Schadenfreude. Nein, das war Trauer. »Nicht einmal dass du eine Geborene bist, kann dich retten. Lauf weg, solange du kannst.«

Elftes Kapitel

Sie brauchten eine sichere Zuflucht, und die schnellstens.

Simon und Dee rannten die verlassenen Straßen im Stadtzentrum entlang. Rosa Streifen ersten Morgenlichts krochen über den Horizont. Bald brach der erbarmungslose Morgen an.

Simon musste sich hinlegen und den Heilschlaf bekommen, den er dringend brauchte.

Wie Dee auch. Und ihre frische Wunde bedeutete, dass sie außerdem Blut brauchte. *Meines.*

Der verfluchte Cop war losgezogen, um den Überfall zu untersuchen, und hatte ihnen Order gegeben, sich vom Tatort fernzuhalten.

Vorerst blieb ihnen gar keine andere Wahl.

»Hier«, sagte Dee, und Simon blieb vor einer allzu vertrauten Bar stehen. Nein, auf keinen Fall würden sie hier Unterschlupf suchen!

Die Glastüren schwangen auf. »Dee?« Eine Frau mit langen, blassblonden Haaren stand gleich hinter der Tür. Ihre Augen glitzerten, und ihre schmucklosen kleinen Hände flatterten durch die Luft. »Ich hatte mich schon gefragt, wann du zu mir kommst.«

Die Frau – eine Hexe – sah zu Simon auf. »Und wann ich dich wiedersehe, Chase.«

Was war er doch für ein Glückpilz!

»Das möchte ich im Moment nicht einmal wissen«, murmelte Dee und drängte sich an Catalina vorbei. »Cat, ich muss dich um einen Gefallen bitten. Ich brauche ein Dach über dem Kopf, ein Bett und Schutz über den Tag.«

Catalina lächelte Simon an und bedeutete ihm, hereinzukommen. »Wie ich sehe, hast du deinen Schlüssel gefunden. Und dabei dachtest du, ich erzähle nur Blödsinn.«

Sie wird alles sein, was du brauchst.

Aber sie hat ihren Preis, den du vielleicht nicht zahlen willst.

Er hatte sich bereit erklärt, jeden Preis zu zahlen, alles einzutauschen gegen die Chance, die alleinige Herrschaft über seine Seele zurückzubekommen.

Und Rache zu üben. Süße, köstliche Vergeltung.

Catalina schloss die Türen hinter ihnen, verriegelte sie und wisperte rasch einen Zauber. »Eines Tages«, sagte sie, als sie sich wieder zu ihnen umdrehte, »möchte ich nicht mehr mitten in deinen Krieg hineingezogen werden.«

Ein zittriges Lachen entfuhr Dee. »Krieg? Ist es das, worin ich gerade stecke?«

»Süße, du bist schon seit Jahren im Krieg«, antwortete die Hexe betrübt. »Du wusstest es nur nicht.«

»Du aber schon? Tausend Dank, dass du es mir verrätst, Cat!«

»Du warst nicht bereit, manche Dinge zu erfahren«, sagte die Hexxe und schluckte, bevor sie auf die Rückseite der leeren Bar wies, wo sich eine Tür mit der Aufschrift PRIVAT befand. »Nimm das zweite Zimmer oben. Chase kann …«

»Er bleibt bei mir.«

Simon staunte.

»Ach, so ist das, ja? Meinetwegen.« Catalina warf ihm ein Schmunzeln zu. »Ich habe dir gesagt, was geschehen wird, nicht?«

»Mir aber nicht.« Dee schlug wütend auf den Tresen. »Ich habe dir vertraut, Catalina. Jahrelang auf dich aufgepasst. Ich bin nie in deine Bar gekommen, habe deine Regeln eingehalten, nie versucht, etwas gegen deinen Zauber zu tun …«

Jenen Zauber, der dafür sorgte, dass Menschen einfach am Delaney's vorbeigingen. Der Zauber, der nur Übernatürlichen Zutritt zur Bar gewährte.

»… aber ich dachte, wir wären Freundinnen.«

»Sind wir auch«, sagte Catalina leise.

Simon war nicht so dumm, sich zwischen zwei streitende Frauen zu stellen, und beobachtete alles still.

»Freundinnen haben keine Geheimnisse.«

»Dies hier wolltest du nicht wissen.« Catalinas langes Haar wogte auf ihrem Rücken, als sie hinter den Tresen ging, einen Whisky einschenkte und ihn in zwei Schlucken trank. »Als ich pendelte und erkannte … *du wolltest es nicht wissen.*«

»Das war meine Entscheidung.« Dee hatte ihr schon den Rücken zugekehrt und steuerte die Tür an. »Du hast sie mir genommen.«

Catalina umklammerte ihr Whisky-Glas, während Dee die Tür öffnete. Simon folgte ihr langsamer.

Glas klirrte hinter ihm. »Ich nahm sie dir nicht«,

hörte er die Hexe flüstern. »Ich gab dir *ihn*, und ich gab dir die Chance zu kämpfen.«

Dee reagierte nicht, so dass Simon nicht wusste, ob sie es gehört hatte.

Aber das war in diesem Moment wohl egal.

Sie wachte davon auf, dass sie gestreichelt wurde. Sanft streichelnde Finger schoben ihr Hemd nach oben und huschten über ihren Bauch. So unbeschreiblich sanft.

Dee öffnete die Augen. Um sie herum war es dunkel, doch sie konnte trotzdem sehr gut sehen.

Ihn sehen.

Inzwischen waren seine Wunden verheilt. Nicht einmal eine Narbe entstellte sein Gesicht oder die nackten Arme. Er beugte sich über sie, seine Augen weit offen und klar, die Reißzähne blitzend.

Dee berührte seine Brust. »Ich habe von dir geträumt.« Ja, Vampire träumten. Oder, in ihrem Fall, hatten Albträume.

Von den Flammen, die Simons Haut verbrannten und ihn töteten.

Er war für sie durchs Feuer gegangen. Was immer der Mann im Schilde führte, er hatte sich wieder einmal für sie geopfert.

Er hielt ihren Blick fest. Seine Finger waren ein warmes Gewicht auf ihrer Haut. Kein Schmerz quälte ihren Leib. Überhaupt keiner. Sie war vollkommen genesen, wie er.

Aber sie war hungrig.

Die Blutgier erwachte wieder.

Die Blutgier packt sie noch. Ist nur eine Frage der Zeit,

und dann fickt sie wie verrückt und trinkt von jedem Idioten, den sie will. Trinkt und fickt, und du bist wieder genauso am Arsch wie vorher!

Nein, Leo täuschte sich in ihr. Sie würde die Kontrolle über sich behalten, und sie würde Simon bei sich behalten. »Hör auf, für mich dein Leben zu riskieren«, flüsterte sie erstickt, denn die Worte verkanteten sich in ihrem Hals.

Ein trauriges Lächeln trat auf seine Züge. »Verstehst du denn nicht? Für dich würde ich ausnahmslos alles riskieren.«

Er küsste sie. Immer noch sanft. Immer noch behutsam.

Ihr Hunger wuchs.

Sie umklammerte seine Schultern und zog ihn näher zu sich.

Dann war seine Zunge in ihrem Mund. Stöhnend schmiegte Dee sich an ihn.

Schmecken.

Seine Hände tauchten tiefer unter das T-Shirt, das nach wie vor ihre Brüste bedeckte. Sie glitten über ihren BH, unter dem sich die Nippel bereits hart aufrichteten.

Sie konnte ihr eigenes Verlangen riechen, und fühlte Simon überall um sich herum.

Simon hob den Kopf. »Ich möchte deinen Hals.«

Trinken.

Er fragte, statt sich einfach zu nehmen, was er wollte. Lust spiegelte sich in seinen nunmehr schwarzen Augen.

Für Vampire war Blut gleichbedeutend mit Macht, Kontrolle und Leben.

Sie sah in seinem Blick, dass er ihr Blut brauchte, und wusste, dass derselbe Ausdruck auch in ihren eigenen Augen lag. Wortlos neigte sie ihren Kopf nach hinten, um ihm ihren Hals zu entblößen.

Ich sollte angeekelt sein. Entsetzt, ungeachtet dessen, was ich bin.

Seine Zähne schabten über ihre Haut. Sie krallte die Nägel in seine Schultern. *»Simon!«* Ein Wonneschauer fuhr ihr geradewegs in den Schoß, dass ihr Bauch erbebte und ihre Knie zitterten.

Sie griff mit beiden Händen zwischen sie nach seiner Jeans.

Dee musste ihn berühren, brauchte mehr, so viel mehr.

Sie fühlte seinen Schwanz, vollständig erregt und heiß.

»Rein«, hauchte sie. »Ich will dich in mir, Simon.«

Seine Zunge strich über ihren Hals, und wieder hob er den Kopf. »Nimm von mir.«

Als sie den Mund öffnete, drückte ihre Zunge gegen einen Reißzahn. Süßes Blut.

Simon.

Sie richtete sich halb auf und drückte ihn hinab auf die Matratze, was er sich bereitwillig gefallen ließ. Es machte ihm nichts aus, ihr die Kontrolle zu gewähren, die sie brauchte.

Macht.

Nein, hier ging es nicht um Macht.

Vielmehr um Hunger. Und um Lust.

Gier.

Sie nahm seinen Hals nicht, obwohl er ihn ihr anbot. Stattdessen streifte sie ihr T-Shirt ab, warf den

BH beiseite und hockte sich auf Simon, so dass seine Schenkel zwischen ihren gefangen waren.

Sie ließ ihre Finger seine Brust hinabwandern und neigte sich vor. Ein dumpfes Pochen hallte in ihrem Kopf. Ihr Herzschlag? Seiner? Sie presste die Lippen auf seine Haut, biss ihn jedoch nicht, sondern küsste ihn.

Wonne.

Sie schloss die Lippen um eine seiner Brustwarzen, umkreiste sie mit der Zunge. Zwischen ihren Beinen drückte sein Schwanz nach oben, rieb sich an ihrer Jeans, und unwillkürlich wiegte sie die Hüften.

Mehr.

»Nimm, Dee. Nimm von mir«, forderte er kehlig.

Nur hatte er nicht zu bestimmen.

Ihre Zunge streichelte ihn, und sie ließ ihn den Druck ihrer Zähne spüren. Aber kein Biss. Noch nicht.

Vielleicht würde er ja darum betteln.

Zunächst einmal packte er ihre Hüften und bewegte sie auf seinem Glied. Oh, verdammt, war das gut! Bloß nicht …

Genug. Nicht annähernd genug.

»Spiel nicht mit mir«, sagte er streng, als sie über seinen flachen Bauch strich. »Du willst sicher nicht, dass ich die Beherrschung verliere.«

Sie blickte auf. Ihr war bewusst, dass ihre Augen schwarz sein mussten. »Ich will alles.«

»Na gut, dann bekommst du es«, flüsterte er heiser. »Hoffentlich bist du bereit.«

Das hoffte sie ebenfalls.

Fürs Erste allerdings hatte sie alle Macht.

Ihre Zähne senkten sich in seine Brust. Sein tiefes Stöhnen nahm ihre Sinne ein, während sein heißes Blut über ihre Zunge rann.

Leben.

Kraft. So viel Kraft.

Sie hob die Hüften und nahm seinen Schwanz in eine Hand. Unter ihrer Berührung schwoll er noch weiter an. Und sie fühlte …

Dee stand in einer Gasse, eine Hand in ihre Hüfte gestemmt. Eine Vampirin fauchte sie an, und der dämliche Schnösel in ihren Armen blinzelte ahnungslos.

»Was glaubst du, wie lange ich brauche, dir den hier ins Herz zu rammen? Eine Minute? Weniger?«

Sie wich zurück. Ihre Erinnerung, aus seiner Warte betrachtet. Nein, seine Erinnerung. »Simon, warum sehe ich …«

»Nicht jetzt«, raunte er. »Weg mit der Jeans oder ich muss sie dir runterreißen.«

Sie hatte keine Ersatzkleidung bei sich, und …

»Weg damit!«

Dee rollte sich von ihm und streifte eilig Jeans und Slip ab. Dabei leckte sie ihre Lippen, auf denen sie ihn schmeckte.

Seine Hände schlossen sich warm und stark um ihre Schenkel. Er spreizte ihre Beine und blies sacht auf die feuchten Locken.

»Dein Duft«, murmelte er genüsslich. »Ich könnte dich verschlingen.«

Hmm, nun, da sie ein Vampir war, konnte er das sogar.

Er nahm sie mit dem Mund, kostete sie mit Lippen und Zunge. Dee krallte die Hände ins Laken, hörte Stoff reißen, scherte sich aber nicht darum.

Dieser Mund!

Seine Zunge fuhr über ihre Klitoris, und Dee wäre beinahe vom Bett geflogen. Sie wand sich, wollte weg, nein, näher, doch er ließ ihr ohnehin keine Wahl, denn er hielt sie fest.

Und nahm. Seine Zunge drang in sie ein.

Sie kam an seinem Mund. Ihr Orgasmus überrollte sie in einer langen, stürmischen Welle von Kopf bis Fuß.

Simon hörte nicht auf. Er neckte und streichelte weiter, bis Dee bemerkte, dass sie seinen Namen schrie.

Sie bettelte fast. Sie!

Sie schluckte und griff nach seinen Schultern. »Simon!« Immerhin klang das nicht nach Betteln.

Eher nach einem Befehl.

Noch ein Zungenstreicheln. Ihre Schenkel spannten sich an. Oh, süße Hölle.

Dann legte er sich auf sie, führte seinen Schwanz zu ihrer Öffnung und stieß in sie hinein.

Ja.

Sie schlang die Beine um ihn und wiegte sich ihm bei jedem seiner Stöße entgegen. Fester und fester.

Das Bettgestell prallte gegen die Wand. Simon sah ihr in die Augen. In seinen loderte ein Feuer. Schieres Verlangen.

Er hob ihre Hüften an, drang tiefer in sie, während seine Finger sich in ihre Haut gruben.

Sie markierten.

So wie sie ihn markiert hatte.

Ein weiterer Orgasmus überkam sie. Ihr Unterleib bebte, zog sich zusammen, und sie warf den Kopf nach hinten.

Simon kam in ihr.

Alles an ihr pulsierte und pochte, als sie unter ihm lag und ihn beobachtete.

Wonne. Welch eine Wonne.

Sie reichte aus, um an ihr zu sterben.

Zum Glück waren sie beide ja schon tot.

Zane Wynter schaute nicht nach links, als er aus dem Night-Watch-Gebäude kam. Er musste nicht hinsehen, um zu wissen, dass dort immer noch Blutflecken auf dem Gehweg waren.

Das Blut der Jäger.

Der Geruch reizte seine Nase, und ein Knurren stieg ihm in die Kehle.

Vampire, die *hier* zuschlugen.

Kommt her zu mir!

Die Pfähle, die er sich aus Dees Vorrat genommen hatte, hingen in einem Rucksack an seiner Schulter. Er musste sie nicht spitzen, denn Dee hielt ihre Instrumente immer in einem hervorragenden Zustand.

Er würde die Schweine finden, oh ja.

Auge um Auge, das war stets seine Maxime gewesen.

»Zane!«

Er fluchte. Der Rufende war keiner von den Night-Watch-Jägern sondern der Cop, den Zane bisweilen seinen Freund nannte.

Was ein Fehler gewesen war. Sich mit Menschen anzufreunden, brachte nur Schwierigkeiten.

Tony kam auf ihn zugelaufen. Die Marke an seinem Gürtel blinkte. Alles ganz offiziell, also war der Cop offensichtlich im Dienst.

Oder auf der Jagd, wie Zane. Schade, dass sie häufiger mal nach verschiedenen Regeln spielten.

»Ich muss Dee finden«, sagte Tony, sowie er bei Zane war.

Zane verzog keine Miene. »Viel Spaß.« *Dee.* Pak hatte ihn nicht hergerufen, als sie verletzt war. Er hatte ihm erst erzählt, was passiert war, nachdem Dee Vorsprung gewonnen hatte.

Andererseits hatte Pak immer schon eine Schwäche für sie gehabt. Der Mann kapierte einfach nicht …

»Falls mir je etwas passieren sollte, regle das, Zane, ja?« Er sah sie deutlich vor sich, eine Hand fest um einen Pflock, den Blick auf ein totes junges Mädchen mit blondem Haar gerichtet, das in einer Blutlache lag. Ein Mädchen, das von der Blutgier befallen wurde und seine beiden kleinen Schwestern angriff. *»Ich will nie so sein wie die.«*

Es war Dees Albtraum. Den irgendein Mistkerl wahr gemacht hatte.

Pak sagte, sie hätte sich im Griff. Und dass sie von einem Rudel Vampire gejagt wurde.

Aber konnte irgendein Vampir die Kontrolle behalten? Was war, wenn die Blutgier stärker wurde? Was war, wenn Dee auf einen Unschuldigen losging?

»Regle das, Zane, ja?«

Gut, dass sie nie zusammen im Bett gewesen waren. Wären sie es gewesen, würde es den Job, der ihm bevorstand, sehr viel schwieriger machen.

Unmöglich.

Tony packte Zane und drückte ihn an die Mauer, dass sich die Steine durch sein T-Shirt drückten. »Ich muss sie finden!«

Tony hatte mit ihr geschlafen. Daher der gequälte Ausdruck in seinen Augen. »Ich habe sie nicht gesehen.« Das stimmte, auch wenn er wusste, wo er am ehesten nach ihr suchen sollte.

Dee würde ihre Wunden lecken. Sie brauchte einen Unterschlupf, jemanden, dem sie trauen konnte.

Fehler.

Tony bekam rote Flecken im Gesicht. Der Mann war sonst so cool. So beherrscht. Was wohl einer der Gründe war, weshalb es mit Dee und ihm nicht funktionierte.

Sie brauchte einen Mann, der gar nicht verstand, was Kontrolle bedeutete.

»Dieses Schwein Leo hat sich selbst die Pulsadern aufgebissen, und die bescheuerten Zauberer haben nicht aufgepasst. Er war in einer Gummizelle, und die dachten, er ist sicher. Der Vampir ist verblutet, *verblutet!*«

Zane blinzelte. Ja, Vampire konnten an Blutverlust sterben, doch er hatte noch nie gehört, dass sich ein Vampir selbst auf diese Weise zu Tode brachte.

Da musste man schon ziemlich dringend tot sein wollen.

»Letzte Nacht sagte er, irgendein Grim wäre hinter Dee her. Sie braucht Hilfe. Ich muss sie finden, ihr helfen …«

An der Stelle stieß Zane den Cop von sich, so dass Tony rückwärtsstolpere und beinahe hinfiel. »Und wie willst du ihr helfen? Willst du dich ihr als Snack anbieten?«

Tonys einer Wangenmuskel zuckte. »So ist sie nicht. Sie war nicht wahnsinnig. Sie war nur … Dee.« Das klang traurig.

Wahrlich eine Schande.

Tony sah ihn an. »Ich will nicht, dass sie wie Gomez oder Grace endet. Das darf sie nicht!«

Zane erstarrte. Okay, das war einer dieser Momente, in denen das Leben echt zum Kotzen war. »Grace hat für die Vampire gearbeitet. Sie hat die Jäger nach draußen gelockt und sie abgelenkt.« Um sie den Vampiren zu servieren.

Eine Frau, die Zane seit Jahren kannte. Mit der er gelacht und über ihren begriffsstutzigen Hund gescherzt hatte. Der er unzählige Male den Kaffee geklaut hatte.

Sie hatte die Jäger in die Falle gelockt.

»Was? Nein, Mann, sie war ein Opfer, wie die anderen! Grace würde nie …«

»Wir haben uns in ihren Computer gehackt, ihre Familie und die Freunde befragt und mit ihrem Arzt geredet.« Zum Teufel mit dem Arztgeheimnis. Die alte Regel griff nicht mehr, wenn der Patient in einem Leichensack lag. »Sie war zum Tode verurteilt. Krebs. Ihr blieben noch ungefähr sechs Monate.«

»Mein Gott.«

»Du kennst die Menschen«, sagte Zane leise und

beobachtete den Cop aufmerksam. »Sowie die Zeit abläuft, reagieren sie verzweifelt. Da versuchen sie alles.«

»Verdammt!« Tony schluckte. »Grace hat Dee gesehen. Sie war hier und hat gesehen, wie Dee sich wandelte.«

Dass sie zur Vampirin wurde. »Ich schätze, das war eine zu große Versuchung für sie. Die Schweine haben ihr eine E-Mail geschickt, ihr gesagt, sie soll ihnen etwas im Tausch gegen ihr neues Leben bringen.«

Und töteten sie trotzdem.

»Sie jagen nach Dee. Und du weißt, dass sie nicht aufhören, ehe sie sie haben.«

Nein, das würden sie nicht. »Halt dich lieber im Hintergrund, Tony. Du bist der Hölle, die da auf uns zukommt, nicht gewachsen.« Nicht wenn ein Geborener das Spiel bestimmte.

»Ich lasse sie nicht allein.«

Zane stutzte. »Wer sagt, dass sie allein ist? Es heißt, dass Dee einen neuen Liebhaber hat, einen Vampir, der sich für sie fast grillen ließ.«

»Dem traue ich nicht.«

Das tat Zane auch nicht. »Denkst du, er führt sie in den nächsten Hinterhalt?« Zu Grim. So hieß der Geborene. Alt wie Dreck. Und je älter ein Vampir war, umso stärker war er und umso schwieriger zu töten.

Dee war eben erst zur Vampirin geworden, konnte also sehr leicht sterben.

»Nein, ich denke, er will, dass sie für ihn tötet.«

Schritte erklangen, und eine Frau mit kurzen roten Haaren kam um die Ecke. Sie blieb erschrocken stehen, als sie die beiden sah.

Rauchgeruch stieg Zane in die Nase.

Dann eilte die Fremde vorbei, und Zane nahm noch eine andere Note wahr: Blut?

Eine höllische Mischung.

»Zane! Scheiße, Mann, kannst du mal kurz deinen Schwanz vergessen?«

Folgsam wandte sich Zane vom Hintern der Frau ab und Tony zu. »Geh nach Hause. Überlass Dee mir.«

Aber der Cop schüttelte energisch den Kopf. »Ich lasse sie nicht im Stich.«

»Willst du dich zu ihrer Beute machen?«

»Wie? Nein, so ist sie nicht!«

»Jeder Vampir *ist so*, wenn der Hunger groß genug ist.« Er wies mit dem Daumen hinter sich. »Du willst sie finden? Geh rein und rede mit Pak. Der weiß bekanntlich alles, was es in dieser Stadt zu wissen gibt.«

Tony wurde misstrauisch. »Und wo willst du hin?«

Zane schritt an ihm vorbei. »Auf die Jagd.«

»Wen jagst du?«

Die Frage ignorierte Zane und kickte den Ständer seines neuen Motorrads hoch.

»Wen jagst du?«

Eine Handdrehung, ein Tritt mit dem Fuß, und der Motor brummte los.

»Nicht sie, okay? Sie nicht.«

Die Maschine bog von der Ecke direkt vor einem alten grauen Truck auf die Straße.

»Erzähl mir von deiner Wandlung.« Eigentlich hatten sie keine Zeit hierfür. Sie sollten sich anziehen, Waffen besorgen und überlegen, was sie als Nächstes taten.

Aber Dee musste mehr über Simon erfahren. Sie wollte seine Geschichte hören, und die sollte ihr nicht nur die Blutverbindung verraten. Ihr war wohler, wenn er es ihr erzählte. »Deine Eltern wurden von Vampiren angegriffen.« Umgebracht, genau wie Dees Familie. »Wurdest du da gewandelt? Haben sie dich …«

Er drehte sich von ihr weg.

»Simon?«

Simon setzte sich auf die Bettkante, so dass sie auf seinen breiten Rücken blickte. »Mach mich nicht zu etwas, das ich nicht bin, Babe.«

Ihr wurde auf einmal kalt; sie zog sich die Decken bis zur Brust und wartete.

»Ich war schon ein Vampir, bevor meine Eltern getötet wurden. Schon ein Jahr lang.« Er blickte sich zu ihr um. »Hast du gedacht, ich wurde zur Wandlung gezwungen?«

Sie bejahte stumm.

Seine Mundwinkel zuckten. »Nein. Ich war einer von denen, die gewandelt werden wollten.«

»Warum?«, fragte sie erstickt. Warum hatte er sich entschieden, ein Vampir zu sein, Blut zu trinken, zu morden?

Er stand auf, ging zu der Jeans, die irgendwann mitten im Zimmer auf dem Boden gelandet war, und hob sie auf. »Ich arbeitete im Nahen Osten. An dem dreckigsten, heißesten Flecken, den die Welt jemals vergessen hat.« Er drehte sich zu ihr. »Eines Nachts gerieten meine Männer in einen Hinterhalt. Bomben und Kugeln hagelten auf uns ein.«

Dee rührte sich nicht.

»Sie starben um mich herum. Ihre Schreie betäubten mir die Ohren.« Er strich sich über den Bauch. »Ich lag blutend im Sand. Mein Bein war völlig zerschossen, meine Brust aufgerissen. Jeder Atemzug war wie Feuer, und ich wusste, dass ich es nicht von dieser Straße schaffen konnte.«

»Aber du hast.«

Seine Augen verdunkelten sich. »Mitten in dem Chaos tauchte ein Mann auf. Er kam direkt auf mich zu und fragte mich, ob ich leben oder sterben wollte.«

Er entschied sich für leben, als Vampir. Dee öffnete den Mund.

»Ich hörte das Wummern des Hubschraubers. Sie kamen, um uns zu helfen, doch ich war der Einzige, der noch atmete.«

Dann hätte er gerettet werden können? Er hätte menschlich bleiben können?

»Ich wusste von den *Anderen*.« Er schluckte. »Ich war schon viel herumgekommen, hatte Dinge gesehen, von denen die Leute gern behaupteten, dass sie nicht existieren. Der Krieg lockt die Monster hervor, Dee. Du glaubst gar nicht, wie.«

»Ich glaube so gut wie alles.« Was leider wahr war.

»Ich wusste sofort, was er war. Ich konnte seine Zähne sehen, die Veränderung der Augen, und mir wurde klar, dass ich wie er sein wollte.«

Sie rang nach Luft.

»Die Sanis hätten versuchen können, mich wieder zusammenzuflicken. Sie hätten mich da wegholen können, und vielleicht, ganz vielleicht hätte ich überlebt. Aber mein Job war das Kämpfen. Ich musste stark sein. Und er konnte mich stark machen, stärker denn je. Und ich müsste nie wieder fürchten, an meinem eigenen Blut zu ersticken, wenn ich auf einer dreckigen Straße mit Kugeln und Granaten bombardiert würde.«

Nein, er brauchte lediglich zu befürchten, dass ihm jemand den Kopf absäbelte oder ihm einen Pfahl ins schlagende Herz trieb.

»Du verstehst es nicht, oder?«, fragte er. »Vampire sind immer jung, immer stark. Ein solches Angebot schlägt ein Mann, der auf dem Schlachtfeld stirbt, nicht aus. Ich wollte den Biss. In dem Moment hätte ich praktisch alles getan, um weiterzuleben.«

»Aber der Hubschrauber …«

»Ich wollte den Biss«, wiederholte er. »Ich wollte die Ewigkeit.« Er zuckte mit einer Schulter. »Ich will dich nicht belügen, indem ich dir weismache, mir wurde die Wandlung aufgezwungen. Ich wählte sie.«

»Und würdest du dich wieder so entscheiden?«

»Würdest du?«

»Ich habe mich nicht hierfür entschieden. Ich wollte es nicht!«

»Der Ausstieg ist leicht, Dee. Verbluten, sich ins Feuer stürzen. Du entscheidest dich in jeder Minute, die du lebst.«

Ihr war bewusst, dass er recht hatte. Sie wählte dieses Leben, weil es für sie keine Alternative gab. »Ich bringe mich nicht um. Das ist nicht meine Art.« Zu einfach. Sie kämpfte und überlebte, wie Pak es ihr beigebracht hatte. Man überlebte, egal wie.

»Nein, meine auch nicht«, sagte er leise. »Ich wusste nicht viel über die Geborenen, als ich gewandelt wurde. Nach dem Austausch wachte ich auf, stark und sehr durstig, und zuerst fühlte ich die Macht des Geborenen gar nicht.«

Und das war das Schlüsselwort: zuerst.

»Dann fing er an, sich in meine Gedanken zu drängen. Diese Verbindung wird schwächer, je größer die räumliche Distanz zum Meister ist. Deshalb war meine Taktik, mich so weit wie möglich von Grim fernzuhalten.«

Dee ballte die Laken in ihren Fäusten. »Die hat wohl nicht so prima funktioniert, schätze ich?«

»Er wusste, was ich tat. Manchmal kam es mir vor, als wüsste Grim alles.« Er atmete langsam aus. »Um mir die Lektion beizubringen, ging er auf meine Familie los. Sie hatten keine Ahnung, was aus mir geworden war, und als die Vampire kamen …« Ein Schauder schüttelte ihn. »Sie haben gelitten, dafür sorgten Grim und Leo, und alles nur *›um meinen Arsch auf Linie‹* zu bringen.«

Dee fuhr zusammen.

»Ich habe sie beerdigt, und dabei hörte ich die ganze Zeit Grims Ruf.« Simon blickte auf seine Hände. »Er wollte, dass ich zu ihm komme, dass ich töte, Teil seiner perversen Vampirfamilie bin.«

»Der Alpha kontrolliert das Rudel«, murmelte sie. »Was hast du getan?«

Er sah sie an. »Einen Pakt mit dem Teufel geschlossen.«

Das hörte sich gar nicht gut an. Dee stand auf und zog sich zitternd an.

Die Stille im Zimmer war erdrückend.

Schließlich schlüpfte sie in ihre Schuhe.

Simon stand einfach nur da, barfuß und mit bloßem Oberkörper, und beobachtete sie.

Als sie angezogen und bewaffnet war, fragte sie: »Was für einen Pakt?« *Nein, nicht um mich. Sag mir nicht, dass du …*

»Ich fand einen Hexer in Vegas, ein mieser Kerl namens Skye. Er besitzt Magie, schwarze Magie, und die wandte er bei mir an, allerdings gegen einen Preis.«

Dee benetzte sich die Lippen, worauf sein Blick zu ihrem Mund wanderte. »Welcher Preis?«

»Ich blutete für ihn, dreißig Tage nacheinander. Skye blutete mich vor jedem Sonnenaufgang fast vollständig aus.«

»Simon!« Ein solcher Blutverlust war mörderisch.

»Im Gegenzug errichtete er einen Schutzschild um mich, der dick genug war, um Grims Ruf zu schwächen. Er konnte ihn nicht ganz abwehren, aber so weit dämpfen, dass ich mich vom Geborenen abwenden konnte.« Er kam auf Dee zu und strich ihr über die Wange. »Und dich suchen.«

Sie umfasste sein Handgelenk. »Warum hast du mir all das nicht gleich erzählt?«

»Weil du vor mir weggelaufen wärst. Nein«, antwortete er kopfschüttelnd, »du hättest versucht, mich zu töten, und ich brauchte dich zu dringend, als dass ich riskieren konnte, dass du dich von mir abwendest. Du bist meine Chance auf Freiheit, Dee. Wahre Freiheit. Dieser Schild hält nicht ewig. Ich kann von Glück reden, wenn er noch ein paar Monate intakt bleibt. Grim ist zu mächtig, um ihn auszusperren. Ich weiß das, Skye weiß es, und Grim weiß es ebenfalls.« Seine Augen funkelten dunkel. »Ich will nicht zu dem werden, was er aus mir macht.«

Sie festigte ihren Griff an seinem Unterarm. »Das wirst du nicht.« Er war nicht wie die anderen. Er hatte zu hart gekämpft, klammerte sich an seinen Verstand, indem er geradewegs in die Finsternis ging.

»Im Laufe der Jahre gab es andere, die gewandelt wurden und nicht ... Vampire müssen keine Killermaschinen sein. Es liegt bei den Geborenen. Sie haben die Kontrolle. Die Genommenen sind ihre Marionetten, die an ihren Fäden hängen. Lassen sich Geborene von ihrer Macht beherrschen ...«

Oder ihrem Fluch, je nach Perspektive.

»... sind sie diejenigen, die das Blut auf den Straßen sehen wollen.«

»Das will Grim?«

Ein verbittertes Lachen. »Grim will die Welt. Und wenn er kann, nimmt er sie sich.«

Nicht solange sie da war. »Er wird weiter nach mir jagen, stimmt's?« Weiter die angreifen, die ihr etwas bedeuten, so wie er Simons Familie angegriffen hatte.

»Es ist seine Art. Er isoliert seine Beute, lässt sie leiden und versucht, sie zu brechen.«

»So leicht breche ich nicht«, sagte sie. War sie früher nicht und würde sie auch nie.

»Nein, tust du nicht.« Er beugte sich vor und streifte ihre Lippen mit seinen. »Das ist eines der Dinge, die ich an dir liebe.«

Hoppla, was war das denn?

»Dee, ich weiß, dass diese Geschichte zwischen uns ... Ja, verdammt, ich war anfangs nicht ehrlich zu dir, aber du und ich, was zwischen uns ist, das ist real.«

»Es ist Lust«, sagte sie, hatte jedoch Mühe, ihre Stimme zu beherrschen. Mehr durfte es nicht sein.

»Ist es.« Er zog eine Braue hoch. »Doch wenn es nur darum ginge, dass ich dich vögeln will, wäre nicht alles so verflucht kompliziert.«

Aha. Okay.

»Wir wollen dasselbe, Dee. Wir wollen Grim aufhalten.«

Sie nickte.

»Partner?«

Zweifellos brauchte sie ihn. Aber wenn die Hölle anklopfte, konnte sie ihm dann vertrauen? Oder würde Grim die Kontrolle über ihn übernehmen?

Ihr Zögern machte ihn sehr ernst. »Was passiert, wenn du von mir trinkst?«

Wonne. Verlangen. Feuer. Dee schluckte. »Ich werde stärker.« Kein Ekel, nicht bei ihm. Bei ihm hatte sie nie Ekel empfunden.

»Nein.« Er schritt zurück, um Abstand zwischen ihnen zu schaffen. »Was siehst du?«

Ihr stockte der Atem.

»Dachte ich mir. Du siehst mein Leben, nicht? In Einzelbildern?«

»Ja.« Sie wusste, dass das nicht sein durfte. Ja, Vampire besaßen die Kraft, in die Gedanken anderer zu sehen, aber sie hatte es gar nicht gewollt, nicht einmal versucht.

»Bei Leo auch, stimmt's?«

»Ich sah, wie er seine Frau tötete.«

Simon blinzelte.

»Ich sah das Arschloch Grim, der vor ihm stand und lachte.« Sie hatte Leo weinen gesehen. Hätte er das Morden genossen, wären sicher keine Tränen da gewesen. Vielleicht besaß er damals noch ein Gewissen. Eine Seele.

Aber keine Kontrolle.

»Geborene müssen sich nicht konzentrieren, um Erinnerungen zu stehlen.«

Erinnerungen stehlen. Das war nicht ihr Plan.

»Sie müssen sich konzentrieren, es *nicht* zu tun, denn ihre übersinnliche Kraft ist so groß, dass die Bilder automatisch kommen.«

Tja, so etwas hatte sie schon befürchtet. »Du musst mich nicht mehr überzeugen.« Zeit, dass sie endlich ehrlich war. Sie verschränkte die Arme vorm Oberkörper. »Ich weiß, was ich geworden bin.«

»Wissen und Akzeptieren sind zwei verschiedene Sachen, Babe.«

Volltreffer. Das waren sie, und Dee war noch weit davon entfernt, ihr neues »Leben« zu akzeptieren. »Wir werden ihn zusammen jagen«, sagte sie und machte sich gerade. »Aber falls ich denke, dass du dich gegen mich stellst ...«

Er ging zu der Tasche, die sie letzte Nacht auf den Boden geworfen hatte, und zog einen Pflock heraus. »Dann rammst du mir den ins Herz?«

Ihr Blick fiel auf den Pfahl.

Nein. So einfach war es nicht. Nicht mehr.

Dieser Vampir war ihr zu nahe gekommen. Hatte Gefühle in ihr geweckt.

Er warf den Pflock in die Luft und fing ihn mit der linken Hand wieder auf. »Ich werde dir beweisen, dass du auf mich zählen kannst. Vertrau mir.«

Vielleicht. Wenn sie es nur könnte!

Sie wandte sich von ihm ab, weil er sie zu prüfend ansah.

»Dee?«

Aus Angst vor dem, was er in ihren Augen erkennen könnte, drehte sie sich nicht zu ihm um.

»Fürs Erste gebe ich mich mit der Lust zufrieden. Ich nehme, was ich kriegen kann.« Seine Finger streiften ihre Schultern. Schnell und lautlos war er zu ihr gekommen. Sie hätte ihn hören müssen. Immerhin hörte sie jetzt so viel besser.

»Und eines Tages nehme ich alles.« Sein Atem wehte über ihren Nacken. »Genau wie du alles nimmst, was ich habe.«

Dee fröstelte.

Dann spürte sie seinen Mund auf ihrer Haut.

Sie lehnte sich an ihn, so dass sie von Stärke und Macht umfangen und verführt wurde.

Jemand klopfte hektisch an die Tür, und unwillkürlich zuckte Dees Nase.

Was für ein Timing! »Catalina? Immer mit der Ruhe, ich komme gleich nach unten!« Auf keinen Fall wollte sie jetzt sofort gehen. Sie brauchte noch einen Moment, okay, vielleicht einen etwas längeren Moment, in dem alles friedlich war und sie so tun konnte, als wäre kein großes, böses Monster hinter ihr her.

So tun, als wäre sie nur eine normale Frau in den Armen ihres Liebhabers.

»Das ist nicht Catalina.«

Dee schnupperte. Sie roch Catalinas Duft, diese leichte Mischung aus Weihrauch und Rosen, und drehte sich in Simons Armen um. »Doch, ist sie.«

Die Tür flog auf, und der Geruch war fort. Ein Zauber? Ein Trick? Was …

»Oh, Scheiße«, flüsterte sie.

Zane Wynter stand in der Tür, füllte den Rahmen vollständig aus, und seine Augen glitzerten dämonenschwarz.

Ihre Zeit war um. Dee wusste, dass er gekommen war, um das Versprechen einzulösen, das er ihr vor einem Jahr gegeben hatte.

Zane war gekommen, um sie zu töten.

Pech für ihn, dass sie noch nicht bereit war zu sterben.

Zwölftes Kapitel

»Zane, nein!« Dees Schrei hallte in Simons Ohren. Furcht. Wut.

Der Dämon hatte sie also aufgespürt? Na und? Er hatte sich noch nie vor Dämonen gefürchtet und würde jetzt gewiss nicht damit anfangen.

Zane musterte sie beide, und sein Blick verharrte auf dem Pfahl in Simons Hand. »Hattest du auch vor, sie auszuschalten?«

Was? Er stutzte, dann fiel ihm das eine Wort auf: auch. »Keiner schaltet Dee aus.« Er schob sie rasch hinter sich. Nur über seine Leiche kam ein Dämon, dem der Tod ins Gesicht geschrieben stand, an *seine* Frau heran.

»Sie will es so.« Der Dämon trat ins Zimmer, ganz lässig, und schwang einen blauen Rucksack von seiner Schulter, aus dem er einen Pflock hervorholte. »Das hat sie selbst bestimmt.«

»Du rührst sie nicht an.« Den Dämon zu töten wäre leicht.

Das einzige Problem war, dass Simon dem Kerl nicht vor Dee das Herz herausreißen wollte. Dieser Dämon war mal ihr Freund gewesen.

Ein Freund, der fest entschlossen war, sie zu töten.

»Ich verstecke mich nicht vor ihm«, sagte Dee vollkommen gefasst. Stark. Sie kam mit hocherhobenem Kopf hinter Simon vor. Die verkohlten Haarspitzen waren verschwunden, während sie schlief. Ihre blonde Wuschelmähne umrahmte ihr Gesicht. Sie hatte leicht gerötete Wangen und leuchtend rote Lippen.

Sexy. Eigentlich sah sie in Simons Augen immerzu sehr sexy aus.

»Dee.« Der Dämon musterte sie abermals. »Für eine Tote siehst du gut aus.«

Sie zuckte mit den Schultern.

»Ich nehme an, dieser Penner hat dich gewandelt?« So eisig Zanes Stimme auch klang, war der Zorn darin unverkennbar.

»Nein.« Sie strich über Simons Arm. »Er hat mir das Leben gerettet. Wieder einmal.«

Ein trauriges Kopfschütteln. »Du bist also schon auf seiner Seite, was, Dee? Schon verloren.«

»Ich bin eine Geborene.«

Der Dämon starrte sie entgeistert an. »Quatsch!«

»Das ist der Grund, weshalb meine Eltern umgebracht wurden, weshalb wieder und wieder Vampire hinter mir her waren. Ich bin eine Geborene, und ich werde diesen Dreckskerl Grim, der mir auf den Fersen ist, vernichten.«

Mann, die Frau hatte wahrlich Biss!

Sexy. Stünde nicht gerade ein Dämon im Zimmer, der sie umzubringen plante, würde Simon ihr zu gern den Hals ablecken.

Könnte er doch nur!

»Tut mir leid, Dee, aber das wird nicht passieren.« Zane schaute hinab auf den Boden, dann wieder zu ihr. »Ich muss ein Versprechen halten.«

Er machte einen Satz nach vorn und holte gleichzeitig mit dem Pflock aus. Alles ging schneller, als es ein Mensch je fertigbringen könnte.

Simon wollte sich vor Dee werfen, doch sie schob ihn beiseite. Ihre linke Hand schnellte vor, entriss dem Dämon den Pflock und brach ihn in zwei Hälften.

Die beiden Holzstücke landeten mit einem dumpfen Poltern auf dem Teppich.

Als Nächstes packte sie Zane vorn am Kragen und zerrte ihn zu sich.

Er lächelte sie an. »Ich hab's versucht.«

Wie bitte?

»Willst du mich jetzt beißen? Diese, ähm, wirklich langen und ziemlich irre scharf aussehenden Zähne in meinen Hals bohren? Willst du mich trockenlegen?«

Der Dämon klang nicht sonderlich besorgt.

Dee verdrehte die Augen. »Bring mich nicht auf Ideen, Idiot. Ich warne dich!«

Sein Lächeln verblasste. »Du bist immer noch da drinnen, nicht wahr, Dee? All das …« Er malte ihren Mund mit den Fingerspitzen nach, was Simon überhaupt nicht gefiel. »Ist nur die Oberfläche.«

Blinzelnd neigte sie den Kopf zur Seite.

Oberfläche.

Ein Vampir zu sein bedeutete eine Menge mehr als das.

»Du bist keine kaltblütige Mörderin, oder?«

Dee ließ ihn los.

»Wärst du es, hättest du mich inzwischen schon

ausgelutscht.« Er richtete sein T-Shirt und sah sie erstaunt an. »Eine Geborene, was? Wer hätte das gedacht?«

Dee fuhr sich mit den Fingern durchs Haar. »Ich sicher nicht.«

Zane stieß ein stummes, kurzes Lachen aus und sah Simon an. »Und was hast du für eine Geschichte zu bieten?«

Simon starrte ihn nur stumm an.

»Oh Mann, jetzt schalte mal einen Gang runter, ja? Dee und ich hatten nie was miteinander. Wenn du unbedingt auf eifersüchtigen Blödmann machen willst, spar dir das für Tony auf.«

Mit zusammengebissenen Zähnen raunte Simon: »Warum bist du hier?«

Wieder ein flüchtiges Lächeln. »Ich bin hier, weil ich, wäre Dee zu einer richtig seelenlosen Blutsaugerin geworden, mein Versprechen hätte halten müssen.« Er warf ihr einen Seitenblick zu. »Keine Bange, Süße, ich hätte es so kurz und schmerzlos wie möglich gemacht. Aber in dem Moment, in dem ich dich sah, wusste ich, dass du immer noch meine Dee …«

Eine Frau schrie, laut, schrill und verängstigt.

Und nun roch Simon es. Dichter, ätzender Rauch. Feuer.

»Scheiße!« Zane drehte sich blitzschnell um und rannte zur Tür. Dee und Simon liefen ihm nach.

Nicht noch ein verdammtes Feuer! Nicht schon wieder! Grims Rudel würde keine Ruhe geben, bis sie Dee getötet hatten.

Was Simon verhindern würde.

Zane stieß die Tür unten an der Treppe auf und erstarrte kurz bei dem Anblick, der sich ihnen bot.

Ein Inferno.

Es hätte nicht möglich sein dürfen. Kein Brand konnte sich so schnell ausbreiten. Das hätten sie mit ihren scharfen Sinnen viel früher merken müssen.

Trotzdem stand die ganze Bar lichterloh in Flammen. Sie züngelten sich knisternd und knackend durch das Lokal, wurden beständig höher, gieriger. Das war die Hölle!

»Catalina!«, schrie Dee.

Die Hexe stand wie angewurzelt hinter der Bar, die Augen auf die Flammen gerichtet, die sie umzingelten. Leuchtende, tänzelnde Flammen.

Mit einem Fluch stürmte der Dämon auf sie zu. Dabei schwenkte er die Hand, und die Flammen wurden niedriger.

Zane flog über sie hinweg und packte die Hexe.

»Alles brennt«, flüsterte sie, was Simon trotz des Lärms hörte. »Brennt so schnell.« Dann flatterten ihre Lider zu, und ihr Kopf sank an Zanes Schulter.

Die Flammen schossen wieder in die Höhe; der Qualm verdichtete sich. Doch rauschte das Feuer nicht zurück zu der Hexe, sondern auf Dee zu.

»Wynter!«, brüllte Simon. Der Dämon konnte Feuer beherrschen. Zwar wusste Simon nicht, wie groß seine diesbezüglichen Kräfte waren, aber solange Zane es irgend eindämmen konnte, war er schon froh.

Zane warf sich die Hexe über die Schulter und machte eine rasche Handbewegung.

Die Flammen flackerten und verblassten.

Um sogleich wieder neu emporzuschnellen.

»Magie!«

Ja, das hatte er auch schon mitbekommen. Dee hielt ein Tischtuch in der Hand und schlug damit nach dem Feuer.

»Nein, vergiss es, Dee! Raus hier!«, befahl Zane.

Guter Plan. Simon packte ihren Arm.

Der Dämon bahnte ihnen den Weg, indem er das Feuer mit seiner Macht niederzwang, was jeweils nur für einen kurzen Moment wirkte. Es stieg höher und höher …

»Sie!«, knurrte der Dämon und erstarrte vor der Tür, so dass Simon in ihn hineinrannte. Hierfür war ja wohl gar keine Zeit!

Aber dann rannte Zane auch schon vorwärts. Die Glastüren explodierten um sie herum. Rauch quoll in die Nacht hinaus, während Simon nach frischer Luft rang.

»Haltet sie!« Simon blickte auf, als er den Ruf hörte. Zane kämpfte mit der Hexe, und Simon sah, wie eine Frau mit roten Locken die Straße hinunterlief.

Ehe er sich's versah, war Dee schon losgeprescht. Wie unglaublich schnell seine kleine Vampirin doch war! Binnen zwei Sekunden hatte sie die Frau eingeholt und der Länge nach aufs Pflaster geworfen.

»Nein!«, schrie die Frau ängstlich und wütend. *»Wieso stirbst du nicht?«*

Ach, das sollte sie nun wirklich nicht zu Dee sagen.

Simon hetzte ihnen nach.

Dee drehte die Frau um und drückte ihr die Hände auf den Boden.

Simon sah, dass die Wangen der Frau tränenbenetzt waren. Lange, dünne Rinnsale, die ihr übers Gesicht liefen und in die Locken tropften.

»Tu es, Nina.« Das Flüstern wehte im Wind. Simon war wie versteinert. *»Töte sie oder sie sterben.«*

Dee hob den Kopf. »Was soll das? Hey, Wichser, komm raus und nimm's selbst mit mir auf!«

Noch ein Vampir. Einer von Grims Leuten. Das musste er sein. Aber er befahl der Frau, Dee zu töten? Wie in aller Welt sollte sie das anstellen?

»Incendor!« Das war Zanes Angstschrei.

Nein. Nein! Simon blickte wieder zu der Frau, und erst jetzt fielen ihm ihre Augen auf: glutrot.

Grim trieb keine Spielchen mehr. Er fuhr die ganz großen Geschütze auf.

»Dee!«

Ein weiblicher Incendor. Ein Mensch mit der außerordentlich seltenen Gabe, Feuer aus dem Nichts zu entfachen. Sie würde Dee allein mittels Gedankenkraft verbrennen und auf der Stelle töten.

»Nein, verflucht«, knurrte Dee, als ihr T-Shirt zu qualmen begann. Dann knallte sie den Kopf der Frau aufs Pflaster. Sehr hart.

Die Augen des weiblichen Incendors fielen zu, die Lider bedeckten das tödliche Rot, und der Körper erschlaffte unter Dee.

Ja, in diese Vampirin könnte Simon sich glatt verlieben.

Er tat es bereits.

»Ich hab sie!«, rief Dee. »Schnapp dir den anderen Schweinehund!«

Zu Befehl. Simon rannte los. Er flog die dunkle Straßen hinunter und bog in eine Seitengasse. Sogleich nahm er den Geruch von Blut wahr. Eine Frau lehnte schwankend an einer schmutzigen Mauer. Sie dünstete Alkohol aus, aber sie war eindeutig auch Beute gewesen.

Nahe.

»Komm raus!«

Die Frau zuckte und sah ihn mit glasigen Augen an. »Lauf weg«, sagte er leise zu ihr und ließ seine Reißzähne aufblitzen.

Sie befolgte seinen Rat.

Womit er allein mit *seiner* Beute zurückblieb. Ein Müllcontainer quietschte; Schuhe schabten über den Asphalt. Simon leckte sich die Lippen. »Versteckst du dich im Müll?«

Der Vampir trat mit ausgefahrenen Krallen vor. Blut tropfte ihm aus dem Mund. »Bei diesem Kampf hast du dir die falsche Seite ausgesucht.«

Simon zog die Brauen hoch. Er hörte leise Schritte hinter sich. Seine Verstärkung. Dees Duft würde er überall wiedererkennen. »Das glaube ich nicht.«

Der Vampir blickte an Simon vorbei, und für einen Moment spiegelte sich Furcht auf seinem hageren Gesicht. Dann wirbelte er herum und sprang mit einem Satz über die Mauer hinter sich.

Simon setzte ihm nach. Diesen Abschaum ließ er nicht entkommen.

Der Mann wusste, wie man über eine Mauer sprang. Irgendwie richtig sexy, dass er sich so bewegen konnte.

Dee atmete aus, gönnte sich einen kurzen Augenblick, in dem sie die Aussicht genoss, und beäugte die Mauer. Hmm, okay, die müsste sie schaffen. Hoffentlich.

Dee lief – *ein bisschen Anlauf kann nie schaden* – und sprang. Sie schaffte die Mauer, schlug auf der anderen Seite allerdings sehr unsanft auf. Der Aufprall erschütterte jeden einzelnen Knochen in ihrem Leib, doch sie rollte sich herum, kam auf die Beine und rannte weiter.

Ein Park. Ein großer, dunkler Hier-kann-alles-Mögliche-lauern-Park. Zu hohes Gras, zu hohe Bäume, zu dichtes Gebüsch. Prima!

Der Vampir mit dem Frettchengesicht war schnell, das musste sie ihm lassen. Ihr Herz raste, und ihre Beine flogen unter ihr, als sie hinter ihm und Simon herraste. Dieser Typ durfte nicht entkommen, nicht nachdem er einen irren Incendor auf sie gehetzt hatte.

Ein Incendor! Der Albtraum eines jeden Vampirs. Ein Wesen, das Feuer entfachen und beherrschen konnte.

Kein schöner Tod für einen Vampir.

Sie hatte schon welche verbrennen sehen. Nur hätte Dee nie gedacht, dass ihr Ende einmal so aussehen sollte.

Aber sie hätte ja auch nie gedacht, dass sie einmal ein Vampir würde.

Simon stürzte sich auf den Vampir. Selbst aus der

Entfernung konnte Dee den dumpfen Schlag hören, mit dem die beiden auf der Erde landeten.

Sie sprintete los, ihnen nach.

Simon riss das Frettchengesicht herum, und der Mistkerl fing an zu *lachen*.

Und nun stellten sich Dees Nackenhaare auf, denn ihr wurde bewusst, dass die Schatten zu dunkel waren.

Und dass Vampire sich nicht immer auf ihren ersten Angriffsplan verließen.

Dee war nicht die Einzige, die stets einen Plan B hatte. Sie fuhr ihre Krallen aus. *»Simon.«*

Er sah zu ihr auf.

»Der Kerl führt uns an der Nase herum. Das ist eine Falle.« Eine, in die sie geradewegs hineinmarschiert, nein, hineingerannt waren. Der Incendor war nicht die einzige Bedrohung gewesen.

Bei Weitem nicht.

Die Vampire kamen aus dem Schatten. Vier. Nein, fünf. Oh, hoppla, sechs.

Simon richtete sich langsam auf. In seiner Miene war kein Hauch von Furcht zu entdecken. Vielmehr rollte er die Schultern und lächelte. »Alle Mann bereit, sich den Arsch versohlen zu lassen?«

War der Mann wahnsinnig? So viele Vampire? Nein, verdammt, nein! Dee fürchtete ernstlich, dass sie diejenigen waren, denen kräftig in den Hintern getreten würde. Nach wie vor begriff sie noch nicht ganz, welche Kräfte sie neuerdings besaß, aber sie war sicher, dass sie es niemals mit so vielen Vampiren auf einmal aufnehmen konnte.

Gelächter von dieser irren Art ertönte, wie man es

in sehr schlechten Filmen hörte. Frettchengesicht rappelte sich auf und spuckte auf Simon. Blut traf neben Simons Fuß auf den Boden. »I-ich wusste, d-dass sie h-hier ein Ve-versteck haben.« Noch mehr Lachen. Was war mit dem Freak los? »K-könnt uns nicht alle schaffen, w-was?« Er machte sich gerade, und sein Grienen schlug ihm eine Schneise ins Gesicht.

Simons Arm streifte Dees.

Seufzend zückte sie einen Pflock. Mit manchen Gewohnheiten brach es sich sehr schwer. Und vielleicht sollte man es auch gar nicht. Sie sah zu den näherrückenden Vampiren und versuchte, den Anführer auszumachen. Einen Alpha gab es nämlich immer, einen, der die größte Macht besaß und als Erster gepfählt werden musste, denn sonst erledigte er einen. Schnell, hart und schmutzig.

Und dass sie beim Sex diese Form bevorzugte, hieß nicht, dass sie ihren zweiten Tod genauso haben wollte.

Da. Der Typ mit den roten Dreadlocks und den grünen Augen, die Dee ein bisschen zu eindringlich fixierten. Der mit den ausgefahrenen, erhobenen Krallen. Er stand vor den anderen, nur ein oder zwei Schritt. Keine Wegwerfbeute.

Bedrohung Nummer eins.

»Hab ihn«, flüsterte Simon.

Tja, wenn er unbedingt wollte. »Nur zu«, flüsterte sie und sah sich die Frau rechts vom Alpha an. Asiatin. Exotische, zu dunkle Augen, tödlich rote Lippen und blasse, glatte Haut.

Die Frau stürzte nach vorn.

Was?

Dee holte knurrend mit ihrem Pflock aus. *Kämpfen. Überleben.* Ihr Mantra. Immer.

Aber die Frau hatte es nicht auf sie abgesehen. Stattdessen rammte sie ihre Krallen in den nach wie vor gackernden Vampir. Und das tief.

Er schrie.

»Halt ihn fest, Jun.«

Der Vampir schrie noch lauter, als die Frau ihre Krallen tiefer bohrte.

Der Alpha schritt auf ihn zu.

»Was geht denn hier ab?«, murmelte Simon.

Dee schüttelte den Kopf und hielt ihren Pfahl schlagbereit.

»Du kennst uns nicht. Du kommst hierher, stinkst nach frischem Blut, bringst uns eine erweckte Geborene und denkst, wir machen, was du willst?«

»Grim …« Speicheltropfen stoben ihm aus dem Mund. »Grim wird …«

»Grim wird sterben«, vervollständigte der Dreadlock-Typ kopfschüttelnd. »So wie du.«

Nun erklang ein Wimmern, kein Schrei.

Der Alpha blickte auf. »Mach es schnell, Jun. Aber lass es wehtun.«

»N-nein, nein, Grim …«

»Grim soll in der Hölle verrotten. Ich bin nicht seine Nutte.«

Wow. Also das war eine Bemerkung, mit der Dee nicht gerechnet hatte.

Zwei weitere Vampire eilten zu Jun und schleppten den mittlerweile flehenden Vampir weg, während sich der große Rote zu Dee umdrehte.

Ein Holzsplitter stach ihr in die Handfläche.

Seine Nasenflügel bebten. »Bringst du mich um?«

»Ich hatte daran gedacht«, antwortete sie wahrheitsgemäß. »Aber vielleicht höre ich mir erst mal an, was du vorhast.«

Ein kurzer, schriller Schrei zerriss die Dunkelheit.

Mach es schnell, Jun. Aber lass es wehtun.

Anscheinend hatte Jun seinem Wunsch entsprochen.

Töten war für ihn offensichtlich Programm gewesen. Okay, für sie auch, aber sie hatte gehofft, dem Frettchengesicht vorher noch ein paar Informationen zu entlocken.

»Bist du hinter Grim her?«

Falls sie die nächsten fünf Minuten überlebte, ja.

»Und du?«, fragte der große Rote Simon und starrte ihn mit seinen grünen Augen an, die eigentlich schwarz sein müssten. »Wirkt der Zauber immer noch bei dir?«

Simon versteifte sich merklich. »Woher weißt du …«

Ein schroffes Auflachen. »Ich weiß eine ganze Menge.« Dann sah er wieder zu Dee und lächelte.

Na schön, bei diesem Lächeln bekam sie eine Gänsehaut. Denn obwohl sich seine Augenfarbe nicht einmal verdunkelt hatte, waren seine Reißzähne verlängert und Dee konnte seine Macht in der Luft fühlen. Sie drückte regelrecht auf sie ein. Er hatte seine kleine Vampirgang noch nicht auf sie gehetzt, doch Dee hatte das ungute Gefühl, dass ein solcher Befehl jeden Moment kommen könnte.

Jun kehrte mit festen, ruhigen Schritten zu ihm zurück und umfing ihn mit einer besitzergreifenden Geste.

»Ich habe gefühlt, wie du erwacht bist«, murmelte er.

Juns Fingernägel verlängerten sich. Blut sickerte aus den Rissen, die sie auf dem Arm des Vampirs hinterließen.

Dee wappnete sich für den Angriff, der zwangsläufig folgen würde. Soweit sie wusste, sollte dieser Kerl überhaupt gar nichts fühlen, was sie betraf. »Ach was?«

»Hmm. Ich habe sehr lange auf dich gewartet.«

Wenn Jun sie noch ein bisschen wütender anfunkelte, könnte Dee schon zum zweiten Mal in dieser Nacht in Brand geraten. »Wie lange genau bist du eigentlich schon in diesem Spiel, Roter?«

»Ich heiße Tore«, sagte er, »und, Baby, ich bin schon länger in dem Spiel, als du dir vorstellen kannst.«

Ein Geborener.

»Na, ich weiß nicht. Ich kann mir schrecklich viel vorstellen.« Sie bemerkte, wie Simon für einen Sekundenbruchteil die Luft anhielt, denn er begriff ebenfalls, dass sie es mit einem Geborenen zu tun hatten. Sie waren einem Feuer entkommen, um gleich im nächsten zu landen. »Dann bist du genauso ein verkorkster Typ wie Grim? Was zur Hölle machst du in *meiner* Stadt?« Es war ausgeschlossen, absolut *ausgeschlossen*, dass er schon länger in der Stadt war. Nachrichten von Geborenen sprachen sich viel zu schnell herum, und Pak hatte nichts von einem zweiten Supervampir in der Gegend gesagt.

Das hätte Pak ihr doch nicht vorenthalten, oder?

Tores Lächeln erstarb.

»Er ist *ganz und gar nicht* wie Grim«, keuchte Jun, und Dee hörte ihr an, dass sie vor Wut kochte. *»Überhaupt nicht.«*

»Wie erfreulich.« Simon nahm eine betont entspannte Haltung ein, und Dee ahnte, wenn der andere auch nur mit der Wimper zuckte, würde er angreifen.

»Aber wir wissen immer noch nicht, wieso er hier ist, und, ja, *Tore,* ich weiß genau, wer du bist.« Zorn vibrierte in Simons Stimme.

Kann mir mal jemand erzählen, was hier los ist? Dee warf Simon einen Blick zu.

Seine schwarzen Augen loderten. »Er ist Grims Bruder.«

Wie? Na, wenn das kein beeindruckender Stammbaum war! Zwei Geborene in einer Familie?

»Ein bedauerlicher Geburtsfehler«, murmelte Tore. »Wir suchen uns unsere Familie nicht aus, nicht wahr?«

Dees Herz hämmerte wie wild. »Nein, tun wir nicht.« Und man konnte sie auch nicht immer retten.

Aber man konnte sie rächen.

»Ich dachte, durch den Tod würde ich dem Bastard endlich entkommen.« Tore schüttelte den Kopf, dass seine Dreadlocks über die Schultern vor- und zurückwippten. »Ich hätte mir denken müssen, dass es nicht so einfach war.« Wieder musterte er Dee.

»Offen gesagt hatte ich gedacht, du wärst ... größer.«

Dee war restlos bedient. »Hör mal, wollen wir hier die ganze Nacht rumstehen und jammern, oder kämpfen wir?«

»Nicht so hastig«, raunte Simon. »Wir müssen ...«

»Ich kann ihn nicht töten«, sagte Tore, der Juns Hand tätschelte und leise, »Ruhig, Süße«, murmelte. »Aber wie die Seherin meinte ...«

»Äh, *du* willst Grim töten?« Andererseits: Wollte das nicht jeder?

»Er hat mich einst umgebracht. Da sollte es als Ausgleich ... annehmbar sein.«

»Stimmt«, sagte Dee. »Trotzdem kapier ich's nicht. Wieso kannst du ihn nicht ...«

»Töten?«, fiel Simon ihr ins Wort.

»Weil wir verbunden sind. Grim kann mich nicht kontrollieren, aber er *fühlt* mich. Er kann in meine Gedanken eindringen, egal wie sehr ich mich bemühe, sie vor ihm abzuschirmen, und er weiß es, wenn ich mich ihm nähere. Dann flieht er, jedes Mal, und hinterlässt ein Blutbad, das ich beseitigen muss.« Seine Zähne schlugen klackend zusammen. »Blut verbindet, wisst ihr? Es gab nie einen Biss zwischen uns, aber wir haben eine Mutter, und diese Verbindung hält ewig.«

Dieser Kerl klang nicht wie ein wahnsinniger Irrer. Und er benahm sich auch nicht wie ein machtbesessener Vampir.

Seine Ankunft in der Stadt hatte nicht mal eine Ameise aufgeschreckt, und er hatte die Straßen nicht mit Blut geflutet.

»Du raffst es nicht, oder?«, fragte Jun gereizt. »Nicht mal jetzt, wo du eine von uns bist.«

Ähm, nein. Nicht ganz.

»Du denkst immer noch, dass wir alle verdienen, in der Hölle zu verrotten, was?«

Nein. Dee sah wieder zu Simon. Nein, nicht alle Vampire waren böse. Manche kämpften wie verrückt um ihre Seele. Ihren Verstand. Und manche, nun ja, die hingen einfach in einem Fluch oder einem Krieg fest, den sie nicht verstanden. »Ich habe nie willkürlich irgendwelche Vampire gejagt«, sagte Dee nachdenklich und blickte weiter Simon an. »Nur die, auf die ein Kopfgeld ausgeschrieben war.« Die Mörder. Die, die gerne quälten und anderen die Hölle bereiteten.

»Auf dich ist auch ein Kopfgeld ausgeschrieben«, giftete Jun.

Simons Züge verhärteten sich bedrohlich, als er die allzu plapperhafte Jun ansah. »Treib's nicht zu weit.«

Ihr Held! So süß. Dee konnte nicht anders, als ihm über die Wange zu streichen. Dabei drehte er den Kopf nur ganz leicht und hauchte ihr einen Kuss auf die Handfläche.

»Du machst einen Fehler«, sagte Tore. »Du darfst ihm nicht trauen. Nimm ihn, bums ihn, so viel du willst, aber lass dich nicht von deinen Gefühlen blenden. Wenn du das tust, stirbst du.«

Simon griff an. Er stürzte sich auf den anderen Vampir und schlang die linke Hand um Tores Hals, während er Dee den Pflock wegriss und …

Jun hieb ihre Krallen in Simons Seite.

Die anderen Vampire rückten näher.

»Stopp!«, schrie Dee. Nein, Simon durfte nicht vor ihren Augen ermordet werden. Auf keinen Fall.

Auf ihren Schrei hin erstarrten alle Vampire. Einige von ihnen … Moment mal, verneigten die sich?

Eine Vampirberühmtheit. Das war es, was sie jetzt war. Oh Mann! »Lasst ihn.« Keiner rührte sich. »Jun, Mäuschen, ich rede mit dir.« Die Vampirin könnte sie im Handumdrehen niederzwingen, keine Frage.

»Er bringt meinen Erwählten nicht um!« Jun zog zwar nicht die Krallen aus Simons Seite, aber sie hieb auch nicht nochmals zu.

»Okay, dann aber Tore auch nicht mei…« Hoppla! Wo kam das denn her? Sie war unmöglich im Begriff, *meinen* zu sagen. »Dann beleidigt er auch nicht den Mann, der mich schon mehrmals gerettet hat. Ich weiß, dass Simon mit Grim verbunden ist, und ich weiß auch, dass der Zauber nicht ewig hält.« Sie reckte trotzig ihr Kinn. »Das Risiko gehe ich ein.«

Tore stieß einen Pfiff aus. Nein, eigentlich keinen Pfiff, sondern eher ein Gurgeln.

»Simon?«

Er nahm die Hand von Tores Kehle, doch die Pfahlspitze blieb auf das Vampirherz gerichtet. »Ich würde sterben, um sie zu schützen.«

»Wahrscheinlich wirst du auch genau das tun müssen.« Tores Blick fiel auf den Pflock. »Ein Tipp für dich, kleine Vampirin. Wenn du so alt bist wie ich, sprich: so alt wie Grim, wird es schwer, uns zu töten.« Er hob eine Hand und legte sie um den

Holzpflock. »Es braucht mehr als einen Pfahl ins Herz, um Grim niederzuzwingen.«

Gerüchte darüber hatte Dee schon vor Jahren gehört. Damals ging die Geschichte von einem Geborenen um, der gepfählt und fast enthauptet worden war, aber der Kerl war in den Untergrund abgetaucht und wieder auferstanden. »Aha? Und was wäre dein Tipp?«

»Verbrenn ihn. Verbrenn ihn, bis nichts mehr von ihm da ist.«

Leichter gesagt als getan.

Simon trat fluchend einen Schritt zurück, wobei er Tore den Pfahl entriss. »Wieso sagst du uns nicht einfach, wo wir das Arschloch finden?«

»Geht zurück zur verkohlten Hexe. Sie weiß es.«

Die Vampire begannen, sich wieder in die Schatten zurückzuziehen.

»Und wo geht ihr hin?«, fragte Dee.

»Ich wollte dich bloß sehen und herausfinden, ob du der Aufgabe gewachsen bist, die dich erwartet.« Ein trauriges Kopfschütteln. »Bist du nicht.«

Wollte er sie beleidigen? »Ich hätte dich gleich in der ersten Minute hier töten können.«

»Und ich dir in den ersten dreißig Sekunden das Herz herausreißen.« Eine Provokation, bei der Dee die Fäuste ballte. »Zögere niemals, ehe du tötest. Hör auf, wie ein Mensch zu denken.«

Unmöglich, denn in ihrem Innern war sie immer noch ein Mensch.

Und würde es auch immer bleiben.

Vielleicht hatte Zane recht gehabt. Vielleicht blendete ihre Wut sie schon viel zu lange.

»Wenn du Grim gegenüberstehst, schlag schnell zu, als Erste. Eine zweite Chance wirst du nicht kriegen.« Er wandte sich ab.

Wie Jun, die ihm den Rücken deckte. Braves Mädchen. Dee fand es fast nett.

»Ach…« Er blieb stehen und drehte den Kopf zu ihr. »Richte dem Incendor aus, sie sind tot.«

Dann war er fort.

Der Knoten in Dees Bauch wurde noch größer.

Zauber waren mächtige Dinger. Ein paar Worte, Sprüche, ein Wispern, und die Welt veränderte sich.

Dee und Simon rannten zurück zum Delaney's. Simon rechnete fast damit, dass es in der Straße von Feuerwehr und Polizei wimmelte, ganz zu schweigen von den Schaulustigen, die unbedingt einen flüchtigen Blick auf die Tragödie anderer Leute erheischen wollten.

Nur hielt Catalinas Zauber, und obwohl ein bisschen Qualm aus den oberen Fenstern aufstieg, waren keine Menschen in Nähe der Bar. Falls ein Mensch vorbeikäme und zum Delaney's sah, würde er gar nichts bemerken. Nicht, solange der Blendzauber wirkte.

Simon hingegen sah alles.

Catalina stand vor ihren zerbrochenen Türen, die Schultern eingesunken, ihre Kleider komplett von Rußflecken übersät.

Der Dämon war nicht in ihrer Nähe. Er hatte neben einem geparkten Truck Stellung bezogen. Einem ziemlich zerbeulten, alten grauen Pick-up.

Als er sie sah, rief er gleich: »Habt ihr das Arschloch?«

»Ist tot.« Nicht durch ihn. *Tore.* Wer hätte gedacht, dass ausgerechnet er auf den Ruf reagiert? Simon hatte gewusst, dass er den Wikinger vor sich hatte, noch bevor Tore den Mund aufmachte und von Grim anfing.

Dem Mann eilte wahrlich seine Reputation voraus!

Er wies mit dem Daumen zum Truck. Sogar durch die getönten Scheiben war die zusammengesunkene Frauengestalt drinnen zu sehen. »Ist sie immer noch ausgeknipst?«

»Ja, Dee schlägt ziemlich kräftig zu.«

Diese Bemerkung quittierte sie mit einem kurzen Schnauben. »Wenn jemand versucht, mich zu grillen, ja.« Sie schritt auf die Bar zu. »Catalina?«

Die Hexe reagierte nicht.

Erst als Dee ihre Schulter berührte, zuckte sie zusammen. »Catalina, ich brauche deine Hilfe.«

Nun drehte sie sich um. Sie war kreidebleich und ihre Lippen bebten. »Darf ich sie umbringen?«

Aus dem Augenwinkel sah Simon, wie Zane erstarrte. »Cat!«

»Sie wollte mich töten.«

»Nein.« Dee nahm ihre Hand von Catalinas Schulter. »Sie war auf der Suche nach mir. Das war keine Hexenjagd, Cat. Sie war nicht hier, um dich zu binden oder zu zerstören.«

Eine Hexenjagd. Simon runzelte die Stirn. Eigentlich sollten Hexenjagden Albträume aus der Vergangenheit sein. Das Verbrennen, die Schreie.

Aus der Vergangenheit.

Und doch kamen sie in der Gegenwart leider immer noch oft vor.

»Es ist egal, warum«, entgegnete Catalina. »Sie hätte uns alle verbrannt.«

Simon erinnerte sich an die Tränen, die ihr übers Gesicht gelaufen waren. Sie hatte recht. Das Feuer hätte das gesamte Gebäude in einer rasenden Feuersbrunst verschlingen können. Zum Glück hatten sie Zeit gehabt, nach draußen zu fliehen, bevor es sie verbrannte.

Der Incendor hätte sie binnen Sekunden zerstören können. Diese Wesen hatten Feuer vollkommen unter Kontrolle.

Aber die Frau hatte gezögert. Warum? »Ich glaube, hier läuft noch etwas anderes, von dem wir wissen sollten.« *Sag dem Incendor, sie sind tot.* Sein Magen krampfte sich zusammen. Das konnte nichts Gutes sein. »Lassen wir sie reden. Finden wir heraus, was sie weiß.«

»Ich will, dass sie *stirbt*.« Zorn und Furcht sprachen aus Cat.

Beides erkannte er auf Anhieb.

»Halt dich zurück, Cat. Halt dich zurück!« Der Befehl kam von Zane. Und zwar im selben Moment, in dem …

… der weibliche Incendor aus dem Rückfenster des Trucks feuerte. Sie warf sich durch die Flammen und landete auf dem Asphalt.

Zane schlug sie zu Boden. »Und denk nicht mal dran, mich zu verbrennen, Baby!«

»Sie sind tot«, entfuhr es Simon. Wahrscheinlich

war es der falsche Zeitpunkt, und er hätte taktvoller sein sollen, aber die Hexe war sehr aufgebracht, und bei ihrer Magie durften sie kein Risiko eingehen. Sie brauchten irgendjemanden *lebend*, den sie befragen konnten, und Simon wollte nicht noch eine Verbindung zu Grim verlieren.

»Simon!« Dee klang entsetzt.

Die Frau unter dem Dämon hörte auf zu zappeln. »W-was hast du gesagt?«

»Sie sind tot.« Er hatte keine Ahnung, von wem er sprach, aber es mussten Leute sein, die ihr nahestanden. »Das hat uns ein Vampir erzählt.«

Die Frau schluchzte heftig; nicht auf diese leise, seufzende Art, wie es manche Frauen konnten, sondern laut und voller Schmerz.

Ihr Gesicht wurde rot, und Tränen liefen ihr über die Wangen. Sie versuchte, sich unter Zane zu krümmen. »Was ist los?«, fragte der Dämon.

Dann war Dee da und sah auf die Frau hinab. Ihr Blick verriet, dass sie wusste, was die andere durchmachte. »Ihre Familie. Es ist … Oh Gott!« Sie schluckte. »So habe ich auch geweint, Zane. Lass sie los.«

Zane betrachtete die Frau.

»Sie tut uns nichts«, sagte Dee.

Die Frau schluchzte, zitterte und weinte, als ginge die Welt unter.

Ihre tat es wohl gerade.

Simon ballte die Hände. *Was, wenn sich der Vampir geirrt hatte? Oder wenn er log? Lügen wäre nichts Neues für seine Art.*

Für keine Art.

Wie oft hatte Simon schon gelogen und betrogen, weil es in seine Pläne passte? Zu oft. »Wir haben die Leichen nicht gesehen«, sagte er in dem Bemühen, sie zu trösten. Er konnte diese Qualen nicht mitansehen. Wollte sie nicht hören, denn sie führten ihm vor Augen, welche Hölle Dee durchgemacht hatte.

Und erinnerten ihn an seine eigene.

Nein, Mom! Mom! Dad! So viel Blut.

Die Frau sah zu ihm, und ein winziger Hoffnungsschimmer zeigte sich inmitten des Schmerzes.

»Ein Geborener namens Tore wollte, dass wir es dir ausrichten. Er war es, der sagte, dass sie tot sind. Wir haben keine Beweise und …«

»Was ist mit Greg?«

Greg? »Ist das der Vampir, der dich hergebracht hat, um uns zu töten?«

Zane umklammerte ihre Handgelenke. Zu fest. Als er sie plötzlich losließ, waren rote Abdrücke auf ihrer Haut. Zane bemerkte sie ebenfalls und fluchte.

»J-ja, ist er.« Sie stützte sich auf.

»Greg ist tot«, sagte Dee und stemmte die Hände in die Hüften. »Sehr tot.«

Wieder regte sich Hoffnung in der Frau. »Dann gibt es noch eine Chance. W-wenn ich bei ihnen bin, ehe jemand nachsieht, kann ich sie befreien.«

Sie sind tot.

Simon schüttelte den Kopf. Falsche Hoffnung, das war alles, was er ihr geben konnte. So verdammt falsch.

»Die Vampire haben den Mann zuerst umgebracht. Den Mann mit dem graumelierten Haar.«

Catalinas Stimme war ruhig und kühl. Sie hockte auf dem Boden und beugte sich über eine Glasscherbe.

Ihre Augen waren ganz auf das Glas fixiert. Besser gesagt: auf das, was sie darin sah.

Hellsehen. Eines der Hexentalente.

Der rasende Herzschlag der Frau war unüberhörbar. Zu schnell. Das war gefährlich.

»Sie haben die Frau festgehalten, sie gezwungen, zuzusehen. Dann war sie dran.« Catalina hob die Scherbe hoch, wobei sie sich an der scharfen Kante schnitt, so dass ihr Blut von den Fingerspitzen tropfte. »Der Tod wartet in dem Haus nahe am Wasser. Nur der Tod.«

Der weibliche Incendor schrie nicht wieder auf. Tränen strömten ihr übers Gesicht.

Dees Reißzähne waren deutlich verlängert, ihre Krallen blitzten, und als sie sich zur Hexe drehte, waren ihre Augen pechschwarz. »Such *ihn*.« Grim.

Cats Blut tropfte aufs Pflaster, und der Geruch lockte Simon an, während die Luft vor Kraft zu pulsieren schien.

Er ging zur Hexe.

Der glasige Glanz in Catalinas Augen verschwand mit einem Blinzeln, und sie war wieder bei ihnen. »Ich wollte das gar nicht. Ich habe nicht mal einen Kreis gelegt.«

Keine Zeit. Die Leichen stapelten sich; das Böse rückte näher.

Es durfte keine weiteren Angriffe mehr geben.

Wir übernehmen das Spiel.

Simon ratschte sich mit den Krallen über den

Unterarm, hob die Hand und ließ das Blut auf die Glasscherbe tropfen. »So müsstest du ihn sehen können.«

Ein merkwürdiger Glanz trat in ihre Augen, dann blickte sie wieder hinab auf das Glas. Simon konnte rein gar nichts erkennen außer Ruß, Asche und seinem Blut. Dunkelheit. Aber Catalina starrte und starrte, während die Stille unerträglich wurde.

»*Wo?*«, fragte Dee. Er hätte sich denken können, dass sie als Erste die Geduld verlor.

»Texas«, antwortete die Hexe matt. »Er wartet an einem Ort, der *Hueco* heißt, nahe der mexikanischen Grenze.«

Hueco. Höhle.

»Kapp die Verbindung«, sagte Simon. Sie durfte nicht zu lange hinsehen. Bei Grim wusste man nie, wen er auf seine Seite zwang. Ein Incendor war nur der Anfang. Er könnte eine Hexe oder sogar einen Hexer haben. Wahrscheinlich einen Hexer. Was die Wahl der Waffen anging, würde Grim gleich jemanden wählen, der auf der dunklen Seite der Magie stand. Und ein Hexer könnte Catalina aufspüren, wenn sie zu lange hinsah.

Die Scherbe zerbrach in ihrer Hand. »Du kannst mich nicht mehr finden«, flüsterte sie. »Aber ich habe dich gefunden.«

Verdammt, sie hatten es geschafft! Er blickte zu Dee, deren Oberlippe sich ein klein wenig kräuselte, lief zu ihr und küsste sie, schmeckte sie.

Das Ende stand unmittelbar bevor.

Nicht ihres, oh nein. Für sie war es ein Anfang. Der Anfang der Ewigkeit.

Aber auf Grim wartete die Hölle.

Simon bekäme seine Freiheit, Dee ihre Vergeltung. Und dann hatten sie einander.

Das war ziemlich perfekt.

»Ist die Falle bereit?«, fragte Grim, dessen Blick auf die Frau gerichtet war, die vor ihm tanzte. Menschlich. Ihm gefielen die menschlichen Tänzerinnen am besten. Diese hier hatte ein Lächeln in den Augen. Sie flirtete mit ihm. Ihr Herz raste, und all das köstliche Blut wurde mit jedem Wiegen durch ihren Körper gepumpt.

»Greg ist noch nicht zurück.«

Hierauf löste Grim doch seinen Blick von der Frau. Er wusste, dass sie sich weiter im sinnlichen Rhythmus der Musik bewegte. »Wie lange ist er schon überfällig?« Sie konnten ruhig offen vor der Frau reden. Um sie mussten sie sich keine Sorgen machen.

»Eine Stunde.« Malik, ein Vampir, der seit seinem ersten Atemzug als Untoter vor fünfhundert Jahren bei ihm war, sah Grim ruhig an.

Eine Stunde war reichlich Zeit zum Sterben. Grim rieb sich das Kinn. »Sind die Eltern tot?« Sein Incendor war ein solch nützliches Werkzeug. Die Hülle schwach, aber der Inhalt unglaublich wirkungsvoll.

»Ihre Leichen sollten morgen entdeckt werden.«

Ein kleiner Tipp an die Cops, ja, das wäre praktisch. »Und mein Bruder?« Natürlich wusste er, dass das Arschloch in der Nähe war. In dem Augenblick, in dem Tore den Ozean überquerte, hatte er ihn gefühlt. Und er hatte Vorkehrungen getroffen. Bei dieser Jagd war Tore chancenlos.

»Bisher noch nichts.«

Es würde auch nichts passieren. »Er kommt nicht zu mir.« Tore hatte seine Lektion das letzte Mal gelernt, als Grim ihn die toten Kinder finden ließ.

Was kleine Racker anging, hatte Tore stets ein weiches Herz gehabt.

Kannte man jemanden so gut, war es ein Leichtes, dessen Schwächen für sich arbeiten zu lassen. Grim wusste genau, wie er Tore Leid bereitete.

Vor über zwölfhundert Jahren hatte sein Bruder ihn angefleht, sterben zu dürfen, als er sah, zu wem Grim geworden war. Als er die Leichen fand und wusste, dass er der Nächste wäre, der Grims Zähne in seinem Hals fühlte.

Die Blutgier war unkontrollierbar gewesen. Nichts vermochte den unheimlichen Durst einzudämmen. Und er wollte es auch gar nicht. Er wollte bloß töten.

Deshalb erfüllte er seinem kleinen Bruder den Wunsch. Zu schade, dass Tore nicht tot geblieben war.

»Er wird unser nächstes Projekt«, sagte Grim und nickte. »Es wird Zeit, dass wir ihn von seinem Elend befreien.« Ein Geschenk.

Die Musik endete, und Grim blickte hinüber zu der Frau. Ihre Brüste hoben und senkten sich; ihre Lippen glänzten.

Erst würde er sie ficken.

Dann tötete er sie.

»Was für ein Jammer. Ich habe meinen Bruder immer geliebt.«

Malik sagte nichts, nannte ihn nicht einen Lügner oder einen Idioten.

Dabei war Grim beides. Schließlich hatte er Tore so lange überleben lassen. Er hätte ihn schon längst köpfen sollen.

Aber dann erwachte sein Bruder – *genau wie ich.*

Sentimentalität. Zuneigung. Ja, er hatte eine Schwäche für den Mann, den er als seinen Bruder gekannt hatte. Tore hatte einmal versucht, ihn zu retten, kurz bevor die Schlampe, die ihr Vater als zweite Frau genommen hatte, sie alle betrog.

Tore war zu ihm gekommen, wollte ihn aus seinen Ketten befreien, doch es war zu wenig Zeit gewesen.

Und es waren zu viele Krieger, zu viel Wut um sie herum.

Blutaar.

Er kniff die Augen zu, aber die Erinnerung an die Qualen blieb. Unwillkürlich griff er nach hinten und betastete seinen Rücken.

Keine Flügel.

Trotzdem würde er es niemals vergessen. Niemals. Das Brechen seiner Rippen, nach hinten gerissen zu werden …

Sein Blut ergoss sich auf den Boden, dennoch kam der Tod nicht schnell.

Plötzlich bemerkte er die Stille um sich herum, die sich schwer anfühlte. Die Arme noch auf seinem Rücken, blickte er zur Tänzerin auf. Dunkle Haut, lange, geschmeidige Glieder. Sie beobachtete ihn.

Wie die anderen mich damals beobachteten. Guckten mich an und lachten, als ich zu Boden ging.

Keiner half ihm. Keiner.

»Wir töten die verdammte Geborene«, sagte Grim heiser. In jener Nacht damals hatte er geschrien. Er schrie, bis sie ihm den Atem raubten und die Lunge herausrissen.

Der Blutaar war keine erfundene Wikingerfolter gewesen, sondern real. Sehr real.

Er würde nicht noch einmal sterben. Die Vampirin hingegen, die kam, sollte Todesqualen spüren. Er nicht. Nie wieder.

Sie würde sterben. Grim trat einen Schritt vor. Die Tänzerin hob den Kopf und fragte: »Tötest du mich oder wandelst du mich?«

Dauernd wollten die Menschen ewiges Leben. Er streckte stumm die Hand nach ihr aus.

Nie hatte er sich gewünscht, ein Lügner zu sein.

Oder ein Mörder.

Schade, dass er nun beides war.

Dreizehntes Kapitel

An diesem Tag träumte Simon vom Todeskampf. Von einem schneebedeckten Schlachtfeld, das sich unter ihm rot färbte. Simon warf sich im Bett hin und her, erschauderte, konnte jedoch nicht aufwachen. Es gab kein Entrinnen.

Hände packten ihn, hielten ihn zu fest. Zwei Männer, auf jeder Seite einer, mit langen Zöpfen und wuchtigen Helmen. Sie trugen so etwas wie Capes oder Umhänge, die sich im Wind blähten.

Simon schrie, als ein bestialischer Schmerz durch seinen Rücken fuhr. Würgend rang er nach Luft. Er hörte ein Knacken wie von brechenden Knochen. Noch eines.

Was ist das?

Schmerz, so viel Schmerz. Er würde sterben. Er musste sterben. *Ich sterbe ehrenhaft. Ich werde nicht …*

»Wach auf, Vampir.«

Beim Klang der sanften Stimme öffnete er die Augen und schrak hoch. Er war außer Atem. Sofort fasste er sich auf den Rücken, weil er damit rechnete, dass ihm die Haut dort weggerissen und die Rippen herausgebrochen waren, damit es aussah wie …

»Du träumst von ihm.« Catalina sah ihn kopfschüttelnd an. »Seine Verbindung zu dir wird wieder stärker.«

Nein, verdammt! Zittrig fuhr Simon sich mit der Hand übers Gesicht.

Catalina blickte zur Tür. Eine billige Moteltür. Sie waren an der Grenze zwischen Louisiana und Texas. Die Hexe war mit ihm und Dee gekommen – und mit dem Dämon und dem weiblicher Incendor. Die Frau konnte nur dasitzen und weinen.

»Wenn ihr ihn nicht bald tötet, kontrolliert er dich wieder.« Das war kein Vorwurf, eher eine Feststellung.

Okay, es war ja auch eine Tatsache.

Simon stieg aus dem Bett. Wann war die Hexe hereingekommen? »Wo ist Dee?« Er griff nach seinem T-Shirt. Wie gut, dass er seine Jeans noch anhatte, sonst hätte er Catalina eine Show geboten.

»Bei Zane. Sie will, dass er die Frau wegbringt.« Catalina seufzte. »Und er will an Dees Seite bleiben.«

Er streifte sich sein Shirt über. »Weißt du, was geschehen wird?« Wochen zuvor war er das erste Mal bei ihr gewesen. Er wusste, dass sie den Jägern von Night Watch nahestand, deshalb erzählte er ihr von Grim und fragte, ob sie begriff, was auf sie zukam.

»Ich habe auf dich gewartet«, lautete ihre Antwort. *»Du bist der, der wegen Dee gekommen ist.«*

Sie rollte die Schultern und drehte sich zu ihm um. »Ich weiß, wenn ich mit dir gehe, sterbe ich.«

»Hast du in die Zukunft gesehen?«, fragte er. Das nämlich hatte seinen Preis. Einen hohen Preis, denn die Zukunft zu sehen verlangte nach Schwarzer Magie.

Sie nickte verhalten und rieb sich die Stirn. »Es

war das Feuer. Ich musste dafür sorgen, dass ich nicht …«

In diesem Moment flog die Tür auf. *»Also, dieser Typ ist ein solcher Vollidiot!«* Dee stürmte herein. »Mit dem ist einfach nicht zu reden. Und diese Frau, Nina, scheint nicht mal zu wissen, wo sie ist.« Sie blieb stehen und sah die beiden verwundert an. »Was ist hier los?«

Catalina machte sich gerade. »Ich gehe.«

»Gut«, sagte Dee und lächelte kurz. »Ich wusste, dass du über kurz oder lang vernünftig wirst. Ich meine, du hättest gleich in der Stadt bleiben sollen, statt mit uns zu kommen.«

»Alle werden sterben, Dee.«

»W-wie bitte?«

»Ich habe es gesehen.« Catalina schüttelte traurig den Kopf. »Ich sah den Tod, Zane umgeben von Flammen. Ich brannte. Nina mit aufgeschlitzter Kehle.« Sie schluckte. »Und du …«

»Was ist mit mir?«

Catalina blickte zu Simon.

Mist. Das war gar nicht gut.

»Du stirbst, Dee«, sagte sie leise.

»Ich bin schon mal gestorben.«

»Aber diesmal kommst du nicht zurück.« Catalina sah wieder sie an. »Du kannst nicht gegen Grim gewinnen. Ich sah …«

»Du hast Angst.« Dee verschränkte die Arme vor der Brust. »Natürlich hast du Angst. Die habe ich auch, okay?«

Hatte Dee eben zugegeben, dass sie Angst hatte? Ausgeschlossen. Simon trat auf sie zu, doch sie hob rasch eine Hand. »Nein, warte. Wenn du mich anfasst, kann ich nicht klar denken.«

Tja, Pech.

Sie wies auf Catalina. »Du darfst nicht in die Zukunft sehen, wenn du Angst hast. Das weiß ich ja sogar.«

Catalina schwieg.

»Wer Schwarze Magie benutzt, dem zeigt sie die Dinge, die man am meisten fürchtet, nicht die, die tatsächlich eintreten.« Dee seufzte. »Ich habe diese Spiele auch eine ganze Weile betrieben, und ich weiß, was Hexen sehen können und was nicht.«

»Ich sah den Tod«, murmelte Catalina und ballte ihre Hände zu Fäusten. »Ich will nicht bei einem Abschlachten dabei sein, bei einem Kampf, den man nicht gewinnen kann!«

»Er hat meine Familie umgebracht, Simons und Ninas Familie. Er wird nicht aufhören«, entgegnete Dee. »Wir müssen ihn stoppen.«

»Du würdest unser aller Tod riskieren, um Vergeltung zu üben?«

»Vorsicht, Hexe«, bremste Simon sie. Dass Catalina Angst hatte, war ebenfalls neu. Das Feuer musste sie zutiefst erschüttert haben, und von der starken Frau, als die er sie kennenlernte, war nichts mehr übrig. Ja, so etwas konnte Angst mit einem anstellen. Sie brach einen, veränderte Leute. »Geh ruhig, wenn du willst. Dieser Kampf ist nicht deiner.« Es war seiner. Für ihn gab es kein Zurück, keine Wahl.

Traurig sah Catalina ihn an. »Du wirst sie töten«, hauchte sie.

Simons Herz setzte für einige Schläge aus. Nein, das würde er nicht.

Er wird dich wieder kontrollieren.

Alles verschwamm vor seinen Augen, und seine eigene Angst nagte an ihm, schnürte ihm die Kehle zu.

»Wenn du sie hinter ihm herjagst, bringst du sie um«, sagte die Hexe, und Simon rang nach Atem.

»Nein, ich bleibe an ihrer Seite. Grim fürchtet sich vor ihr. Ihm ist klar, dass sie ihn töten kann.« Sonst würde er nicht so dringend ihren Tod wollen.

»*Kann.*« Catalina schloss die Augen. »Dass sie es kann, heißt nicht zwangsläufig, dass sie es wird.«

»Doch, werde ich«, sagte Dee vollkommen sicher.

Ja, er würde ihr jederzeit beistehen.

Catalina blickte auf. »Du bist dir deiner Sache immer so sicher. Schon als ich dich zum ersten Mal sah, warst du so stark.«

»Du meinst, als dieser bekloppte Hexer kam und dich binden wollte?«

Ein Hexer namens Skye, ein früherer Zauberer, der sich der Schwarzen Magie zuwandte.

»Wir haben ihn mächtig vertrimmt, was?«, murmelte Dee, und Simon wünschte, er hätte es gesehen.

Er wünschte, er hätte Dee gekannt, bevor die Hölle bei ihnen beiden anklopfte.

»Haben wir«, bejahte die Hexe. »Und ich dachte, nun, ich dachte ehrlich, wir könnten das wieder schaffen. Als er«, sie zeigte auf Simon, »zu mir kam und mich nach der angekündigten Geborenen fragte, habe ich geglaubt, dass wir alles wieder richten können. Ich dachte, wir wären stark genug für das, was kommt.«

»Das werden wir auch sein«, sagte Dee. Obwohl ihre Stimme fest und zuversichtlich klang, entging Simon nicht, dass ihre Hände zitterten.

»Ich bin es nicht.« Catalina sprach mit derselben Überzeugung wie Dee. »Ich fahre heute Abend ab. Wohin, weiß ich noch nicht. Ich muss einfach nur hier weg. Das Feuer …«

Feuer. Das Einzige, was einer starken Hexe Furcht einflößen konnte. Grim hatte genau gewusst, was er tat. Er wollte Dee von den Freunden isolieren, die ihr helfen könnten.

Er hätte jederzeit einen Incendor auf Dee hetzen können, aber nein, er wartete, bis sie bei Catalina Zuflucht suchte.

Als er das erste Mal seine Lakaien mit Feuer schickte, war er gescheitert. Aber das zweite Mal ging er auf Nummer sicher. Grim fuhr die großen Geschütze auf. Den weiblichen Incendor.

Und er hatte es geschafft, dass Catalina floh.

Eine Freundin weniger für Dee, dank Grims perverser Magie.

Dee trat einen Schritt auf Catalina zu, fuhr sich mit der Hand durchs Haar und blickte sie eine Weile schweigend an. »Ich verstehe dich.«

Keine Bitte, sie möge bleiben. Sie jagte Catalina keine Schuldgefühle ein, indem sie ihr sagte, wie nützlich die Hexenmagie für sie sein konnte.

Dee nahm die andere Frau in die Arme. »Pass auf dich auf.«

Simon sah, wie sich eine Träne aus Catalinas Auge stahl, während sie Dee umarmte. »Du auch.«

Freundinnen.

Und trotzdem ging Catalina.

Noch dazu versuchte Dee, den Dämon wegzuschicken.

Freunde.

Sie wollte, dass ihre Freunde in Sicherheit waren, und das bedeutete, dass sie nicht in Grims Nähe kommen sollten.

Catalina löste die Umarmung und wischte sich die Wange ab.

Dann ging sie. Die Tür fiel mit einem leisen Klicken hinter ihr zu.

Dee machte die Schultern gerade. »Erkläre mir bitte, warum ich eine Vision von dir hatte, wie du in einem irren Schneetreiben *stirbst*. Die hatte ich unmittelbar, bevor ich hier reinkam.«

Er blinzelte. Wie konnte sie …

Sie rieb sich die Augen. »Verdammt, Simon, das war schrecklich. Eben rede ich noch mit Zane – der, Idiot, der er ist, natürlich nicht auf mich hört – und im nächsten Moment sehe ich nur noch dich, und du warst …«

»Das war nicht ich.« Wenigstens so viel konnte er ihr erzählen. Es musste an ihrer Blutverbindung liegen. Grim versuchte, wieder in seinen Geist einzudringen, aber Dee hatte freien Zugang zu ihm, ohne sich überhaupt zu bemühen.

Sie drehte sich zu Simon um. Ihr Blick fiel auf seine Brust. »Doch, das warst du.« Sie schritt um ihn herum, so dass sie hinter ihm stand, und strich behutsam über seinen Rücken. Simon versteifte sich. »Was sie mit dir machten, war entsetzlich.«

»Nicht mit mir«, erwiderte er und atmete ihren Duft ein: sinnlich und überwältigend.

»Ich habe dich doch gesehen!«

Weil sie in seinem Kopf gewesen war und die Bilder sein Bewusstsein gefangen nahmen. »Grim.« Sie legte die Hände flach auf seinen Rücken, und die Hitze schien ihn durch das T-Shirt hindurch zu verbrennen. »Er war es, den du gesehen hast.«

Ihr Atem wehte warm über seine Haut. Während er die Augen schloss, zog sie sein T-Shirt hoch und küsste ihn.

Simon schluckte. »Sie nannten es den Blutaar.«

Ihre Finger wanderten über seinen Rücken. Zweifellos erinnerte sie sich an das Traumbild. Oder Vision oder was auch immer das gewesen war.

Gebrochene Rippen, die gespreizt wurden, damit sie wie Adlerflügel aussahen. »Es ist eine alte Wikingerfolter.« Von der Simon wusste, dass sie Grim angetan wurde. Seine Verbindung zu ihm hatte ihm früher schon dasselbe gezeigt.

Sie wich ein wenig zurück, und sogleich vermisste er ihre Wärme. »Warum?«

Er sah sich zu ihr um. »Nicht alle Monster werden als solche geboren, Dee. Manche werden zu ihnen gemacht.« Einst, vor langer, langer Zeit, war Grim nicht der kranke Dreckskerl gewesen, der er heute war, sondern einfach nur ein Mann. Ein Mann, der gebrochen wurde. Brutal gebrochen.

»Wenn die Geschichten wahr sind«, sagte Simon und beobachtete sie aufmerksam, »war das Erste, was er nach seiner Erweckung tat, jeden Einzelnen aufzuspüren, der an seiner Folter beteiligt war, und ihn in Stücke zu reißen.«

Sie wich seinem Blick nicht aus. »Rache.« Dasselbe, was sie auch wollte.

Er nickte. »Sie hat ihren Preis.« Warum war ihm nicht vorher klar geworden, wie hoch dieser Preis für sie sein würde? Warum hatte er nur an sich gedacht? Daran, wie er sich sein Leben wünschte?

Er hatte Dee in diesen Krieg mit hineingezogen, sie mitten ins Blutbad gezerrt.

»Ich habe immer gewusst, dass sie nicht umsonst ist.« Ihre Lippen verzogen sich zu einem verbitterten Lächeln. »Warum sonst hätte ich einen Tötungsbefehl für mich ausgesprochen?«

Auf keinen Fall, dachte Simon. Niemals würde er zulassen, dass dieser Dämon Zane sie umbrachte.

»Die letzten sechzehn Jahre habe ich den Tod gesehen«, sagte Dee. »Ich habe immer gewusst, dass ich ihm irgendwann nicht mehr entkommen würde.«

Nun war es geschehen.

»Was ich nicht verstehe, ist, warum ich?« In ihren Worten schwang ein Anflug von Schmerz mit. »Warum zum Teufel bin ich eine der Geborenen? Ich bin ein Niemand. *Niemand*. Ich war ein ahnungsloser Teenager, als die Vampire auf meine Familie losgingen, nichts Besonderes. Ich *bin* nichts Besonderes!«

Er ergriff ihre Hände und hielt sie fest. »Du bist die stärkste Frau, die mir jemals begegnet ist.« Es war die Wahrheit. Er hatte noch kein einziges Mal gesehen, dass sie aufgab. Sie war eine Kämpferin durch und durch.

»Früher war ich jeden Sonntag mit meiner Familie in der Kirche«, sagte sie mit gesenktem Blick.

Simon wartete. Dees Leben vor dem Albtraum war ein vollkommen anderes gewesen.

»Viele Leute glauben, dass Gott die Vampire verflucht hat. Dass die Geborenen Verfluchte sind, die den Virus verbreiteten.«

So also nannte man es heutzutage? Einen Virus?

»Wie eine Pest. Deshalb wirkt Weihwasser gegen Vampire.«

Ja, davon war er auch schon einmal verbrannt worden. Weihwasser und Vampire vertrugen sich nicht – und das war tatsächlich kein Mythos.

»Was habe ich getan, Simon, das mich schon mit fünfzehn verfluchte?« Jetzt sah sie wieder zu ihm auf. »Was habe ich gemacht, das so schlimm war, dass ich verdammt wurde? Dass ich meine ganze Familie verlor. *Was habe ich getan?*«

Nichts. Seine Finger legten sich fester um ihre. »Ich weiß nicht, warum du eine Geborene bist.« Er hatte diesen Weg selbst gewählt, für sie hatte das Schicksal entschieden. »Ich kenne die Geschichten auch, dass der erste Geborene Verrat beging und alle Vampire für seine Verbrechen bestraft wurden. Du hast nichts Falsches getan, nichts, hörst du?«

Ihre Miene war ausdruckslos, wie die einer Puppe. »Trotzdem ende ich genauso wie Grim.«

»Nein! Du wirst nie wie er sein.«

Wieder lächelte sie traurig. »Ich glaube, das bin ich schon.« Dann fügte sie leise hinzu: »Und tief drinnen denkst du das auch.«

Nein. »Dee, ich …«

»Scheiße! Dee!« Es war Zane, der mit der Faust an die Tür bollerte. Eine halbe Sekunde später ging sie krachend auf. »Sie ist weg!« Er war atemlos, und seine Augen blitzten schwarz.

Dee nickte. »Ich weiß. Ich habe Catalina gesagt, dass sie …«

»Sie doch nicht!«, entgegnete er kopfschüttelnd. »Wir wussten beide, dass die Hexe nicht durchhält. Cat kommt nicht mit Feuer klar. Dieser Mist hat zu viele schlechte Erinnerungen in ihr geweckt, und sie hat Schiss, zu verbrennen.« Er knallte eine Hand gegen den Türrahmen. »Nina ist abgehauen.«

Ein Fluch entfuhr Simon. Ihre Familie war wirklich umgebracht worden, wie ihnen inzwischen Dees Polizeikontakte bestätigt hatten.

Eine massakrierte Familie.

Ein Incendor, der wusste, wo der Geborene war, der dahintersteckte.

»Sie ist zu ihm«, sagte Dee und sprach damit aus, was ihnen allen klar war. »Wie viel Vorsprung hat sie?«

»Mindestens drei Stunden«, knurrte Zane. »Ich dachte, sie schläft in ihrem Zimmer. Sie hat so viel geweint, deshalb bin ich gar nicht auf die Idee gekommen, nach ihr zu sehen.«

Mist! Drei Stunden waren ein gewaltiger Vorsprung. Damit dürfte sie Grim allemal vor ihnen erreichen.

Incendoren besaßen eine große übersinnliche Kraft. Sie konnten mittels Gedanken Feuer entfachen und kontrollieren. Doch bei aller übersinnlichen Macht, waren sie körperlich schwach.

Bei ihnen verursachte schon eine achtlose Berührung Wundmale, wie die an ihren Handgelenken, als Zane sie zu fest gehalten hatte.

Und sie zu töten bräuchte es nur einen einzigen Schlag.

Falls Grim sie kommen sah, sie *fühlte*, war Nina tot.

Falls er es aber nicht bemerkte …

Brenne, du Schwein!

»Simon?« Dees Stimme bebte vor Anspannung. »Lass uns sofort aufbrechen.«

Er war bereits in Bewegung, schnappte sich seine Tasche. Es war so weit. Auf zum letzten Spiel.

Ich hätte Dee niemals da mit reinziehen dürfen.

Er hatte sich eingebildet, sie beide würden ein prima Team abgeben. Derselbe Feind. Dasselbe Ziel.

Sollte Dee jedoch irgendetwas zustoßen …

Ich darf sie nicht verlieren.

Nein, ich werde sie nicht verlieren.

Wie konnte sein meisterlicher Plan so gnadenlos baden gehen?

Zane stellte die Beine leicht auseinander. »Er wird sie umbringen. Wir müssen vorher da sein.«

Immer noch war dieses seltsame Lächeln auf Dees Gesicht, als sie Zane entgegentrat und beide Hände gegen seine Brust stemmte. »Ich habe dir schon mal gesagt, dass das nicht dein Kampf ist. Weder deiner, noch Cats.«

Zane blickte sie streng an. »Denkst du allen Ernstes, dass ich dich im Stich lasse? Dass ich dich allein in einen Kampf auf Leben und Tod schicke? Ich habe dir früher schon Rückendeckung gegeben und tue es auch weiterhin.«

»Das ist nicht deine Entscheidung.« Ihre rechte Hand wanderte in seinen Nacken. »Tut mir leid.« Mit der linken versetzte sie ihm einen kräftigen Kinnhaken, und der Dämon ging zu Boden. »Solange wie du Tony schon kennst, hättest du damit rechnen müssen.« Sie sah auf ihn hinab.

Simon ging langsam und sehr vorsichtig zu ihr. »Möchtest du mir verraten, was das war?«

Sie sah ihn an. »Wenn irgendwas an Cats Vision stimmt, will ich auf keinen Fall sein Leben aufs Spiel setzen.« Da waren Gefühle in ihrer Stimme. Zuneigung. Liebe.

Die Faust in Simons Bauch war eindeutig Eifersucht. Er war von Anfang an eifersüchtig auf den Dämon gewesen, weil es zwischen ihm und Dee eine enge Verbundenheit gab. Eine, wie sie nach langer gemeinsamer Zeit und aus gemeinsamen Kämpfen erwuchs. Vertrauen.

Was würde er darum geben, dass Dee ihn hinreichend mochte, um ihm so einen linken Haken zu verpassen!

Vertrauen.

Liebe.

Ihre Schultern sackten ein. »Ich habe nicht fest zugeschlagen«, sagte sie und blickte zu dem Dämon, der bewusstlos auf der Türschwelle lag. »Deshalb habe ich ja meine Linke benutzt.« Nur besaß sie neuerdings Vampirkräfte, folglich fiel der Schlag alles andere als sanft aus. Sie bückte sich und strich über Zanes Kinn. »Okay, Dämonen sind stark. Er kommt bald wieder zu sich.«

Ja, würde er. Und sobald er wieder klar war, würde Zane ihnen nacheilen. Denn der Dämon mochte Dee. Er mochte sie genug, dass er allein zu ihr kam, um ihren Befehl auszuführen, sie zu töten.

Und wenn man jemanden so sehr mochte, dass man einen solchen Wunsch erfüllen würde …

Simon sah wieder auf. »Verschwinden wir von hier.« Dee und der Dämon waren nie ein Paar gewesen, also sollte Simon nicht mal im Traum daran denken, den Kerl anzugreifen, solange er bewusstlos war.

Aber er wird für Dee da sein, wenn diese Hölle überstanden ist. Wenn sie nicht mehr gegen die Albträume ihrer Vergangenheit kämpfen muss, wird der Dämon da sein.

Und wo bin ich dann?

Würde Dee ihn überhaupt in ihrem Leben wollen, wenn Grim keine Bedrohung mehr war?

So weit hatte er bisher nicht vorausgedacht.

Dee zog Zane ins Zimmer. Simon nahm Zanes Beine, und sie hievten ihn aufs Bett. Dann schob Dee ihm ein Kissen unter den Kopf. »Folge mir nicht«, flüsterte sie.

Zane konnte sie nicht hören.

Sie nahm seine Hand und drehte sie zu sich. »Ich muss wissen, wo du bist, und ich will dich nicht in Gefahr bringen. Du darfst dein Leben nicht für meine Rache riskieren.«

Du würdest unser aller Tod riskieren, um Vergeltung zu üben? Das hatte die Hexe gefragt.

Nein, würde Dee nicht.

Sie sah den Dämon an, schluckte und biss zu.

Simon erstarrte. Nein, ihm gefiel es nicht, ihre Lippen auf dem Dämon zu sehen. Kein bisschen.

Sie nahm sein Blut! Ein Knurren regte sich in Simons Kehle. Nicht sie. Nicht er. Nein!

Dee hob den Kopf wieder und blickte zu Simon.

»Kein … anderer.« Sein Knurren war ein kehliger Befehl.

»Simon?«

Er packte sie bei den Armen und riss sie vom Bett weg. *Keine Zeit*. »In den Wagen.«

Weg von dem Dämon.

Nun war ein Dämon auf ewig mit ihr verbunden. Das hatte Simon gerade noch gefehlt: mehr Konkurrenz.

Als hätte er nicht genug Mist an der Backe.

Simon zog sie aus dem Zimmer, ohne einen Blick zurückzuwerfen. Was ihn betraf, war es noch nie klug gewesen, zurückzusehen.

Sie stiegen in Dees SUV. Zanes Motorrad war fort. Entweder hatte Nina es sich genommen oder die Hexe. Wie auch immer, der Dämon konnte ihnen nicht ohne Weiteres folgen.

Aber irgendwann würde Verstärkung anrücken, ob sie wollten oder nicht.

»Ähm, das ist übrigens mein Wagen, also sollte ich …«

Doch er trat bereits das Gaspedal durch, und sie schossen vom Parkplatz. Hinter ihnen stob eine Staub- und Kieswolke auf.

Der schwarze SUV schlingerte vom Parkplatz. Die beiden im Wagen waren so sehr auf ihre Beute fixiert, dass sie gar nicht auf die Umgebung achteten. Sie bemerkten nicht, dass sie beobachtet wurden.

Zu schade.

Noch ein Fehler.

Der Schlüssel drehte sich, und der Motor sprang an. Sie zu verfolgen, dürfte sehr leicht werden.

Sie zu töten schwieriger, aber nicht unmöglich. Nichts war unmöglich.

Der träge Rhythmus von Country Music füllte den Wageninnenraum, als das Auto aus seinem Versteck im Schatten rollte.

»Wie weit noch bis Hueco?«, fragte Dee. Es waren ihre ersten Worte seit einer Stunde.

Die ganze Zeit trat Simon das Gaspedal durch, trotzdem würde es nach Sonnenaufgang sein, bis sie dort waren. Eine denkbar schlechte Zeit, um in die Stadt zu kommen, denn er wäre schwach. Wie alle Vampire.

Und Dee und er waren zahlenmäßig unterlegen. Grim führte sicher eine Truppe mit sich, reichlich Vampire und Gott weiß, was noch.

»Wenn wir dann die nächsten sechs Stunden nichts zu tun haben …« Wahrscheinlich länger.

»… kannst du mir doch eigentlich erzählen, welche Laus dir über die Leber gelaufen ist.«

Er klemmte die Finger ums Lenkrad, dass die Handknöchel weiß leuchteten. »Du musstest nicht von ihm trinken«, presste er heraus. *Von wegen Laus über die Leber gelaufen!*

»Ich will wissen, ob er mir nachfährt. Uns.«

Immer noch sah er ihren Mund auf dem Unterarm des anderen. Ihre roten Lippen auf seiner dunklen Haut, die ihn kosteten, ihn nahmen.

Der SUV schwenkte zur Mittellinie, und Simon riss das Lenkrad herum, so dass er wieder auf die rechte Spur fuhr. »Du hast sein Blut genommen, eine Verbindung zu ihm geknüpft.« Reichte es nicht, dass es zwischen ihnen beiden bereits ein Band gab, das er nicht verstand?

Vertrauen. Ja, Dee vertraute dem Dämon.

»Ich habe auch eine Verbindung zu dir. Soweit ich mich entsinne, hast du dich darüber nicht beschwert.«

Nein, das war ja das Problem. Er hatte sie praktisch um mehr angebettelt. Wollte ihre Lippen fühlen, ihre Zunge …

Wie gut, dass der Dämon nicht bei Bewusstsein gewesen war!

»Ich dachte, ich müsste es tun. Nach dem, was Cat gesagt hat, wollte ich nicht, dass er uns hinterherfährt«, sagte sie leise.

Seit wann war sie so verhalten? Was war mit ihr? Er warf ihr einen Seitenblick zu und versuchte, seine blödsinnige Eifersucht zu bändigen.

Angst. Das war es. Angst vor der Begegnung mit Grim. Denn was war, wenn der Mistkerl sich als zu stark erwies? Überdies regte sich eine eisige Furcht in ihm, er könnte Dee verlieren, wenn die Schlacht vorbei war.

Auf die eine oder andere Art.

Seit wann ist sie mir wichtiger als die Freiheit? Er räusperte sich und versuchte, seine Finger zu entkrampfen, ehe er das Steuer durchbrach. »Ich dachte, du glaubst der Hexe nicht.«

Ein Laut, der zwischen einem gequälten Lachen

und einem Seufzen changierte, kam über ihre Lippen. »Manchmal weiß ich selbst nicht, was ich noch glaube. Ich hätte nicht zulassen dürfen, dass sie überhaupt mit uns die Stadt verlassen. Eigentlich wusste ich die ganze Zeit, dass es ein Fehler war.«

Doch mit dem Dämon war nicht zu reden gewesen, und er hatte die vor Trauer halb irrsinnige Incendor-Frau und die benommene Hexe mitgeschleppt.

»Im Motel habe ich versucht zu schlafen, aber ich sah immer nur Catalina, von Flammen umringt.«

Das Feuer hatte dich auch umzingelt. Warum hatte Dee keine Angst um sich? War ihr egal, was mit ihr geschah?

»Ich wollte nicht, dass sie noch einmal von einem Feuer bedroht wird. Und Zane, Gott, nach dem, was ich gesehen habe …«

Er sah zu ihr. »Was?«

Sie hob eine Hand, ließ sie jedoch gleich wieder in ihren Schoß sinken. »Jedes Mal, wenn ich jemanden beiße, sehe ich dessen Leben, nicht?«

Leider ja. Die meisten Geborenen betrachteten es als Stärke, sich in das Denken ihrer Beute einzuschleichen und sie zu kontrollieren.

Dee nicht. Er spürte, dass sie es mehr als Strafe wahrnahm. Noch eine.

»Er hat schon genug durchgemacht. Ich erlaube nicht, dass er in meinem Kampf stirbt.«

Simon streckte eine Hand nach ihrer aus. »In *unserem* Kampf.« Sie war nicht allein. Und ihn würde sie nicht irgendwo unterwegs zurücklassen wie die anderen.

Er blieb an ihrer Seite, was auch passierte. »Ich stehe zu dir, Babe. Mir ist schnuppe, was die Hexe gesehen hat, ich werde mich nicht gegen dich wenden.« Sein Zauberschild mochte schwächer werden, und Grim könnte die Verbindung zu ihm wiederfinden, aber das war bedeutungslos. Grim wäre längst tot, bevor der Zauber vollständig versiegte.

Sie drückte seine Hand. »Ich weiß.«

Schlicht. Sicher.

War das Vertrauen?

Sein Herz klopfte schneller.

»Es gibt etwas, das du wissen musst.« Unter ihr knirschte das Leder, als sie sich umsetzte und ihn ansah. »Ich wollte Zane nicht beißen. Und diesen Freak Leo erst recht nicht. Seit ich gewandelt bin, muss ich beißen. Die Blutgier ist da, ohne Frage. Als ich das erste Mal die Augen aufmachte und Jude gesehen habe …« Er hörte, wie sie schluckte. »Ich dachte, dass ich die Beherrschung verliere.«

Die erste Gier war die schlimmste. Und die gefährlichste. Deshalb hatte er sie zu Pak gebracht, denn Pak wusste, wie er mit Vampiren umzugehen hatte. Im Laufe der Jahre hatte er Dutzende Genommener bewacht. Bewacht und manche auch töten müssen.

Simon war klar gewesen, wenn er bei Dee blieb, würde ihre Blutgier umso unbezähmbarer, und statt sie zu beruhigen, hätte er selbst die Kontrolle verloren.

Sie beide wären nicht mehr zu halten gewesen.

Jetzt aber waren sie stärker. Gemeinsam stärker.

Sie waren nicht mehr zu brechen.

»Bei dir ist es anders. Dich wollte ich. Ich wollte dich beißen, und ich wollte, dass du mich beißt.«

Ein solches Geständnis von einer Jägerin? Von ihr?

Sein Kiefer wurde heiß, als sich die Zähne verlängerten, und seine Hose war ihm auf einmal zu eng im Schritt.

»Du bist der, den ich will, Simon. Nur du.«

Ihre verschlungenen Hände ruhten auf ihrem Schenkel. »Wenn das hier vorbei ist«, raunte er heiser, »lasse ich dich nicht wieder gehen.« Er müsste ihr einiges erklären, ihr alles erzählen, aber er ließ sie nicht fort.

»Schön«, sagte sie und lächelte tatsächlich ein bisschen. »Denn du denkst lieber gar nicht daran, dich aus dem Staub zu machen.«

Ah, verdammt!

Sie hatte es schon wieder getan. Ihm einen fiesen Haken verpasst, den er nicht kommen sah. Tony würde ihm das wochenlang unter die Nase reiben. Zane schrak hoch und blickte sich im Zimmer um. Weg. Natürlich. Was sonst?

Er sprang auf und sah automatisch auf seine Uhr. Wie lange war er weggetreten gewesen? Eine Stunde? Zwei? Dem fahlen Licht nach zu urteilen, das durch die Jalousien hereinfiel, sehr viel länger.

Dee hatte ihre Vampirkräfte genutzt.

Fast hätte er gegrinst.

Dann bemerkte er die beiden Male an seinem Handgelenk. Zwei blasse, kleine Kreise.

Eine Frechheit!

Sie hatte sein Blut genommen, um ihn auf diese Weise im übersinnlichen Blick zu behalten.

»Na gut, Prinzessin, dann weißt du eben, dass ich komme. Was hast du denn gedacht?«

Er stürmte zur Tür. Als Erstes brauchte er einen Wagen. Den musste er sich wohl vom Parkplatz klauen und von unterwegs Verstärkung rufen. Pak hatte sicher einige Jäger in Texas, die er ihm schicken konnte. Kein Problem.

So leicht wurde Dee ihn nicht los.

Er riss die Tür auf und nahm den Geruch zu spät wahr.

Drei Vampire: groß, kräftig, mit ausgefahrenen Zähnen und Krallen. Sie standen direkt vor ihm und grinsten.

»Wusst ich's doch, dass wir noch wen finden«, sagte der Mittlere und grinste noch breiter. »Sehen wir mal, wie lange es dauert, einen Dämon zum Schreien zu bringen.«

Verflucht lange.

Zane hob die Hände und schmunzelte. »Wer will als Erster?«

Sie griffen alle gleichzeitig an. War ja klar.

Dee keuchte und warf sich nach vorn, so dass ihr der Sitzgurt in den Brustkorb schnitt. Am Horizont erschienen die ersten rosa Streifen, die den Morgen ankündigten.

Schwäche.

»Dee? Was ist los?«

Sie leckte sich die Lippen. »Zane. Einen Moment

lang dachte ich …« Sie glaubte, er hätte ihren Namen gerufen.

»Du solltest versuchen, ein bisschen zu schlafen«, sagte Simon. »Schone deine Kräfte.«

Welche Kräfte? Bereits jetzt spürte sie, wie die Sonne auf sie wirkte, sie müde und schlapp machte. *»Du* solltest schlafen«, entgegnete sie. Er war die ganze Nacht durchgefahren. Hatte sogar zwei Streifenwagen abgehängt. Beachtlich. »Lass mich mal für eine Weile das Steuer übernehmen.«

Er sah zu ihr. »Mir geht es gut.«

Ganz sicher fing sie jetzt nicht irgendwelche Machtspielchen mit ihm an. »Fahr rechts ran und lass mich fahren.« Der Mann war wahrlich sexy, aber einen Tick zu bevormundend.

Sein Glück, dass er ihr sympathisch war. Okay, ein bisschen mehr als das.

Denk jetzt ja nicht darüber nach.

Später hätten sie noch massig Zeit, das kranke Wirrwarr ihrer Gefühle aufzudröseln und zu erforschen, ob es zwischen ihr und dem Vampir noch etwas anderes gab als heftiges körperliches Verlangen.

Ein Verlangen, das sie sogar jetzt fühlte. Eigentlich schon, seit seine Hand ihre gehalten hatte.

Sie wusste, dass er ihre Erregung riechen konnte. Genauso wie sie seine.

Und die Wölbung in seiner Jeans war ohnehin ein untrügliches Zeichen. Das Simon allerdings ignorierte. Und sie bemühte sich, es ebenfalls zu tun, was ihr nicht recht gelingen wollte.

Der Wagen wurde langsamer. Endlich. Die Tachonadel kroch nach links … achtzig, siebzig …

Vor einer Stunde waren sie von der Interstate abgefahren. Nun bewegte sich der SUV über eine einsame Straße, die sich ins Nichts zu schlängeln schien.

Nichts als den Tod.

Sie führte nach Hueco.

Auf einmal wurde das Wageninnere von Scheinwerfern hinter ihnen erhellt. Aha, nach all den verlassenen Straßen hatten sie Gesellschaft bekommen.

Ein Motor röhrte auf, und Dee verkrampfte sich.

Die Lichter hinter ihnen leuchteten greller, so dass es in ihrem Wagen gleißend hell wurde. Und der Motor röhrte noch lauter. Es war also keine wohlmeinende Gesellschaft, die sie da bekommen hatten. »Ach, du Schande!« Dee drehte sich um. Irgendwer war hinter ihnen her, und er holte schnell auf. Zu schnell. »Simon!«

Er gab Gas, aber es war zu spät.

Ich habe den anderen Wagen überhaupt nicht bemerkt. Hätte ich doch nur früher aufgepasst! Aber ich war ja zu sehr mit dem beschäftigt, was uns erwartet.

Der andere Wagen rammte sie. Es war ein kräftiges, brutales Rammen. Einmal. Zweimal.

Der SUV schleuderte zur Seite. Metall kreischte. Glas zerbarst. Der Wagen überschlug sich.

Im nächsten Augenblick explodierten die Airbags, und die Welt vor Dee wurde pudrig weiß.

Ihre Krallen rissen an den Luftpolstern, schnitten hindurch. Sie schob Glasscherben beiseite und konnte einen Ausschnitt der Straße vor sich sehen.

Wo sie einen anderen Wagen aus der milchigen Dunkelheit auf sie zukommen sah. Nein, das war kein Wagen. Es war ein Truck, der direkt auf sie zuhielt.

Hinterhalt! Ein beschissener Hinterhalt.

Dee stemmte sich von innen gegen die verbogene Tür, aber die Sonne schwächte sie schon merklich. Sie war gefangen, eingeklemmt zwischen den zusammengequetschten Türen. »Simon!«

Keine Antwort. Sie drehte sich zu ihm und sah, dass er auf seinem Sitz nach vorn gesunken war. »Simon?«, flüsterte sie.

Nein, nein, das durfte nicht wahr sein!

Blutverlust ist der simpelste Weg, einen Vampir zu töten.

Wieder krachte von hinten der andere Wagen in sie hinein. Dann war der Truck da und rammte sie.

Metall bohrte sich in ihre Haut, tief hinein bis durch die Muskeln, bis zum Knochen.

Simon.

Diesmal, dieses eine Mal war er ihr letzter Gedanke, bevor alles schwarz wurde.

Er und ihr Bedauern.

Vierzehntes Kapitel

Schmerz weckte ihn. Der erbarmungslose Schmerz des Todeskampfes, begleitet von überwältigender Übelkeit, die seinen gesamten Körper beherrschte. Simon zwang sich, die Augen zu öffnen.

Grell.

Alles war zu hell.

Seine Augen fielen von allein wieder zu. Was zur Hölle war los? Dee und er waren ein einsames Straßenstück entlanggefahren. Sie hatten längst die Interstate verlassen. Er hatte ihren süßen Duft in der Nase gehabt und sich gefragt, wann er sie wieder für sich haben dürfte. Und dann?

Lichter.

Das Knirschen von Metall.

Ein Schrei.

Stille.

Seine Augen flogen auf. *»Dee!«* Es hätte ein Brüllen sein sollen, aber heraus kam nur ein schwaches Murmeln.

Der SUV hatte sich praktisch um sie herum zusammengefaltet. Zerdellt und schrottreif. Blechkanten bohrten sich in seine Seite und seine Beine, die ihn im Sitz festhielten. Das Lenkrad presste ihm geradewegs in die Brust, als wollte es sich hindurchgraben.

Er konnte Dee nicht sehen. Und so, wie er eingeklemmt war, konnte er nicht einmal den Kopf zur Seite drehen.

Vor allem hörte er nichts von ihr. Kein Atemholen, keinen Herzschlag.

Aber er roch: Benzin, Gummi und Blut.

So viel Blut.

Seines. Ihres.

Nicht Dee. Nein, nicht sie!

Sonnenstrahlen brannten durch die zerbrochene Windschutzscheibe. Simon spürte, wie sie ihm die Kraft raubten. Im Sonnenschein war er nichts als menschlich.

Und ein Mensch konnte sich unmöglich aus dieser Blechfalle befreien.

»Dee!« Nun war sein Schrei lauter, doch immer noch kam keine Reaktion.

Ein langer Glassplitter hatte seinen rechten Arm durchschossen und war im Sitz steckengeblieben. Die Zähne zusammengebissen, versuchte Simon, seinen Arm hochzuheben.

Feuer.

»Dee? Babe?« Er sah nicht weiter hin, was er mit seinem Arm angestellt hatte, sondern packte das, was wie ein Teil der Motorhaube aussah, und zog es zurück zur zerborstenen Windschutzscheibe. Es gelang ihm, das Blechteil ungefähr fünfzehn Zentimeter weit zu bewegen. *Ich hasse die verdammte Sonne!* Zumindest waren diese paar Zentimeter ausreichend, dass er sehen konnte. »Dee?«

Ihr blondes Haar war blutverklebt. Ihr Kopf hing schlaff herunter, und Blut rann sehr langsam über ihr Gesicht und tropfte in ihren Schoß.

»Babe?«

Er müsste ihren Herzschlag hören. Ja, verdammt, er war geschwächt, aber er sollte etwas hören!

Poch.

Schwach. Entsetzlich schwach. Sein Atem stockte, während er auf noch einen Herzschlag wartete. Und wartete.

Nichts.

»Sieh mich an!«, schrie er zornig und ängstlich.

Poch.

Aber sie öffnete die Augen nicht, und er sah auch, warum. Da war so viel Blut um sie herum, so viele Wunden. So viel Schmerz. Als wäre jemand in sie hineingerast. Doch sie waren von hinten gerammt worden, nicht von der Seite, oder?

Er stemmte sich nochmals gegen das Metall, kämpfte noch einige kostbare Zentimeter frei. Nun konnte er sie berühren. Simon streckte die Hand durch die schmale Lücke und schaffte es, ihre Wange zu streicheln.

Eiskalt.

Kein Herzklopfen.

Sie starb.

War sie tot?

Die einfachste Art, einen Vampir zu töten – wie jeder wusste – war die, ihn zum Bluten zu bringen.

Der Dreckskerl, der sie verfolgte und zweifellos einer von Grims Genommenen gewesen war, hatte gewusst, was er tat.

Er hatte im Morgengrauen zugeschlagen, weil die Sonne sie schwächte. Und sie in der Blechlawine eingefangen. Blutend.

Kein leichter Tod.

So zu sterben dauerte lange und war schmerzhaft.

Grim würde sich exakt das für sie wünschen.

Kranker Perversling.

»Das ist nicht dein Weg«, flüsterte Simon. Seine Finger zitterten, als sie über Dees blutige Wange strichen. Er holte tief Luft, wollte ihren süßen Duft einfangen, nur noch ein Mal.

Aber er roch nur Blut.

Ein leises Zittern drang an sein Ohr, ein winziges Vibrieren. Ihr Herz? Bitte, das musste es sein.

Er konnte Dees Nacken ertasten und ihren Kopf nach hinten ziehen.

Kein Stöhnen kam über ihre Lippen. Gar kein Laut.

Zu spät.

Nein, nein, es war auf keinen Fall zu spät! Denn wenn …

Bleib, Dee. Bleib!

Er verdrehte sich die Schulter, um sein Handgelenk vor ihren Mund zu bringen. Ihm blieb nur noch wenig Zeit, konnte er doch fühlen, wie kalt sein eigener Körper wurde. *Nicht mehr lange.*

Und vorher würde er ihr alles geben, was er hatte.

Er drückte sein Handgelenk an ihre Lippen. »Beiß mich!«

Was sie nicht tat. Ihre Reißzähne waren nicht mal zu sehen, und ihre Lippen bewegten sich nicht.

»Beiß mich!« Das war ein wütendes Fauchen. Sie durfte nicht sterben, während er zusah!

Poch.

Ein zartes Drücken ihrer Zähne.

Dee. Mach schon, Babe. Beiß mich!

»Lebe«, flüsterte er.

Der Vampirinstinkt übernahm. Das hatte Simon schon früher gesehen: Einen Vampir auf der Schwelle zum Tod. Seine Zähne schossen heraus und bissen nach der Nahrung, ohne nachzudenken.

Dees Zähne sanken in seine Haut. Sein Blut tröpfelte in ihren Mund.

Nimm. »Nimm.« Alles.

Ihre Lippen schlossen sich über seiner Haut, und sie begann, in gierigen Schlucken zu trinken.

Nein, er wollte ihr nicht beim Sterben zugucken.

Ihre Lider hoben sich flatternd.

Aber das Schicksal sah vor, dass Dee ihm dabei zusah.

»Ist es erledigt?«, fragte Grim seinen Jäger, der ins Zimmer kam.

Ein Lächeln dehnte die Lippen des Jägers, träge und zufrieden. »Sie beide bluten jetzt aus. Mit der aufgegangenen Sonne kommen sie garantiert nicht aus der zerquetschten Blechkiste.«

Er nickte. »Gut.« Feuer war nie die beste Art gewesen, aus dem Leben zu scheiden. Das erkannte er jetzt. Blut, der langsame Verlust, die Qual der Gewissheit, dass der Tod nahte und nichts getan werden konnte, ja, das war besser.

Genauso hilflos wie ich war.

So sollte das Ende seiner Feinde aussehen.

Grim wandte sich ab und schritt zu seinem Bett. Dort lag die Tänzerin. Immer noch am Leben, aber sehr blutarm. Er würde sie noch eine Weile am Leben lassen, denn sie hatte ihm recht gut gefallen. »Was glaubst du, wer zuerst stirbt?« Eigentlich war es egal. Aber wer als Letzter übrig blieb, würde die größten Qualen leiden. Falls es so etwas wie Zuneigung zwischen ihnen gab, und wie seine Vampire ihm erzählten, standen sich die Frau und Chase nahe.

Ein Liebespaar.

Körperliche Wünsche und Bedürfnisse konnten die Seele schwächen.

»Die Schlampe geht als Erste.«

Das war Wut. Er zog die Brauen zusammen. »Die hat dich mit irgendwas in Rage gebracht, stimmt's?« Kein Wunder. Dee hatte ihren Ruf nicht umsonst.

In einem anderen Leben hätte er sie bewundert.

In diesem Leben musste er sie dringend tot sehen.

»Sie hat's am schlimmsten erwischt. Sie ist noch vor Sonnenuntergang tot. Das sind sie beide.«

Besser wäre es.

»Fühlst du ihn noch?«, fragte sein perfekter Jäger.

Ihn. Chase. Den Mann, den Leo vor Jahren gewandelt hatte. Grim schloss die Augen, versuchte, sich zu konzentrieren und den undankbaren Mistkerl zu finden.

Nichts. »Vielleicht ist er tot.« Vielleicht. Aber die Wahrheit war, dass er keine Verbindung mehr zu Chase fühlte, seit der Genommene einen Handel mit dem Hexer schloss.

Also könnte Chase noch am Leben sein. Oder tot. Mal wieder.

Er sah hinüber zum Bett. Die Tänzerin war wach. Sie war die ganze Zeit während ihres Gesprächs wach gewesen, hatte aber die Augen geschlossen gehalten. Wie ein braves kleines Mädchen hatte sie getan, als würde sie schlafen.

Möglicherweise weil sie nichts sehen wollte. Oder weil sie tun wollte, als hätte sie mit all dem nichts zu tun.

Falsch.

Seine Zunge glitt über die scharfen Zähne.

Die Tänzerin kam nicht lebend aus seinem Zimmer, aber vielleicht wurde sie eine Genommene. Vielleicht.

Sie trank gierig, verzweifelt, weil sie das Blut brauchte, das über ihre Zunge floss. Mehr. Mehr!

Dee fühlte, wie das Eis in ihrem Körper anstieg. Diese betäubende Kälte, gegen die sie kämpfte, indem sie so viel von der warmen Flüssigkeit trank, wie sie bekommen konnte.

Trinken!

Sie öffnete die Augen, als der Blutfluss langsamer wurde, und kniff sie gleich wieder zusammen, weil das Licht zu grell war. Zerbrochenes Glas.

Angriff. Zwei Fahrzeuge. Eines von hinten, eines von der Seite.

Genau bei Tagesanbruch, wenn wir am schwächsten sind.

Schlaue Kerle, das musste sie ihnen lassen, ja …

Simons Hand fiel weg.

Und Dee rang nach Luft. Was? »Simon!« Das Blut auf ihrer Zunge, die Wärme in ihren Adern.

Von ihm.

Nur von ihm.

Sie drehte den Kopf nach links, so gut sie irgend konnte. »Simon!«

Ein mattes Lächeln umspielte seine Lippen. Lippen, die viel zu blass waren. Und seine Augen waren viel zu müde. »Was hast du gemacht?«, flüsterte sie. Blöde Frage, klar. Sie hatte einige Mühe, konnte aber seine Hand erreichen und sie richtig fest halten.

»Du … musst leben.«

Wie er auch. Verdammt, er auch!

Und ihm fielen die Augen zu. »Guck mir … nicht zu …«

Seine Augen waren geschlossen, als er endete mit »beim Sterben«.

Nein. »Simon?« Die Kälte kehrte zurück, stieg in ihren Armen an und betäubte ihre Haut. »Simon?« Sie drückte seine Hand fester und begriff, was er getan hatte.

Sein Leben für ihres gegeben. Scheißkerl!

Dee ließ seine Hand los und drückte gegen das Metall. Schob und ruckte und stieß und …

Tränen liefen ihr über die Wangen, als das Sonnenlicht auf sie fiel. »Du verlässt mich nicht!« Das war ein Schrei.

Nicht wie ihr Vater.

Ihre Schwester.

Ihre Mutter.

Dee schrie ihre Wut in das Licht und rammte ihre Knie nach oben. Knochen knackten, Haut riss ein, aber sie kämpfte sich durch den Schmerz und versuchte, sich aus dieser Hölle zu befreien, die sie in ihren gierigen Klauen hielt.

Als er den SUV sah, diesen scheinbar achtlos an den Straßenrand geschleuderten Blechhaufen, setzte Zanes Herz kurzfristig aus.

»Ach du Scheiße!« Das kam von Jude. Der Gestaltwandler hatte Zane in dem Motel aufgespürt und ihm geholfen, die Vampire mächtig zu verdreschen.

Ihr findet sie nicht. Die Schlampe ist tot, ehe ihr auch nur in ihrer Nähe seid. So lauteten die letzten Worte des einen Vampirs.

Zane machte eine Vollbremsung.

»Noch könnte sie am Leben sein!«, flüsterte Erin Jerome, Judes Freundin. Natürlich war sie mit Jude zum Motel gekommen, denn Erin würde nie freiwillig einen hübschen Kampf verpassen.

Zane sprang aus dem Wagen und rannte so schnell er konnte, dicht gefolgt von Jude und Erin. *Bitte, sei am Leben!* Sie musste es sein. Dee durfte nicht …

»Scheiße! Scheiße! Scheiße!« Oh ja, das war Dee.

Zanes Herzschlag setzte wieder ein. Als Zane gerade die zerbeulte Beifahrertür erreichte und sie aufreißen wollte, knallte sie ihm entgegen.

Zane landete rücklings im Gras. *Hoppla!*

»Simon! Mach gefälligst die Augen auf, hast du verstanden? Mach die Augen auf!« Dann sah Zane, wie Dee aus dem Trümmerhaufen gekrabbelt kam und ihren Vampir hinter sich herzerrte. Beide waren blutüberströmt, und sie knurrte und fluchte wie ein Müllkutscher, während sie an dem leblosen Vampir zog.

Schließlich hatte sie Simon draußen und sackte unter seinem Gewicht zusammen.

Zane stemmte sich auf die Knie. »Dee!« Er hätte wissen müssen, dass die Frau nicht tot war. Die Falle, in die sie von den Vampiren gelockt worden war – ja, dank einiger bildhafter Drohungen und Judes geschickter Krallen kannten sie inzwischen alle Details – hatte nicht funktioniert. Sie lebte noch, kämpfte.

Im Moment kämpfte sie damit, den Vampir von sich zu rollen. Dann strich sie ihm über die Wange. »Simon?«

Erst jetzt wurde Zane klar, dass sie weder ihn noch die anderen beiden bemerkt hatte.

»Wir sind draußen«, flüsterte sie. Ihre Finger hinterließen blutige Schmierstreifen auf Simons Haut. »Jetzt ist alles gut. Wir sind draußen.«

»Ach du Schande.« Erin wollte sich an Zane vorbeidrängen, aber Jude hielt sie zurück.

»Nein«, sagte er leise, »nicht, wenn sie so ist. Die Blutgier ...«

Erschrocken sah Dee zu ihnen auf, doch anstelle der schwarzen Augen eines gierigen Vampirs, sahen Zane Dees warme braune Augen an, in denen Tränen schwammen. »Helft ihm«, flehte sie. »Helft ihm, bitte.«

Zane streckte ihr seine Hand hin.

Dee packte sie. Verdammt, selbst bei Tage war sie ungeheuer schnell.

Und stark.

Stärker als sie sein sollte.

Ihre Finger umklammerten sein Handgelenk. »Er braucht Blut.«

Die Zähne zusammengebissen, nickte er einmal. So etwas würde er für niemanden sonst tun.

Dee ritzte mit ihren Krallen eine schmale Linie in sein Handgelenk. Dann hielt er es über Simons Mund.

»Du brauchst auch Blut«, sagte Erin vollkommen ruhig und gefasst. Zane blickte auf und sah, dass sie ihren Unterarm bereits entblößt hatte und ihn Dee hinstreckte. »Nimm dir so viel wie nötig.«

Gestaltwandler boten Vampiren niemals Blut an, aber das galt wohl nicht unter guten Freundinnen.

Und das waren die beiden Frauen. Dee hatte bei einem Night-Watch-Fall ihr Leben für Erin riskiert. So etwas schweißte Leute zusammen.

Dee zögerte, obgleich ihre Reißzähne merklich verlängert waren.

Der Blutverlust bei beiden war zu groß.

Chases Eckzähne waren nicht zu sehen, was kein gutes Zeichen war. Er müsste längst auf das Blut vor seinem Mund reagiert haben.

»Du hast mir das Leben gerettet«, sagte Erin. »Jetzt bin ich dran.«

Dee nahm Erins Hand und biss zu.

Noch eine Verbindung. Zane blickte zu Jude, der ebenfalls sein Blut anbot. Das erste Mal, dass der Gestaltwandler so etwas für einen Vampir tat.

Allerdings war Dee ja auch nicht irgendein Vampir. Sie war eine von ihnen.

Von heute an würden sie durch Dee auf ewig alle miteinander verbunden sein.

Auf einmal durchfuhr ein stechender Schmerz Zanes Unterarm. Er sah nach unten und stellte fest, dass Chases Reißzähne da waren.

Nun musste Zane nur darauf achten, dass der Bursche nicht zu viel nahm. Schließlich hatten sie alle einen höllischen Kampf vor sich.

Ein echtes Blutbad.

Simon wachte im Dunkeln auf. Stille, völlige Dunkelheit. Kein Schmerz, keine Kälte.

Lebendig.

Oder zumindest so lebendig, wie er es sein konnte.

»Du hast mir eine Riesenangst eingejagt.« Das war Dees Stimme, die leise und bebend neben ihm erklang.

Er atmete durch die Nase ein und inhalierte ihren Duft. Vollmundig, sinnlich. Seine Dee.

Als er genauer hinhorchte, hörte er ihren Herzschlag, der fest und regelmäßig ging.

Er drehte sich um und bemerkte, dass er in einem Bett lag. *Im Bett mit Dee. Mehr brauche ich nicht.* Simon griff nach ihr und berührte ihre warme Haut.

Im nächsten Moment waren ihre Lippen auf seinen. Es war ein harter, grober Kuss, in dem sich Wut und Leidenschaft vereinten. »Tu mir das nie wieder an«, befahl sie ihm und küsste ihn wieder. Härter.

Sein Mund öffnete sich unter ihrem, und ihre Zunge glitt hinein. *Ja.* Simon schlang die Arme um Dee und zog sie fest an sich.

Sie waren nackt, so dass er ihre Nippel auf seiner Brust spürte, jeden Millimeter ihrer süßen Haut an seinem Körper.

Dee hockte sich rittlings auf ihn. »Du wärst fast gestorben.«

Seine Augen hatten sich perfekt an die Dunkelheit angepasst, so dass er ihr trotziges Kinn erkennen konnte. »Du musstest überleben.« Die Entscheidung war ihm leichtgefallen.

»Mistkerl.« Ihre Fingernägel ratschten über seine Brust. Simon hatte keine Ahnung, wie sie beide ihre Kleidung losgeworden waren, aber er würde sich gewiss nicht beschweren. »Was gibt dir das Recht, so etwas allein zu entscheiden?«, fragte sie.

Er fing ihre Hand ein, führte sie an seinen Mund und küsste sie. *Weil ich dich liebe.*

Monster konnten lieben; Vampire, die durch die Nacht schlichen, konnten fühlen.

Sie waren keine seelenlosen Teufel, sondern begehrten, wünschten und liebten.

Und Dee hatte sich geradewegs in seine Seele geschlichen. Simon hatte die Gefahr nicht kommen sehen, ehe es zu spät war.

Dann aber hatte ihr Herz geflattert, und er wusste, dass sie ihm entglitt. *Mein Leben für ihres, keine Frage.*

Liebe.

Verdammt, er war schon längst in sie verliebt. Seit er begann, sie zu beobachten. Seit er gesehen hatte, wie tapfer sie kämpfte, wie mutig sie diejenigen beschützte, die sie für Unschuldige hielt.

Er blies sanft auf ihre Finger und sah, wie sie erschauerte. »Ich würde dich nie sterben lassen, solange ich die Chance habe, es zu verhindern.« Und sie wäre gestorben. Ein Blick auf ihre Verletzungen hatte genügt, dass er wusste, wie viel schlimmer als seine sie waren.

»Mach das noch einmal, und …« Sie richtete sich auf die Knie auf und funkelte ihn wütend an, musste jedoch schlucken, bevor sie weitersprechen konnte. »Ich bring dich um.«

Wie süß. Beinahe hätte er geschmunzelt, aber das verkniff er sich. »Wieso vögelst du mich nicht lieber?« Sein Schwanz war so steif, dass es wehtat, und die Erinnerung an ihre kalte Haut und seine Angst machte ihn umso ungeduldiger.

Wärme.

Leben.

Sex.

Er wollte alles, sie – und zwar sofort.

Wo sie waren, was zur Hölle geschehen war, wie sie beide überlebt hatten, all das konnte er hinterher herausfinden.

Nun brauchte er nur sie.

Sie umfing sein Glied mit einer Hand, warm und stark, und Simon atmete pfeifend aus, als sie ihn zu ihrer Öffnung führte.

Feucht und heiß.

Haut an Haut. Geschlecht an Geschlecht.

Sein Schwanz drang zwischen die bebenden Schamlippen. Er fühlte einen kurzen Widerstand ihrer Scheidenmuskeln, die sich um sein Glied dehnten. Mit einer Hüftbewegung stieß er tief in sie hinein.

Dee blickte ihm in die Augen, deren Grau ausblutete, bis sie vollständig schwarz waren.

Ebenso wie es ihre jetzt sein dürften.

Sie erhob sich über ihm, langsam zunächst, damit er genau spürte, wie ihre feuchte Scheide nach oben glitt. Simon packte ihre Hüften und zog sie wieder nach unten, wobei er sich ihr entgegenbog.

Immer noch sahen sie einander in die Augen.

Dees Reißzähne blitzten hervor, doch sie machte keine Anstalten, von ihm zu trinken.

Ihre Schoßmuskeln drückten ihn, und sie erhob sich wieder. Eine quälend träge Bewegung. Schweißperlen traten ihm auf die Stirn, während er ihr zusah. Dieser Akt war nicht so hitzig und stürmisch wie die vorherigen. Er war vollkommen anders.

Simon richtete den Oberkörper auf und küsste ihren Busen, sog und leckte an ihm. Wie zart die Haut dort war.

Ihre Finger tauchten in sein Haar und hielten seinen Kopf. Gleichzeitig wiegte sie sich weiter auf ihm. Bei jeder Abwärtsbewegung nahm sie ihn ganz in sich auf, so dass seine Hoden von ihrer feuchten Scham gestreichelt wurden.

Simon wollte unbedingt fester zustoßen, die Kontrolle übernehmen, aber er bändigte seine Lust.

Dee brauchte das hier. Genau wie er.

Es musste sanft, zurückhaltend, beherrscht sein.

Ausnahmsweise.

Denn der Tod war zu nahe gewesen.

Ihre Finger zupften an seinem Haar, so dass er den Mund von ihrem Busen löste und zu ihr aufsah.

»Küss mich«, flüsterte sie.

Als müsste er sich erst bitten lassen!

Sie neigte den Kopf und nahm seinen Mund mit ihrem ein. Diesmal war da kein Anflug von Wut. Nur Verlangen.

Nichts als Verlangen.

Ihre Hüften wiegten sich auf ihm, und die langsamen Bewegungen brachten ihn fast um den Verstand.

Noch nicht. Ich darf noch nicht kommen.

Sie glitt mit der Zunge über seine Lippen. »Du hast mir Angst gemacht.«

Rauf. Runter.

Ihre heißen Schoßmuskeln molken seinen Schwanz.

Seine Schenkel pressten sich zusammen, und sein Rücken versteifte sich.

»Ich dachte«, sagte sie und senkte sich tiefer auf ihn, ein klein wenig fester, drängender, »dass du stirbst.«

Ja, das war der Plan gewesen.

Sie ließ ihre Hand seinen Hals hinab zu seiner Schulter wandern, die sie fest umklammerte. »Warum?«

Dann regte sie sich nicht mehr. Ihre Scheide war so eng und heiß, und sie rührte sich nicht.

Simon atmete aus. Alles, was er riechen konnte, war sie. Alles, was er schmeckte, war sie. Was er fühlte … *sie*. »Weißt du das nicht?«, raunte er. Sein Schwanz würde jeden Moment explodieren. Nur noch ein Eindringen, eines.

Ihre Nägel bohrten sich in seine Haut, aber sie bewegte sich nicht. »Sag's mir.«

Er sah sie an. Hier und jetzt konnte er sich nirgends verstecken. »Weil ich verdammt noch mal für dich sterben würde. Das bin ich fast.«

Die Blutlust, nein, die Lust nach *ihr*, nur ihr, brach sich Bahn. Er packte ihre Hüften, hob sie ein wenig an und rammte sie tief auf sich. Dee kam mit einem erstickten Schrei, die Augen weit aufgerissen. Die Wellen ihres Orgasmus massierten seinen Schwanz.

Sein Höhepunkt war ein langer Wonnetaumel, und er hielt Dee so fest er konnte. In diesem Moment war ihm klarer denn je, dass er Sandra Dee niemals und unter keinen Umständen gehen lassen würde.

Er würde für sie sterben, und, ja, er würde für sie töten. Ohne zu zögern.

Denn diese Frau hielt sein Herz in Händen. In denselben Händen, die so oft ihre geliebten Pflöcke führten.

Als sich ihr Herzschlag wieder beruhigte und das Beben in ihr abebbte, holte Dee tief Luft. *Ich hätte vielleicht nicht gleich über ihn herfallen sollen.*

Aber sie hatte ihn gebraucht. *Wir waren dem Tode zu nahe gewesen.*

Ihre Fingernägel kratzten über seine Brust und verharrten über seinem Herzen, das unter ihren Fingerspitzen raste. Seine mittlerweile wieder grauen Augen ruhten auf ihr.

»Wir waren zwei Tage lang ausgeknipst«, erzählte sie ihm und bemerkte, dass ihre Stimme sehr rauchig klang. Das passierte ihr immer, wenn sie einen guten Orgasmus gehabt hatte, und mit Simon war er nun einmal nie weniger als das.

Ihre Scheidenmuskeln zogen sich in einem Nachbeben zusammen, und Simons Pupillen weiteten sich.

Beweg dich. Bevor sie ihn wieder nahm. Nein, bevor er sie nahm. Sein Schwanz wurde schon merklich steifer, dehnte und streckte sich und drückte sie genau dort, wo sie es am liebsten hatte.

Dee stützte sich auf und stieg vorsichtig von ihm. Bald würden sie Gesellschaft bekommen, und so gern sie auch noch einen Ritt genossen hätte, musste der warten.

Zuerst hatten sie sich um den psychotischen Untoten zu kümmern.

Simons Blick fiel auf ihren Venushügel, und er leckte sich die Lippen.

Hastig rollte Dee sich von ihm weg. »Wir sind in einem Motel, etwa drei Stunden Fahrt von Hueco entfernt.« Sie hatten sich zurückgezogen. Na ja, eigentlich weniger sie selbst als Zane und Jude. Denn als die Jäger Simon und sie fanden, war Dee nicht direkt in der Lage gewesen, viel zu planen.

Aber Jude und Zane hatten recht gehabt. Rückzug war ihre einzige Option. Für alles andere waren sie zu schwach gewesen.

»Warum fühle ich mich so gut?«

Sie blickte sich zu ihm um und sah, dass er seine unversehrte Brust betrachtete. Keine Wunden. Die entsetzlichen Schnitte waren fort. Dee nahm ihr T-Shirt auf und antwortete ruhig: »Wandlerblut.« Plus eine Portion Dämonenblut.

Aber vor allem war es das von Erin und Jude freiwillig gegebene Wandlerblut, das die eigentliche Heilung herbeiführte. Das Blut von Gestaltwandlern hatte besondere Kräfte. Manche glaubten, Gestaltwandler trügen zwei Wesen in sich, und offenbar verdoppelten sich damit auch die Wirkkräfte ihres Bluts.

Ohne das wären Simon und Dee jedenfalls immer noch bewusstlos, während ihre Körper sich abmühten, die Wunden zu heilen.

»Es war eine Falle, stimmt's?«

Dee fand einen Slip und streifte ihn sich über.

»Ich liebe deinen Hintern.«

Wieder sah sie sich zu ihm um. Ja, sein Blick ruhte eindeutig auf besagtem Körperteil. Sie zog sich ihre Jeans an.

Nun sah er ihr in die Augen. »Deine Night-Watch-Kollegen haben uns gerettet?«

»Ja.«

»Ich dachte mir, dass der Dämon kommen würde. Und ich wusste, dass er dich aus der Blechhölle befreien konnte, wenn ich nur dafür sorgte, dass du lange genug überlebst.«

Die Wut, die sie so angestrengt im Zaum hielt, kochte in ihr hoch. »Da war es egal, wie lange du überlebst, was?«

Er blinzelte.

»Du hast mich in dieser Falle allein gelassen, und ich konnte dich sterben hören!« Ihre Stimme kippte am Ende. Schwach. Verdammt!

Ein Muskel zuckte in seiner Wange. »Und bevor ich dich zwang zu trinken, *sah* ich dich sterben. Es war meine Entscheidung, Dee. Meine. Du kannst darauf wetten, dass ich alles tun würde, um dich zu retten.«

Sie erkannte das Gefühl, das in seinen Augen glänzte.

Und sie wollte ihn wieder: wollte seine Arme um ihren Körper, seine Haut auf ihrer. Sie räusperte sich. »Wenn das hier vorbei ist …«

»Ich werde dich verdammt noch mal für immer lieben«, fiel er ihr ins Wort. Kein Zögern. Eine reine Feststellung.

Sie öffnete den Mund, sagte aber nichts.

»Vergiss das nicht, okay? Sollte die nächste Scheiße auf uns zurollen oder du erfahren, dass meine Vergangenheit nicht annähernd so hübsch ist, wie sie sein sollte, denk daran. Für mich stehst du an erster Stelle, und das wirst du immer.« Er schüttelte den Kopf. »Ich brauchte bloß eine Weile, bis ich es begriff. Was soll ich sagen? Manchmal setze ich meine Prioritäten komplett falsch.«

Ich werde dich verdammt noch mal für immer lieben.

Das hatte noch keiner zu ihr gesagt. Und sie …

Sie wusste nicht, was sie empfand. Ihr lag keine Antwort auf der Zunge, sondern sie konnte ihn nur anstarren und sehen, dass er traurig war.

Weil er es verstand. Er kannte sie besser, als sie je irgendjemand gekannt hatte.

Es klopfte an der Tür. »Genug herumgetollt«, rief Zane.

Doch Simon sah Dee weiter an.

Sie sollte etwas sagen. Egal was. Ihre Hände zitterten, als sie ihre Jeans zuknöpfte, und sie konnte Simon noch in sich fühlen. »Der Plan«, abermals musste sie sich räuspern, ehe sie fortfuhr. »Der Plan ist, heute Nacht anzugreifen. Wir stürmen, solange es dunkel ist. Sie … sie werden nicht mit uns rechnen.« Dank Erin, die einige magische Strippen gezogen hatte, so dass die örtliche Presse berichtete, Simon und Dee wären bei einem Unfall ums Leben gekommen. »Wenn wir Glück haben, können wir sie überraschen.«

»Nein, Grim wird es wissen, wenn wir kommen.«

»Und er stirbt.« Denn dieser Irrsinn musste ein Ende haben. Und sie ihre Rache bekommen, auch wenn die sich jetzt seltsam hohl anfühlte. Warum wollte sie auf einmal viel lieber zu Simon laufen und …

Mit ihm weglaufen?

Nein. Grim würde nicht aufgeben, nur weil sie flohen. Falls er herausfand, dass sie noch am Leben waren, würde er keine Ruhe geben, ehe er sie aufgespürt und vernichtet hatte.

Dee durfte nicht weggehen, solange draußen ein Monster wie er wütete. Denn es würde immer wieder Familien wie ihre geben. Wie Ninas.

Nina.

Lebte sie noch? Wo war sie? Dee hatte an sie gedacht, als der Schmerz und die Blutgier nachließen. Zane hatte sich umgesehen, jedoch keine Spur von der Frau entdeckt.

Vielleicht war sie Grim nach. Oder sie war einfach weggelaufen.

Was man ihr nicht verdenken könnte. Ganz und gar nicht.

Die Tür erzitterte unter einem heftigeren Klopfen. »Wenn wir Grim fertigmachen wollen, müssen wir los!«

Dennoch stand Simon stocksteif vor Dee.

Weil er wartete, dass sie etwas sagte.

Ich werde dich verdammt noch mal für immer lieben.

Aber sie wusste nicht, was sie sagen sollte. Ihre Kehle war zu eng, und ihr Herz wummerte so sehr, dass es ihr fast den Brustkorb sprengte.

Sie hatte Angst.

Wenn sie liebte, wurden Leute verletzt.

Also schluckte sie die Worte herunter, die ihr über die Lippen wollten, und sah ihn voller Furcht vor den Gefühlen an, die er in ihr weckte.

Schließlich wandte Simon sich ab und nahm sich die Kleidung, die für ihn bereitlag.

Dees Schultern sackten ein. Was Gefühle betraf, war sie noch nie gut gewesen. Sie verstand sie einfach nicht, jedenfalls nicht die guten.

Zorn. Hass. Rache. Die waren ihr Leben. Die verstand sie.

Aber Liebe? Nein, die machte ihr Angst. Liebe führte zu Schmerz, und von dem hatte sie genug gehabt.

Als Simon sagte, dass er sie liebte, war ihr das Herz stehen geblieben. Und der Atem gestockt.

Dee wusste nicht, was sie für ihn empfand. Sie wollte ihn, sie brauchte ihn, und falls irgendwer ihm wehtun wollte, würde sie demjenigen kräftig in den Hintern treten.

Liebe? Was war das eigentlich?

Auf ewig mit jemandem zusammen sein? Sie sah

zu Simon, oder vielmehr auf seinen starken, steifen Rücken.

Ihre Hände zitterten noch, deshalb ballte Dee sie zu Fäusten. Nicht jetzt. Es war nicht der richtige Zeitpunkt.

Doch es würde auch nicht so enden.

Für immer? Dee seufzte. Heirat und ein Häuschen mit Garten waren noch nie ihr Ziel gewesen, auch vor der Wandlung nicht. Ihr Leben war zu hart. Sie war zu schwer zu lieben.

Nein, Simon sagt, er liebt mich.

Sie wandte sich ab und gab ihm ein paar Minuten, um sich anzuziehen – und sich Zeit, um sich wieder zu sammeln. Ernsthaft, sie musste sich zusammennehmen.

Als er fertig war, marschierten sie zur Tür. Zane wartete draußen, die Hände über der Brust gekreuzt. Die Blässe vom Blutverlust war wieder fort.

Er musterte Dee prüfend. »Sicher, dass du dem gewachsen bist?«

Natürlich nicht. Aber es gab nur zwei Optionen: Töten oder sterben. Dee räusperte sich und fragte: »Bist du es?« Sie hatte schon einmal versucht, ihn abzuhängen, und, typisch für Zane, war er gekommen und hatte sie gerettet.

Sie wollte ihn nicht in Gefahr bringen, wusste jedoch, dass er sie auf keinen Fall noch solch einen Kinnhaken landen ließ.

»Ich bin deine Verstärkung, Baby.«

Ein Knurren erklang hinter ihr, und Zane zog eine schwarze Braue hoch. »Ist dein Süßer wieder wach?«, fragte Zane.

Die Bodendielen knarrten leise. »Ja, ist er«, antwortete Simon und stellte sich neben sie. Dee blickte von einem Mann zum anderen. Simons Kiefer arbeitete, ehe er ein »Danke« hervorpresste.

Zane grinste. »Hart, was?«

»Oh ja.«

»Du klingst genau wie Dee.« Das Grinsen verschwand. »Dir mein Blut zu geben war härter.«

Ein kurzes Nicken. »Das werde ich nicht vergessen.«

»Keine Bange, dafür sorge ich. Und, glaub mir, ich treibe ein, was andere mir schulden.«

Ja, das tat er.

Zane sah wieder Dee an. »Wie stehen die Chancen?«

»Ich schätze vierzig zu sechzig«, sagte sie achselzuckend.

Ein fast lautloser Pfiff. »Also beschissen.«

Verdammt richtig. Dee machte sich gerade. »Bringen wir es hinter uns.« Bevor weitere Vampire auf sie gehetzt wurden. Sie wollte nicht noch einmal eiskalt erwischt werden. Drei brutale Überfälle kurz hintereinander. Wenn Grim unbedingt ihren Tod wollte, würde er nicht einfach aufhören. Nun, da sie eine Geborene war, tat er alles, damit sich die »Prophezeiung« nicht erfüllte.

Mit Grim war nicht zu spaßen.

Und er sollte erfahren, dass dasselbe für sie galt.

Fünfzehntes Kapitel

Simon würde seine Schuld bei dem Dämon begleichen, auf die eine oder andere Art. Er schlich über die ausgedorrte Erde, hielt den Kopf eingezogen und folgte dem Gestaltwandler zu Grims Versteck.

In dem unwegsamen Gelände bewegte Jude Donovan sich mit schlafwandlerischer Sicherheit, stolperte kein einziges Mal, und seine Frau, die trügerisch zierliche Staatsanwältin Erin Jerome, hielt mühelos Schritt. Auch sie war eine Gestaltwandlerin, Judes Gefährtin.

Simon wusste wenig über sie, abgesehen davon, dass sie bei der Staatsanwaltschaft von Baton Rouge arbeitete und der Tiger sie mit Argusaugen bewachte.

Außerdem wusste Simon, dass sie ihm kein Blut gegeben hatte. Wahrscheinlich erlaubte der Tiger nicht, dass sie eine Bindung zu einem männlichen Vampir einging.

»Hier ist es«, flüsterte Jude fast lautlos und brachte die Gruppe zum Stehen.

Simon sah hinüber zu Dee. Schwer bewaffnet und mit diesen braunen Augen, die in der Dunkelheit glitzerten, bot sie ein fantastisches Bild.

»Bist du sicher?«, fragte Erin, die zu den heruntergekommenen Gebäuden weiter vorn schaute. Viel näher konnten sie nicht heran, ohne dass die Vampire drinnen den Gestaltwandlerduft witterten. Deshalb mussten sie zunächst mit dem Dämon zurückbleiben. »Einfach zu ihm reinmarschieren, ähm, das kommt mir nicht wie ein genialer Plan vor.«

»Nein, genial ist er nicht, aber der einzige, den wir haben«, sagte Dee und sah hinüber zu der Häuserreihe. »Wie viele, Jude?«

Er neigte den Kopf ein wenig zur Seite. »Zehn Vampire, zwei Menschen, aber …« Seine Nasenspitze zuckte. »Da drinnen stirbt jemand.«

Simon erstarrte. Natürlich. Grim feierte eine seiner Partys.

»Nina?«, flüsterte Dee.

»Wer?«, fragte Erin.

»Der weibliche Incendor, von dem ich euch erzählt habe«, erklärte Zane ungerührt.

Erin schüttelte den Kopf. »Incendoren machen mich nervös. Jeder, der mich nur mit einem Blick versengen kann …« Sie erschauderte.

Simon warf ihr einen Blick zu. »Glaub mir, die Vampire da drinnen sind um ein Vielfaches beängstigender.« Sie konnten sie umbringen, während sie hier draußen standen. Er trat vor und hörte Erins leises, spöttisches Kichern.

Ihre Krallen blitzten vor seinen Augen auf, höllisch scharf und sehr, sehr lang. »Der Tag, an dem ich mich vor einem Vampir fürchte, ist der, nun ja, sagen wir, der wird nicht kommen.«

»Er kommt, vertrau mir.«

»Nein.« Sie wies mit dem Daumen auf Dee. »Ich vertraue ihr.«

Simon stutzte. Musste er sich auch vor einem Angriff von ihr fürchten?

»Wer ist verletzt, Jude?«, fragte Dee, ohne auf das kleine Geplänkel zwischen Simon und Erin zu achten.

Jude schürzte die Lippen. »Menschlich, mehr weiß ich nicht. Es ist so viel Blut in der Luft, da kann ich es nicht richtig erkennen.«

Dee atmete tief ein. »Ja, das rieche ich auch.«

Genau wie Simon. Derselbe Duft, der ihn einst abgestoßen hatte, lockte ihn nun näher. »Gehen wir zur Party«, murmelte er. Bevor die Party zu ihnen kam. Je länger sie hier herumstanden, umso größer wurde das Risiko, dass man sie entdeckte.

Wenn sie sich einschleichen wollten, musste es gleich geschehen.

Dee nickte. »Ihr bleibt zurück«, sagte sie zu den anderen. »Falls drinnen die Hölle losbricht …«

»Kommen wir und holen euch raus«, beendete Zane den Satz für sie.

Dees Augen veränderten sich, wurden schwarz wie die Nacht. »Nein, wenn ich sterbe, verschwindet ihr von hier, denn du magst zwar gefährlich sein, Zane, aber kein Dämon kann gegen einen Geborenen gewinnen. Vor allem nicht gegen einen so alten.«

Mindestens tausend Jahre. Reichlich Zeit, sich eine Streitmacht aufzubauen, ein ganzes Heer.

Das Grim bisher nicht zusammengerufen hatte. Warum nicht?

»Ihr geht jetzt lieber«, sagte Dee ein wenig lauter und stemmte die Hände in die Hüften. »Ich kann fühlen, dass wirklich nicht mehr viel Zeit bleibt.«

Was? Nicht mehr viel Zeit. Sie …

»Scheiße! Sie kommen«, raunte Jude.

Ein mattes Lächeln umspielte Dees Lippen. »Nicht sie. *Er*.« Sie sah zu Simon. »Ich hätte gedacht, dass er uns schneller findet.«

Simon verstand sie nicht. Grim? Der Mistkerl wusste …

Fluchend griff Jude nach Erins Hand.

»Geht«, wiederholte Dee. »Bei Sonnenaufgang ist es vorbei.«

Wie auch immer das Ende ausfiel.

Die Gestaltwandler tauchten in die Dunkelheit ab. Sie mussten sich beeilen, damit die Vampire sie nicht entdeckten und ihnen das kostbare Blut bis auf den letzten Tropfen aussaugten.

Zane rührte sich nicht von der Stelle.

»Ich brauche dich als Verstärkung«, sagte sie, ohne den Dämon anzusehen. Nein, ihre Augen waren auf die Schatten gerichtet, die näherkrochen. *»Zane, verschwinde!«*

Der Dämon verschwand.

Grim kommt.

Simon schüttelte den Kopf. »Woher weiß er …«

Ihr gebrochenes Lachen wurde vom Wind weggetragen. »Ach, Simon, hast du ernsthaft gedacht, er würde dich nicht fühlen? Wenn du so nahe bist?«

Er prüfte seinen Zauber. Nein, er war noch da.

»Er weiß es, Simon, und er kommt.« Ganz ruhig. Ihm wurde klar, dass es zu ihrem Plan gehörte, Grim nach draußen zu locken.

Sie trat auf ihn zu und ergriff seine Hand. »Hierauf haben wir gewartet. Wir werden es heute Nacht beenden.«

Sie hatten die Waffen; Dee besaß die prophezeite Kraft, und er würde sich *nicht* gegen sie wenden.

Feuerschein erhellte die Nacht. »Was ist das?«

»Nina!« Dee drehte sich um. »Nein! Sie ist hier und hinter Grim her!«

Simons Vampirin rannte auf die Flammen zu.

Und er ihr nach. Sie gingen ins Feuer, nein, sie liefen hinein.

Während er über den kargen texanischen Boden donnerte, fühlte er, dass etwas sein Denken streifte, dann hörte er die leise Stimme.

»Willkommen zu Hause, Hurensohn.«

Mist!

Zane blickte auf, als er die Flammen sah. Oh Schande, das war gar nicht gut!

Diese Frau, Nina, würde das nicht überleben.

Was vielleicht ihre Absicht war. Womöglich wollte sie sterben, um bei ihrer Familie zu sein.

Dasselbe hatte er früher mal von Dee vermutet, sich gefragt, ob sie die härtesten Fälle übernahm, weil sie sich auch den Tod herbeisehnte.

Menschen begriffen es eben nicht. Das Aussteigen war noch der einfachste Teil.

Er zog einen Pflock aus seiner Tasche. Natürlich war es einer von Dees. In der Ferne brüllte ein Tiger. Jude und Erin suchten das Gelände ab, schalteten Wachen aus und taten ihr Bestes, um zu verhindern, dass bei dem bevorstehenden Blutbad Gute umkamen.

Nicht dass irgendeiner von ihnen direkt zu den Guten gehörte.

Zane beobachtete die Flammen: Sie züngelten über das Dach des linken Gebäudes, das wie ein alter Stall aussah.

Die Wut eines Incendors war immer wieder sehenswert.

Seine Finger legten sich fest um den Pflock.

Ein Schrei zerriss die Luft. Ein langer, gequälter Schrei, der eindeutig von einer Frau kam.

Das Feuer flackerte und schien zu erlöschen.

Weil Nina starb?

Nein! Nicht ein weiterer Mensch, der ihretwegen ermordet wurde! Dee rannte noch schneller. Zwei Vampire stürmten ihr entgegen, doch sie stieß sie weg: Dem einen schlitzte sie mit den Krallen die Kehle auf, dem anderen rammte sie einen Pflock in die Brust. Sie verfehlte sein Herz, aber er ging zu Boden und kreischte laut genug, dass man glauben könnte, er würde sterben.

So viel zum Anschleichen.

Aber inzwischen war es egal, ob sie leise waren oder nicht. Grim wusste, dass sie da waren.

Dee bog zur Seite und folgte dem Schrei der Frau sowie dem stärker werdenden Blutgeruch. Beides musste aus dem Farmhaus kommen. Mit der Tür mühte Dee sich gar nicht erst ab, sondern warf sich gleich durch das große Fenster seitlich. Simon fluchte hinter ihr.

Drinnen rollte Dee sich herum, sprang auf und hob die Krallen, bereit für den …

Tod. Eine Frau lag auf dem Bett, das lange dunkle Haar über ihrem Gesicht. Die weißen Laken unter ihr waren blutbefleckt.

Hinter Dee splitterte mehr Glas, als Simon sich ins Zimmer kämpfte.

Dee blickte sich um. Alles roch nach Sex und Blut, aber diese Frau war nicht Nina.

Dees Nackenhaare stellten sich auf, und sie fuhr herum.

Er stand in der Tür. Das Schwein, das sie in ihren Albträumen verfolgte: groß und sehnig, mit goldblondem Haar und pechschwarzen Augen. »Ist lange her, Sandra Dee. Ich wusste, dass die Idioten es nicht geschafft haben, dich zu töten.« Er musterte sie von oben bis unten, weder anzüglich noch interessiert. Vielmehr wollte er seine Gegnerin einschätzen. Was mit einem Achselzucken endete. »Ich dachte, du wärst leichter zu zerstören.«

»Ja, du bist nicht der Erste, der diesen Fehler macht.« Sein Gesicht und seine seelenlosen Augen hatte sie nie vergessen.

Neben ihr stand Simon stocksteif. *Der Mistkerl versuchte, in Simons Kopf einzudringen.* Sie musste keine Gedankenleserin sein, um das zu ahnen.

Andererseits konnte sie neuerdings ja tatsächlich Gedanken lesen.

Absichtlich stellte sie sich vor Simon. Sie war dran.

Grims Oberlippe kräuselte sich, doch er machte keine Anstalten anzugreifen. »Ihr kommt zu spät, um sie zu retten.«

Dee blickte kurz zu dem Bett.

Ein frostiges Lachen. »Nicht sie. Die ist egal. Die Hexe.«

Dee gefror das Blut in den Adern. Nein, er musste sie belügen. Catalina war längst weg. Sie war geflohen, weil sie es nicht ertrug, noch einmal inmitten von Flammen gefangen zu sein.

»Sie war recht nützlich, das muss ich euch lassen.« Er hob eine Hand und zeigte über Dees rechte Schulter hinweg auf Simon. »Aber am Ende, mit ein bisschen Feuer, gab sie mir … dich.«

Dees Magen krampfte sich zusammen. Warum war das Feuer in dem alten Stall ausgebrochen? Falls Nina dahintersteckte, hätte sie doch eher das Haupthaus angegriffen, oder nicht?

»Kannst du mich spüren, Hurensohn?«, fragte Grim Simon, und sein Lächeln erstarb. »Denn ich fühle dich verdammt gut.«

Dee sah nach hinten. Simons Gesicht war schweißbedeckt, und seine Augen wechselten beständig von Grau nach Schwarz und wieder zurück. Seine Züge spiegelten die Qualen, die er innerlich ausstand. »Geh … raus«, knurrte er.

Er wird sich gegen dich wenden.

So ein Quatsch!

»Hexen brennen so schnell«, murmelte Grim, »aber bei eurer Hexe habe ich dafür gesorgt …«

Dee sprang nach vorn.

»Willst du, dass ich sie alle töte?« Grim schüttelte den Kopf und kam ihr entgegen. Blitzschnell riss er ihr den Pflock aus der Hand, und ihr Handgelenk knackte unter seiner Umklammerung. Mit der Rechten packte er ihren Hals und hob sie hoch, so dass sie den Bodenkontakt verlor. »Willst du das? Denn ich kann jeden töten, den du auf *meinen* Grund und Boden gebracht hast, deinen Dämon, deine stinkenden Viecher …«

Zane. Jude. Erin.

»Die Hexe hat mir wieder Zugang verschafft.« Sein Gesicht war ganz dicht vor ihrem. »Sie wollte die Schwarze Magie nicht anrühren, zuerst, aber sowie das Feuer ausbrach, war sie überaus willig.«

Dee bekam keine Luft. Wenn er ihr das Genick brach, war sie hilflos. Sie wäre gelähmt, aber noch am Leben, bis ihr Körper wieder heilte. Die Zeit dürfte er ihr kaum geben. Er würde sie pfählen, sie köpfen oder verbrennen.

Wie er Catalina verbrannt hatte?

Wieso half Simon ihr nicht? *Greif an. Schnapp dir den Mistkerl!* Sie strengte sich an, ihm diesen Schrei über ihre mentale Verbindung zu schicken.

Und stieß gegen eine Mauer, die vorher nicht existiert hatte.

Grim.

Er zog sie noch näher zu sich. »Ich hatte ihn als Erster, und ich habe ihn wieder.« Mit diesen Worten schleuderte er sie an die Wand. Der Aufprall erschütterte sie von Kopf bis Fuß.

Sie blickte auf und sah Grim, der Simon mit hochgezogenen Brauen betrachtete. »Du hast mir diesen Ärger eingehandelt.«

Ein leichtes Zittern ging durch Simons Körper.

»Gewöhnlich sind die Willigen leichter zu beherrschen. Und du warst willig, nicht wahr, Chase? So bereit, ewig zu leben.«

Seine Wahl. Dee rappelte sich auf die Knie auf. *Simon?*

Verfluchte Mauer! Dee konnte sie nicht sehen, aber sie wusste, dass sie da war, und wollte sie am liebsten mit den Fäusten einschlagen.

Simons Augen richteten sich auf sie. Ein rauchig graues Blitzen. Er bewegte ein Bein, als wollte er einen Schritt machen.

»Eine Marionette.«

Und Simon erstarrte.

Grim lachte wieder. »Viel zu einfach.« Er wandte sich wieder zu ihr. »Ich kann ihn alles tun lassen, weißt du? *Alles.*«

Dees Finger streiften ihr Knöchelhalfter. Nicht gegen meine Waffe, verlass dich drauf.

»Ich frage mich«, murmelte er und sah zum Fenster, »ob sie wohl noch am Leben ist? Der Stall dürfte inzwischen niedergebrannt sein.«

Aber das Feuer hatte geflackert. Dee hatte es gesehen, bevor sie den Schrei hörte. Jenen Schrei, der sie hierher lockte statt zum Feuer.

»Du bist ein beschissener Lügner.« Sie stand auf, die Hände dicht an ihren Seiten. »Catalina ist nicht mal in der Nähe.«

»Meine Männer haben sie sich geschnappt, als sie aus dem Motel kam«, erwiderte er gleichmütig. »Ich wusste jede Minute, wo ihr wart.«

Und er hatte Simon und sie von seinen Vampiren verfolgen und angreifen lassen. Dann hatte er sie auf Zane gehetzt. Ja, Zane hatte ihr von seinem Zusammenstoß mit der Vampircrew erzählt.

Konnte Grim auch Catalina haben? Ihr Herz schlug schneller. *Wenn ich mit dir gehe, werde ich verbrennen.*

Vielleicht hatte Cat doch die Zukunft gesehen.

Dee schaute unweigerlich hinaus zu dem Feuer. War Cat noch am Leben.

Die Flammen tanzten.

Ihre Hände wurden feucht von Schweiß. Das konnte sie sich jetzt nicht erlauben. »Simon.« Sie sagte seinen Namen betont wütend.

Er zuckte zusammen.

Grim runzelte die Stirn. »Eigentlich wollte ich dich töten, aber ich glaube, es wird spaßiger, wenn er es für mich tut.«

»Für Spaß bin ich immer zu haben«, entgegnete sie scharf. *Die Zeit lief ihnen davon. Das Feuer!*

Grims Aufmerksamkeit war nun ganz auf Simon konzentriert. »Bring die Hure um.«

Simon bleckte die Reißzähne. »Hau … ab.« Er erschauderte so heftig, dass er davon durchgeschüttelt wurde.

Oder war es Gegenwehr?

Er kämpft für mich.

Genau wie sie für ihn kämpfen würde.

Als Grim von seiner Verwirrung abgelenkt war, griff Dee an. Sie stürzte sich auf ihn. Zwar packte er sie, doch diesmal hieb sie ihm die rechte Hand in die Seite. Ihre Krallen trieben tief in seine Haut, und die gebrochenen Knochen gaben ein fieses Pochen von sich. Gleichzeitig knallte sie ihren Kopf gegen seinen und rammte ihm mit der linken Hand den Pflock in die Brust.

Sie zielte direkt aufs Herz, und das Holz durchbohrte seinen Brustkorb, nur hatte Grim sich ein kleines bisschen weggedreht, so dass sie ihr Ziel verfehlte. Dee riss den Pflock nach links, und Grim fauchte.

Dee brachte ihn zu Boden, indem sie ihr rechtes Bein hinter seines hakte und ihm einen Fausthieb ins Gesicht verpasste, wie Pak es ihr vor Jahren beigebracht hatte.

Den Pflock ließ sie derweil in ihm, denn sie würde ihn töten, egal wie.

Halt durch, Catalina.

»Nein!«

Dee blickte erschrocken auf, als Nina zur Tür hereingestürmt kam. Ihre Bluse, ihre Hände und das Gesicht waren blutbeschmiert.

»Nein! Das darfst du nicht! Er gehört *mir*!«, brüllte Nina.

Diesen Zorn verstand Dee sehr gut, aber tot war tot. Ihr war gleich, wer es tat. Sie alle bekamen ihre Rache.

Feuer rauschte über den Teppich geradewegs auf Dee zu. *»Mir!«*, kreischte Nina wieder.

Dee sprang zurück, rutschte aus und fiel hin. Die Incendorin wollte Gerechtigkeit für sich, na gut, dann sollte sie.

Nina hielt sich mit beiden Händen am Türrahmen fest und keuchte. »Ich musste … die Hexe … am Leben … lassen …«

Was?

Das Feuer verpuffte zu Rauch.

Grim setzte sich auf, schlang die Hand um den Pflock und riss ihn heraus. Blut sprühte auf den Boden und an die Wand. »Netter Versuch.« Er schlug die Zähne zusammen. »Letzter Versuch.«

Hinter ihm schluchzte Nina.

Und Dee wollte sich ohrfeigen für ihre Blödheit. Was hatte er ihr eben erst gesagt? *»Ich wusste jede Minute, wo ihr wart.«* Nicht weil er eine Verbindung zu Simon hatte. Nein, dieses Band war erst wieder hergestellt worden – *als er Catalina brach.*

Das bedeutete – verdammt! Sie blickte zu Nina auf, deren Augen vor Tränen glitzerten.

So blind.

»Höchste Zeit, dass du stirbst«, sagte die Incendorin, aber nicht zu Grim, sondern zu Dee. Ninas Haut war so blass, dass das eingetrocknete Blut in ihrem Gesicht wie verunglückte Clownsschminke wirkte.

»Er hat deine Familie ermordet!«, zischte Dee.

Sie lächelte. »Das war der Preis.«

Dee wagte nicht, zu Simon zu sehen. Er schaffte es eher, sich von Grims Einfluss zu befreien, wenn sie ihn nicht ablenkte. Vielleicht. »Der Preis wofür?«

»Meine Dienste.« Sie wedelte mit einer Hand, und um Dee flammte ein Feuerkreis auf.

Mist.

»Für mein Feuer hat er meine Familie getötet.«

Dee sprang auf. »Warum hast du es nicht gleich selbst getan?«

»Weil sie wussten, was ich bin.« Das klang traurig.

Ein Blick in ihre Augen reichte, und Dee wusste

Bescheid. Es ging nicht darum, dass Nina ein weiblicher Incendor war.

Nein, sie war ein Monster. Durch und durch.

»Mich hätten sie nie nahe genug an sich herangelassen. Sie haben mich verlassen, sind fortgegangen von mir. Da war ich erst sechzehn!« Nina presste für einen Moment die Lippen zusammen. »Ich brauchte so lange, bis ich sie fand.«

Und noch länger, um einen Vampir zu finden, der bereit war, sie auszulöschen.

Grims harsches Lachen hallte durchs Zimmer. »Tore wusste es nicht. Ausnahmsweise hatte der Idiot keinen Schimmer, was gespielt wurde.«

Dee schluckte die Wut herunter, die in ihr brodelte. »Du bist eine tolle Schauspielerin, Nina.« Sie hatte genau gewusst, was sie ihnen vorspielen, wie sie sich verhalten musste. Aus dem Augenwinkel sah Dee, dass Grim sich wieder aufgerichtet hatte. Er hielt ihren Pflock in seiner Hand. Das Einzige, was sie beide trennte, war Ninas schmale Flammenlinie.

»Danke, aber das Lob gebührt eigentlich dir«, sagte Nina.

Dee hielt den Atem an. Was?

»Ich war dort und habe zugesehen«, erklärte Nina mit einem eiskalten Lächeln. »Und habe die Funken fliegen lassen. Grim wollte eine Kostprobe meines Könnens, und ich gab sie ihm.«

Aber damals konnte sie erst … ungefähr sechzehn gewesen sein.

Fast gleich alt mit Dee.

Sie hatte wohl doch nicht besonders lange gebraucht, ihren Vampir zu finden. Er hatte sich lediglich Zeit gelassen, ehe er für sie mordete.

Um seine Waffe besser zu kontrollieren.

»Ich hatte auch eine Schwester«, murmelte Nina. »Und ich frage mich … Grim, hat sie genauso gebettelt wie ihre?«

Das war mehr als Dee ertrug. Sie rannte durch das Feuer, fühlte die Flammen kaum, als sie sich auf die Zündelschlampe stürzte.

Und Nina einen rechten Haken versetzte, so dass sie bewusstlos zu Boden sackte. Der Feuerkreis erlosch.

»Töte sie. Verdammt, töte sie!«, befahl Grim.

Arme packten sie, hielten sie fest. Ihre Krallen hieben nach warmer Haut, die ihr zu vertraut war.

Ihr blieb das Herz stehen, als sie den Duft wahrnahm. Simon.

»T-tut mir leid …«, flüsterte er ihr zu.

Dann grub er seine Zähne in ihren Hals.

Die Flammen lockten ihn näher. Zane bewegte sich lautlos, in gebückter Haltung und weitestgehend im Schatten. Er hatte mit mehr Vampirwachposten gerechnet. Zwei hatte er überwältigt, und er hatte Spuren gefunden, denen zufolge Dee und Simon weitere zwei ausgeschaltet hatten.

Das Feuer züngelte höher, und Zane hörte leise Laute inmitten des Knackens und Knisterns. Ein Wimmern.

Ihm wurde eiskalt. Er raste durch das offene Stalltor auf die dichte Rauchwand zu.

Eine gebrochene, verdrehte Puppe lag auf dem

Boden. Sie hatte sich zu einer Kugel zusammengerollt, und die Flammen schlossen sie ein. Diese weißblonde Mähne würde Zane überall erkennen. Nein!

Er riss sich das T-Shirt herunter und begann, auf die Flammen einzudreschen, sie so gut er konnte zurückzuschlagen.

Zu groß. Zu stark.

Zane holte tief Luft und konzentrierte sich auf seine Energie. Er war stark genug hierfür. Das musste er sein.

Ein säuselnder Wind wehte ihm übers Gesicht. Wind, den er lenkte. Er dirigierte ihn auf das Feuer zu, und die Flammen bogen sich zur Seite. Sie wurden nach links gedrängt.

Ja, das reichte. Er sprang über die Flammen, schnappte sich Catalina und hob sie auf seine Schulter. Sie war so steif, so regungslos.

Er hielt sich ihre Bluse vor den Mund, rannte durch das Feuer zurück. *Ich kann es nicht eindämmen, nicht löschen.*

Der dichte Rauch raubte ihm die Sicht, doch er lief weiter. Falls er die Türen nicht fand, würde er eben eine Wand einreißen.

»Wohin des Weges?« Ein Vampir trat aus dem Qualm, die Zähne gebleckt und die Krallen ausgefahren.

Für diesen Quatsch fehlt mir die Zeit!

Er hatte noch nicht einen Atemzug von Catalina gehört, keinen Mucks seit dem leisen Wimmern.

Einen Arm fest um sie gelegt, griff er den Vampir beim Hemd und schleuderte ihn zurück ins Feuer.

Dann trat er eine Stallwand ein und brachte seine Hexe in Sicherheit.

Alles ist gut, Cat. Ich lasse die Flammen nicht an dich ran.

Ihre schlimmste Angst, die sich leider schon einige Male zu oft bewahrheitet hatte.

Für sie wie für ihn.

Die frische Luft klatschte ihm ins Gesicht, als ein Ruf aus der Häuserreihe ertönte. Noch mehr Vampire, die zu ihm gelaufen kamen.

Er rannte auf das Waldstück seitlich zu und hoffte inständig, dass Jude kam und ihm den Rücken freihielt.

In der Ferne brüllte ein Tiger.

Wurde aber auch Zeit! Es wäre besser, wenn Jude seine sexy Freundin bei sich hatte, denn sie würden sie brauchen, um diese Blutsauger fertigzumachen.

Sechzehntes Kapitel

Dee zitterte heftig, und Simon umfing ihre zierliche Gestalt fester.

Ihr Blut floss auf seine Zunge, und mit ihm wurde das Band zwischen ihnen stärker. Die Stimme, die in seinem Geist rief, seit er Dee in diese Hölle folgte, gab endlich Ruhe, und er konnte seine Gedanken wieder ausschließlich auf sie richten.

Dee töten?

Niemals.

Für einen winzigen Moment schloss er die Augen und zog seine Zähne aus ihrem Hals. Er strich mit der Zunge über die Stelle; diese sinnliche Berührung war alles, was er ihr an Versicherung geben durfte.

Simon hob den Kopf und starrte den Geborenen an. Wie lange hatte er gekämpft, um ihn aus seinen Gedanken zu verbannen. Den Mann, der den Überfall auf seine Familie befahl. Und auf Dees Familie.

Die Incendorin lag auf dem Boden, immer noch bewusstlos, denn Dee machte keine halben Sachen.

Ebenso wenig wie er.

Dee lachte. »Der Mann stirbt vielleicht für mich, ist er auch fast, aber er wird mich niemals töten.«

Verdammt, er liebte sie!

Grims und seine Augen begegneten sich. Der Mistkerl hatte praktisch keine Kontrolle mehr über ihn. Ob es an Dees Berührung, an ihrem Blut oder ihrer bloßen Anwesenheit lag, wusste Simon nicht.

Aber das Ende war gekommen: nicht für sie, für Grim. »Dein Bruder lässt dir Grüße bestellen, Grim. Ich glaube, er hofft sehr, dass du die Hölle genießt.«

Nun veränderte sich die Miene des Geborenen, erschlaffte vor Staunen und spiegelte einen Anflug von Furcht. Sein Blick fiel auf das Bett, wo die leblose Frau lag. »Ich bin nicht …« Er schüttelte den Kopf. »Tore kann mich nicht umbringen. Er ist nicht hier, denn das wüsste ich.«

»Er bringt dich auch nicht um.« Dees Leib vibrierte in Simons Armen. »Wir sind es.«

Grim sah wieder zu ihnen und kräuselte die Oberlippe. »Das glaubt ihr also immer noch?«

»Ja, tun wir.« Was für eine Frau, seine Dee!

»Eine frisch gewandelte Vampirin und ein Idiot, der das neue Leben nicht zu schätzen weiß, das man ihm gab?«

Genug geredet. Sie sollten das hier beenden.

»Dein Ritter in schimmernder Rüstung, was?«, höhnte Grim. »Weißt du denn nicht, liebe Dee, dass er dich von Anfang an *für mich* in die Falle gelockt hat?«

Simon drückte Dees Schultern.

»Der Angriff in der Gasse, der Schuss, das hat alles dein Geliebter arrangiert. Er hätte dich fast getötet.«

Dee sah zu Simon auf.

»Und diese Frau, die so hübsch für meine Männer starb, Grace hieß sie, stimmt's, Simon?«

Grace. Dees Freundin. Die er benutzt hatte, um sie zu manipulieren.

»Sie gab dir all die herrlich falschen Informationen über Simon, nicht wahr? Ich frage mich … wie konnte ihr ein solcher Fehler unterlaufen?«

Mist. Mist. Mist! Er hätte ihr vorher alles erklären sollen. Hätte ihr begreiflich machen müssen, warum …

»Ich weiß«, sagte sie leise. »Ich weiß von allem, was er getan hat.«

Simon stand der Mund offen. Sie wusste es und erlaubte noch, dass er sie anfasste? Schrie nicht? Pfählte ihn nicht?

»Und ich weiß, dass er es nicht für dich getan hat, Arschloch.« Sie sah wieder zu Grim. »Er hat daran gearbeitet, dich zu vernichten, nicht mich in die Falle zu locken.«

Das wusste sie? Woher?

»Mir war es vom ersten Biss an klar. Ich bin eine Geborene, schon vergessen? Ich wusste Bescheid.«

Tja, schöne Bescherung.

Hassverzerrt knurrte Grim: »Du hättest weglaufen sollen, solange du die Chance hattest.«

Ihre Schultern wippten. »Ich bin eigentlich nicht der Weglauftyp. Mehr die Ich-tret-dir-in-den-Dings-Abteilung.«

Flammen schossen über den Boden.

Grims Gelächter übertönte sie, und Nina sprang auf.

»Brenne, Schlampe!« Ihr Zornesschrei richtete sich gegen Dee.

Das Feuer wurde zu schnell zu hoch. Ninas Augen funkelten rot, traten aus den Höhlen, als sie ihre gesamte Kraft auf Simon und Dee konzentrierte.

Dee stolperte rückwärts gegen ihn. »Lauf!«

Sie stürzten zum Fenster, das Feuer dicht auf ihren Fersen.

»Brenne, brenne, brenne«, hörten sie Ninas Singsang hinter sich. Sie war vollkommen wahnsinnig. Flammen stachen Simon hinten in die Beine und den Rücken, und er biss die Zähne zusammen. Dann fiel er, und das Feuer stieg um ihn herum auf, als …

»Nein! Nicht ohne dich!« Dee griff nach seinem Arm und zerrte ihn mit sich aus dem Fenster. Die Glassplitter unten im Rahmen rissen ihm Brust und Bauch auf, und auf einmal schlug Dee von hinten auf ihn ein, prügelte mit den flachen Händen auf seinen Rücken ein. Nein, sie schlug nicht nach ihm, sondern nach den Flammen.

Sie versengte sich die Hände, um ihn zu retten.

Ein schriller Schrei drang aus dem Haus, und abermals jagte ihnen das Feuer hinterher.

»Grim hat echt einen eindrucksvollen Wachhund«, japste Dee.

Simon sah sich auf dem Hof um. Drei Vampire kamen aus einem der Nebengebäude, Krallen und Zähne kampfbereit, griffen jedoch nicht an. Sie beobachteten sie bloß.

Sie wollen uns beim Sterben zugucken.

»Das ist das Ende für dich«, hörte er Grims hämische Stimme. Blut tropfte ihm aus den Mundwinkeln auf die Brust, als er aus dem Haus trat. »Für euch beide.«

Simon nahm Dees Hand und drückte sie fest. Umzingelt von Feuer und Vampiren.

Er sah Dee an, die kerzengerade und mit trotzig gerecktem Kinn dastand. Ihre Augen loderten schwarz. Nein, sie hatte keine Angst. Nicht seine Dee. Sie fürchtete sich nie.

Und sie … lächelte?

»Ich weiß, was als Nächstes passiert«, sagte Dee, deren sanfte Stimme mühelos den Lärm übertönte.

»Ich auch«, fauchte Grim. »Du brennst. Und du schreist. Dann stirbst du. In den Armen deines Geliebten.«

»Du glaubst an Propheten, was, Grim?« Die Flammen waren so nahe, dass die Hitze Simon die Haut versengte; aber Nina hielt sich zurück und beobachtete Dee. Warum?

Ach ja, weil Grim die Hände erhoben hatte, und als braves Schoßhündchen, das sie war, würde Nina ohne sein Kommando nicht zuschlagen.

»Schließlich hast du dies alles in Gang gesetzt.« Dee wies auf die Vampire und das Feuer, und Simon bemerkte, dass ihre rechte Hand aussah, als wäre sie gebrochen. »Alles nur, weil ein Dämon eine Vision hatte und dir erzählt hat, ich wäre deine Mörderin.«

Grim verkniff den Mund.

»Du hast meine Familie ermordet«, fuhr sie unbeirrt fort. »Jeden, den ich jemals geliebt habe, weil du *dachtest*, ein fünfzehnjähriges Mädchen würde eines Tages einen übermächtigen Geborenen töten.«

»Der Dämon hatte recht! Du hättest mich auf jeden Fall gejagt!«

»Ich bin gekommen, weil ich mich rächen wollte. Also deinetwegen. *Du* bist derjenige, der all das ausgelöst hat. *Du*.«

Er schüttelte den Kopf. »Oh nein, ich sterbe nicht wieder. Diese Schweine haben mich schon vorher betrogen. Ich wollte nicht noch einmal so sterben!«

Sein Blick wanderte zu den Vampiren, die regungslos und stumm dastanden. »Meine Männer werden sich diesmal nicht abwenden. Sie stehen zu mir.«

»Hier geht es nicht um sie.« Simon hatte keinen Schimmer, was Dee vorhatte, aber er bemerkte die Bewegung neben sich. Langsam und vorsichtig. Er atmete durch die Nase ein, konnte aber nichts außer Rauch und Blut riechen.

»Ich stehe nicht zu dir«, rief er Grim zu. »Ich bin nicht mehr deine beschissene Marionette.«

Ein Muskel in Grims Wange zuckte.

Simon wandte sich zu den Vampiren. »Meint ihr nicht, dass ihr im falschen Team seid?«

Einer der Vampire blickte zu Grim, und in seinem Ausdruck erkannte Simon eindeutig Zögern. Und Wut.

Er hasst dieses Beherrschtwerden genauso sehr, wie ich es gehasst habe. »Wozu hat er euch gezwungen?«, fragte Simon, dem bewusst war, dass dieser Schatten immer näher rückte. »Eure Geliebten zu töten? Eure Familien? Wie musstet ihr ihm eure Treue beweisen?«

Denn so war es bei Grim: Treue konnte nur mittels Blut bewiesen werden.

»Und wenn ihr sie nicht umbrachtet, machte er es,

oder?« Simon hält inne, ehe er laut verkündet: »Keiner von uns hat diesen Mist gewollt, und wir können ihm entkommen. Er muss bloß sterben!«

Grim trat einen Schritt zurück. Wieder einmal befühlte er seinen Rücken, tastete nach den Wunden, die er vor so langer Zeit erlitten hatte. Heute verstand Simon ihn.

»Ich weiß, was passiert«, sagte Dee, und sie war so dicht an den Flammen. Er wollte sie zurückreißen, sie hinter sich bringen, doch dieser Moment gehörte ihr. Und er folgte ihr, wohin auch immer sie ihn führte.

»Du glaubst an deine Propheten.« Sie hob beide Hände hoch. »Ich glaube an meine Hexe.«

Grim wurde sichtlich unwohl, und die Vampire kamen näher – nicht näher ans Feuer, sondern näher zu Grim. Zu seinem Schutz? Oder …

»Sie hat gependelt, um zu sehen, wie dieser Kampf ausgeht.«

Ähm, ja, und das war nicht schön gewesen. Simon schluckte und bemühte sich, das Pochen hinten an seinen Beinen zu ignorieren. Die Brandblasen würden heilen, irgendwann, vorausgesetzt sie überlebten diese Nacht.

»Catalina wusste, dass sie in dem Feuer sterben würde. Deshalb lief sie weg, als deine Männer sie einfingen.«

Grims Augen weiteten sich kaum merklich.

»Grim!«, kreischte Nina. »Bringen wir sie einfach um! Jetzt gleich!«

»Sie sah dich sterben.« Dee streckte einen Finger aus und zeigte auf die Incendorin.

»Schwachsinn! *Du* stirbst, du …«

Die Schatten schienen nach ihr zu greifen. Zugleich wurden Ninas Worte abgewürgt, und eine dünne rote Linie erschien an ihrem Hals.

»Dir wird die Kehle aufgeschlitzt«, sagte Dee, als Nina zu Boden fiel.

Die Flammen erloschen zischend.

Der Schatten nämlich war Zane, der dort stand und zitternd auf die Frau hinabsah.

»Ich sah Tod. Zane war von Flammen umringt. Ich brannte. Nina – ihr war die Kehle aufgeschlitzt.« Catalinas traurige Stimme ging Simon durch den Kopf.

Aber, nein, danach hatte sie gesagt …

»Du stirbst, Dee.« Ihre geflüsterten Worte nahmen Simons ganzes Denken ein, als Dee schon nach vorn stürmte.

»Du stirbst, Grim«, schrie sie. »Du! Stirbst!«

Er stieß ihr den Pflock direkt in die Brust.

»Nein!«

Nein, Dee war bereit. Sie drehte sich weg, und der Pfahl streifte ihre Seite, nicht ihr Herz.

Simon packte Grim und zwang ihn zu Boden. Er achtete gar nicht auf die Krallen und die Zähne, sondern hielt ihn unten, egal wie sehr er sich wehrte.

»Du stirbst«, flüsterte Dee wieder und hatte einen Pflock in ihren Händen. Es war der, den sie Simon abgenommen hatte, als seine Arme um sie geschlungen waren, so dass es keiner mitbekam. Er war an Simons Hüfte versteckt gewesen, allein für sie.

Grim bäumte sich auf.

Und Dee rammte ihm den Pfahl in die Brust.

Grims Augen weiteten sich, und er rang nach Atem.

Dann lächelte er. »Wahr«, wisperte er, als ihm schon Blut aus dem Mund quoll. »Beides … wahr …«

Das Schwein lächelte und starb.

Grims Vampire traten weiter vor.

Simon sah misstrauisch zu ihnen. »Eure Entscheidung. Ihr könnt mit ihm sterben oder schnellstens verschwinden.«

Sie starrten ihn an.

»Meine Mutter«, flüsterte der eine. »Er zwang mich …«

»Meine Frau …«, kam von einem anderen.

»Mein Sohn.« Trauer. Zorn. »Ich flehte ihn an, aber ich konnte ihn nicht aufhalten!«

Wir werden nicht als Monster geboren. Wir sind, zu was wir gemacht wurden.

Simon blickte wieder auf Grims regloses Gesicht. Vor sehr langer Zeit war er auch nur ein Mann gewesen. Ein Mann, den man um sein Leben betrog, und der mit einer beinahe göttlichen Macht wieder zu sich kam.

Dees Finger lösten sich langsam von dem Holz, und sie atmete seufzend aus. Es war nicht zu übersehen, dass sie zitterte.

Grims Lider waren geschlossen. Seine Lippen bewegten sich nicht. Und es waren weder Atmen noch ein Herzschlag zu hören.

Tot.

Simon umfing behutsam ihre Schultern und führte sie von dem Vampir weg. Es war vorbei. Endlich.

»Dee?«

Er fing einen Geruch ein. Einen wilden, starken Geruch in der Nacht. *Tier.*

Nein, Gestaltwandler. Jude war in der Nähe gewesen. Die Kavallerie, die diesmal zu spät kam.

Die Vampire erstarrten, und er sah, wie ihre Augen ängstlich in die Dunkelheit blickten. Sie wussten, wann sie gejagt wurden. Angst lag in ihren schwarzen Augen.

Dann rannten sie los.

Sie waren also doch nicht so blöd, wie Simon gedacht hatte. Nur verloren, wie er es auch gewesen war.

»Ist er tot?«, fragte Zane, der nicht sie ansah, sondern mit gebeugten Schultern auf Nina hinabblickte.

Der Pfahl steckte in Grims Herz, und er zuckte nicht einmal mehr. Ja, er sah eindeutig tot aus.

Er zog Dee zu sich. »Mensch, du hast mir echt Angst eingejagt! Catalina hat uns nicht erzählt, dass Grim stirbt. Sie hat gesagt, dass du ...«

Ihre Knie gaben nach, und Simon sah ihre Brust: blutbedeckt. »Dee?«

Ein Pflock. Ein beschissener Pflock! Sie hatte den Geborenen erledigt, aber er hatte vorher noch seinen tödlichen Schlag gelandet.

Beide ... richtig.

Denn sie starben beide.

Ihr fielen die Augen zu. Nein, nein, das durfte nicht sein! Simon riss ihr den Pfahl aus der Brust.

Sie atmete noch. Ihr Herz schlug noch. Der Pflock hatte das Ziel verfehlt! Sie würde nicht sterben, nein, das würde sie nicht.

»Ganz ruhig.« Zanes Stimme klang heiser, und Simon wurde erst verzögert bewusst, dass er schrie. Flehte.

»*Lebe*«, flüsterte er.

Grim hat dein Herz verfehlt. Er konnte Dees Herz schlagen hören. Sie würde wieder. Sie brauchte nur Blut. Sie brauchte nur …

Ihre Lider hoben sich flatternd. So dunkle Augen! Schwach, aber immer noch Dees.

»Werde ich«, versprach sie. »Das werde ich.«

Er konnte nicht anders, als sie zu küssen, inbrünstig und leidenschaftlich.

Um sie herum war so viel Tod, aber sie lebte!

Er lehnte seine Stirn an ihre und hielt sie fest.

»Herz … knapp … verfehlt …«, hauchte sie.

»Du hast mir eine Höllenangst gemacht!«, schalt Zane sie.

Und sie hätte ihn fast umgebracht.

»Vorbei«, flüsterte sie matt. »Er kann uns nichts mehr tun.«

Die Stimme aus Simons Kopf war fort, das Band gekappt. »Verschwinden wir von hier.« Weg vom Tod und zurück zu dem Leben, das sie erwartete.

Aber Dee schüttelte den Kopf und sah zu Grim. »Immer zurück«, hauchte sie und fasste sich an die Schulter. »Sie kehren immer zurück.«

»Diesmal nicht.« Das war Catalinas Stimme, die sehr sicher klang.

Sie kam aus der Dunkelheit. Ruß und Blut klebten überall an ihr. Neben ihr war Jude, der nichts außer einer Jeans trug, und auf der anderen Seite der Hexe seine Frau, die Catalina stützte. »Diesmal wird er nicht mehr zurückkommen.«

Sie blieben nahe der Leiche stehen. Dann trat Catalina vor und hob beide Arme. Kaum begann sie ihren leisen, schnellen Gesang, regte sich ein seltsamer Wind.

Energie, die durch die Luft strich. Eine gewaltige Menge Energie.

Und nicht alles von ihr entstammte der positiven Quelle, die Hexen nutzen sollten. Simon spürte die Dunkelheit darin, sah sie in Catalinas Augen gespiegelt.

Verändert.

Auf noch einem Opfer hatte Grim sein Zeichen hinterlassen.

Ein Feuerball explodierte. Nein, es war Grims Leiche, die in Flammen aufging und lichterloh brannte, bis nichts mehr übrig war.

Nicht einmal Asche.

»Ich schätze, davon kommt er nicht zurück«, murmelte Dee, als sie zusahen, wie das Feuer knisterte.

Nein, das würde er gewiss nicht.

Man legte sich eben nicht mit einer Hexe an.

Das war's, Arschloch. Viel Spaß in der Hölle.

»Ich bin nicht gestorben.« Dee fühlte sich allerdings, als wäre sie von einem Bus gerammt worden – oder einem Pflock. Letzteres traf ja auch zu. Sie verzog das Gesicht, als sie sich auf den Stuhl setzte, den Simon von wer weiß woher geholt hatte.

Catalina stand ein Stück entfernt, wiegte sich vor und zurück und blickte auf die Asche, die zum Himmel aufstieg.

Ein Aufräumtrupp war unterwegs. Paks Leute handelten immer schnell. Bald würde das hier alles verschwunden sein.

Bis auf die Erinnerung.

»Hast du mich gehört, Cat?« Wenigstens wurde ihre Stimme allmählich kräftiger, nachdem sie endlich aufgehört hatte zu bluten. »Deine Zukunftsvision war falsch. Ich bin nicht gestorben. Ich sitze hier und …«

Catalina drehte sich zu ihr um. »Die Nacht ist noch nicht vorbei.«

Ja, gut. Was war sie doch für ein kleiner Sonnenschein! Nicht dass Cat dieser Tage die Sonne besonders mochte. Dee blinzelte. »Ähm, du bist auch noch am Leben.«

Cat erschauderte merklich. »So fühlt es sich eher nicht an.«

»Nein«, sagte Dee leise. Was mochte Catalina durchgemacht haben? Wie lange war sie bei Grim und seiner feuerbesessenen Freundin gewesen? »Wohl nicht.«

»Ich gehe nicht nach Baton Rouge zurück«, verkündete Catalina fest.

Damit hatte Dee nicht gerechnet. »Wo willst du hin?«

Die Hexe blickte hinüber zum Stall, aus dessen Dach Rauch aufstieg. »Irgendwohin, wo ich vergessen kann.«

Vergessen war nicht immer die Lösung.

»Ich hätte dich nicht verlassen dürfen«, sagte Catalina. »Du hast mich gebraucht, und ich bin weggelaufen.«

»Es war nicht dein Kampf.«

»Nicht?«, fragte die Hexe und sah Dee an.

»Wie lange …« Dee musste es wissen.

»Ich war gerade vom Parkplatz gefahren, als sie mich schnappten.« Sie räusperte sich. »Es ging alles sehr schnell.«

»Und die Zauber? Was hat Grim gewollt?«

Catalina blickte kurz zu den Männern. Zane und Simon standen vorm Haus, doch Simon sah immer wieder zu Dee, beobachtete sie sorgenvoll.

Er hatte sie gezwungen, von ihm zu trinken, was gut war, denn ohne das Blut wäre sie längst umgekippt.

»Er wollte, dass Simon dich tötet.«

Dees und Simons Blicke begegneten sich.

»Grim wollte, dass ich einen Befehlszauber aussende, der Simon zum Handeln zwingt.«

»Und das hast du nicht.« Catalina war vielleicht nicht bis zum Kampf geblieben, aber sie hatte Mumm. Sie hatte sich gegen Grim gestellt.

»Doch, habe ich«, sagte Catalina und senkte den Kopf.

Wow! Das hatte Dee nicht erwartet. »Warum atme ich dann noch?«

»Weil er dich liebt.«

Es fühlte sich an, als wäre Dee noch ein Pflock in die Brust gerammt worden. Nur traf er diesmal ihr Herz. »Du meinst doch nicht …«

»Er hätte dich töten müssen. Er hätte sich gegen

dich wenden und auf Grims Seite schlagen müssen. Dann wärst du gestorben. Ich wäre gestorben. Alles, was ich voraussah, wäre eingetreten.« Sie rang nach Luft. »Aber er kämpfte gegen meinen Zauber und gegen Grim.«

»Er wollte Rache. Und seine Freiheit.« Deshalb hatte er so hart gekämpft. Nicht für Dee.

Ich werde dich verdammt noch mal immer lieben. Die Worte, die sie nie vergessen würde.

»Er wollte dich.«

Dee sah wieder zu ihm, und in seinem Blick war so viel Hitze, so viel Verlangen.

Las er in ihren Augen dasselbe?

»Für dich hat er gegen Magie und Monster gekämpft.«

Ja, hatte er.

Catalina wandte sich ab. »Ich gehe. Sag du es Zane.«

»Nein, rede selbst mit ihm.« Zwischen den beiden lief irgendeine komplizierte Geschichte.

»Ich bin nicht das, was er braucht. Oder was er will«, sagte Catalina traurig. »Ich habe seine Zukunft gesehen. Die bin ich nicht.«

»Du hast dich schon einmal geirrt«, erinnerte Dee sie. Catalina durfte nicht einfach gehen. Sie gehörte zu ihnen.

Aber Catalina hatte sich bereits abgewandt und schüttelte langsam den Kopf. »Hast du mich nicht verstanden, Dee? Die Nacht ist noch nicht vorbei.«

Dee wusste nicht, was sie sagen sollte. *Was kann denn noch passieren?*

»Ich sah dich«, murmelte Catalina. »Von Vampiren umzingelt. Ohne Ausweg. *Ohne Ausweg!*«

Jetzt begriff Dee endlich. Catalina hatte nie behauptet, dass Grim sie töten würde.

Die anderen, die musste sie fürchten.

Sie kehrten in dasselbe heruntergekommene Motel zurück. Natürlich hätten sie vor Ort bleiben können, bis Paks Team dort war, aber das war überflüssig. Und Dee würde jeden Moment umkippen. Also musste Simon sich zuerst um sie kümmern. Das hatte oberste Priorität.

Sie hatte schon Blut von ihm genommen, aber nicht viel, sondern gerade genug, um den Heilungsprozess in Gang zu setzen. Und sie hatte immer wieder besorgt in die Dunkelheit gesehen.

Der große böse Mistkerl war tot. Worum machte sie sich noch Sorgen?

Sie schlurfte vor ihm ins Zimmer und rümpfte die Nase. »Ich stinke nach Tod.« Was für viele Vampire normal war, nicht aber für sie.

Niemals.

Noch bevor Simon die Zimmertür hinter ihnen zugeworfen hatte, zog sie sich aus, und Simon gönnte sich eine Minute, um den Anblick zu genießen. Weltklasse, keine Frage.

Als sie ins Bad ging, folgte sein Blick ihrem Hintern. Grübchen. Hübsche, kleine Grübchen, die danach schrien, von ihm geküsst zu werden.

Er wollte ihr nachgehen.

Doch leider trat sie ihm die Tür vor der Nase zu.

Okay.

Die Dusche ging an, deren Rauschen durch die Papptür nur wenig gedämpft wurde.

Simon zögerte. Sie hatte ihn ausgesperrt, also wollte sie eindeutig nicht, dass er sich auszog und zu ihr kam, damit sie ein paar Wasserspiele veranstalten konnten.

Doch da war etwas in ihren Augen gewesen, seit Grim starb. Keine Angst. Sorge, ja, aber ...

Schmerz, und zwar nicht nur von den physischen Wunden.

Er verriegelte die Moteltür und ging wieder zum Bad, wo er anklopfte. »Dee?«

Keine Antwort.

Seine Hand fiel zum Türknauf. Wenn sie ihm sagte, er solle sich verziehen, würde er sie in Ruhe lassen. Aber falls sie Kummer hatte, wollte er ihr beistehen.

Er drehte den Knauf und ging hinein. Wasserdampf waberte in der Luft. Dee war noch nicht in die Dusche gestiegen, sondern stand mit gesenktem Kopf und eingefallenen Schultern vor der Wanne.

»Dee?«, fragte er leise.

Als sie zu ihm sah, trafen ihn ihre Tränen wie ein Fausthieb in den Magen. »Es hat nichts geändert.«

Was? Mist, jetzt war *er* verletzt. Er packte ihre Arme und zog sie an seine Brust. »Babe, was ist?«

»Ich dachte, sein Tod würde den Schmerz weniger machen, mir ein bisschen Frieden geben.« Sie schluckte. »Aber wenn ich meine Augen schließe, sehe ich sie immer noch.«

Sie. Ihre Familie. Simon umarmte sie fester. »Ich weiß.« Ja, er wusste, wovon sie sprach, denn er spürte die Leere in seinem Herzen bis heute. Und Vergeltung konnte sie nicht ausfüllen.

»Mein Fehler«, flüsterte sie heiser.

Das Wasser prasselte in die Wanne.

»Nichts von dem, was geschehen ist, ist dein Fehler. Damals nicht und heute nicht.«

Sie blickte zu ihm auf. »Sie sind gestorben, weil ich bin, was ich bin.«

»*Nein!* Sie sind gestorben, weil ein perverser Irrer glaubte, er könnte die Zukunft ändern.«

Dee wurde blass. »Denkst du wirklich, dass die Zukunft feststeht? Dass die ganzen Weissager da draußen nicht bloß Quatsch erzählen?«

Nun musste er vorsichtig sein. Er hatte Catalinas letzte Worte gehört. Nicht dass er das jemals zulassen würde. »Ich denke, Grim hat sein Schicksal schon vor langer Zeit besiegelt.«

Dee drückte eine Hand gegen seine Brust. »Und was ist mit deinen Eltern? Hat es dir Frieden gebracht, dass Grim starb?«

»Keinen Frieden«, antwortete er. »Aber Gerechtigkeit.«

Sie nickte nachdenklich. »Gerechtigkeit, ja, aber es fühlt sich immer noch hohl an.« Nun begannen ihre Lippen zu beben. Die toughe Dee, die sich einem Geborenen entgegenstellte und ihn mit einem Grinsen zum Teufel jagte. »Ich hätte nur einfach lieber … sie.«

Die Frau brach ihm das Herz. Er lehnte ihren Kopf an seine Brust und hielt sie in den Armen. »Ich weiß.«

Dann ließ er sie weinen, all die Tränen vergießen,

die sie über Jahre in sich getragen hatte; Tränen, die sie nicht vergossen hatte, weil sie stattdessen kämpfte.

Als sie fertig war, hob er sie hoch und trug sie unter die Dusche. Es war Zeit, all den Schmerz und die Vergangenheit wegzuwaschen.

Und vielleicht, nur vielleicht, Zeit für einen gemeinsamen Neuanfang.

Unter der Dusche sprachen sie nicht. Simon zog sich aus und kam zu ihr. Das Wasser regnete auf sie herab und spülte das Blut und die Schlacht fort.

Und sie sagten nichts.

Anschließend trug er Dee ins Zimmer und legte sie mitten aufs Bett.

Wasser glitzerte auf ihrer Haut, und ihre dunklen Augen begegneten seinen.

Dann spreizte sie die Beine.

Er legte sich neben sie und bändigte sein Verlangen. Dieses Mal ging es nicht um Hitze und Verzweiflung.

Er wollte ihr mehr als das geben.

Weil sie ihm so viel mehr gab.

Seine Lippen berührten ihre in einem leichten, flüchtigen Kuss. Schlicht und sanft.

Ebenso sanft ließ er seine Finger über ihren Körper gleiten, streichelte ihre Brüste, deren Spitzen sich unter seiner Berührung verhärteten.

»Ich will vergessen«, hauchte sie.

Es war das Erste, was sie nach einer langen Weile sagte.

Sein Schwanz, der vollständig erregt war, drückte gegen ihr Bein. Vergessen, Flüchten. Die Erinnerungen würden wiederkommen. Das taten sie immer. Aber er würde ihr diese kurze Flucht schenken.

Verdammt, er würde ihr alles geben, was sie wollte.

Doch er durfte es nicht überstürzen, denn er brauchte auch etwas. Ihren Geschmack.

Er küsste sich ihren Hals hinab, leckte die Narben ihrer letzten Schlacht, kostete einer ihrer Nippel und sog ihn in seinen Mund ein. Dee wand sich unter ihm, bog sich ihm entgegen und rang nach Luft.

Und endlich, *endlich* erfüllte der Duft ihrer Erregung den Raum.

Er würde sie niemals nehmen, wenn sie ihn nicht wollte.

Seine Finger glitten zwischen ihre gespreizten Schenkel, ertasteten ihre heißen Schamlippen und tauchten in sie ein.

Dies war es, was er wollte.

Ihre Augen wurden schwarz.

Simon malte mit der Zunge eine Spur ihren Bauch hinab, blies sacht über die blonden Locken, die ihre rosige Haut verhüllten.

»Simon …«

Von Anfang an hatte ihm gefallen, wie sie seinen Namen sagte, vor allem wenn sie ihn begehrte. Dieses leichte Stocken am Ende, das sich wie ein Stöhnen anhörte.

Er küsste sie, nahm ihren Nektar mit der Zunge auf und kostete ihre Haut.

Sie hob ihm die Hüften entgegen, so dass seine

Zunge über ihre Klitoris strich und Dees Seufzen alles war, was Simon noch wahrnahm.

Als sie die Hände in sein Haar tauchte, wusste er, dass sie mehr wollte, es härter und schneller brauchte.

Sie wollte kommen.

»Noch nicht«, raunte er gegen ihre Schamlippen, und sie erschauerte. Dieses Vergnügen wäre nicht flüchtig. Für keinen von ihnen. Es war Zeit, dass sie es begriff.

Seine Lippen umfingen die geschwollene Knospe ihres Verlangens, und er saugte. Mit Lippen und Zunge gab er und nahm.

Ihr Stöhnen wurde ungeduldiger.

Doch Simon ging es langsam an, erkundete jede ihrer Kurven, jeden Millimeter von ihr. Er drang mit der Zunge in sie ein, worauf ihre Beine zu zittern begannen, leckte und wollte mehr.

Alles.

»Simon, ich komme!«

Nein, noch nicht.

Er wich zurück und streichelte sie mit seinen Fingern. Auf die Weise zögerte er ihren Orgasmus hinaus, steigerte ihre Lust mit sanftem Streicheln und tiefem Eindringen.

Sein Schwanz zuckte, und Simon brannte vor Verlangen.

Beißen.

Die Blutgier war da, wie immer, denn er wollte nicht nur ihren Körper. Er wollte ihr Blut. Ihr Herz.

Alles.

Und er würde es bekommen.

Sie wand sich auf dem Laken. Das Wasser auf ihrer Haut war getrocknet, und ihre Brüste hoben sich ihm entgegen.

So hübsch. So vollkommen.

Er nahm eine der Brustspitzen in den Mund und sog fest an ihr.

Dee wurde unruhig.

Nun ging es nicht mehr um Vergessen. Es drehte sich ausschließlich um sie beide.

Daran würde sie sich später erinnern.

Ein letzten Lecken, dann hob er den Kopf. Ihre Augen waren blind vor Verlangen und schwarz vor Lust.

Simon führte sein Glied an ihre Öffnung, glitt wenige Zentimeter tief hinein.

Und wartete.

Dee sah ihm in die Augen.

Er nahm ihre Hände, verwob ihre Finger mit seinen und drückte sie auf die Matratze.

Erst jetzt nahm er sie vollständig, stieß seinen Schwanz ganz in sie hinein und fühlte die sinnliche Hitze ihres Schoßes, die ihn umfing. Die Zähne zusammengebissen, zügelte er die Bestie in sich – oder versuchte es zumindest.

Dee schlang ihre Beine um ihn, und ihre Fersen gruben sich in seinen Hintern.

Mehr. An ihren Augen konnte er ablesen, was sie sich wünschte.

Er zog sich zurück, stieß erneut zu. Wieder und wieder. Das Bett wackelte, sie beide zitterten, und immer noch ließ Simon sich Zeit, es auszukosten.

Und sorgte dafür, dass sie es genoss.

Beißen.

Er sah nicht auf ihren Hals, blickte ihr weiter in die Augen. Diesmal sollte es anders sein. Es musste.

Ihr Schoß erbebte um ihn, und das verräterische Kribbeln in Simons Rücken setzte ein.

Er stieß fester zu, schneller. Seine Kontrolle schwand, und blindes, alles verzehrendes Verlangen übernahm, während sein Atem schwer ging und seine Hüften sich heftiger bewegten.

Dee kam. Mit den Bewegungen ihres Schoßes löste sie seinen Orgasmus aus, der ihn in einer heißen Welle überrollte und ihm den Atem raubte.

Dennoch machte er weiter, auch als sein Schwanz in ihr pulsierte.

Fester, aber langsamer und tiefer.

Unterdes hielt er ihre Hände.

Dee flüsterte seinen Namen.

Und kam ein zweites Mal.

Teufel noch eins.

Ja, für diese Frau würde er sterben. Ohne zu zögern.

Sie versammelten sich in der Dunkelheit. Erst waren sie nur wenige. Zwei. Dann drei. Lautlos kamen sie herbei, als sie den übersinnlichen Riss der alten Verbindung spürten.

Das Band war fort. Der Geborene tot.

Einer dort kannte seinen Mörder. Ein Vampir, der sah, wie die Frau Grim tötete.

Rache?

Ein Leben für Leben?

Nach und nach kamen die anderen. Einst waren sie Menschen. Nun waren sie Killer, Monster.

Sie warteten.

Es würden noch mehr kommen.

Siebzehntes Kapitel

»Warum hast du mich nicht nach dem Schwein in der Gasse gefragt?«

Dee zwang sich, ihren Kopf zu heben. Eigentlich wollte sie bloß daliegen, die Wange an seine Brust geschmiegt, und seinem ruhigen Herzschlag lauschen. Aber sie sollten wohl lieber diese, ähm, Unterhaltung führen.

Sie sah ihn an und merkte, wie sich ihre Schultern verspannten. »Warum hast du mir nichts gesagt?«

»Weil ich dachte, du würdest vor mir fliehen oder mich pfählen, wenn du die Wahrheit erfährst.«

»Die Wahrheit?« Sie zog eine Braue hoch. »Du meinst, dass du einen Killer bezahlt hast, damit er mich erschießt?«

»Ich habe ihn bezahlt, damit er dich verfehlt!«

Das wusste sie, aber ... »Solchen Typen kann man nicht trauen. Manchmal nehmen sie das Geld und erschießen, wen sie wollen.«

Seine Finger strichen über ihren Rücken und verharrten weit unten. »Deshalb habe ich darauf geachtet, dass ich zwischen dir und der Waffe bin, und zwar die ganze Zeit.« Er wurde ernster. »Du weißt, was mit ihm passiert ist.«

Genau genommen wusste sie es nicht. Sie war schließlich keine wandelnde Kristallkugel. Ihre übersinnlichen Fähigkeiten reichten gerade mal für

Bildausschnitte, Gesprächsfetzen, Simons Erinnerungen. Die wenigen jedenfalls, die sich durch die Blutverbindung übertragen hatten. Aber sie hatte keine Ahnung, was aus dem Kerl am Abzug geworden war. Also sah sie Simon stumm an und wartete.

»Ich hatte keine Wahl, Dee. Er zwang mich.«

Ah, jetzt kam eine dieser Geschichten, die nicht gut ausgingen.

»Frankie hatte es auf mich abgesehen, okay? Er schoss hinterrücks auf mich und hätte mich umgebracht.«

»Warte mal. Frankie?« Ihr fiel wieder ein, wie er ausgesehen hatte: breites Gesicht, schütteres Haar. »Frankie Lee?« Sie hätte die Puzzleteile früher zusammenfügen sollen.

»Ja.«

Dee stieß einen leisen Pfiff aus und trommelte mit den Fingern auf seiner Brust. »Wow, da hast du aber aus der übelsten Liga rekrutiert, was?« Es hieß, dass Frankie für einen Riesen seine eigene Mutter abknallen würde – nein, tatsächlich abgeknallt hatte.

»Er hatte es auf mich abgesehen«, wiederholte Simon. »Mir blieb nichts anderes übrig.«

Dee schwieg eine Weile, ehe sie vorsichtig fragte: »Gehe ich recht in der Annahme, dass Frankie keine Aufträge mehr annimmt?«

Seine Hand drückte fest unten auf ihren Rücken. »Ich schwöre, dass ich ihn nicht bezahlt habe, um dich umzubringen. Das hätte ich nie getan!«

»Aber du kanntest mich da noch gar nicht. Für dich war ich bloß eine Jägerin von vielen.«

»Du warst alles.« Er klang heiser, und seine Augen glänzten. »Bist du noch.«

Was sollte sie dazu sagen? Dee rollte sich ein Stück zur Seite und griff nach den Laken. Sie musste sich bedecken und einen Moment nachdenken.

Simon ergriff ihr Handgelenk. »Du willst nicht hören, wie ich empfinde, stimmt's? Pech gehabt, Babe.« Sein Daumen rieb über die Stelle, unter der ihr Puls pochte. »Du weißt, dass ich dich gesucht habe, weil ich dachte, dass du Grim ausschaltest.«

Und das hatte sie. Eins zu null für die Guten. Na ja, die Halbguten. »Ich weiß, dass du frei sein wolltest. Das hast du schon …«

»Ich wollte dich. Will dich.« Simon schüttelte den Kopf. »Von dem Augenblick an, als ich dich sah, wollte ich dich.«

Na schön, ihr war es nicht anders gegangen. Er hatte sie überwältigt, und sie wollte ihm den Gefallen erwidern.

»Ich dachte, es wäre nichts als Lust, Dee. Dass ich dich nehmen, dich genießen und wieder weggehen könnte.«

Es war schwierig, sich an dieser Stelle nicht zu krümmen. Mit der linken Hand zog Dee sich das Laken bis zum Kinn. Simon hielt weiter ihr rechtes Handgelenk umklammert. »Du hast mich also für Sex und Tod benutzt?« Grims Tod. Sie war Mittel zum Zweck gewesen. Trotzdem hatte sie das Gefühl, dass da mehr sein könnte. Oder vielmehr hatte er sie auf die Idee gebracht.

Ich werde dich verdammt noch mal immer lieben.

Sag es noch einmal!

Leider schien er derzeit nicht in der Stimmung, von Rosenblüten und Sonnenuntergängen zu sülzen.

»Ich wusste, dass ich verloren war.« Er führte ihre Hand an seinen Mund und küsste die Innenfläche. »Als du in meinen Armen starbst.«

Okay, jetzt fuhr sie doch zusammen. Das zählte nicht zu ihren schönsten Erinnerungen.

»Ich wollte dich wandeln. Du starbst vor meinen Augen, und ich *wusste,* dass du eine Geborene sein solltest. Catalina hatte mir von dir erzählt.«

Hatte sie der Hexe eigentlich schon dafür gedankt? Nein. Sie hatte Cat nicht verraten, wie sehr sie deren Heimlichtuerei schätzte. Aber Dees Dankbarkeit musste sich auch erst noch einstellen.

»Mir war klar, dass du nicht tot bleiben würdest.«

Wer tat das dieser Tage überhaupt?

»Du solltest nicht tot bleiben«, korrigierte er sich. »Aber ich hatte eine verfluchte Angst, und als deine Augen zufielen, wollte ich dich wandeln.«

Ihr blieb das Herz stehen.

»Ich wollte es unbedingt.« Abermals küsste er ihre Handinnenfläche.

»Trotzdem hast du es nicht versucht.« Kein Biss. Kein Blutaustausch.

»Nein.« Sein Atem wehte über ihre Haut. »Denn wenn ich mich in dir getäuscht hätte, wenn die Hexe und dieser verdammte Seher sich geirrt hätten, wollte ich dich nicht zu dem machen, was du am meisten hasst.«

Und sie hatte Vampirismus gehasst. Zu einem Vampir zu werden war früher ihr schlimmster

Albtraum gewesen. Seltsam, wie anders jetzt alles schien.

»Wärst du gestorben, hätte ich dich nicht zurückholen dürfen. Das war das Härteste, was ich jemals tun musste: zuzusehen, wie du stirbst, und nicht zu wissen, ob du je wieder die Augen öffnen würdest.«

Das Letzte, was sie gesehen hatte, war er gewesen. »Du hast mich verlassen.« Ihr war bewusst, wie vorwurfsvoll sie klang, aber auch, dass es ihr tatsächlich etwas ausgemacht hatte. Egal was zwischen ihnen war, was er ihr verheimlichte – und sie hatte auch da schon gewusst, dass es Geheimnisse gab – hatte sie doch erwartet, dass er bei ihr blieb.

»Ich dachte, dass ich der Letzte bin, den du sehen willst.«

Falsch, ihn hatte sie am dringendsten gebraucht.

»Ich wusste, dass du Zeit brauchtest, um mit allem klarzukommen. Mich zu sehen ... Ich hatte Angst, dass es zu viel für dich wäre.« Er sah sie an. »Aber dann kamst du zu mir.«

Sex.

Blut.

So viel Hunger.

»Du hattest keine Angst vor mir«, sagte er.

»Ich hatte Angst vor mir selbst.« Das hätte sie ihm vielleicht früher gestehen sollen. »Ich wollte nicht werden wie ...«

Wie Grim.

Wie Leo.

Wie so viele andere, die sie im Laufe der Jahre zur Strecke brachte.

Kein Monster. Sie wollte keine Frau werden,

die von Blutgier beherrscht wurde und jedwede Menschlichkeit verlor.

»Du hast die Kontrolle, Dee. Du wirst dich nicht verändern und anfangen, Unschuldige zu ermorden.« Er ließ ihre Hand los, stand auf und bewegte sich langsam weg von ihr. »Das wird dir nicht passieren. Es gibt keinen Geborenen, der deinen Geist beherrscht. Keiner, der dich zu irgendetwas zwingen kann. Es gibt nur … dich.«

Seit Jahren gab es nur sie allein. Vielleicht war sie das leid. Sie wickelte sich das Laken um. »Und was kommt jetzt?« Ging sie zurück zu Night Watch? Jagte sie weiter, während er – was? Schleunigst die Stadt verließ?

Es gibt nur … dich.

Würde sie allein gelassen? Mal wieder?

Nur dass sie diesmal nicht einigen einsamen Jahren entgegenblickte sondern einer Ewigkeit.

Ohne ihn.

Mist! Wann hatte der Vampir angefangen, ihr so viel zu bedeuten? Jetzt jedenfalls konnte sie nicht atmen, ohne ihn zu schmecken. Sie wollte seine Berührung, seinen Mund, sein Blut. Ihn. Immer ihn.

»Schade, dass wir uns nicht früher begegnet sind«, flüsterte sie. *Wie wäre das Leben dann gewesen?*

Sie blickte hinüber und sah, dass er seine Jeans aufhob. Ihre Worte ließen ihn erstarren, bevor er raunte: »Nichts würde ich mir mehr wünschen.«

Genau wie sie. »Simon …« Was konnte sie sagen? Sie betrachtete seine breiten, starken Schultern, seine muskulöse Brust, seine schmalen Hüften. So sexy. So …

Simon.

Vampir. Mann.

Ihrer.

Dees Atem stockte. »Du – du bist zu mir gekommen, weil du dachtest, dass ich Grim aufhalte.«

Ein Nicken.

»Aber wenn du bloß von ihm befreit sein wolltest, warum hast du dich dann immer wieder zwischen mich und jeden anderen gestellt? Du musst nicht jedes Mal vor mich springen, wenn es ein bisschen brenzlig wird.« Eine sehr schlechte Angewohnheit.

Er knöpfte seine Jeans zu, zog den Reißverschluss hoch und versperrte ihr so die Sicht auf seinen noch erregten Schwanz. »Ich habe dich beschützt, weil ich dich beschützen will.«

Okay, nun drohte sie, das Laken zu zerreißen.

Seine Augen verengten sich, als er näher ans Bett trat. »Du willst darüber reden, was hier läuft? Okay. Meinetwegen gerne.«

Ähm, sie sollte lieber irgendwas anziehen. Unsicher griff sie nach ihrem T-Shirt. Doch er packte ihre Arme und zog sie zu sich. »Das wird die Verpiss-dich-Ansprache, stimmt's? Eine, die mit ein bisschen hübschem Small Talk verziert wird.«

Seine Augen wurden schwarz.

»Ich habe nie gesagt, dass du dich verpissen sollst«, entgegnete sie betont ruhig.

»Noch nicht.« Seine Finger hielten sie fest. »Ich habe dich beschützt, weil ich es will, kapierst du? Ich wusste vom ersten Moment an, dass ich dich wollte.« Er küsste sie hart und leidenschaftlich, so dass sich ihre Nippel aufrichteten, ihre Schamlippen zusammenzogen und ihre Zehen krümmten. *Oh ja.* »Mein«, raunte er. »Ich wollte nicht, dass sich irgendwer – Grim, dein Dämonenfreund oder auch nur deine Hexe – zwischen uns stellt.«

Nun stand niemand zwischen ihnen. Da war lediglich das dünne Laken.

»Der Auftakt war ziemlich verkorkst«, sagte er. »Das leugne ich nicht. Ja, ich habe gelogen, und, ja, ich habe dich getäuscht. Aber ich bin auch der Mann, der bereit war, für dich zu sterben. Ich bin der ...«

»Du hast gesagt, dass du mich liebst«, schleuderte sie ihm entgegen.

Seine Augen loderten förmlich.

Dee holte tief Luft und schmeckte ihn. *Ich werde dich verdammt noch mal immer lieben.*

Vor Simon hatte ihr das noch kein Mann gesagt und es wirklich ernst gemeint. Natürlich behaupteten Kerle dauernd, sie würden einen lieben, wenn sie glaubten, so schneller zum Schuss zu kommen.

Er benetzte sich die Lippen. »Habe ich.«

»Du hast es ernst gemeint?« Eigentlich sollte es wie eine Feststellung klingen, nicht wie eine Frage.

Er hob eine Hand und legte sie unter ihr Kinn. »Es war ernst gemeint.«

Keine Lüge. Keine Täuschung, um sich ihre Hilfe zu sichern. Der Druck auf ihrer Brust ließ nach, und wohlige Wärme breitete sich in ihr aus. »Ich möchte es noch einmal hören.« Denn auch sie konnte stur sein. Keiner von ihnen war vollkommen. Nicht annähernd.

»Ich. Liebe. Dich.« Beinahe wütend.

Ihr Herz hämmerte gegen ihre Rippen. Da er so nahe war, müsste er es fühlen. Sie schluckte. »D-das ist gut.«

»Nein, ist es nicht.« Eindeutig wütend. »Es ist Scheiße. Ich denke immerzu an dich. Jede Minute will ich dich, kann nicht einmal atmen, ohne dich zu schmecken.«

»Ich fühle das…«

»Ich möchte dich zum Lächeln bringen, zum Lachen. Denn weißt du was, Dee? Du lachst nicht. Nie. Und das solltest du, Babe. Weil du wunderschön bist, wenn du lächelst, und ich wette, wenn du lachst, ist es atemberaubend.«

Ihren Atem hatte er soeben geraubt.

»Ich will dich nackt, ja. Verdammt, ja. Aber ich will dich morgens in den Armen halten. Will mit dir in der Dunkelheit reden. Ich will an all die Tage denken, die vor mir liegen, und wissen, dass ich sie mit dir verbringe. Denn so kommt mir die Ewigkeit nicht wie ein sauschlechter Deal vor.«

Überhaupt nicht schlecht.

»Ich will all das. Ich will dich. Und jetzt gerade habe ich Angst, weil ich glaube, dass du mir sagen willst, ich soll verschwinden, denn von dem Moment an, in dem ich in dein Leben trat, habe ich dir nichts als Schwierigkeiten gebracht, während du mir … alles gabst.«

Oh.

Er trat einen Schritt zurück und ließ sie los. »Ich werde dich nicht zwingen, bei mir zu bleiben. Das könnte ich nicht, selbst wenn du nicht stark genug wärst, um mir in den Hintern zu treten.«

Ihre Mundwinkel zuckten. Nein, sie wollte lachen. Für ihn.

»Willst du aus dieser Tür gehen und zurück in das Leben, das du vor mir hattest, dann tu es.« Simon ging beiseite. »Aber eines muss dir klar sein: Du wirst keinen zweiten Mann finden, der dich so liebt wie ich. Und falls doch, könnte ich womöglich aufkreuzen und *ihm* in den Hintern treten.« Er fuhr sich mit einer Hand durchs Haar. »Falls du bei diesem Dämonenidioten landest, ähm, Dee, nein, tu's nicht!«

Zane.

»Einmal wären wir beinahe zusammen im Bett gelandet.« Dieses Geständnis kam gewiss zur falschen Zeit. Dee hatte ein Talent, im richtigen Moment das Falsche zu sagen.

Simon schloss kurz die Augen, und seine Züge wurden härter.

»Wir sind Freunde. Obwohl wir vielleicht mehr sein könnten.«

Seine Reißzähne zeigten sich. Ein eifersüchtiger Vampir war gefährlich.

»Aber eher sind wir Freunde als irgendetwas anderes. Zane hat mich, die Wut und den Schmerz in mir, immer verstanden.« Weil in ihm dasselbe brodelte.

»Warum hast du nicht mit dem Idioten geschlafen?«

»Weil ich einen Freund wollte. Ich brauchte einen, und meine Liebhaber habe ich nie nahe genug an mich herangelassen.« Nicht einmal Tony. »Bis auf dich.«

Nun machte er große Augen. »Was hast du gesagt?«

Es war so schwer. Dee holte tief Luft und ging das Risiko ein. Höchste Zeit, dass sie es tat. »Ich habe gesagt, dass ich nicht damit rechnete, mich in dich zu verlieben, Vampir. Ich wusste ja, dass du mich benutzt. Und ich dachte, ich würde dich auch benutzen.« Die brutale Wahrheit war nötig, denn die brauchten sie jetzt. »Ich konnte dich nicht physisch verletzen, weil du mit meiner Stärke, meiner Blutgier und mir umgehen kannst.«

Er beobachtete sie stumm.

»Ich hatte nie damit gerechnet, mich in dich zu verlieben«, wiederholte sie leiser. »Das gehörte nicht zum Plan.« Aber sie hatte sich trotzdem in ihn verliebt. »Ich schmecke dich auch. Ich will dich immerzu. Ich will dich beschützen, um dich kämpfen. Ich will dich in der Dunkelheit, sogar im Licht.« Obwohl in ihrem Leben anscheinend wenig Licht existierte. Vielleicht würde sich das jetzt ändern. Wer hätte das gedacht? Musste sie zur Vampirin werden, um den Sonnenschein zu entdecken?

Und um sehen zu können, dass sich bisweilen die besten Dinge in der Dunkelheit verbargen?

Nicht nur Monster.

Männer.

»Ich will nicht, dass alles wieder so wird wie vorher.« Kalt, leer und von Schmerz überschattet. »Ich würde gerne versuchen, richtig zu leben, und ich will nicht allein sein.«

»Ich hoffe, du nimmst mich nicht auf den Arm, Babe, denn, verdammt …«

»Du bist nicht vollkommen, Simon Chase. Wir beide wissen, dass du ein Lügner bist, der nicht fair kämpft.« Nun lächelte sie strahlend: für sich selbst und für ihn. »Was gut für dich ist, denn ich tue es auch nicht.«

Ein Hoffnungsschimmer erhellte seine Miene.

Wann hatte sie zuletzt Hoffnung verspürt? *Genau jetzt.* »Ich glaube, ich liebe dich, Vampir.« Liebte, was sie am meisten gefürchtet hatte.

Hatte Catalina es vorausgesehen?

Nein, sie hatte nichts außer Tod gesehen.

Dee verdrängte den Gedanken. Die Sonne würde in nicht einmal einer Stunde aufgehen. Also hatte die Hexe sich geirrt.

Leben. Liebe – das erwartete sie. Nicht der Tod.

Nicht schon wieder.

Für sie war die Zeit gekommen, glücklich zu sein. Mit ihrem Vampir.

Dee ließ das Laken fallen. »Willst du die Ewigkeit?«

Sein Blick wanderte über ihren Körper.

»Dann fangen wir mit dem Hier und Jetzt an. Soll die Ewigkeit später kommen.« Sie wollte ihn genau jetzt.

Liebe.

Beängstigend. Aber mit Beängstigendem konnte sie umgehen. Das hatte sie bewiesen, und auch dass sie mit ihm umgehen konnte.

Sie streckte ihm ihre Hand hin. »Bleibst du bei mir?« *Liebst du mich?*

Seine Finger legten sich warm und fest um ihre. »Immer.«

Sie musste blinzeln, weil ihr die Tränen kamen. Wie bescheuert! »Küss mich.«

Seine Lippen streiften ihre. Ein zärtliches Streicheln. Ja, er hatte ihr schon bewiesen, dass er zärtlich sein konnte.

Als es an der Tür klopfte, wandte sie sich nicht von ihm ab, sondern zog ihn näher zu sich.

Doch Simon versteifte sich merklich, und er hob den Kopf. »Ist das …«

Sie blickte zu ihm auf. Es war noch nicht Morgen.

Ihr entging nicht, wann er den Duft wahrnahm. Denselben, den sie bereits roch.

Catalina irrt sich. Sie irrt!

Aber Simon drehte sich bereits von ihr weg, warf ihr ihre Jeans und ihr T-Shirt zu, und lief mit gebleckten Reißzähnen zur Tür.

»Seit wann klopft das Böse an?«, fragte sie ihn, was nur halb scherzhaft klang, denn sie hatte einen Knoten im Bauch. *So nahe.* Sie war so kurz davor gewesen, glücklich zu sein.

Hätte sie sich denken können, dass das Schicksal ihr mal wieder alles verdarb.

Dee zog sich das T-Shirt über den Kopf und ihre Jeans an. »Wieso treten sie die Tür nicht einfach ein?« Und es waren »sie«. Dee roch sie deutlich. Mindestens fünf Vampire. Sechs?

Du warst umzingelt. Catalinas dämliche Worte liefen in einer Endlosschleife in ihrem Kopf.

Simon verneinte stumm. »Weiß ich nicht.«

Es sah Vampiren nicht ähnlich, fair zu spielen.

Simon schnappte sich ihre Waffen, warf Dee einen Pflock zu und griff nach dem Türknauf.

»Simon!«

Er sah zu ihr. Dee stockte kurz, ehe sie sagte: »Ich liebe dich wirklich.« Sie wollte auf keinen Fall bereuen, das nicht gesagt zu haben, egal was dort draußen auf sie wartete. Sie musste ihm sagen, was sie empfand.

Ihrer Familie hatte sie es nicht mehr sagen können.

»Wieso kommt es mir immer noch vor, als würdest du Lebwohl sagen?« Seine Hand zögerte über dem Knauf.

Weil es sein könnte.

Nein! Nein, Catalina irrte sich. »Denkst du, unsere Zukunft ist vorbestimmt? Dass das, was die Hexen und Dämonen sehen, die einzige Zukunft ist, die wir haben können?«

»Verdammt, nein«, sagte Simon sofort. »Ich gebe einen feuchten Kehricht auf das, was die sehen. Ich kenne meine Zukunft.« Eine weniger starke Frau wäre von seinem Blick verbrannt worden. »Ich sehe sie gerade an.« Er wies mit dem Daumen zur Tür. »Sobald die Arschlöcher weg sind, nehme ich sie mir wieder.«

Das klang nach einem netten Plan. Würde doch bloß die Furcht in ihrem Bauch verschwinden!

»Für immer, Dee. Die Ewigkeit fängt jetzt an.«

Er riss die Tür auf.

Draußen wartete niemand. Nur der Geruch von Vampiren, der mit dem Wind herbeigeweht wurde. Eine Warnung? Wollten sie ihr Angst einjagen?

Sie ging zu ihm und stellte sich neben Simon. In

der Ferne konnte sie erste Andeutungen blassrosa Morgenlichts ausmachen.

Ich sterbe heute Nacht nicht. »Was ist los?«

Simon schlich aus dem Zimmer. Der Parkplatz war rechts von ihnen, und er sah verlassen aus.

Aber natürlich wusste Dee längst, wie sehr der Schein trügen konnte.

»Grims Leute?«, fragte sie. Er würde es wissen, hatte er doch eine bessere Verbindung zu ihnen als sie. Zwar war das Band zum Meister gekappt, aber es gab immer noch eine Verbindung zwischen seinen Genommenen.

Jagen sie mich nun alle? Ist das hier vielleicht erst der Anfang?

Die Männer kamen aus dem Schatten. Zwei. Drei.

Eine Frau tauchte aus der Dunkelheit auf, gefolgt von einer weiteren, die an ihre Seite trat.

Oder ist dies das Ende?

Ein heißer Wind blies Dee ins Gesicht, als sie in der Tür stand. Sie waren keine Geborenen, nein, das waren alles Genommene. Also war Dee stärker als sie, auch wenn sie noch nicht lange eine Untote war. Sie könnte sie besiegen.

Simons Schulter streifte ihre. Nein, sie beide könnten es.

Ihre Finger krümmten sich um den Pflock.

Noch zwei Vampire erschienen.

Was zur Hölle war das? Eine Vampirtagung? Falls ein Mensch aus einem der schmutzigen Fenster guckte und sie sah, würde es hier bald von örtlicher Polizei wimmeln.

Es war nicht leicht, die Sache ruhig abzuhandeln, wenn erst Sirenen heulten.

»Ihr seid hinter der falschen Frau her«, rief Dee ihnen zu. *Ich war so kurz davor, glücklich zu sein.*

Schön blöd, dass ihr nicht einmal eine Minute Glück vergönnt war. Sie würden sie immer jagen, genau wie Dee sie gejagt hatte. Immer.

Die Vampire verneigten sich und zeigten Dee ihre Hände, um ihr zu beweisen, dass sie unbewaffnet waren. Klar, als bräuchten Vampire Waffen, um zu töten!

»Wir sind nicht hier, um gegen dich zu kämpfen«, rief eine der Frauen, ohne ihren Kopf zu heben.

»Ja, logisch, ihr seid bloß hergekommen, um mir einen guten Morgen zu wünschen.« Beeil dich, Sonne. Dämliche Prophezeiung.

»Geborene.«

»Schlachtete Grim ab.«

Das Flüstern drang bis zu ihr.

Dee ging langsam ein Stück vor. Simon blieb direkt neben ihr.

»Euer Anführer Grim hat den Tod verdient, den er bekam.« Eigentlich hätte er einen sehr viel schmerzhafteren Tod verdient gehabt, aber diesen Punkt konnte Dee wohl schlecht im Nachhinein korrigieren. »Er war ein perverser Irrer und musste ausgeschaltet werden.« Was sicher nicht das war, was die Vampire hören wollten.

Pech. Beschönigen würde sie nichts. Sie blickte sich auf dem Parkplatz um. Okay, sie waren insgesamt sieben. Simon und sie konnten mit ihnen fertigwerden.

»Wir sind nicht hier, um dich zu töten.« Der Vampir sah immer noch nicht auf. Dee bemerkte, dass sie einen Halbkreis vor ihrem Zimmer gebildet hatten, und jeder ihrer Muskeln spannte sich an.

Simon deckt mich. Und das tat er. Er stand neben ihr, stark und verlässlich.

»Schön«, sagte sie. Ihre Entschlossenheit befeuerte sie. »Denn ich sterbe heute nicht.« Nein, würde sie nicht. Sie hatte gerade erst etwas gefunden, für das es sich zu leben lohnte, und nicht vor, es aufzugeben.

Halt den Mund, Catalina.

»Und wir?« Die leise Frage wehte ihr entgegen.

Sie zog die Brauen zusammen und sah zu Simon. Ganz kurz.

Umzingelt. Schlagartig begriff sie. Die Vampire umzingelten sie.

Aber Simon war einer von ihnen, und sie vertraute ihm. Mit ihrem Leben und ihrem Herzen.

»Wirst du uns töten?«, fragte die Frau, die Dee nach wie vor nicht ansah. Langes blondes Haar verschleierte ihr Gesicht. Dee starrte sie an, und ein kalter Schauer lief ihr über den Rücken.

»Kommt drauf an.« *Versuchen wir's mal mit ein bisschen Ehrlichkeit.* »Wenn ihr so durchgeknallt seid wie Grim und euch euren Kick holt, indem ihr Menschen wehtut, dann, ja, dann jage ich euch. Das ist mein Job.« Woran sich nichts ändern würde. Sie hatte zu viele Unschuldige sterben gesehen. Auf keinen Fall würde sie einen Mörder laufen lassen.

»Und du denkst, manche Vampire können leben … ohne andere zu verletzen?«

Das hatte sie früher nie gedacht. Aber da war sie von ihrer eigenen Wut geblendet gewesen. Nun fing sie an, klarer zu sehen. Offenbar war ihr Sterben nötig gewesen, um ihr die Augen zu öffnen. »Ja, denke ich.« Ihre Finger waren so stramm um den Pflock geschlungen, dass ihr das Holz in die Haut drückte.

Sie blickte auf die Reihe von Vampiren und fragte sich, wer sich als Erster bewegen würde. Wer angriff.

Dee würde nicht als Erste Blut vergießen, aber sie würde dafür sorgen, dass sie es als Letzte tat.

»Wir haben auf dich gewartet.« Endlich sah die Frau zu ihr. Eine lange Narbe zog sich über ihre eine Wange. Eine Narbe, die sie sich vor langer Zeit zugezogen haben musste. In einem anderen Leben. »So sehnsüchtig gewartet …«

»Wir haben auf dich gewartet, Sandra Dee …« Worte aus jener schrecklichen Nacht. Grims Männer, die auf ihren Tod warteten.

Aber diese Vampire hatten auch gewartet. Auf was? Sie betrachtete sie skeptisch.

Geborene.

Sie hatten darauf gewartet, dass Dee sie befreite.

Die Vampire begannen, sich zurückzuziehen.

Simon legte seine Hände auf ihre Schultern. »Ich habe es dir erzählt, Dee. Manchmal werden Monster geschaffen.«

Und manchmal wurden sie *genommen.*

Eine Träne rann der Frau über die Wange. »Mein Sohn …«

Mehr musste sie nicht sagen. Dee verstand. Grim

hatte sein perverses Spiel mit jedem von ihnen getrieben.

»Du wirst mich nicht wiedersehen«, sagte die Vampirin. »Keinen von uns.« Sie reckte das Kinn, stolz und stark. »Wir sind mehr als das Böse, das die Leute in uns sehen.«

Menschen fürchteten sich seit Jahrhunderten vor Vampiren.

Und vergaßen, dass die Vampire einst selbst Menschen gewesen waren. Wie Dee. Nein, sie hatte nicht daran denken wollen.

Die Vampire verschwanden, als die Sonne aufging. Dee sah ihnen stumm nach.

Simon stand neben ihr, während das Morgenlicht den Horizont flutete. Wie wunderschön die Morgendämmerung war. Ein Jammer, dass Dee sie zuvor nie gebührend genossen hatte.

»Wir sollten reingehen und uns ausruhen.«

Denn eine weitere Nacht würde kommen. Und noch eine. Immer noch eine.

Mit mehr Dunkelheit, die es zu bekämpfen galt.

Dee malte sein Kinn mit den Fingerspitzen nach. Sie würde nicht mehr allein kämpfen. Nein, ihr Vampir wäre an ihrer Seite.

Und sie an seiner.

Die Dunkelheit durfte kommen. Sie waren bereit.

Sie würden hier und da jemandem kräftig in den Hintern treten.

Würden sich lieben.

Und für verdammt noch mal immer leben.

Der Tod war nicht zu ihr gekommen. Catalina hatte sich geirrt.

Nein, vielleicht hatte sie recht gehabt. Als sie im grauen Licht zu Simon aufsah, wusste Dee, dass ihr altes Leben vorbei war. Aber ein neues Leben hatte begonnen.

Erwartete sie.

Sie musste nur die Hand ausstrecken und danach greifen.

Den Pflock in der Hand, schlang sie einen Arm um Simon.

Dann küsste sie ihn im frühen Sonnenschein. Genauso, wie sie ihn im Mondschein geküsst hatte.

Manchmal musste eine Frau selbst für ihr Happy End sorgen.

Und manchmal musste sie nebenher ein bisschen Raum fürs Jagen lassen.

Denn das Leben sollte ja interessant bleiben, und schließlich musste irgendwer die Bösen aufhalten.

Sie würde sie alle schon bald ausgelöscht haben.

Aber zuerst einmal musste sie ihren Vampir nehmen, und er, wie er versprochen hatte, sie.

Für verdammt noch mal immer.